中南天使 爱格 Aigirl

陆青阳
年龄：9岁
武力值：1
外貌值：10
（冰雪可爱，绝世萌物）
门派：修仙世家陆家
所在地域：秋之地
身份：陆家不受待见的幼子，天生『废柴』，但拥有仙根慧体
性格：因备受欺凌而沉默寡言
天赋功法：八系全能
修为：炼气一层

人物属性

林子苏

修为：金丹期

天赋功法：单火系

性格：张扬、唠叨、睚眦必报、自傲狂妄

身份：四季门中数一数二的天才人物

所在地域：乾坤山脉

门派：四季门

外貌值：10

武力值：9

年龄：外表20岁，实际年龄未知

人物属性

无言

年龄：17岁

武力值：7

外貌值：8

门派：玄英洞

所在地域：冬之地穹天崖

身份：百里煦关门弟子、陆青阳的二哥

性格：至阴之体、阴沉、疏离冷漠

擅长：符咒术、驭鬼术

百里煦

年龄：传闻已有200多岁
武力值：10
外貌值：7
门派：玄英洞
所在地：冬之地穹天崖
身份：玄英洞洞主，大陆顶尖偶像
性格：骄傲，绝不在人前低头，视人命如草芥
修为：元婴期
擅长：驭鬼术、符阵术

人物属性

陆青鸣

年龄：19岁

武力值：6

外貌值：8

门派：昊天谷

所在地域：夏之地赤炎山

身份：陆青阳的大哥，
昊天谷中资质较次的弟子

性格：清隽风雅、爱弟如命

天赋功法：水系和风系

修为：炼气九层

擅长：炼器术

昊天纪1：

# 驭灵师

玄色 著

**图书在版编目（ＣＩＰ）数据**

昊天纪.1，驭灵师/玄色著.—合肥：安徽文艺出版社，2020.4

ISBN 978-7-5396-6814-7

Ⅰ．①昊… Ⅱ．①玄… Ⅲ．①长篇小说－中国－当代

Ⅳ．①I247.5

中国版本图书馆CIP数据核字(2019)第246952号

出 版 人：段晓静

责任编辑：周　康　宋潇婧　　　　装帧设计：杨　平　罗晓芸

------------------------------------------------------------

出版发行：时代出版传媒股份有限公司　www.press-mart.com

　　　　　安徽文艺出版社　www.awpub.com

地　　址：合肥市翡翠路1118号　　邮政编码：230071

营销部：(0551)63533889

印　制：湖南天闻新华印务有限公司　　电　话：(0731)88387878

------------------------------------------------------------

开本：700×1000　1/16　印张：20　字数：390千字

版次：2020年4月第1版　2020年4月第1次印刷

定价：42.00元

------------------------------------------------------------

九环溪倒流，赤炎山爆发，

暮秋岭封山，穹天崖断裂，

大陆一片混乱，

自此开启昊天时代，

史称昊天纪。

# 目录

# 第一章
## ◇ 天 生 "废 柴" ◇

陆青阳在小院外徘徊了许久，直到屋内传来他爹的一声暴喝，他才硬着头皮走进院内。

他怎么忘了，以他爹的修为，察觉到他出现在院外，本就是理所当然的事。

"爹，孩儿来给您请安了。"陆青阳推开房门，给父亲规规矩矩跪下请安之后却没敢站起来，就跪在那里，直挺挺的，眼观鼻，鼻观心，一动都没敢动。

陆钧天恨铁不成钢地看着他，怎么看怎么觉得可惜，半晌之后才叹道："青阳，你今年多大了？"

"回父亲，孩儿今年九岁了。"陆青阳背后一层细汗，心知父亲叫他来，根本就没有好事，言语间更是赔着小心。

"那你炼气到几层了？"陆钧天双目射出一道寒光，把陆青阳脸上的表情一分不差地收入眼中。

陆青阳脸埋得更低了，半晌才开口道："回父亲，孩儿现在仍是……炼气一层……"

陆钧天差点把手里的茶杯捏碎，目光不甘心地在陆青阳的身上扫视许久，确认这孩子根本没胆骗他之后，不由得面如死灰，挥挥手道："你下去吧，记得回去用功炼气。"

陆青阳点头应是，倒退着出了厅堂，小心翼翼地把门扉合上。

陆钧天闭着眼睛，听着那跌跌撞撞的脚步声慢慢走远，叹道："青鸣，你觉得青阳还有希望吗？"

随着他的问话，一个年仅十三岁的少年从屏风后转了出来。此人一身白衣，小小年纪已经有了清隽风雅之相，眉宇间和陆青阳有几分相似，只是那少年得志的气质，和处处谨慎小心、低人一等的陆青阳截然不同。

陆青鸣皱了皱眉，自是知道父亲说的是什么。陆家乃有名的修仙世家，虽然比不上修仙门派，但也有着严格的族规。陆家的子弟，若是十岁之前不能达到炼气三层，就会转为外门弟子，开始学习文字功课，以后进入陆家的店铺工作，终生不能接触内门功夫，一生碌碌而终。若是没有修仙慧根的话，留在内门也是一种煎熬。这项族规非常严格，纵使陆钧天是这一代的族长，也不能为自己的儿子以权谋私。

陆钧天用手摩挲着上好的白瓷杯薄壁，食不知味地品了一口已经凉透的清茶，叹道："青阳以前可是人人称羡的仙根慧体，若不是四年前……若不是四年前……"陆钧天说不下去了，四年前陆家堡被人夜袭，来者的目标不是藏书阁，也不是宝库，而是陆青阳。

谁都知道若是有仙根慧体横空出世，陆家就会如日中天，对方是要把这轮红日掐死在襁褓之中。

若不是他妻子舍命相护，陆青阳此时哪有命在……

陆青鸣的眼中也掠过一丝愤怒，陆青阳当年只有五岁，记忆不深。可是他当年已经有九岁，亲眼看到母亲死在父亲的臂弯中。这也成为他不可磨灭的梦魇。他咬着牙发誓道："父亲，虽然还不知道是谁杀了母亲，害了青阳，但我发誓，一定要报这个仇！"

陆钧天欣慰地点了点头，陆青鸣前日突破了炼气五层，已经是家族几百年以来最耀眼的天才了。四年前的那次事件，深深地刺激了陆青鸣。不过陆钧天倒没有多在意大儿子说的话，那夜来袭的刺客，至少也是先天宗者。陆家修为最高的也就是两名炼气十层的长老，连一个突破筑基到先天境界的宗者都没有，这仇根本没法报。

陆钧天心凉如水，为妻子报仇的念头，早在四年前就已经完全压下了。

"爹你放心，就算青阳以后当了外门子弟，有我照拂，也会一世无忧。"陆青鸣不知道父亲心中的打算，虽然为自己的小弟可惜，可这已经是最好的办法了。

毕竟小弟在被重伤之后，就像是绝了炼气的机缘一般，一直停留在炼气一层无法前进，这样一来，还不如做一世闲散子弟的好。

陆钧天也知道这是无可奈何，但他还是不甘心，几千万个人里只能出一个仙根慧体，结果现在变成这样，他仍然抱着一丝希望，所以一次次地叫陆青阳来询问。

只是每次得到的都是令他失望无比的回答。

"罢了，以后我也不逼他了。"陆钧天摇头叹息，彻底放弃。

陆青阳并不知道自己的父亲和大哥正在为他担忧，他轻车熟路地在主宅里绕了几个圈，避过了人多的地方，往自己独居的小院走去。

不是他愿意绕远，而是在主宅里，他这个炼气一层的人，实在是过于扎眼。就算是刚开始炼气的五岁小表弟，都已经达到了二层。

他已经是公认的"废柴"，所有人取笑的对象。

长年累月下来，他越来越沉默寡言，任凭旁人如何取笑都绝不回嘴。

因为他知道他们根本就没有说错。

他确实是废柴。

回到自己独居的小院落，陆青阳把房门关好。陆家虽然是大家族，却注重培养子弟的修养，除了一日三餐时有仆役送饭，其他时间根本没有人服侍在侧。

陆青阳很喜欢这一点，他恨不得每天都不要接触人才好，那样也就不会总有人提醒他，他其实是个废柴了。

看着空荡荡的房间，陆青阳发了一会儿呆，便坐在床边的蒲团上，盘膝炼气。

其实在陆家，再没有比他更努力的人了。一天十二个时辰，除了吃饭睡觉之外，他几乎把所有的时间都用在炼气上。可是他不知道自己为何一直都停留在炼气一层的尴尬境界。

天色变暗，陆青阳收气起身，毫无意外地发现自己体内的真气仍然是零零星星的。

他习以为常，拉开院门，拿回仆役放在门外的吃食。

食物已经有些冷了，他几口便解决了晚饭，却没有再急着炼气，而是从腰间拿出一把匕首，放在手中细细地端详。

旁人如果看到，肯定又会冷嘲热讽一阵了。因为陆青阳手中的这把匕首，丝毫不起眼，鞘上锈迹斑斑，扔到大街上都不会有人捡。陆青阳却极为看重。

这把匕首正是四年前那黑衣人杀害他娘亲时，他从对方腰间胡乱抓过来的。匕首柄的末端，有一个"林"字。

一个先天宗者不会无故别一根废铁在腰间。他不懂这把匕首有何用途，但也知道这把匕首是寻得杀害他娘亲的凶手的唯一线索。

他至今仍记得，那夜他娘亲是如何不顾一切地挡在他身前；至今仍记得，爹在听说对方是先天宗者时满脸赧然的表情。

他没有把这把匕首交给爹。

他爹放弃了为他娘报仇，但是他没有。

虽然他只有炼气一层！

陆青阳反复地翻转着手中的匕首。为娘亲报仇！这是这些年来多少个日夜，他不断激励自己努力炼气的原因。

可是为什么他只有炼气一层！

激动之下，不受他控制的真气在体内乱窜，少许注入了他手中的匕首之中。

那个篆体的"林"字突然闪烁了一下，就像是一颗宝石。

屋内很黑，没有点灯，陆青阳一下子愣住了。

那个"林"字亮了一下之后又暗了下去，陆青阳下意识地又往匕首中注入真气。

他小心翼翼地盯着匕首，当看到那个"林"字慢慢地发出萤火虫般的绿色亮光时，不禁喜出望外。这把匕首果然并非凡铁。

陆青阳虽只达到炼气一层，但他也听长老讲过一些修仙典故，只有上品的法器才能被人注入真气认主，中品或者下品的法器均不能如此。

那个"林"字发着莹莹绿光，他仔细地观察这匕首，发现除了那个字亮起外，根本没有其他任何变化。

他体内的真气实在是少得可怜，因为经脉受过严重损伤，虽然生活无碍，但炼气却是勉为其难了。陆青阳并不想让这个"林"字的光亮暗下去，可就这么一小会儿的时间，真气已经用尽，他只能无奈地停下来，大口大口地喘着气。

他虽然全身脱力，却没有把这把匕首放在地上，而是紧紧地握在手里。

他和这把匕首已经相依为命多年，每一处细节都看得分毫不差，每次触到这冰冷的金属，都为自己无力回天的命运而暗恨不已。今日好不容易有了些许变化，自是不肯就此罢休。他歇了片刻之后，见那个"林"字暗淡下去，又不要命似的把真气往匕首里灌注。

要知真气最讲究循环往复，若屡次这样耗尽真气，经脉会产生负荷，就算是先天宗者也消耗不起。

但陆青阳不知道这一点，他身体内的真气本就少得可怜，不过就算是拧干的毛巾，再使力的话也可以挤出一些水分，在他这样强力的驱使下，竟从经脉中挤出了一些真元。

陆青阳并不知道真气与真元的区别，他只知道在他费尽心力后，匕首上的"林"字光芒又亮了稍许，已经及得上夜晚天空中的星光了。

他正想仔细观看匕首与之前的区别，忽然听到屋内响起一个陌生的声音。

"快松手！"

陆青阳反射性地照着对方的话去做了，匕首掉落在地发出一声清脆的响声，余音不绝于耳。

他惊魂未定地向四周看去，却没有发现任何人影。屋中空荡荡的，只有他一个人，家具的阴影在地上拖得老长，树影投射在窗纸上，随着风摇摆不定。躺在他面前的匕首上，那个"林"字仍然闪烁不定，更增添了一丝诡异的气氛。

"谁？"陆青阳惊疑不定地问道。说到底他只是个九岁的孩童，虽然生长在修仙世家，但还真没见过一个真正的鬼怪。

"让你松手就松手啊？摔在地上很痛的欸！"这次声音更清楚了一些，陆青阳能听出来这是个年轻男子的声音，他环顾四周，然后骇然地往地上的匕首看去。

"你……你……"陆青阳结结巴巴的，一句话都说不完整。他曾听说过一些法器是用人的精魂炼成，那些无一不是上品法器中的精品，难道这把匕首就是？

匕首上的"林"字快速地闪烁着，陆青阳发誓若是这匕首自己能动的话，肯定会一下子脱鞘而出，向他刺来的。

想归想，陆青阳还是轻手轻脚地把匕首从地上捧了起来。这把匕首若是上品法器的话，他根本连碰的资格都没有，更别说拥有了。

他心中忍不住涌起一个念头，若是他真能驱使这件上品法器，是不是他娘的仇就能报了？

他恭恭敬敬地把匕首放在了桌上，等着对方下一步的指示，低头等待了片刻，却一点声音都没有，当他大着胆子抬头看时，却发现匕首上的那个"林"字已然暗淡。而且无论他再如何输入真气，即使能唤起一丝亮光，方才的那个声音都再也没响起了。

这一整夜，陆青阳就这么研究着这把匕首，一直到东方泛白。他还想继续研究下去，但今日是月初，依照惯例，陆家所有子弟都要去大堂开早会，他不敢怠慢，匆匆洗漱完毕，换了一身干净的衣服，照例把匕首别在腰间，往大堂疾奔而去。

陆家子弟十岁以后，根据炼气的程度，分为内门弟子和外门弟子。内门主修炼气，是陆家的精髓，而外门则负责陆家旗下商铺的生意，除了月初的早会，没有其他事情不许擅入主宅。一旦被判为外门弟子，其实就相当于远离了陆家核心。

但外门子弟的后代却同样有成为内门弟子的机会，所有陆家子弟在五岁之后，不论父亲是内门或外门，均要送到主宅之内，每人分一个院落独居，直到十岁见分晓。

所以说，陆家主宅内其实暗潮涌动，就算是离群索居的陆青阳，也知道这里是非很多。

他低着头，刻意沿着墙边走路，到大堂后，寻得自己平日里所坐的席位，默默地坐了下来。在内门弟子的几桌中，他是坐在最末席的。因为内门弟子的排位，是按照修为来定的。

炼气一层学的是最基础的入门功法，只要会引气、养气，便可以炼气。在丹田中储存一点点真气，便可以突破炼气一层。正常来说，修习陆家基础功法的孩子达到炼气一层只需要一年不到的时间，最愚笨的孩子两年多也能达到炼气一层，而他足足修习了四年都没有进展，也不怪其他人称他是废柴。

相比之下，炼气二层就相当困难。在修习炼气二层时，需要挑选一门功法，而修习功法小有成就者才能达到炼气三层。所以在十岁之前能突破到炼气三层者，屈指可数。

陆青阳心中早就绝了留在主宅的希望，他在如此简单的炼气一层就耗费了四年之久，谁都知道他早就没有了继续修炼的资格。

坐在自己应该坐的末位，陆青阳并没有和其他人一样窃窃私语或者左顾右盼，而是老老实实地眼观鼻、鼻观心地盯着面前空空的饭碗。他就算不四处看，也知道其他人看向他的眼神是什么样的：或轻视，或鄙夷，或同情，或可惜……

他在这四年中已经看过太多次了，心都已经冷硬了起来。

虽然只有九岁，他却早就见遍了人情冷暖。五岁前他虽然记忆不多，但也知道自己曾受到众星捧月般的宠爱，相比之下，母亲死后自己简直就像是陨落的流星，从天上掉到了地下。

若是母亲还活着的话，绝对不会在乎这些，仍旧会无条件地宠爱他。

想起母亲的音容笑貌，陆青阳又下意识地握紧腰间那把神秘的匕首，忽然觉得手心里的匕首一烫，刚想拿起来细瞧时，大堂里突然静了下来。

陆青阳把手缩了回去，应该是陆家这一代的族长，也就是他老爹出来了。

# 第二章
## ◇ 家 族 早 会 ◇

陆钧天有八个弟妹，加上他共有九人。

在这九人中，只有三人在十岁时达到了炼气三层，成为内门弟子，其余六人均被分配到外门打理陆家商铺。在成为内门子弟的三兄妹中，四妹在十七岁那年远嫁琅琊殷家，所以现今在内门做主的只有两人，再加上陆家旁系的三人，这一代陆家炼气的核心人物仅有五人。

相比之下，外门弟子的数量相当庞大，除去已经嫁人没有资格再入陆家的女子，外门的席位远远超出内门五倍之上，陆家大部分成员都将会在若干年后陆续成为外门弟子。

至于陆家上一代的长老，已经闭门隐居，绝大部分在藏书阁或者宝库附近闭关研习，一方面是守护陆家重要的资源，另一方面也是放手陆家的权力，专心修炼仙道，争取有一天能晋级先天宗者。所以每月月初的早会，辈分最高的就是陆青阳的父亲陆钧天。身为这一代的族长，在早会上他要做的事情并不多，只需听取外门弟子这个月的经营总额，表彰一下有进步的内门弟子，除去没资格继续留在内门的弟子而已。

至于外门的具体经营策略，并不是他要操心的事情。

这个月没有人提升修为。陆青阳听着他的父亲念到一个人的名字，然后一位十岁的少年战战兢兢地站起身，颓然离开内门的席位，朝外厅外门弟子的席位走去。外门弟子中早有人迎了上来，看起来是他的兄长，低声安慰了几句后，那名少年肩头抖动起来，远远地传来啜泣声。看到此景，内门弟子人人自危起来，知道自己若是不努力的话，十岁那年等待他们的，就是这种景象。

这一幕陆青阳在四年间不知道看了多少遍，他脸上虽然没有半分变化，但每次都会觉得心如刀割。时间在一点点地逼近，离他十岁的生日已经不到一年了……

陆青阳忍不住握上腰间的匕首。他大哥陆青鸣坐在首席，但他真不想把希望寄托在大哥身上。娘亲是为了保护他才死的，这个责任应该由他来承担。

没有人注意到，在桌下的阴暗处，陆青阳手中的匕首闪烁了一阵光芒。

早会时间很短，等陆钧天那席散去之后，内门弟子也陆陆续续地散去。有的去和坐在外厅的外门弟子聊天，他们很多都是父子或兄弟姐妹，或者交好的亲戚朋友，一时大堂内热闹非凡。

外门弟子除了月初这一天外，根本没资格进入陆家主宅，所以今日机会难得。幸好陆家虽有森严的族规，在这一天也格外开恩，外门弟子可以在这一日逗留到天黑再出主宅。

陆家所有人翘首以盼的这一天，陆青阳却觉得分外难熬，见左右无人注意，便想趁机溜走。离开座位刚走了几步时，便有一个人闪到了他的面前。

来人只有十一岁，长相和陆青阳有三分相似，但体格健壮高大，足足比他高了一个头。

陆青阳心中发涩，脸上却仍然没有表情，淡淡地唤道："二哥。"

陆青烈双手环胸，毫不客气地上下打量着陆青阳，嘴里哼了一声："居然还是炼气一层，娘当初真的不该救你这个废物！"

陆青阳的双拳握得更紧了，他想要辩白，却一句话都说不出来。

他有两个哥哥，大哥陆青鸣是陆家年轻一代的佼佼者。二哥就是比他大了两岁的陆青烈，因为没有修仙的慧根，十岁时还没有突破到炼气三层，便在一年前被派到了外门学习。陆青阳知道对于娘的惨死，父亲和大哥肯定心有芥蒂，但都没有当他的面说出来。

一直以来都觉得他抢走了娘亲的宠爱的二哥，却向来毫不在乎地在他面前直言不讳。甚至在他没有被派去外门之前，几乎天天带人找他麻烦，就是看准了他无法还手。

"小弟，过来让二哥瞧瞧这一个月里，你长进了多少。"看他低头不语，陆青烈笑得越发放肆起来，向左右使了个眼色，立刻有和他年纪差不多的外门弟子上前，一左一右地夹住了陆青阳的胳膊，带着他出了大堂，往偏僻的地方走去。

陆青烈虽然修为不高，但终究是陆家族长之子，隐隐还有人传言他是故意不突破到炼气三层，要去接管外门生意，所以在外门过得风生水起，有大把的人供他驱使。

陆青阳并没有挣扎，因为他知道自己就算高声呼喊也没有用，越反抗就会遭到越重的惩罚。只不过是皮肉之苦，以前天天都会受到，现在只是一个月挨一次，倒也便宜他了。

父亲和大哥都不曾责怪过他，但看着他时的那种遗憾的目光，倒是比二哥的拳头还让人难受。

很快，陆青阳就被推搡到一处僻静之所，陆青烈的手下都做惯了这种事情，下手虽然看起来狠辣，但也知道他是族长之子，更多的时候只是做做样子而已，并没有太过分。

陆青阳挨打的次数多了，早就知道避开要害，然后就蹲在那里装死，连一点哀号的声音都没有，让人看着就来气。陆青烈看着不解气，也知道跟着他的这些小子已经没有小时候那么单纯，年纪越大，考虑的事情就越多，真是让人厌烦。他撸着袖子冷哼道："退下！"

陆青阳并没有听清楚他说的话，见那些人的拳头都离开了，还以为今天就到此为止了，扶着墙摇摇晃晃地站了起来。因为昨夜研究匕首，他一晚没睡，方才又没吃什么，猛然站起来一阵头昏眼花。还没看清楚周围的情况，一个拳头便带着风声轰向了他的肚子。

陆青烈虽然并没有突破到炼气三层，但身体健壮，等闲同龄人都打不过他。这一拳又是含怒而出，陆青阳只觉得腹部一阵剧痛，向后跌去，直接跌坐在地上，双手被地上的沙石划破。这时只听哐当一声脆响，陆青阳听到陆青烈"咦"了一声。

"呦！小弟，你从哪里捡来的这破烂匕首啊？"陆青烈甩了甩有些生疼的手，好奇地看着地上那把生了锈的匕首。

陆青阳忍着痛，迅速在腰间一摸，果然摸了个空。一抬头正巧看到陆青烈朝匕首走去，打算弯腰将其捡起。陆青阳情急之下，竟手脚并用，从地上爬了过去，在陆青烈碰到匕首前，牢牢地抢来握在手中，抱在怀里。

陆青烈挑了挑眉，无比意外地看着低着头护着怀中匕首的陆青阳，就像是拿着什么绝世宝物一般，这珍而重之的态度，让他大为好奇。

"小弟，这么好的东西，你不能一人独吞嘛！来，给二哥我看看。"陆青烈笑了笑，朝他伸出了手。

陆青阳的身体僵了僵，仍然坚定地摇了摇头。

陆青烈并没有生气，只是觉得平时对自己不敢反抗的小弟过于反常，对他手中的匕首更是好奇不已。陆青烈见陆青阳执拗不肯，也不再废话，直接走上前，半蹲下身，二话不说就想要动手抢。

就在陆青烈刚伸出手时，陆青阳忽然抬起了头，陆青烈不经意地对上了他的双眼，却一下子呆住了。陆青阳的那双眼眸中，再也不是平日里唯唯诺诺的那种暗淡无光，反而充满了让人惊讶的亮如星辰的光芒。陆青烈呆愣了一下，想要去抢匕首的手停在了半空中。

一个人的气质怎么可能在瞬息之间变化如此之大？

"小……小弟？"陆青烈的声音带着不确定。

陆青阳诡诡然地直起身子，从未挺直过的身体就像是一杆长枪般笔直地站在那里，虽然个子依然小小的，却拥有着令人胆寒的气势。陆青烈下意识地后退了一步，当意识到自己做了什么之后，顿时色厉内荏地嚷道："快把那匕首给我看看！"

陆青阳用空着的那只手揉了揉肚子，笑道："二哥这一拳打得可真是不留情啊！"

陆青烈恢复了一些自信，冷然道："你自小顽劣，身为兄长多多照顾你，是应该的。"

陆青阳唇边的笑意更深了一些："那么小弟是不是应该感谢一下兄长的照顾呢？"

陆青烈觉得陆青阳自从站起身之后气势完全变了，在那双犹如星辰的眼睛注视下，他居然会觉得有些心虚。他抿了抿唇，知道自己不管怎么样，绝对不能在这个废柴小弟面前示弱，否则他如何在手下面前立威？

只是对方根本没有给他思考的时间，他眼前一花，陆青阳的身形就如飞燕一般，脚踏奇步，转眼间就来到他面前。还没明白究竟发生了什么事，陆青烈就感到腹部一阵剧痛，结结实实地挨了一拳。


陆青鸣其实早就在附近了，他路过时碰巧听到了喧哗声，皱眉扫了一眼，才发现是二弟正驱使人欺负小弟。他真没想到二弟居然顽劣到如此地步，也没想到小弟过的居然是这种忍气吞声的生活。

他真的什么都不知道。自从母亲惨死后，他就埋头用功修炼，把所有的时间都放在了炼气上，除了闭关就是闭关。他本以为，小弟的生活就算不能像以前那样被人照顾得无微不至，也应该不会太差，但没想到，居然会是这样。

从那熟练的躲避拳打脚踢的动作，足以看出这样的欺负早就屡见不鲜。

陆青鸣的胸中一股怒火升腾，正想出声阻止，却发现二弟竟被小弟一拳打飞，直直地落在了自己的脚边，荡起一阵阵灰尘，片刻之后才传来陆青烈哎哟哎哟的哀号声。

陆青烈根本不知道发生了什么事，只觉得自己的肚子钝痛，而且痛感就像蛛网一般慢慢扩散到全身，活像被蚂蚁咬噬，痛得他根本无暇注意形象，捧着肚子躺在地上如虾子一般弓起腰打着滚。站在周围的那几个外门弟子本想赶去搀扶他，却发现了负手沉着脸站在一旁的陆青鸣，立刻都噤若寒蝉，一动都不敢动。

谁都知道，若没有意外，陆青鸣应该就是下一代的陆家族长。可陆青鸣是出了名的难得一见，不是在闭关就是在修炼，想要依附他的人都没有门路，所以他们都把主意打到了陆青烈身上。可是现在只要眼睛不是瞎的，谁都能看出来陆青鸣脸上的怒火。

陆青鸣也不过十三岁，但炼气五层的修为已经高出他们三层，强大的威压让他们根本连头都抬不起来。几个外门弟子心中大悔，早知道就不跟着陆青烈混了，得罪了陆青烈没什么，得罪了陆青鸣才是大大的糟糕。

陆青鸣的目光压根没分给这几名外门弟子一分一毫，连躺在他脚下的陆青烈都没有理会，他全部的注意力都放在了不远处的陆青阳身上，像是今天才认识对方一般。

在他炼气五层的威压下，陆青阳还能仰起头来朝着他轻松地笑……

陆青鸣猛然一惊，这时才醒悟过来，为何会觉得眼前的陆青阳非常古怪。那是因为他在这几年中，根本就没见过小弟笑过一次。

陆青鸣心中霎时间充满了后悔，再也不管脚下哀号的陆青烈，直直地朝陆青阳的身边走去，心疼地用手抚摩他脸上被打得青肿的地方。

陆青阳却根本没有让他的手碰触到，身体微微向一旁侧开，避开了对方的手。

陆青鸣的手尴尬地停留在半空中，他知道小弟心中对他肯定有怨恨，今日就是这种情况，还不知道往日悲惨到何种地步呢！他身为兄长，居然连一个幼弟都不能保护，空有一身修为又有何用？

娘亲用生命换回来的弟弟，并不是让人来随便欺负的！

陆青鸣心中的怒火再次升起，转身看向仍在地上呻吟的陆青烈，虽然疑惑只有炼气一层的陆青阳是如何一拳打飞炼气二层的陆青烈的，但陆青鸣现在无暇思考这件事。

"大……大哥？"陆青烈此时终于看清楚了来人是谁。在外门弟子的搀扶下，他站了起来。

陆青鸣虽然想亲手教训教训这个顽劣的二弟，但他也知道让另一个人来处理会更合适。陆青鸣冷着一张脸，淡淡地说道："自己去父亲那里报到，说明你今天做的和以前我所没看到的一切。我会重新和父亲确认一遍，你自己知道隐瞒的下场。"

陆青烈面如死灰，抖了抖嘴唇，想要分辩什么，但也知道自己若是再顶嘴，恐怕大哥不会介意动手让他印象更深刻些。

陆青鸣皱紧了眉头，看着陆青烈一行人慢吞吞地走远，知道他们必没有胆量不去俯首认罪。这件事他也有错，若他平时把自己的精力分给小弟几分，也就完全不会发生今天的这种事了。

陆青鸣无比自责地回过身，发现陆青阳正一脸郁闷地揉着肚子，心下微惊，他是看到陆青烈毫不留情地打了陆青阳一拳的，当下紧张地问道："小弟，是不是受了伤？快坐下来让大哥看看！"

陆青阳抬头瞟了他一眼，撇了撇嘴道："喂，有没有吃的啊？我饿了。"

# 第三章
## ◇ 与 魔 鬼 的 交 易 ◇

陆青鸣定定地看着面前的陆青阳，此时他已经把小弟领回了自己居住的小院，并且吩咐仆役送过来一份吃食。这时的陆青阳已然没有了刚才咄咄逼人的气势，恢复了平日里低调安稳的性格，低头坐在那里一动都不敢动。若不是陆青鸣刚刚亲眼所见，绝对不会相信这个一向沉默寡言的小弟，居然会有另外一面。

回想着方才陆青阳脸上那抹戏谑的笑容，陆青鸣心中觉得有些违和。不过幸好现在看起来，小弟仍是很正常的，和往日一样。莫不是他刚刚眼花了？

陆青鸣皱了皱眉，把心里那种莫名其妙的郁闷悄悄抹去，努力让脸部的线条柔和起来，温言问道："青阳，怎么不吃东西？你不是说饿了吗？"

陆青阳正低头在桌子下面握着腰间的那把匕首，身体微微地颤抖着。刚刚就在他的手碰到匕首的那一刻，感觉灵魂就像是被抽走了一般，一股说不清道不明的力量狂涌进体内，接着身体就失去了控制，整个人就像是旁观者一样，看着"自己"出拳打飞了二哥，然后毫不客气地管大哥要吃的。他虽然并不知道发生了什么事，但多少也能猜得出来自己是被匕首里的那个神秘鬼魂附身了。

尽管只有短短瞬息的时间，陆青阳也不禁一阵阵后怕。鬼上身什么的也不是没听说过，若对方就这样占据了自己的身体，永远不再归还了可怎么办？这事情已经超出了他的认知……

陆青阳这样想着，却并不想放开手中的匕首，他现在已经没有其他的道路可选了，若是妖魔出现在他面前，让他用生命换取报仇的力量，他恐怕也会毫不犹豫地点头。

陆青鸣发现自己的这个幼弟并没有听见自己的话，只是紧攥着拳头。从他的那个角度看不到陆青阳右手里的匕首。略一思索，陆青鸣便抬手按住陆青阳的左手手腕，一点点地把他的拳头展开，露出里面被沙石划得伤痕累累的掌心。

这种伤势对陆青鸣来说并不算什么，但他感到幼弟的手掌小小的，软弱无力，让人充满着怜惜。他忽然想到一事，把陆青鸣的袖子向上撸去，骇然发现那白皙的胳膊上到处是伤痕，除了新伤之外，还有很多陈年旧伤，简直就是触目惊心。

陆青阳反射性地想把手臂抽回来，但他发现大哥的手劲很大，而且浑身散发着一股骇人的气势，让他越发心悸起来。炼气五层的人气势惊人，陆青阳只有最低的修为，自然无法抵抗。

"都有谁对你动过手？"陆青鸣从牙缝间挤出这句话，他简直不敢相信在自己的眼皮底下，小弟居然还能受到如此伤害。光是一条胳膊就伤痕累累，那身体其他各处的伤痕更是可想而知。

陆青阳这才知道大哥的怒气并不是针对他，便放下了心，老老实实地回答道："我都不记得了。"

确实是不记得了，虽然欺负他的都是固定的那么一些人，但主宅内全都是陆家子弟，年龄相近，长得多多少少都有点相似。加之陆家这一代全部都是青字辈的，名字听起来都很像。更何况他挨打的时候都是抱着头，有多少人凑上来踢一脚打一拳的，根本没办法一一记下。

其实，他也并不在意。都是年纪差不多的孩童，又能下手多重？这些伤痕看起来可怕，其实主要是他没有药物，也不敢去领，所以才留下了伤痕。况且，这些只是皮肉之伤，根本及不上自己内心的痛苦。

陆青鸣火冒三丈，有多少人欺负过自己小弟，居然多得连小弟自己都不记得了！

没有关系，就算小弟不记得了，他也能把那些人一个个都揪出来。

陆青鸣眯起了双眼，在心中暗暗发着誓，可就在他回过神时，却发现陆青阳的双目之中一片平静，那黑沉沉的死寂，根本就不似一个九岁的孩童应该拥有的眼神。陆青鸣心里一阵抽痛，忍不住伸出手抚摩陆青阳脸颊处的青肿处。

陆青阳这次并没有躲开，只是在陆青鸣的手指碰到他的脸颊时，很不适应地颤抖了一下。他不习惯与人接触。抬起头，目光直直地撞进大哥那双清澈的眼瞳，里面蕴含着无限的温柔，让他不禁呆愣了起来。

与此同时，陆青鸣的双手亮起了蓝色的光芒，一股柔和的真气融入了陆青阳的身体。

陆青阳只觉得浑身暖洋洋的，有着说不出的舒服，仿佛伤痛都被一下一下地抚平了，整个身体就像是被温热的泉水所包围着，他情不自禁地闭上了眼睛。

真的好像小时候在母亲怀抱中的感觉。

这是陆青阳心底里唯一珍藏的回忆。

"小弟，你放心，一切交给大哥。"陆青鸣的声音掷地有声，带着极大的自信。

直到这时，两人心意相通，陆青阳才知大哥并没有放弃为娘亲报仇，而是一直努力修炼。

天才并不代表着不努力，而是需要更多的汗水来浇铸，别人都知道陆青鸣是绝世英才，却没有人知道他为了今日的成就究竟付出了多少。

感受着比自己深厚数倍的真气在体内治愈了伤痛，陆青阳不得不承认自己和大哥是有着天差地别的。虽然他付出的不一定比大哥少。

天生废柴吗……陆青阳低垂眼帘，遮住眼中的痛苦，片刻之后又恢复平静。

陆青鸣虽然修为甚高，但极少接触其他人，在人情世故上其实还不如陆青阳，所以他根本没有发现自己小弟表情的异常。他控制真气在陆青阳的体内一运转，忽然讶异地开口道："小弟，你突破炼气一层了？"

陆青阳闻言一怔，抬头往陆青鸣看去。两兄弟的目光一接触，均在对方眼中看到了惊讶。

"真……真的吗？"陆青阳的声音颤抖，他只是在刚才重新夺回身体控制权的时候，察觉到体内和平时比有些异样。但他从来没有在修炼道路上前进一步的经历，还以为是被匕首里的鬼魂附体而产生的不良影响。

陆青鸣欣喜地点头道："是的，小弟，恭喜你了！"虽然炼气一层和炼气二层没有什么区别，但毕竟也是迈出了艰难的第一步。也怪不得刚刚陆青烈被小弟一拳打飞，同是炼气二层，若是在未曾防范的情况下，也不足为怪。

陆青阳的脑袋嗡的一声响，几乎要被这巨大的狂喜所填满了，手脚都不知道该往哪里放才好。

陆青鸣看小弟目瞪口呆，真想出声取笑他。但他也知道炼气一层到炼气二层只是一个最基本的门槛，炼气二层到炼气三层，就算是他，也修炼了两年之久。现在小弟才刚刚晋级炼气二层，可离他十周岁，已经不到一年的时间了。

只是看着陆青阳如此欣喜的表情，陆青鸣心中的话一句也说不出口。他收回手，大力地在陆青阳的头顶揉了揉，笑着说道："快点吃早饭吧，父亲今天肯定很忙，等明天我们一起去见他，然后我带你去藏书阁挑选一门功法修习。"

陆青阳再也不觉得没有胃口了，看着面前香气诱人的早餐，立刻听话地举起了筷子。陆青鸣在一旁欣慰地看着陆青阳，以他的眼力，自然看得出小弟握着筷子的手在微微颤抖。

在陆青鸣处用过早餐，陆青阳再也不敢打扰大哥修炼。虽然这几年间和大哥相见的次数不多，但陆青阳也知道大哥实在是个修炼狂人。

回到自己的小院，陆青阳快步走进屋，紧紧地关上房门之后，快速地把腰间的匕首拿在手里。体内的真气涌动起来，疯狂地往匕首里灌，看着那个"林"字亮了起来之后，陆青阳急促地呼吸了几口气，压下心中的忐忑，沉声道："是阁下让我突破炼气二层的？"

他虽然是废柴，但并不是傻瓜。整整四年都没有任何突破，怎么可能无缘无故一转眼就跨过了那道门槛？

"是啊，你也太废柴了，我实在是看不下去了。"屋中响起了昨夜那名男子的声音。对方也不否认，言语中透着浓浓的轻视。

陆青阳倒是对这种轻视习以为常，面色不变地继续问道："你是怎么做到的？"修炼突破这种事情，外人根本就无法插手，只能靠自己领悟。就算是达到先天宗者的程度，想要出手加快旁人的修炼速度也是不可能的。

除非服用丹药，可是在这片大陆上，炼丹师屈指可数，丹药何其珍贵。

"哼，这世上还少有能难得住我的事情。"匕首的光芒又闪亮了少许，停顿了片刻之后，对方又补充道，"这和你说你也不明白。"

陆青阳听了这句话，便不再追问，因为就算他不信，也必须信。

谁让他的修为如此之低。

匕首上的光芒暗了暗，像是感受到了他低落的心情，对方忽然开口道："想不想继续修炼仙道？若是有我的帮忙，虽然不能保你在十岁前冲至炼气三层，却可以保你继续在仙道上前进。"

"超过十岁了还可以继续修炼吗？"陆青阳一呆，在他的认知里，都是陆家定下的严格族规。十岁是一道严苛的分水岭，是待在内门还是外门，均在十岁时见分晓。现在有人告诉他超过十岁之后还可以继续修炼，不亚于让他看见面前那道几乎关死的门缝间透出一道明亮的光。

"虽然说年纪越小越容易悟道，但也没有那么准确的规定。你们陆家的族规，应该是为了筛选好苗子而已。"匕首内的男子很耐心地解释道。

可是见惯人情冷暖的陆青阳，却从这名男子的话语中听出了一丝压抑的紧张。

紧张？陆青阳的心绪在激动之后立刻沉静了下来，虽然这名男子告诉他的信息很重要，但他在这几年的独处中学会了一件事——天下没有白吃的午餐。

所以陆青阳深深地吸了一口气，淡淡问道："你想要从我这里得到什么？或者说，我应该用什么来交换你的指导呢？"

匕首上的光芒猛然间一亮，却久久没有声音传出。陆青阳看着匕首，浑身冰冷。

其实对方的要求根本不难猜。此时他已经毫不怀疑手中的匕首是一个上品法器，这上品法器中禁锢着一个有着记忆、有着自主意识的灵魂，而这个灵魂就在不久前附过他的身体。

换位思考，陆青阳想象着若是他的灵魂被困在一个法器中不能动弹、不见天日，那么他最强烈的愿望也不过就是逃脱法器的控制，重新做人而已。

所以，对方的要求其实已经显而易见了。

陆青阳小小的身体颤抖了一下，因为他不知道自己应该如何选择。

为了报娘亲的仇，他能下定决心用自己的身体交换吗？

这个问题只在他的脑海中出现了瞬息，他的内心便做出了决定。

"我知道你想要我的身体，但若我不配合的话，你就算附在我的身上，也不能保持多久吧？"陆青阳努力地使自己的声音听上去很镇定，但其实并没有多大的效果，他说出的话都带着颤音。

"咦？看你年纪不大，还是很聪明的嘛！"匕首的光芒闪烁了一下，随即传来年轻男子的笑声，"怎么样，你是怎么考虑的？"

"我需要问几个问题。"陆青阳淡淡道。

"很公平。问吧。"

陆青阳斟酌了一下，道："阁下在这匕首之中，待了多少年月了？"

对方明显一呆，半晌之后才苦笑道："其实我也不知道，我的意识在四年前才清醒，以前的记忆都还在，却不知道自己发生了什么事，一醒过来就发现自己的灵魂被禁锢在这匕首之中了。若不是你昨晚碰巧朝匕首中输入了真元，恐怕还听不到我的声音。"

四年前？陆青阳的心跳漏了半拍，急急追问："那你知道是谁杀了我娘亲吗？"

"我自从恢复意识之后，就在你手上了。"对方坦然相告。

陆青阳陷入了两难，他若是知道凶手是谁，也可以有个努力的目标。但人海茫茫，他就算真的有幸修炼到了先天宗者境界，也很难找到对方。

"我知道你是想要给你娘亲报仇。"对方毫不客气地道，"但是依你的修炼速度，若是想要练到有能力为你娘报仇，恐怕这辈子都无法实现了。"

陆青阳痛苦地抿紧了双唇。他并不适合修仙，难道他自己不知道吗？

在修仙的道路上，根本就没有公平回报这一说，有人付出一分的努力，就收到了十倍的回报，也有人付出了十倍甚至上百倍的努力，却连一分都收不回来。

但是他除了修炼，还能做什么呢？每晚，他都会一次次地看到倒在血泊中的母亲，然后一次次地从噩梦中惊醒。没有人能够体会他的心情，也没有人能安慰他。他只能在黑暗中抹掉脸上的冷汗，独自品味那种惊惧和孤独。

"把身体交给我吧，我会努力完成你的心愿……"匕首上闪烁着摄人心魄的光芒，那人的声音在他耳边轻响，就像妖魔在诱惑人类时发出的声音。

陆青阳紧咬下唇，用疼痛来保持理智，他不知道这匕首中的魂魄是何来历，但也能感觉到对方的强大，若他没在匕首的帮助下突破到炼气二层，那他还会有所犹豫，现在他只想赌一把。

"我同意你的提议，但不是现在。"陆青阳深吸了一口气，恢复了镇定。

"你的意思是？"匕首中的声音略带诧异，显然没有料到一个仅仅九岁的男孩儿会有如此心智。

这四年间，匕首中的灵魂陆陆续续地感知到周围发生的一切，倒也同情起陆青阳来。生于这样的世家，还是百无一用的废柴，受到这样的待遇也并不算出奇。毕竟这个世界是以强者为尊的，没有力量，一切都是浮云。

"我暂时不能让你长期占用我的身体。一来我并不信任你，二来你现在应该能力不足吧？"陆青阳思考了一下，淡淡地说道。

匕首上的光芒快速地闪烁了一会儿，对方便出言道："这样吧，我先接收你的一条手臂，以后我们再慢慢计较。"

一条手臂？陆青阳整个身体僵硬了一下，仿佛看到了自己自断一臂的惨相，下意识地感到肩膀一痛。

"放心，我不是要吃了你，而是需要你把左臂和左手的控制权交给我，就相当于我附在你的左臂上一般。"

陆青阳这次没有犹豫，只是简单明了地问："我需要怎么做？"

"先把匕首拔出来。"

陆青阳听到指示，迟疑了片刻。因为他自从得到这把匕首之后，还从未把这把匕首拔出鞘过，他知道这应该是自己修为不够。咬咬牙，他一手握住剑柄，一手握住剑鞘，运足了体内真气，只听咔的一声，竟慢慢地把匕首从鞘内拔了出来。

陆青阳只觉得匕首在出鞘的那一刹那寒光四射，刺得他双目生疼，差点连眼泪都要掉下来了。陆青阳闭目适应了一会儿，才尝试着睁开眼睛，发现手中出鞘的匕首光芒流转，看来并非凡品，可是他很快便看出了蹊跷。

这把匕首竟然是钝的，没有任何的锋刃。

陆青阳翻来覆去地端详着，虽然法器都不能用常理来判断，但这把连纸都划不破的钝匕首，能有什么用？此时那名男子的声音响了起来："把匕首绕在手臂上。"

陆青阳狐疑地撸起左手的袖子照着做，惊奇地发现这把匕首不知道是用什么材质做成的，竟可以柔韧地弯曲。冰凉的金属贴合地环绕在他的手臂上，立刻缩小了一圈，变得薄如蝉翼。匕首的尖端正好切合在柄端，形成一个环扣。咔嚓一声，这把匕首就像是臂环一般，牢牢地扣在了他的手臂上，剑柄末端的"林"字发出的光突然一阵剧烈的闪烁。

"哈哈！你的左臂，我就先接收了！"

陆青阳只觉得蓦然间浑身一阵无法控制的僵硬，然后骇然发现自己的左臂再无半点反应和知觉。他眼睁睁地看着自己的左臂慢慢地抬了起来，像是在确认什么一样，左手的五根手指慢慢地张开，然后又慢慢地合拢成拳。如此这般，重复了好几次。

依旧是自己的手，掌心还留有今天造成的伤痕，陆青阳却有一种诡异的感觉。

像是在看别人的手一般。

然后，他就看到左手伸出了食指，扭转手腕朝他自己点来，带着无尽的优雅与高高在上的傲然。

"很好，我林子苏，接收你陆青阳的手臂。我们的交易从现在开始。"

# 第四章
## ◇ 废 柴 体 质 ◇

　　陆青阳目瞪口呆地看着自己的左手，还没回过神，就发现左手已经慢慢在四处摸索了起来。先是碰到了桌子，然后就像瞎子摸索东西一样，一点点地四处游移。当碰到桌子上的剑鞘时，手指停滞了一下，然后一把握住了剑鞘，随意地往地上一甩。

　　哐当！剑鞘掉在了地上，发出一声清脆的响声。

　　"你做什么？"陆青阳皱着眉，起身用右手把剑鞘捡了回来。他心里竟然有种庆幸的感觉，幸亏对方要的是他的一条手臂，若是要的一条腿，他以后估计连走路都不会了。

　　"这剑鞘没什么用，扔了吧。"林子苏的声音响起，但这次并不是出现在空气中，而是出现在陆青阳的脑海里。陆青阳大惊，立刻就想把手臂上的匕首摘掉，可是无论他如何摆弄都无法把匕首拿下来。

　　"你……你对我做了什么？"难道对方连他的神志都会控制吗？

　　"放心，并不是我入侵了你的意识，而是我们现在等于共用一个身体，可以直接在意识中交流。"林子苏耐心地解释道。

　　陆青阳却并没有放心，他感觉自己好像引了一个妖魔附在了身上，但此时已经完全没有了退路。

　　左手不甘寂寞，在四处摸索了一番之后，反过来朝陆青阳的身上摸去。

　　陆青阳吓了一跳，赶忙用右手把左手的手腕抓住。刚刚那种感觉根本就像是一个陌生人随便乱摸他的身体，陆青阳冷下脸，在意识中沉声道："不许乱摸。"

虽然林子苏的实力要比他高很多，若是在现实中，他肯定会用无比恭敬的语气与他交谈，但林子苏现在附在他的手臂之上，他再怎么样，也无法对自己的手臂产生什么恭敬之心。

"我是要看看你的根骨如何，快松手。"林子苏回答得义正词严。

陆青阳一呆，他倒是知道有这个说法，只好讪讪地把手放开，硬着头皮让对方对自己上下其手。若是房间里有别人的话，一定会觉得非常奇怪，陆青阳的左手细致地在自己的身体各处拿捏，他脸上的表情绝对称不上轻松，简直就像是上刑一般。

"喏，根骨还算不错，经脉穴道受过重伤，导致修炼停滞……若是有灵犀丹……"林子苏喃喃自语，后面的话语几不可闻，但陆青阳却听在耳内，铭记在心。虽然他还不知道灵犀丹是什么东西，但任何有可能影响他修炼进度的，他都会牢牢记下。

林子苏说得也不多，之后就沉默了下去，左手放在桌子上，像是在考虑什么一样，食指很有节奏地敲着桌面。

"你真的只能控制我的左臂和左手吗？"陆青阳还是不放心，总觉得林子苏在他身上得到的并不止这些。

"当然，不过你若是穿上衣服盖住匕首，我就什么都看不到了，就像个瞎子，只有用手四处乱摸啊！"林子苏也很郁闷，看不见是很痛苦的。

陆青阳也知道这是本能，人在看不见的时候就会下意识地伸出手乱摸。但他可不想在别人面前露出端倪，让旁人发现自己不能控制自己的左臂。

但是如果完全不用左臂的话，那和残废又有什么区别？

陆青阳略一沉吟，便下定决心道："若是我把一只眼睛……"他这话说到一半，就再也说不下去了。手臂失去一条还可以适应，但眼睛只剩下一只的话，就等于失去了半边的视野，绝对会不习惯的。

"哈哈，这倒不用，你可以让我共享你的双眼，不愿意让我使用的时候，随时可以对我关闭。"林子苏笑着说道。

陆青阳思考了一下，发觉这个建议还不错。眼睛不同于四肢，林子苏所需要的只是和他一样的视野而已。所以陆青阳只是思考了片刻，便接受了林子苏的建议，定了定神，按照对方的指示闭上了眼睛。

黑暗中，他感觉到一股细微的热流从左手臂慢慢上升到太阳穴处，虽然他知道对一个灵魂开启头部区域是极其危险的，但他们的合作现在才刚刚开始，若不能解决最根本的问题，那么根本就无法谈及以后。

尽管陆青阳紧张得浑身起了鸡皮疙瘩，但还是硬着头皮感受着慢慢笼罩双目的热流。

"睁开眼睛吧。"

陆青阳试着睁开双目，忽然觉得眼前的一切好像和往日不同了。屋里的摆设还是那样，他却觉得视线清晰了许多，甚至能看得到对面衣柜上木板的纹路。

"啧，果然只是炼气二层，这眼睛和瞎子没啥两样。"林子苏挑剔的声音传来。

陆青阳握紧右拳，一句话都没说。他自懂事以来听到过的冷嘲热讽数不胜数，对待这种轻视，光逞口舌之快是根本无用的。

在这片大陆上，最终是要靠实力说话的。

林子苏乃是惊世奇才，莫名其妙地被禁锢在这把匕首中四年多，早就憋了一肚子气。就在他刚刚那句话脱口而出后，自己心里也难免后悔，但发现陆青阳的情绪竟一点波动都没有后，一股被无视的感觉袭上心头。

无视……以前只有他无视别人，什么时候轮到别人无视他了？

林子苏对陆青阳的不满又增加了一个等级，但他现在好歹占用了人家的身体，而且对方只是个九岁的破孩子，他就算是置气，也要考虑下自己的身份……所以他别扭了半晌，才对陆青阳说："盘膝炼气，我要看看你现在的情况。"

这次的声音是响在陆青阳耳边的，陆青阳愣了一下，便听话地盘膝闭目，开始炼气。

其实陆青阳在知道自己晋级到炼气二层时，就想看看自己的内息有什么变化了，但之前一进屋便开始和林子苏交谈，一直没有时间。这会儿静下来，一运气，他便放下心来，本来以为左臂的气息不会听他使唤，但体内运转的真气和平日没有什么不同，只是运转的速度略有提升，而且在运转一周回到丹田时，并没有像往日一样散去，而是在丹田中流转了一圈，留存了少许。

陆青阳大喜，往日无论再如何炼气，都无法在丹田中留存真气，而现在终于小有所成，这确实是炼气一层和二层的区别。

这样的进益简直让陆青阳欣喜若狂，就像是在囚牢中关了许多年的人，终于见到了久违的天日一般，不知疲倦地炼气。其间林子苏再也没有说过一句话，陆青阳也暂时忘了自己的身体里多了一个莫名其妙的灵魂，废寝忘食地修炼着。

直到不知道多久之后，陆青阳听到了门外响起有节奏的敲门声，大哥温和的声音从门外传来："小弟，还没起床吗？"

陆青鸣负手站在门前，静听着屋内跌跌撞撞的脚步声，讶然地挑了挑眉，然后看到小弟猛地一下拉开门扉。只消一眼，陆青鸣便看出小弟一夜未睡，怕是一直盘膝练功到现在，猛然间站起导致腿部真气凝滞，脚步声才会如此。

叹了口气，陆青鸣也没有多说什么，只是淡淡笑道："快去换身衣服，洗漱一下。"

陆青阳此时才看到大哥手中拎着食盒，竟是亲自来给他送早餐的，连忙受宠若惊地接了过来。

陆青鸣走进屋内，看着陌生的摆设，才发觉自己这些年来，居然是第一次来到小弟的住处，不禁心中愧疚不已。陆家内门弟子们的住所都差不多大小，里面的摆设却都是随自己喜好的。陆青鸣虽然很少去其他人的院落，但也知道小弟的房间简陋到了极点，根本无法和其他人的相比。

环视一圈后，陆青鸣的视线定在陆青阳的身上，发现他正当着他的面换衣服，那怪异的姿势不由得让他皱了皱眉。

陆青阳正费劲地穿着衣服，林子苏这家伙不知道上哪里去了，无论他怎么在意识中呼唤都没有反应，左臂就相当于残废了一般，根本无法动弹，让他穿个衣服都能满头大汗。

"小弟，你的左手昨天伤得厉害？"陆青鸣走了过去，担心地问道。他记得昨天他分明把小弟体内的伤都治好了啊！连脸上的青肿都消掉了，不可能连左臂不能动他都没发现吧？

"没……没什么。我昨晚在地上睡着了，压得胳膊发麻……"陆青阳在陆青鸣的目光下躲躲闪闪，他还是头一次对大哥撒谎，所以心里非常的不舒服。可是他也绝对不能让大哥知道他和林子苏做了交易，否则……

陆青阳想到这里，不禁一个激灵。若是大哥知道的话，会怎么样？林子苏会不会看中大哥的体质，然后和他做交易？

"你放心，匕首在你身边待了四年多，也只有你的执念能唤醒我，否则我早就换其他人了，又怎么会找你这个废柴？"林子苏的声音突然响起，带着浓浓的不屑，但陆青阳听在耳内，却莫名地放下了心。

这样最好，这个林子苏是正是邪根本无法判断，他是走投无路才与他做交易，大哥是陆家这一代的希望，绝对不容有失。陆青阳毫不避讳地在脑海中思考着。

林子苏冷哼一声，不再出声。

这边陆青阳和林子苏在意念里交锋，看在陆青鸣眼中，就是他这个只到他肩头的幼弟，顾不得穿衣服，正低头茫然地发着呆。

这样也可以走神？陆青鸣忍不住伸手想替陆青阳穿好衣服，看着他那赤着的身上处处陈年旧伤，长长地叹了口气。

陆青阳这时如梦方醒，他很少与人离得如此之近，他一阵不适应，连忙挣脱了陆青鸣的手，避到一边自己系好腰带。这次左手倒是很配合，没出什么纰漏。

陆青鸣也不着恼，饶有兴味地看着陆青阳的耳尖都红了起来，从怀里掏出一个瓷瓶，递了过去："我这里有瓶疗伤药，你拿去用吧。"

陆青阳只消看一眼那瓷瓶的光泽，便知道这瓷瓶价值不菲。他犹豫了一下，却见他的左手先于他的意识控制，直接准确地把药瓶抓了过来。

"啧，应该是好东西，小子，你大哥还挺心疼你的嘛！"林子苏一边调侃着，一边毫不客气地用左手把药瓶揣入他的怀中。

陆青阳的嘴角微微抽搐，他这才知道让对方占据了自己一条手臂有多么的失策，在这一刻，他真恨不得把自己的左手狠狠地捆住。那伤药一看就知道有更灵妙的用处，他大哥给他用岂不是浪费了？但现在他却进退两难，难道他的左手刚把瓷瓶揣进怀中，他的右手就马上掏出来还回去？

这也太离谱了。

陆青鸣倒没觉得有什么不对劲，很自然地拉着陆青阳的手把他拽到桌边说："快点吃饭吧。我也没吃呢，正好一起。"


两兄弟吃完早饭，陆青阳便随着陆青鸣朝主宅的藏书阁而去。从大哥口中得知，父亲昨日晚间有事离开了陆家，所以先不用去见父亲了。

"小弟，我昨天见父亲的时候，他很高兴你有进步，让你继续努力。"陆青鸣笑着说道。

陆青阳默默地听着，脸上并没有太多的表情。他知道大哥说这话只是在安慰他。

陆家的藏书阁依山而建，是一幢四层的楼阁，恢宏气派。陆青阳远远地看着屋檐琉璃瓦上反射的阳光，激动不已。多少年了，他一直梦想可以进藏书阁挑选功法，今日终于有了这个机会。就算是心境已经如一潭死水的他，也难免心中激荡。

陆青鸣在旁察觉，不由得笑道："小弟，还没人和你讲过功法的分类吧？"

陆青阳收敛心神，低声道："没有。"

"那大哥就和你说说。你也知道，我们这片大陆分为四个区域，分别是春之地、夏之地、秋之地和冬之地。我们陆家所居住的地方是秋之地，一年到头都是恒温，总是保持着秋天的凉爽。可是在若干年前，大陆上并不是这样的，春夏秋冬四季更迭乃自然规律，在一年中循环往复，一个季节占三个月份。五千年前的一场神道之战，导致大陆一年内再也没有四季之分，若是想感受四季的区别，就只有走遍整个大陆。春之地的芬芳、夏之地的炎热、冬之地的酷寒……"

陆青阳抬起头，看着主宅两边树上不断掉落的枯叶，无法想象其他季节的景象。在他出生之后，整个庄园就是这样的，天气永远是干燥的，偶尔风沙漫天，他一直以为其他地方也和这里一样。陆青鸣的这番话，就像是为他打开了另一扇大门，让他充满了期冀。

原来陆家以外的世界，那么宽广……

"啧，其实要想领略一年中四季变换的奇景，还有一个地方可以看到哟！"林子苏也不甘寂寞，在陆青阳的脑海里唠叨着，"就是四季之地的最中央地区，那一片乾坤山脉中，是有着一年四季变化的。"

两个人的声音交织在一起，陆青阳听得头疼，只好忽略碎碎念的林子苏，专心听大哥说的话。

"自从大陆分为四季之地以后，功法也有所转变，千百年来基本形成了规律。居住在春之地的人天赋功法一般是水系和木系，夏之地是火系和雷系，冬之地是冰系和土系，而我们秋之地的人则是会风系功法和金系功法的居多。"陆青鸣徐徐说道。

"那大哥你练的是什么系的功法？"陆青阳忍不住追问道。

陆青鸣微微一笑，伸出手掌来，不一会儿掌心中便泛起了蓝色光波，在光波的外围，还隐隐泛着青色。"我的天赋功法是水系和风系，水系以治愈为主，风系以破坏为主，这两种功法不能互助修炼，所以我只能先专修水系功法。"陆青鸣遗憾地叹了口气。

"确实如此，他的天赋功法要是水系和冰系或者水系和木系的话，那么成就会比现在还高。"林子苏啧啧有声地点评道。

陆青阳这才知道昨天他的伤就是大哥用水系功法治疗的，顿时觉得无比心动："大哥，那我的天赋功法是什么？"

陆青鸣笑着说道："我也不知道，你突破了炼气一层，能够炼出气来，才可以检验你的天赋功法。喏，我们到了，这里就可以检验。"陆青鸣指着藏书阁前的那颗人头大小的透明水晶球说。

在藏书阁的院落中，两个陆家长老等候着，两兄弟先后和他们见礼。

陆青阳知道他们是特意在这里等着他的，心情不禁紧张起来。尤其那两个陆家长老一副懒洋洋不爱睁开眼睛的模样，更是让他心中忐忑。

"每种功法都有特殊的代表颜色，把你的手放上去，对着水晶球输入你的真气，水晶球内所显示的颜色，便是你所对应的天赋功法。"陆青鸣拍了拍陆青阳的肩膀，发现他身体僵硬得不得了，不禁笑道，"小弟放松，很简单的。"

说罢陆青鸣便把手放了上去做示范，只见水晶球忽地一下亮了起来，变成了蓝色，然后在亮蓝色之间，清晰可见一片片飞舞的青色光芒。当陆青鸣把手收回去之后，那一片亮光便隐去，恢复了透明状态。

陆青阳深呼吸了几下，迟疑了片刻，举起了自己的右手。他还没忘记，他的左手被林子苏附身了，右手才是真正属于他的。

陆青鸣专注地看着水晶球，发现了蓝色和绿色的细丝光线，当然不能和他刚刚的一片光芒比，却也能知道小弟的天赋功法是水系和木系。陆青鸣喜出望外，这两系功法是最好的辅助功法，仅次于火系和雷系，就算没有大成，也会受益匪浅。可是在他正想开口时，却突然发现水晶球内又出现了红色和紫色的细丝光线。陆青鸣一愣，难道小弟竟有四系天赋功法吗？除了水系和木系之外，竟然还有火系和雷系的天赋功法？

陆青鸣愣怔起来，这片大陆上，最常见的就是双系天赋功法，如果辅助得好，则会有大成。三系天赋功法不是没有，而是少见，但也要以风火两系为重时才有用。例如炼丹师所需的就是风火木三系天赋功法，炼器师所需的是风火水三系天赋功法，其余三系天赋功法组合，很多都是鸡肋。

并不是天赋功法越多越好，越多反而真气越不纯，分流了炼气的精力，反而比其他人更费功夫。

所以天赋最好的人，其实是拥有单系天赋功法的人。双系天赋功法需要两倍的时间。所以一般顶尖的先天宗者，都是单系天赋功法。但这片大陆上却很少有单系天赋功法之人，据说几千个修炼之人中才能有一两个，至少陆家如此之多的内门弟子之中，只有陆家闭关二十多年的老祖宗是单系的金系天赋功法。

陆青鸣胡乱想着，却见水晶球内的细丝光线又增添了两种——青色和金色，分别代表风系和金系，而在瞬息之后，又多了白色和棕色两种，代表冰系和土系。

八种颜色的细丝光线在水晶球内四处飘动着，无比好看。陆青阳欣喜地眨了眨眼睛，确定再没有变化后，这才收回了手。正想找陆青鸣问询，突然发现大哥的脸色难看至极，在他旁边的两个陆家长老都一脸果然不出所料的表情。

怎么了，天赋功法难道不是越多越好吗？陆青阳迷茫地想着。

"哈哈哈哈！笑死我了！你小子居然是几千万个人里才出一个的废柴体质！八种天赋功法居然全都有！"在他的脑海中，林子苏肆无忌惮的嗤笑声响了起来。

# 第五章
## ◇ 是 废 柴 还 是 天 才 ◇

废柴体质？陆青阳虽然不想相信林子苏的话，但他也发现大哥脸上的表情称不上好看。

原来自己果然是废柴……

"啧，八种天赋功法，就是完全的鸡肋啊……我原来只是在古籍中看过记录，有人拥有六种甚至七种天赋功法，没想到居然还能看到八种全拥有的人……"林子苏感叹着。

陆青鸣回过神来，发现小弟的表情失落到极点，连忙挤出笑容安慰他道："小弟，这样也很不错啊，你喜欢哪种功法就可以练哪种……"陆青鸣这话说得，连他自己都觉得苍白无力，只好闭口不言。

这时其中一个陆家长老咳嗽了一声，徐徐道："青鸣，你父亲说让你这边事结束之后，马上去见他。"

陆青鸣皱了皱眉道："我说了今日要陪小弟挑选功法的。"

"由老夫相陪即可。"另一个瘦一些的陆家长老捻着胡子说道，言下之意就是这等废柴，挑什么功法都无所谓。

话都说到这份上了，陆青阳再怎么样也不可能硬留着大哥，勉强笑了笑道："大哥，你去见父亲吧，由长老陪我便可。"

陆青鸣百般不放心，但也不得不承认眼前这个事实：小弟确实不是修炼的体质。父亲那边的事情肯定很急，否则不可能让两个长老来藏书阁这里等候，所以当下只好叮嘱了小弟几句，叹息离去。

其中一个长老陪着陆青鸣，而留下来那个瘦一些的长老，陆青阳想起来这人在老一辈里排行第三，修为恐怕已经达到了炼气八层，所以恭敬地叫了一声三爷爷。

陆三长老点了点头，表情并没有多少变化，淡淡地带头向藏书阁内走去。

陆青阳赶紧跟上，在踏入藏书阁内的那一瞬间，扑面而来的墨香味令人精神一振。藏书阁的一楼二楼是打通的，立着八个足有两人多高的书架，在书架的外端分别写着八种天赋功法的名称。

"喏，你自己选吧，选好了之后，去周围的小房间誊写一份，把原件放回书架上后，抄写的功法可以带走。"陆三长老的话说得有气无力，连眼睛都眯了起来，一副不耐烦的样子，"我就在三楼的修炼室，有事可以来找我。"

这话说得倒是很到位，但语气明摆了说，没事别烦他。

陆青阳连忙应是，低着头恭送陆三长老上了三楼。偌大的藏书阁内就剩下他一人，他仰起头，看着八个巨大的书架，茫然无比。

若他真的是废柴体质，那么还有修炼的必要吗？

"既然来了，就去看看。你对哪样功法感兴趣？"林子苏忽然出声道。

对林子苏居然不落井下石的反应，陆青阳有点不适应，愣了半晌都没反应。

"你这破孩子，你要想你多牛啊！你现在是想练啥就练啥，多好！对于天赋功法，很多人都没得选择的，例如怕火的人要去练火系功法，多惨啊！"林子苏一本正经地吐槽。

陆青阳被他说得哭笑不得，倒是去了几分失落。他这会儿觉得，寄居在匕首上的这个灵魂，虽然得理不饶人，但本质上还是个不错的人。

至少陆青阳现在有他陪着，并不怎么慌乱了。

犹豫了片刻，陆青阳便直直地朝水系功法的书架走去。

"碧波功、涟漪功、水滴石穿指法、碧海连天掌法……啧，你们家里收录的功法还挺多的。"林子苏啧啧有声地评价道，见陆青阳向上看去，便说道，"书架越往上面的功法越高深，只是你现在还拿不到。"

陆青阳这才了然，以他九岁的身高，就只能拿到书架下面三层的功法书。上面的超过一人高的功法书，定是需要配合一些身法才能够得着。

"你想学习水系功法？不用猜都知道是因为你那个大哥吧？"林子苏取笑道。

"是的。"陆青阳不觉得这有什么丢人的，他觉得大哥治疗他的那种功法很有用，自然想学。

"嗯……那你就拿那本《天一生水功》。"林子苏也不为难他，直接说道。

陆青阳定睛一看，发现书架上有好几本《天一生水功》，他抽出一本，反身朝周围的小房间走去。

藏书阁大厅四周的这些小房间，都是专门为内门弟子誊写功法书所准备的。里面窄小，只有一个蒲团和一张桌子，笔墨纸砚俱全。

陆青阳关上门后，便把这本《天一生水功》第一册翻开，他不知道这种功法是极其难的，还以为这种功法是最简单的，可以分好几个阶段学习。其实只有特别的功法，才有这种级别上的分类，达到某一程度之后，才能继续往下学习。

天一生水功的宗旨便是天一生水。"天一"就是星辰的中心。水汽中轻盈的成分上扬，形成了天；水汽中重浊的成分下沉，形成了地。还有一部分水汽变成了水，这就是"天一生水"的意思。

人体也是自成一个世界。若做到了真正的"天一生水"，真气便可以循环往复，源源不绝。

陆青阳一开始并没有誊写，而是把《天一生水功》的第一册从头到尾翻了一遍，然后便闭目沉思。

林子苏并没有闲工夫窥视陆青阳正在想什么，他其实只是想看看陆家所藏的《天一生水功》是不是全本。从第一册来看，确实和他以前看到的别无二致，就是不知道其他几册有没有差别。陆青阳又因为个子不够拿不到，就算是他也没有办法。

其实《天一生水功》确实是无上功法，但一套共有九册，很少有人能全部练下来。除了特别出众的水系天才，其他拥有水系功法的人一般都不会练习。

若是陆三长老在的话，铁定不会让陆青阳去拿这本功法，因为这本功法非常难入门，而且在后期才会显示进益。陆青阳作为拥有八系天赋功法的废柴，是完全不可能练成的。

但作为公认的天才，陆青鸣所学的就是此功，所以他现在的水系修为就远远超过了风系。

"这种功法对你来说还是太难了，不利于你冲击炼气三层。我当初练这种级别的功法，也用了半年多呢！那已经打破了这片大陆上的纪录了。常人需要三年甚至更久，我劝你还是找本简单点的吧。"林子苏看过了《天一生水功》的第一册之后，达到了自己的目的，刚想劝陆青阳换一本简单的来学习时，忽然感到陆青阳睁开了眼睛，同时抬起了右手。

在陆青阳右手的掌心中，居然缓缓地凝聚了水蓝色的光波，虽然远逊于陆青鸣的修为，但这确确实实是水系功法成功的表现！

林子苏一下子就呆住了，这人不是废柴吗？怎么才读了一遍《天一生水功》，就让他给学会了？！

在突破炼气一层之后，练功的方法便是修习各自的天赋功法。例如接下来想突破到炼气三层的话，双系天赋功法的人必须两门功法同时突破，才可以算达到炼气三层。依此类推，三系天赋功法的就要三种功法同时修炼，反而单系天赋功法只需要练习一种即可，练功时间是其他人的几分之一。就像是某人天天上课专学一门课程，那肯定学得非常好，但若是天天上课需要学八门课程，那门门都很强的人就要很强大了。

陆青阳同时具有八种天赋功法，需要兼顾八种功法，所以他要达到炼气三层的话，就需要八种天赋功法同时突破，需要单系天赋功法之人八倍的时间，双系天赋功法之人的四倍时间。而且又由于体质不纯，根本不能专修一种天赋功法。

所以这也是为何具有单系天赋功法的人能成为先天宗者中的顶尖人物。


不过现在知道陆青阳具有八种天赋功法，总算是解释了为何他突破炼气一层要比旁人困难好几倍。

所以林子苏根本就没指望他能修炼成天一生水功，只是借着他的手和眼睛，让自己看一眼这本功法而已。

但他完全没想到，陆青阳只是读了一遍之后，掌心便已经可以凝聚水系光波，这炼气的速度简直非同凡人！

"怎么了？是不是我练得不对啊？"

林子苏定了定神，深深觉得是自己产生了幻觉，轻咳了一声道："也许是这本功法太简单了，你去换本其他系的功法来试试。"

陆青阳刚刚正专注于练功，并没有听清楚林子苏之前说的就算是天才也至少要修炼半年以上的那番话，闻言便站起来往外走，连抄写都不用了。因为他苦修炼气一层四年多，早就对全身上下的真气运行轨迹了如指掌。反正这一册的功法运转路线他已经记在了心里，旁人死记硬背功法上面的字句，他却记着真气运转的路线，运转几个周天之后倒是不用再看功法书了。

把《天一生水功》放回了原处，他又走到了木系功法书架前，在林子苏的指示下，拿起了《万木迎春功》的第一册。

"万木迎春"形容的是春天里万木生长的景象，是快速提升真气的一种极高深的功法，也要分为好几个阶段练习。

陆青阳同样只是通读了一遍，闭目沉思了片刻，再抬起右手时，掌心便凝聚起了淡淡的绿色光波。

林子苏不信邪，又让陆青阳换了一本土系的《垒石成山功》，这也是一门极难学会的防御性功法。陆青阳同样也是不费半点力气便在掌心中凝聚了棕色光波。接下来林子苏索性每系的功法都让陆青阳学，都是刻意挑的极其顶尖的功法，陆青阳均一一学成，没有任何一系功法的学习有半点凝滞。

最后到火系功法时，林子苏见陆家在火系功法上的收藏不足，便亲自背了一本《流火未央功》，然后麻木地看着陆青阳的右手掌心蹿出赤色的光芒。

怎么会这样？

林子苏抓狂地问着自己，其他系的功法也就罢了，这本《流火未央功》，他也是足足修炼了半年之久，才达到陆青阳现在这样的状态。可是林子苏就算再逃避现实，也不得不承认陆青阳其实并不是个废柴，反而是几千年难得一见的天才！

一天的时间，就把八系功法几乎最顶尖的绝学全部练会，这简直就是传奇啊！

"前辈，是不是我练得有问题？"陆青阳见林子苏陷入了沉默，还以为自己练的方法有问题，忐忑地问道。从林子苏传授他《流火未央功》起，他便自作主张地改变了对林子苏的称呼。他虽然今天才接触功法，倒也明白《流火未央功》绝对难得一见。一般顶级功法都是传徒传子，不能传授给外人的，所以陆青阳便收起了对林子苏的不满，变得恭敬起来。

林子苏闻言苦笑道："别叫我前辈了，我可当不起……我其实也没大你多少岁，你就叫我林吧。"这样怪异的体质，就算是自诩天才的林子苏也望尘莫及。这时林子苏也能猜得出来，为什么当年那个凶手会瞄上陆青阳，这样的孩子，若是掳去洗了记忆，变成自己的弟子，那么肯定能培养出一个极其可怕之人。

也幸亏当年陆青阳受了伤，堵塞了经脉，否则他的天赋早就暴露出来，陆家也就绝无安宁之日了。没人知道仙根慧体在仙根被摧毁后，慧体的天赋居然也如此可怕。若是当年没有发生那场意外的话，今日的陆青阳又会是什么样呢？

林子苏心念电转间，便有了计较，他知道陆青阳年纪虽轻，但不是普通的小孩，与其让陆青阳日后怀疑，不如……

林子苏沉吟了片刻，把真相完完全全地告诉了陆青阳。

陆青阳越听越茫然，根本不相信。

原来他并不是废柴体质？

"其实由你今天的进度看来，八种天赋功法齐全的人，才能做到生生不息。事实上，古籍上根本没有记载过有八种天赋功法齐全的人，只有六种或者七种的，因为功法不全，所以根本就是废柴。因为这样，大家就难免会认为同时拥有八种天赋功法的人更加废柴。"林子苏冷静地分析道，"不过这样的能力，你现在千万别在其他人面前显露，否则在你的实力真正强大之前，就会被人灭掉。关于木系和风系不是有句古话吗？叫'木秀于林，风必摧之'。"

陆青阳还是有种不真实感，始终无法相信自己竟然就是林子苏口中的天才。

两人正待继续探讨时，藏书阁内响起一个苍老的声音，陆三长老开始赶人了。

陆青阳这时才发觉天色已经暗了下去，连忙收拾了一下，匆匆走出藏书阁。

陆三长老是长期负责管理藏书阁的人，就算是夜晚也要在此处休息。他见陆青阳身上并没有任何誊写的纸张，便以为他连写字都不会，鄙视地瞥了一眼，这才把藏书阁的门从里面紧紧关上。

陆青阳并未在意，他站在藏书阁的门外，沐浴在月光下，感受着迎面吹来的凉爽的晚风，恍如隔世。

早上他进入藏书阁时，还以为自己已经没有了继续修炼的资格，但仅仅过去了一天而已……

一直以来紧绷的心弦忽然间松了几分，陆青阳看着藏书阁门前那个人头大小的水晶球，忽然起了童心。

见左右无人，便把左手放在了上面。

"林，让我看看你的天赋功法呗！"陆青阳好奇地说道。

话音刚落，陆青阳便觉得一股热流从手臂上聚集而起，水晶球上赤红色的光芒顿时迸发出来，照得四周亮如白昼，刺得他的双目都睁不开了。

噼啪！

水晶球发出了一声脆响，竟出现了一道深深的裂痕，把陆青阳吓了一大跳，他连忙收回左手，抱着头跑入了黑暗之中。

# 第六章
## ◇ 炼 器 师 ◇

陆钧天放下手中的茶杯，看着坐在他对面的陆青鸣，轻咳一声道："青鸣，这件事你想好了吗？"

陆青鸣那犹带少年稚气的脸上，两道英挺的长眉皱得死紧，却是一句话都没说。

父亲今日把他匆匆叫来，是要他见一个人，那个人来自于夏之地的昊天谷。昊天谷乃是夏之地极其有名的门派，他原以为父亲让他见此人，只是为了交流一下，却没承想父亲是想要送他去昊天谷修炼。

可是陆青鸣真的不想离开陆家，若是不知道小弟的处境也就罢了，现在他就这样离开的话，小弟的生活岂不是会更加难熬？

陆钧天见长子并没有答话，便叹了口气道："青鸣，你当爹爹就舍得把你送到昊天谷吗？可是你没发觉你最近的修炼都没有进益，水系功法修为远超风系功法吗？这样下去，你就根本无法突破炼气五层。"

陆青鸣抿了抿唇，无言以对。他也知道最近自己的修炼陷入了瓶颈。

"昊天谷建在夏之地的赤炎山深处，是集天地灵气的上佳修炼之地，比起陆家内宅来好上数百倍。"陆钧天喝了口茶，接着说道，"在火炎之地，可以借由环境，相对地减慢你水系功法的修炼进度，至少也可以达到水系和风系平衡的状态。这种机会相当难得啊！"

陆青鸣也对昊天谷有所耳闻，在这片大陆上，除了中央地带的乾坤山脉外，四季之地都各有其圣地存在。赤炎山便是夏之地的圣地，与春之地的九环溪、秋之地的暮秋岭、冬之地的穹天崖并称为天下闻名的四大修炼之地。但这些地方往往都由已经传承几千年的大门派占据，赤炎山便是昊天谷的所在之地。

"父亲，昊天谷为何会对我另眼相看？"陆青鸣略一思索，便犹豫地问出心中的疑问。他在陆家虽然算是百年一遇的天才，但若是和其他圣地的子弟比较，充其量也就是中上等罢了。昊天谷乃是有着千年传承的门派之一，众所周知地难以接近，怎么会就偏偏看中他了？

"你当人家昊天谷那么好心，可以随便领外人进谷吗？"陆钧天虽然口中说得丝毫不客气，但语气中倒是透着欣赏，不愧是他的长子，心思缜密，"你也知道，炼器师所需要的天赋功法是风、火、水三系，但三系同在一人之身时，却往往不会有更好的成长空间。当然，天下成名的炼器师都是难得一见的天才之辈，可这远远满足不了世间对炼器师的需求。"

"我是水系和风系两种天赋功法，难道昊天谷是要找个火系天赋功法的人和我配合吗？"陆青鸣也知道炼器师需要三系天赋功法同时突破，这已经要比常人多花几倍的时间修炼，除此之外还要学习大量的炼器知识，所以有成就的炼器师可以说是屈指可数，顶尖的炼器师更是凤毛麟角。

因此近年来，许多门派便开始培养双人炼器师，但均因为配合的难度比较大，一直还未有成功的消息传出来。毕竟两个人一起炼法器，跟一个人相比，需要极高的默契，这失败率肯定也是高得惊人。

陆钧天点了点头道："今日从昊天谷来的这位长老，他的弟子便是火系和金系的双系天赋功法，修为和你相差无几，只有十五岁便已经是炼气五层了。虽然等你们同时达到炼气八层之后再开始合作比较稳妥，但昊天谷那边说最好让你们现在就一起修炼，增加默契。"

陆青鸣闻言不语。对方是火系和金系的天赋功法，除去炼器师所必需的火系功法，金系功法其实也是有相当大的辅助作用，毕竟法器都是由金属矿石炼制而成。因此以他们两人的天赋功法来看，他们应当是炼器师的最佳配对。

陆青鸣这才知道为何父亲如此积极地想促成他的昊天谷之行，世上只要是有名有姓的炼器师，都是声名赫赫。若是他能成为炼器师，那么陆家的地位便不可同日而语。

只是炼器师组合的其中之一也没有关系。反正两个人的炼器组合，最大的好处就是可以冲击更高等级。毕竟两个人一起修炼，要比一个人修炼三门功法容易得多。

陆钧天见陆青鸣的表情略有松动，便努力劝道："我知道你担心你小弟，但是这片大陆上是用实力说话的，你的能力越高，便越能保护你小弟。昨天是你二弟欺负你小弟，你可以毫不犹豫地替他出头，但明天、后天呢？若是父亲也无法匹敌的对手呢？"

两父子同时沉默了下来，均知道那个无法匹敌的对手所指的是谁。

四年多前的那个夜晚，永远是这个家忘不掉的噩梦。

此时，一阵急促的脚步声打破了屋内的寂静，陆钧天已经听出外面的是陆三长老，连忙出声道："三叔请进，有什么事吗？"

陆三长老急急忙忙地撞门而入，陆家父子这才看到他手中捧着一个透明的水晶球，只是那上面有一道很深的裂痕。

"这是藏书阁前的水晶球，怎么会这样？"陆钧天的脸色大变。

"我也不知道是谁做的。"陆三长老惭愧地说道，"我晚上打算出门逛逛时，就发现水晶球裂成这样了。"

三人的脸色都很难看，因为他们知道，这试炼水晶球，只有先天宗者的真气才能使其碎裂。可是又有哪个先天宗者这么无聊，特意跑来陆家弄坏一个试炼水晶球？

"这是警示……"陆钧天叹了口气，仿佛又苍老了几岁。陆家上下几千口人，连同闭关二十多年的老祖宗在内，都没有一个先天宗者。今日昊天谷的长老也不过是炼气十层，根本不可能有击裂水晶球的实力。那么这个人，非常有可能是四年前的那个……

陆青鸣死死地盯着水晶球，片刻之后沉声道："父亲，孩儿决定去昊天谷。"


陆青阳不知道他一时的童心大起，竟会产生如此之大的后果。

他当时跑掉确实是下意识的反应，现在回过来神，才发现自己可能闯了大祸。

"我只是想看看你的天赋功法，没必要把水晶球弄坏吧？"在逃回到自己的小院中后，陆青阳忍不住对林子苏抱怨道。那个水晶球一看就是很贵的，他赔不起啊……

"我也不知道我处于灵魂状态还有那么大的能量。"林子苏义正词严地辩解道，只是语气有些硬邦邦的。其实林子苏也是憋了一肚子的火，任谁看了陆青阳这一天的成果，都会觉得憋气，开始怀疑自己修炼的意义。这真是人比人气死人啊……

林子苏犹自抓心挠肝地闹心着，却没注意陆青阳已经犹犹豫豫地拉开门往外走了，连忙用左手拉住门把手，制止陆青阳继续往外走："你要去干吗？"

"去向爹爹请罪……"陆青阳还是觉得心里不安，他没做过什么坏事，骤然弄坏了那个贵重的试炼水晶球，让他实在是寝食难安。

林子苏听他这么一说，搂紧了门把手说什么都不松："解释？你怎么向你爹解释？说你弄碎了水晶球？没人会信的！"

"为什么不会信？"陆青阳不解。

"因为那个试炼水晶球，只有在容纳的真气超过它的承受范围时才会碎裂，而且至少要达到先天宗者境界才行。"林子苏嗤之以鼻，"你才炼气二层，就能震碎试炼水晶球？那岂不是天大的笑话！"

陆青阳沉默了下来，这样的话，如果要和父亲解释，就势必要交代林子苏的存在。

他不想让其他人知道林子苏的存在。若以后这具身体被林子苏侵占，那么他肯定也会很好地扮演陆青阳，替自己活下去。他不想让其他人担心他，尤其是大哥。

林子苏感觉到了陆青阳的踌躇，便再接再厉地说道："其实严格算来，弄坏水晶球的人是我，你只是知情不报而已，情有可原。"

陆青阳还在挣扎，却见自己的左手已经自作主张地推开了门，却并没有放开门把手。他的身体被带得向前倾斜，眼看就要失去平衡摔倒在地。陆青阳没有选择地往屋内踉跄了一步，而就在他刚站定之时，左手回手一甩，门砰的一声关上了。

陆青阳丝毫不怀疑，若他坚持再出门的话，刚刚的一幕就会重复上演。

答应给林子苏一条手臂，真的是太失策了。早知道就给他一根手指了！

陆青阳悔不当初地郁闷着，但他的性格不像林子苏那般计较，懊恼的情绪一闪而过，便恢复了常态，重新想到了另一个他刚刚忽略的问题。"林，你弄碎了试炼水晶球，那么你的修为已经是先天宗者了？"陆青阳的语气中带着难以置信，因为林子苏的声音听起来很年轻，况且他自己也说大不了他几岁，那么就是根本没到二十岁……

不到二十岁的先天宗者，陆青阳发觉自己的呼吸都急促起来了。

他们陆家上下，连一个先天宗者都没有……

听陆青阳这么一感叹，林子苏的尾巴立刻就翘了起来，大笑道："当然，我在十七岁的时候就是先天宗者了，我师父说，历史上没有比我更年轻的先天宗者了！我是史上第一的天才！"

陆青阳单纯地赞叹了两句，然后好奇地问道："林，那你今天教我的《流火未央功》是你学过的吧？当时你用了多久？是不是一天就练到了第九册？"

"……"

"咦？怎么不说话了？林，林？你还在吗？干吗拍断我的桌子啊？我还要吃饭的……"

这破孩子！再也不和他说话了！

林子苏彻底抓狂。

"喂！起床了起床了！别睡懒觉了！"一大清早，林子苏就不停地在陆青阳的脑海里唠叨着。

陆青阳抱着脑袋，不堪其扰。

昨天他不知道怎么惹这位大爷不开心了，整整一晚上都没再和他说过一句话。天地良心，他确实是不知道林子苏在闹什么脾气，他说那句话只是想了解一下天才应该达到的程度。虽然林子苏对他说他其实不是废柴是天才，可是没有说得太详细，让他心里还是很不安。

昨晚林子苏生闷气，陆青阳一开始也觉得忐忑，但他不知道怎么哄人，又怕越说越错，只好闭嘴专心回忆白天新学习的八门功法，一直修炼到天亮时才合眼。他前天晚上就因为林子苏的突然出现没有睡觉，连续两天两夜没睡，就算是头脑处于很兴奋的状态，但身体还是撑不住了。

脑袋刚沾上枕头的时候，林子苏居然吵嚷起来，锲而不舍，无论他怎么忽视都没用。

陆青阳真的是一点办法都没有，因为对方是在他的脑海里叫唤的。

"什么事？"陆青阳坐直了身体，深吸了一口气，拿出最大的耐心和容忍度。虽然他极其怀疑林子苏是在故意报复。

虽然只和林子苏接触了两天，但是陆青阳已经很清楚地了解了对方的性格。

自满，自大，骄傲，目中无人，唠叨，睚眦必报……

至于优点自然有，只是他现在没发现而已。

虽然昨日林子苏教他流火未央功时，他还挺感激的，但这时反应过来，对方的目的不就是霸占他的身体吗？给他练就相当于自己练，有什么不传之秘的禁忌？有什么门派之见？通通都没有！

所以陆青阳想到这一点，对林子苏的那一丁点好感便立刻烟消云散。

"喏喏，姓陆的破孩子，先别睡，你刚刚经过一整夜的苦修，马上就能突破到炼气三层了，这大好机会你要放过吗？"林子苏苦口婆心。

"呼噜……"陆青阳直接向后躺倒。

"喂喂！不能睡！谁知道突破点下次又会在什么时间出现啊！是一天后，还是十年后，都有可能的！啊喂！"林子苏慷慨激昂。

"呼噜……"陆青阳翻了个身，继续睡。

"喂！再睡就捏你鼻子了！连你的嘴巴也一起捂起来！"林子苏说到做到。

"我练就是了……"陆青阳无奈地撑起身子。

"嗯嗯，这才是乖孩子嘛！"林子苏欣慰不已。

陆青阳强打着精神,盘膝在床上坐好。他的头仍在隐隐作痛,却不得不顺着林子苏的意思去做。

他真的怀疑,林子苏的实际年龄比自己还小,否则怎么会比自己五岁的小表弟还能磨人?

"先把你昨天学的那八种功法都练习一遍。"林子苏发布着号令。

陆青阳默默地调动体内的真气,掌心中的光波不断变换着色彩,从蓝色、棕色、绿色……一直到最后成红色才结束。

"嗯嗯,不错。"林子苏没啥诚意地称赞了两句,"你有没有发现,你和你大哥掌心中放出的光波有什么不同?"

陆青阳定了定神,虽然林子苏看起来非常不靠谱,但他确实是想要帮助自己修炼。陆青阳当下集中精神回忆了一下陆青鸣在藏书阁前释放的蓝中泛青的光波,不禁动容道:"大哥是两种天赋功法一起释放出来的。"

"没错,这就是炼气二层与炼气三层的区别。只要能把自身的天赋功法融合在一起释放出来,那么就能突破到炼气三层。既可以单独释放单系天赋功法,也可以融合释放,自会更加有威力。"林子苏轻笑道,"所以说,拥有越多天赋功法的人,就越难再向上修炼,融合两种天赋功法就已经很不容易了,你要融合八种!"

一想到陆青阳这小子一会儿会懊恼得垂头丧气,林子苏就忍不住想要笑,不住地催促道:"快选两种天赋功法,先慢慢融合,再一种一种加入。"

陆青阳想了想,还是最先运起了天一生水功。毕竟这是他第一个学会的功法,所以很快他掌心便泛起了蓝色的光波。然后在天一生水功还在运转的时候,体内的真气一转,丹田中又升起一股真气,运转起万木迎春功。

五行之中水生木,二者相辅相成。

功法就是这样,若天赋功法是相辅相成的,那么肯定就会事半功倍。但若是不巧,两种功法是相克的,那么就会是事倍功半。风系则是例外,因为风系元素在五行之外,可以任意地和其他七种天赋功法相融合,这也是拥有风系和水系天赋功法的陆青鸣比其他人修炼要快的原因之一。

林子苏眼见着陆青阳右掌心中的蓝色光波中心一阵波动,随后泛起淡淡的绿色,便知道他定是按照五行相生的原理挑选的,不禁心生佩服。

这孩子才九岁,怎么就这么聪明呢?

当然,林子苏绝对不承认,他是想看陆青阳的笑话,才故意不告诉他最好根据五行相生的原理挑选天赋功法相融合的道理的。

不过，他这种修炼速度也太惊人了点吧？

林子苏继续嫉妒中。他虽然拥有单系天赋功法，当年突破到炼气三层的时候就跟玩儿似的，但他也知道融合两系不同的天赋功法是多么的困难。

是否能突破到炼气三层，决定了一个人能不能在修仙道路上走得更远。只有融合了自身的天赋功法，才能正式踏入修仙的殿堂，有些人终其一生都无法登堂入室，就是因为身怀的天赋功法根本不能融合。

当然，有些大门派拥有特殊的辅助丹药，可以助人突破到炼气三层。陆家也有，只是肯定不会拿来给陆青阳用就是了。有八种天赋功法，在旁人眼中肯定是无药可救的废柴。

林子苏在亲眼见到之前，也如此以为，谁知道这孩子竟然是个天才呢！别人都以为陆青阳是经脉受损，其实不是的，被损坏的只是仙根而已，而且因为他身怀八种天赋功法，因此在一开始的时候就需要其他人的好几倍的时间来修炼。但一旦突破了这个瓶颈，慧体的能力便显露了出来。

此时陆青阳右掌中的光波已经变成了外圈蓝色内圈绿色的情况，并且趋于稳定，不再波动。再一次深呼吸后，绿色光波的中心忽然蹿起一点红色的光波，就像是火焰被点燃的瞬间一般。

木生火，陆青阳的体内已经同时运起了流火未央功。

可是火系功法却与最先开始运转的水系功法相反，水火不容的情况立刻出现，他掌心中的光波就像是爆炸一般，瞬间消失得一干二净。

"哈哈，果然失败了！"林子苏幸灾乐祸的声音立刻传来。他心情好了一点，因为他突然想到，别人融合两种天赋功法就已经够难了，这孩子要融合八种，难度是旁人的二百五十六倍！肯定不会那么容易进入炼气三层！

陆青阳并没有因为失败而气馁，他在过去四年多的时间里，接受失败的次数要比任何人都多。所以相对的，今天那种每次都成功的情况，才更具有冲击性。他直接把林子苏的笑声当成耳旁风，只是闭目想了想，便重新睁开眼睛，再次运起天一生水功。

蓝色的光波泛起，绿色的光芒在掌心升起，慢慢地蔓延，像是一棵破土而出的绿芽，缓慢地覆盖了整个掌心。随后红色的光芒蹿起，像是燎原的大火一般烧尽了绿色，之后依次是棕色、金色，最后恢复成了蓝色。

林子苏早就看呆了，因为陆青阳没有急于融合每一种天赋功法，而是运用五行相生的原理，将每两种相生功法依次融合，简直就是在眨眼间便把五行功法融合了一遍。然后在林子苏发呆的时候，由火系生出雷系，水系生出冰系，风系也依次和七种天赋功法互相融合成功。

真的是天才啊！

林子苏回想到，他那个拥有五行天赋的师兄，据说在冲击炼气三层时，花费了整个师门存下来的五行丹药，最后由五名先天宗者护法，费时十年，在师兄十五岁的时候才最终突破。这已经是拥有五行天赋的人之中，突破到炼气三层的最快的纪录了。若不是五行相生相克的能力，在后期提升会相当快速，他师父也不会费如此大的力气。

只是，相比陆青阳，他那个师兄简直就是渣啊！

林子苏目瞪口呆地看着陆青阳的右手掌心，陆青阳并没有休息，而是立刻进入了下一阶段的修炼。蓝色的光波中泛起绿色，这一次并没有让绿色覆盖蓝色，而是接着在绿色光波的中央蹿起了红色的光波。

这次并没有像第一次那样出现问题而全面崩溃，红色光波出现的那一刹那，整个光晕面晃动了一下，但很快又恢复了平衡，再依次现出了棕色和金色的光波，五行功法就这么简单地在陆青阳的右手掌心上形成了一个五种颜色的同心圆。

然后，第三层的红色光圈内层的颜色缓缓加深，由火系生出了雷系，随后在最外层的蓝色光波外围，泛起了白色光波，水系生出了冰系。最后一道青色的光芒忽然蹿起，无规律地在七彩光环中四处游移，就像是一股不羁的清风。

林子苏直接丧失了语言能力了，他把陆青阳死拉硬拽地从床上拖起来修炼，只是想出自己的一口恶气而已，却没想到对方能这么轻易地把八种天赋功法融合，几乎在一盏茶的工夫内就突破到了炼气三层……

"喀……这个……不错不错……"林子苏没话找话。

陆青阳右拳一握，把所有颜色的光晕全部收回体内。他已经累到了极点，就算是突破到了炼气三层，也不能让他的精神有半分振奋。

"嗯……以后继续努力啊……离本少爷我还差得远呢！"林子苏大言不惭。

陆青阳直接闭上双目，向后躺倒。

"喂！不许在我说话的时候睡觉啊！"林子苏彻底抓狂。

# 第七章
## ◇ 全 系 天 才 ◇

因为肚子饿，陆青阳醒转过来时，已经是第二天的下午了。他摸了摸咕咕叫的肚子，赶紧在洗漱之后到小院外拿回餐盒，狼吞虎咽地填饱肚子。

在解决温饱问题后，陆青阳才反应过来林子苏居然出人意料地一直保持着沉默。不过那个话痨好不容易安静下来，陆青阳也不会主动地招惹他。

收拾了碗筷之后，陆青阳想起凌晨的时候自己好像突破到了炼气三层……他应该不会是做梦吧？依循着残存的记忆，陆青阳摊开右掌心，看着代表八种天赋功法的八种颜色的光波陆续出现，这才确认自己已经达到了炼气三层，一时惊喜交加，不知道该如何是好。

也就是说，他能继续修炼下去了？有希望为母亲报仇了？

陆青阳兴奋地在自己的屋里乱转着，第一个念头就是要去找大哥，把这个好消息告诉他。不过在刚要离开时，想起林子苏昨天叮嘱他应该隐藏自己的实力。

可是大哥并不是外人啊……陆青阳纠结着，其实是在等着林子苏跳出来阻止他，或者和他吵一架也行。他真的太兴奋了，想要找个人好好倾诉一下。可是林子苏一直没有动静。

陆青阳虽然只有九岁，但对自己情绪的控制已经是很多人不能比了，在初时的狂喜退去之后，他便恢复了往日的冷静。因为他想起来，他大哥在释放天赋功法时，是两种天赋功法同时出现，而并不是像他这样一个一个陆续出现的。

也就是说，他这种其实算不上真正达到了炼气三层吧……

陆青阳没有其他人可以询问，便只好自己琢磨。他重新坐下来，开始研究如何把八种天赋功法同时释放出来。

当然也是从两种一起开始，然后遵循五行相生的原理，挑选相生的两种天赋功法修习。陆青阳发现同时让两种天赋功法运转比较困难，毕竟在一种天赋功法之上生出另一种，是在第一种天赋功法已经循环一周天的惯性基础上再去加另一种，就好像是在已经旋转起来的盘子上去旋转另一个盘子，肯定要比同时反向旋转两个盘子要简单得多。

陆青阳沉下心来，专心修炼，虽然他觉得这样的过程肯定很难，但身体就像是有自主意识一般，很快地便可以同时释放出水系和木系两种天赋功法了。陆青阳延续着上一次修炼的顺序，依照五行相生的原理，先修炼相生的两种，将其同时释放，然后火与雷、水与冰，风系再一次和其他七系……

这一次的修炼远远要比上一次花费的时间多，等到天色完全暗下来之后，陆青阳才隐约找到了一些感觉。

匆匆用过了晚饭，陆青阳这次并没有立刻坐下来修炼，而是绕着自己的小院跑了几圈。他虽然把全部精力都放在炼气之上，但平时也极为注重锻炼身体。毕竟他还只是九岁的小孩子，身高才到大哥的肩膀处，他可不想这辈子就只长这么高。

在锻炼之后，陆青阳还自己烧水洗了个澡，一身清爽地重新坐了下来。

林子苏还是没有动静，陆青阳在洗澡的时候注意到，左臂匕首上的"林"字还是闪亮的，林子苏应当是回匕首休息了。难道灵魂也需要睡觉的？真可惜，他没有骚扰林子苏的方法，要不然还可以让林子苏尝尝被人吵得睡不着的滋味。

陆青阳胡乱想了一阵，这才平心静气，仔细想着之前修炼时的感觉，然后开始疯狂调动体内的真气。他体内的真气本来就少得可怜，之前在运转八种天赋功法时也并不是同时进行，而是在一种功法之中陆续分出来八种。这下同时把真气分成八股，分别按照不同的运功路线运转，可谓是冲击极限。

这么大的波动，林子苏不可能没有感应。他其实根本没有睡觉，一个灵魂体还需要吃饭睡觉吗？他是被陆青阳半天时间就突破到了炼气三层给刺激得回到匕首里修炼去了。虽然不太清楚陆青阳在搞什么，但对方身体内大范围的真气波动他还是能感应到的，他急忙从匕首里跑了出来。然后林子苏就通过陆青阳的眼睛看到，陆青阳右掌心中居然同时亮起了八种颜色的光晕，一开始颜色还有些暗淡，渐渐地越来越鲜亮。

"你竟然到了炼气四层！"林子苏当时就绝望了，半天突破到了炼气三层还不算，现在居然都已经达到了炼气四层……

炼气三层只是要求修炼者融合自身的天赋功法，而炼气四层便是要求可以在同一时间释放所有天赋功法。而现在，显然陆青阳已经达到了炼气四层！

"啥？"陆青阳一呆，这么一分神，掌心中的光晕立刻破掉。

"别跟我说话，我正在嫉妒你！"林子苏彻底认输，蹲回匕首里画圈圈。这姓陆的孩子还是不是人啊！他分明没有人教导，修炼的速度怎么能这么快，他都是怎么摸索的啊？

林子苏突然觉得，他根本就是占了陆青阳一个天大的便宜。就算没有他，这姓陆的孩子明显也可以很快地成为先天宗者嘛！

陆青阳不知道林子苏又闹什么别扭，也没兴趣关心，他的注意力全被林子苏刚刚冒出来的那句话震撼了。难道，同时释放天赋功法，就是炼气四层的标志？也难怪啊，因为他大哥陆青鸣已经达到炼气五层了，同时释放两种天赋功法自然不在话下。

原来他一下子突破到了炼气四层！

陆青阳还是没有任何真实感，任何一个人，在被旁人指着说废柴说了四年以后，突然摇身一变，成了不可思议的天才，都会觉得难以置信。

"陆青阳。"林子苏突然间一本正经地开口道。

"在。"陆青阳一呆，林子苏貌似还是第一次这么连名带姓正式地唤他。

"我想，我们应该修改下交易的内容了。"林子苏严肃地说道。

"什么？"为什么要修改交易内容？陆青阳闻言不禁一愣。在他看来，自从与林子苏相识之后，他的修炼速度快得几乎就像做梦一般。虽然林子苏强调这是他自身的能力，但陆青阳还是觉得这是林子苏到来之后带给他的运气。此时林子苏提出要修改交易内容，让陆青阳下意识地抗拒。

林子苏刚想说什么，这时门外响起了敲门声，陆青鸣的声音传来："小弟，你还没睡吧？"

陆青阳连忙跳起来把门打开，果然见他大哥陆青鸣身着一身宝蓝色长袍，英姿飒爽地站在月光中，无比清隽俊朗。陆青阳还没看到过大哥打扮得如此正式，不禁一眼就看呆了。

陆青鸣为之莞尔。他的面容本就俊朗无匹，此时展颜一笑，更是像一股秋日里的清风，令人移不开眼。

"小弟，你刚刚在和谁说话？"陆青鸣向屋子里看去，发现屋内空无一人。

"呃，我在自言自语……"陆青阳讪讪地抓了抓头发。在没有外人的时候，他和林子苏更习惯用言语对话，毕竟在脑袋里对话太怪异了些。

陆青鸣没怀疑，只是伸手揉了揉陆青阳的发顶，柔声道："别把自己逼得太紧了，修炼的事情急不得。"

陆青阳想要辩解的话在嘴边转了个圈，终究咽了下去。

陆青鸣坐在桌子旁边，看着小弟在屋里手忙脚乱地烧水泡茶，忍不住一阵恍惚。

他好想看着他长大，却怕自己没有保护他的能力。

"大哥，呃，茶叶都是好久之前的了，还是喝点白水吧……"陆青阳不好意思地捧着一杯白水放在陆青鸣的面前。茶叶都是可以去管家那里领的，但是他在内宅本来就不受重视，也就不去自讨没趣了。

陆青鸣丝毫不介意，拿起杯子喝了一口热水，然后就陷入了沉默。

陆青阳陪坐在一旁，知道陆青鸣来这里不只是看看他而已，应该是有什么事情要说。但大哥不开口，他又不可能未卜先知，只好默默地等着。不过他其实更惦记林子苏说到一半的话："林，你刚才说修改交易内容的事情是怎么回事？"

"先不急，等打发了你大哥再说。"

既然对方都这么说了，陆青阳也只好按下好奇，静静地等他大哥开口。

在手中的热水变成凉水时，陆青鸣终于开口叹道："小弟，我一会儿就要走了。"

"哦，那大哥晚上早点休息。"陆青阳眨了眨眼睛，有些听不明白。

陆青鸣哭笑不得地说道："大哥是要离开陆家，去昊天谷修炼了。"

"昊天谷？对了，你大哥的天赋功法是水系和风系，那帮昊天谷的老家伙又怎么可能放弃这么好的一个苗子，肯定是千方百计地折腾他过去，组个炼器师组合。"林子苏在陆青鸣说了一句话后，便猜到了所有的事情。

陆青阳充耳不闻，只是定定地看着陆青鸣，执着地问道："大哥，那在昊天谷和在陆家，哪个对你修炼好？"

"当然是赤炎山的昊天谷好。"陆青鸣毫不犹豫地回答道。

"那大哥为什么还一脸犹豫？"陆青阳的思想比较单纯，这句话说出口后，便听见林子苏嗤笑的声音："笨蛋，他是在担心你啊！"

陆青阳的心底一阵感动，却不敢把自己的事情说出来。因为他现在连自己都没有任何真实感，怕这就像是个美丽的梦境，只要一对人言，便会立刻回到残酷的现实。

陆青鸣看着小弟清澈的双眼，突然觉得自己过于矫情。本来就是已经决定了的事情，就算再不舍，难道他能放弃这次机会，继续留在陆家吗？

不，他的愿望就是为母亲报仇，好好地照顾小弟。并不仅仅是现在，而是一辈子。

陆青鸣想通了之后，从手上摘下一枚造型古朴的戒指，递了过去："小弟，大哥就要走了，没有什么东西好送给你的。这枚戒指是几年前我在当铺中偶然发现的，是一枚空间戒指，只有达到炼气三层的人才能使用。大哥相信你能有用到的一天。"

"哈哈，他都已经炼气四层了，当然用得到！"林子苏看到那枚空间戒指，眼睛都放光了，立刻就要伸出左手来抢。

但陆青阳这次早就有准备，上次林子苏擅自抢了陆青鸣送的伤药的那件事他仍记忆犹新，所以这次右手早就已经按住了左手的手腕，摇头道："大哥，你这次出门在外，更需要这种东西。"虽然陆青阳不知道空间戒指值几何，但从林子苏的态度，也能略知一二。能让眼高于顶的林子苏在乎的东西，能是那么简单的吗？

陆青鸣笑着道："小弟，父亲另外送了我一个空间更大的空间法器，所以这个就给你用吧。以后大哥会给你炼个更好的，等着。"

陆青阳听了这话，就不好再拒绝了，伸出右手把戒指拿在手中，然后单凭一只手的力量，就把空间戒指戴在了右手拇指上。

"怎么不戴在左手上？戴在右手上不会妨碍做事吗？"

陆青阳笑了笑，不好向大哥解释他是怕这戒指戴在左手上，那就不是送给他用，而是送给林子苏用了。林子苏轻哼一声"小气"，倒也不计较什么，毕竟他们现在两人共用一个身体，谁用这枚空间戒指不都是一样的吗？

陆青鸣并没有在这里待太久，匆匆和陆青阳说了些叮咛的话，打消了他去送行的念头，便起身离去。陆青阳站在小院门口，目送着大哥挺拔的身影没入黑暗之中，许久之后才往回走。待他走进自己的房间后，第一时间问道："林，你刚刚说要和我修改交易内容，是怎么回事？"

"是这样的，我不要你的身体了，不过作为交换的是，你必须要负责给我寻找一个合适的身体，让我好夺舍。"林子苏也不拖拉，迅速地说道。

"为什么又不要了？"陆青阳知道自己这语气不对，但他确实比较郁闷。

怎么这才两天，他就被嫌弃了？

"因为某个傻瓜在修炼上急进冒进，已经对经脉造成了无可挽回的伤害，这种身体我不要也罢。"林子苏冷冷道。

"什么？"陆青阳整个人都蒙了，愣了片刻之后，急忙运转体内的真气，却发现经脉中空空如也，居然连一丝真气都凝聚不起来，竟倒退到比炼气一层还不如的境界！

"哼，谁让你迫不及待地就开始冲击炼气四层，这下傻了吧！"林子苏冷嘲热讽，左手伸过去要抢右手上的空间戒指，"反正你现在也用不了这东西，就给我用吧！"

林子苏毫不客气地把空间戒指戴在左手的大拇指上，正举在眼前反复观看的时候，突然发现自己的视线变得模糊起来，不禁惊慌地道："喂喂！姓陆的！别哭啊你！我逗你玩的！"

# 第八章
## ◇ 藏 书 阁 ◇

陆青阳自从母亲死后，就没再哭过。因为他知道，唯一在乎他的人已经死在了他面前，他就算再哭再闹，得到的也不过是旁人冷漠的目光。所以，备受家人疼爱的表弟堂弟们可以哭，他却不可以。

每年在母亲坟前上香的时候，他不能哭。在被人欺负拳脚加身的时候，他不能哭。在多少个夜晚被噩梦惊醒的时候，他也不能哭。不知道有多少泪水被他生生地逼了回去，苦涩地咽进了肚子里。陆青阳以为自己早就可以很好地控制情绪了，结果到头来，自己还是这么不堪一击。

原来自己果然是在做梦，怪不得这么没有真实感。本来嘛，被所有人都抛弃的废柴，在两天之内一连突破到炼气四层，说出去都没人相信。一向对他不管不问的大哥突然对他这么好，原来也同样是幻觉啊……

陆青阳心如死灰，连站立的力气都没有了，跌坐在地上，抱着膝盖无声地哭泣着，连林子苏在脑海或者耳边嚷嚷着什么都没听清楚。

林子苏急得团团转，他只不过是一时气不过，把事态说得严重和夸张了点，没想到居然会把陆青阳惹哭了！他这时才深刻地认识到，不管陆青阳这两天表现得多天才，其始终只不过是个九岁的小孩子，而且在缺少关爱的环境中长大，根本没有任何安全感。他真是头脑发热了，和一个九岁的孩子开什么玩笑啊，以为是和师门里那些没心没肺的师兄弟开玩笑吗？

"小阳阳，别哭了别哭了，我真的是开玩笑的啊！我跟你赔不是了，快别伤心了。其实你只是根基不稳，一时真气耗尽而已……"

"真……真的吗？"陆青阳呜咽地问道。

"嗯……其实问题不仅仅是这样，你先别哭，我好好跟你说。"

"呜……"

若是屋中有第二个人的话，就会看到一个很奇怪的景象：九岁的孩童坐在地上，右手背正无比凄惨地抹着脸上的眼泪，而他的左手却在自己的头顶上一下一下地拍着，带着无限的安慰之意。

陆青阳也是情绪一下子崩溃，来得快去得也快，不一会儿就停止了啜泣，红着一双大眼睛，听着林子苏讲话。

林子苏这回可不敢再添油加醋地乱说了，一本正经地解释道："小阳，你本来就在四年多前受过伤，仙根慧体的仙根被损，所以修炼就比旁人来得艰难。两天前虽是凑巧因为我附身而有所突破，可是经脉就像是一棵大树，无根自是很难再向上生长。突破到炼气三层本就是你目前的极限，你刚刚又继续突破到了炼气四层，就好像大树生长得太快，根部供应不上营养，自然是真气全无。

"不过这倒不用太过于担心，假以时日，你体内的经脉自会恢复。

"可是这样下去，你的修为不会高于炼气四层，因为再往上修炼，你千疮百孔的经脉根本承受不起大量的真气运转，这样的情况会多次出现。长此以往，你的经脉就会真的废掉了。"

林子苏说得非常恳切，简直拿出了他最正经的态度。他说的没有半点危言耸听，也不敢随意糊弄陆青阳。

"你的意思就是说……其实我归根结底……还是一个废柴吗……"陆青阳沉默了一阵，冷静地说道。两天从炼气一层突破到炼气四层又怎么样？这简直就算是宣判他走到了修炼之路的尽头，他永远没有出头之日了。

林子苏附身的左手不知道从哪里抽出了一条手绢，细细地给陆青阳擦着小脸蛋："别怕，这种事情其实也没什么不好解决的，吃点丹药就能搞定了！"

"丹药？"陆青阳重复道，闻言并没有宽解半分，反而眉头皱得更紧了，"陆家内门的丹药收藏得并不多，而且就算有，父亲和长老们也不肯给我用。"至于出去买，陆青阳就更不抱希望了，那些用于修炼的丹药，哪个不是价值千金啊？炼丹师需要风系、木系和火系三种天赋功法，修炼的难度绝不亚于炼器师。世上有点名气的炼丹师都炙手可热，陆青阳不认为自己能负担得起那些丹药的费用。

"喊，你家的那些丹药，我还看不上眼呢。"林子苏又拽来一面铜镜，对着镜子看了看陆青阳被他擦得红扑扑的脸颊，满意地把手绢丢掉，"你自己不是拥有八系天赋功法吗？自然包含了风、火、木三种，陆家正好就在盛产草药的秋之地，我们可以离开陆家，自己去山里采药。你所需的只是炼气四层以下的丹药，你的修为也早就足够了。"

林子苏越说越觉得"我们"这个词用得不错，不禁眉飞色舞。

春夏秋冬四季之地，盛产的物品也不同。春之地是各种鸟兽喜欢聚集的地方，许多修仙之人都喜欢去春之地碰碰运气，也许能收服一只和自己气息相符的鸟兽做伴，修为会更加进益，圣地九环溪更是传说中灵兽的居住地。夏之地的圣地赤炎山则是一处火山，而昊天谷就是在火山口的附近，由于地理位置特殊，历经千百年岩浆的洗礼，许多溶洞中有各种珍稀的宝石，吸收了千百年来的天地灵气，是修炼之人渴求的极品。冬之地盛产各种炼器需要的矿石，传说穹天崖的某处有万年寒铁。而秋之地的暮秋岭便拥有着各种各样珍贵的草药，是炼丹师梦寐以求的珍品。

就连陆家，其实有一部分的产业，都是和丹药有关。毕竟靠山吃山，靠海吃海。

"离开……家？"陆青阳迟疑地问道，最后的那个字说得有些忐忑。

"怎么？舍不得？"林子苏对着铜镜，捏了捏陆青阳的脸蛋。啧，手感不错，很像刚出炉的小包子。而且，虽然对弄哭陆青阳感到抱歉，但林子苏不得不承认，比起这孩子往日里那种倔强要强的模样，这哭起来小包子似的模样真的太惹人怜爱了。怪不得这小包子的二哥那么热衷于欺负他，要是能欺负哭了，肯定非常有成就感啊！

陆青阳摇了摇头，既否认了林子苏说的话，也借机躲开他的左手。反正大哥离开陆家了，他也没什么好挂念的，就算离开也无所谓。相比之下，陆青阳更在意另一个问题："林，你说修改我们交易的内容，是不是真的不想要我的身体了？"

"是啊！"林子苏回答得很直接。

"因为我没希望修炼成先天宗者了吗……是因为……我还是废柴吗……"陆青阳抿起唇，强忍着又要掉泪的冲动。

"你这孩子，若真要夺舍，就相当于我要亲手杀掉你的灵魂，你真当少爷我能下得了手啊？等以后给我找个恶贯满盈的身体就是了。"林子苏觉得视线又开始模糊了，立刻伸出手胡乱地擦上去。只是力道没有掌握好，反而让陆青阳眼中的泪水簌簌直下。

"哦……"陆青阳总觉得林子苏说得有些言不由衷，但他也没多想，狼狈地躲着林子苏不知轻重的左手，防止他继续揉搓他的脸。

其实林子苏知道，陆青阳有着千年难得一见的八系天赋功法齐全的身体，若是他指引着陆青阳往自己的师门而去，那些丹药又算得了什么？那帮老怪物就算是倾家荡产也会把陆青阳的身体调理好，但陆青阳的灵魂是否还会留下就两说了。他现在毫无隔阂地附身在陆青阳身上，那帮不按常理出牌的老怪物，为了控制这个难得一见的仙根慧体，说不定就会神不知鬼不觉地把仅有九岁的陆青阳的灵魂不着痕迹地抹去。

这其实也是林子苏最开始的设想，不过他虽然只和陆青阳相识了两天，但其实伴在他身边已经快五年了。他看着这个孩子一点点地长大，从懵懂无知到逐渐成长，虽然没有什么惊天动地的波澜，但在不知不觉中林子苏也习惯了陪伴在这个看似坚强其实极其脆弱的孩子身边。这孩子只能依靠他，也只有他能依靠了。

林子苏攥紧了左手，心中忽然涌起了一股无可名状的占有欲。他决定了！他要保护这孩子！以后绝对不会让这孩子再受半点欺负！嗯，要欺负也只能让他来欺负……

此时陆青阳已经重新振作了起来，整理了一下衣衫站起身，带着哭过以后嘶哑的嗓音问道："那我们现在就走吗？"

林子苏嘿嘿一笑道："不，先把你家藏书阁里有用的书抄完再走！"


"三叔，最近藏书阁可有什么异状吗？"陆钧天亲自送昊天谷的凤长老和自己的大儿子陆鸣出了秋之地，这才返回陆家。这一去一回，在路上也花费了四天时间，他一回到陆家，便直接朝藏书阁而去，找陆三长老询问。

那颗无故破碎的试炼水晶球，一直是陆家高层心中无法挥去的阴霾。

陆三长老捋着长长的胡须摇头道："没有什么奇怪的事情发生。倒是陆青阳那小子……"

陆钧天没料到会听到幺子的名字，一愣之下反问道："青阳怎么了？"

"陆青阳那小子最近天天在藏书阁里看书，也没向我提出什么问题，这有些不符合规定啊！"陆三长老摇头晃脑地叹着气。

陆钧天并没有当成一回事，一挥手道："无妨，就让他在里面看吧。多半……是不识字……就劳烦三叔多多照看了。"

陆三长老也并不在意地点了点头，心忖若是陆青阳主动来问他，那他定不会不教他。但他一开始就已经对陆青阳说明了有问题可以来问他，对方没有提问，那他为什么要凑过去？

陆家长老在藏书阁内轮流坐镇，并不仅仅是为了藏书阁内功法秘籍的安全，还为了为陆家子弟传道、授业、解惑。陆三长老自认并没有失职，所以也并不会自找没趣。教导一个八系天赋功法的废柴？他可没那种闲工夫。

陆钧天拜会完陆三长老后，从藏书阁的三楼走了下来。他看着四周紧闭的小房间，打消了要去打扰陆青阳的念头。不管陆青阳怎么修炼，他这辈子终究是不能踏入修真的门了。陆钧天虽然对这个小儿子感到抱歉，但他身为陆家一族的族长，所要考虑的事情太多太多，只好把歉意深深地埋在心底，大步地离去。

陆钧天这时若是推开藏书阁最右边的那道门，就会看到一幅令他惊奇的画面——那个他认定连字都不认识多少的小儿子，正左右手各拿着一支毛笔，面前摆着两本书，左手正行云流水地抄写着，右手动作虽然有些缓慢，却也一丝不苟、一笔一画地誊写着。

自从那日两人起过争执之后，陆青阳和林子苏并没有因此而生分，反而没了隔阂，更加信任、亲密了。陆青阳是因为除了林子苏外，再也没有人可以依靠，家里唯一关心他的大哥因为修炼而离家去昊天谷了，他只有抓住这根名叫林子苏的稻草，紧紧不放。至于林子苏的改变，倒并不是因为陆青阳那天掉的几滴眼泪，而是他终于摆正了对陆青阳的态度。

林子苏自小便是眼高于顶的天才，年少时便入师门深造，周围所见所遇之人，都是万中选一之人，造成了他对普通人不屑一顾的轻视心理。其实这也并不仅仅是他一人的习惯，在这个世间，强者为尊是不变的道理，否则也就不会有那么多人想尽办法都要达到更高的境界了。

林子苏对陆青阳的另眼相看，并不是因为可怜他或者对他有所图谋，而是决定了和陆青阳平等相处。不是把陆青阳仅仅看作一个九岁的孩童，而是把他看作一个和自己一样的修仙者。虽然他的修为还远远不及自己，但未来不可限量。当然，这未来看起来非常的遥远……

林子苏已经抄完了他负责的那一本功法，斜着眼睛朝陆青阳那边看去，然后就对那绣花般的速度感到愤慨，恨铁不成钢地把他的那份拿过来，自己抄写更快些。

他们两人组成的抄书拍档已经全力工作了四天，每人用一只手，然后每人用一只眼睛，各不相干，抄书的速度那是非常的快。只是林子苏拿给陆青阳负责抄的书，都不是功法书，而是在陆家藏书阁内有关炼丹术的书籍。林子苏怕陆青阳在抄写的时候不由自主地就把功法练了，毕竟陆青阳的领悟能力可是天下数一数二的，如果他一个控制不住继续向上蹿，那后果可是谁都承担不起的。陆青阳也毫无异议地听从安排。

抄完书，出藏书阁的时候，陆青阳下意识地往门口的右边看去。那里本来是放置试炼水晶球的位置，可是现在红酸枝的木架上空空如也。陆家子弟都以为是长老拿这个水晶球另有用处，只有陆青阳知道，那水晶球是被他弄碎了，而且看来陆家到现在还没有找到替代品。看来他的这个祸闯得还真是有点大……

陆青阳还想站着反省一会儿，但林子苏又怎么肯让他露出半点痕迹，早就在脑海里拼命释放魔音洗脑，磨得陆青阳立刻抬脚离去了。

# 第九章
## ◇ 天 赋 御 形 ◇

以后的几个月里，陆青阳每日都去藏书阁报到，时间一久，大家也都习惯了这点。虽然陆三长老中间怀疑过一次，暗中观察过，待发觉陆青阳看的都是丹药的书籍后，便再也没有什么疑虑。

毕竟有关炼丹术的书很多，并不像功法书那样抄下来一本就可以练习几个月，炼丹术的书更类似于杂文，所以一连看上好几个月也没有什么不妥。

更何况，陆三长老以为陆青阳是断了修炼的念头，下决心多了解药草的事情，以后专注于家族生意。带着这样的想法，陆三长老倒也稍许改变了对陆青阳的偏见，偶见他在三楼的药草书架前挑书的时候，也曾出声指点他应该从哪些书看起。

如此这样平淡无波地过了几个月后，林子苏突然宣布，他们是时候离开陆家了。

陆青阳早就做好了准备，所以在林子苏发话的时候，并没有多问什么，只是静静地站了起来，从抽屉里拿出早就写好的留给父亲的字条放在桌上，然后头也不回地走出小院。

行李自然不用收拾，陆青阳早就把所需要的东西都扔到空间戒指里了，他可以完全不引人注目地离开。再加上数量非常可观的功法书和丹药书，这时候才能显现出来，大哥所送的礼物有多么实用。

此时正是清晨，陆青阳也不打算用夜色掩护离开家。陆家的外门弟子入内宅是有严格限制的，但内门弟子出入内宅，是不需要接受盘查的。但陆青阳很少出主宅，所以在通过门禁时，陆家的家丁不禁多看了几眼这个面生的小少爷。

在这几个月中，陆青阳跟以前完全不一样了。一个人要是有了自信，那么他的眼神、表情、气质就会产生翻天覆地的变化。陆青阳本来矮小的个子也蹿起了少许，虽然还是一个不到十岁的小孩子，但面如冠玉，粗布麻衣也盖不住他一身不同于同龄人的淡定的气质，就像是珍珠掉到沙砾里一般，一眼看过去，绝对不会让人忽视。

陆青阳自然是不会注意旁人流连在自己身上的目光，但林子苏通过陆青阳的双眼，却能留意到。

林子苏心中不禁生出一股骄傲的感觉。这孩子是他打磨的，是他的珍宝。他已经开始迫不及待地想要看他长大的样子了，拥有八系全能天赋体，又将会成长为怎样恐怖的强者？

"小阳阳，我叫你走，你就真听话地走了？马上你就满十岁了，他们会说你临阵脱逃的。以你现在的能力，留在陆家内宅是轻而易举的啊！"林子苏太无聊，开始闲扯起来。

"别人怎么想与我无关。"陆青阳想了想道，"就算我留在陆家，展现了我现在的实力，以陆家的能力，也无法帮我继续前行。所以我听你的。"

"啧，这话说得……"林子苏虽然早就知道陆青阳心中所想，但听到他亲口说出来，感觉还是不一样，他的满足感噌噌地往上涨。

陆青阳并没有直接走出城镇，而是沿街走着，转进一家店铺内，买了一些香烛纸钱和若干供品。林子苏本来想说些什么，但突然猜出了陆青阳要去做的事情，便把想说的话咽了回去。

陆青阳提着篮子，往集安镇的另一边走去。

陆家的祖坟坐落在集安镇郊外荒山的一片风水宝地之上，也方便外门弟子祭拜。陆青阳提着对他来说有些过重的篮子，并没有把这些沉重的东西放进空间戒指。而林子苏也没有提醒他，只是在陆青阳的脚步有些踉跄之后，左手适时地伸了过去，不容他拒绝地抢过了那个篮子。

陆青阳停下脚步，低头看了半晌。

"放心，这不还是你的左手吗？你娘亲不会介意的。"林子苏知道陆青阳在别扭什么。陆青阳此去要做什么，林子苏再了然不过了，不就是要在走之前在他娘亲的坟前再上一炷香吗。

陆青阳一想，倒是觉得林子苏说得没有什么不对，虽然这手现在不是归他管，但终究是属于他的。

"对了，后面一直有人跟着，不用担心？"林子苏闲闲地问道。

"不用。"陆青阳这次没有迟疑，举步往前走。

没有了手上沉重的篮子，陆青阳这次走得更快了一些。他的左手虽然现在不管谁看过来，都会觉得没有任何异样，但他就是完全感觉不到左手的存在了。左手拿着的篮子，就像是拿在另一个人手中，他感受不到肌肉的酸痛和劳累。

虽然在把左手交易给林子苏后，陆青阳一开始很不习惯单臂的生活，但这几个月下来，他已经完全适应了。对于左手不听他使唤地任意行动，已经是见怪不怪，和林子苏相依为命的感觉倒是越来越强烈。

越来越习惯脑海里有个人不分昼夜地唠叨着，这好像并不是个很好的现象。

陆青阳一边胡乱想着，一边轻车熟路地在一片坟地之间，找到了他娘亲的坟墓。他蹲下身把墓碑旁边的杂草拔干净，然后用清水把墓碑擦干净，再把供品一一摆好，最后把香烛插在墓碑前点燃。

陆青阳在墓碑前跪了许久，想说的话很多，却一句也说不出来。

他就这么离开陆家，娘亲会不会很生气？没有经过父亲的同意，娘亲会不会觉得他不孝？

"娘亲，等我回来。"陆青阳最后只是轻声吐出这几个字。他不敢在娘亲的墓前说他是要为她报仇才走的，他怕娘亲会感到担心。

"小阳阳，有讨厌的小子过来了哦！"林子苏的声音突然在陆青阳的脑海中响起。

陆青阳转过头去，看到了一张熟悉的面容，便知道林子苏口中"讨厌的小子"指的就是他的二哥陆青烈。

陆青烈是在集市上发现陆青阳的，一开始时还不敢确定这个走在大街上目不斜视的孩子就是他小弟，但他还是忍不住一路跟了过来。上次被陆青鸣当场抓包，陆青烈足足做了两个月的苦工，他早就对陆青阳怨恨无比。而且他又知道大哥已经离家，虽然父亲再三叮嘱他不能欺负小弟，但这是小弟自己出来招惹他的，他绝对不会放过这么好的机会。

想到这里，陆青烈就再也忍受不了，走过来一脚便踢翻了立在墓碑前的香烛，冷哼一声道："小弟，娘亲不想看到你的，识相点的话，就快点回去吧！"

长久以来，陆青烈对这个小弟的感情一直都很复杂。怨恨他夺去了父母的所有注意力，也怨恨他导致母亲惨死，更为他实打实的废柴体质感到愤怒。

母亲就是为了这样一个废柴才死的！

这样复杂的心情让陆青烈更恼怒了几分，把香烛踩了几脚，确定那上面的火苗都熄灭了，才停了下来。

052

看吧！就算受到了这样的欺负，这个废柴还是会忍气吞声，没有半点反应！

对！他就最讨厌小弟这点，为什么不反抗？！为什么不愤怒？！

陆青烈气得直冒烟，正在想怎么收拾这个废柴小弟的时候，只见陆青阳低下头去，把土里的香烛捡了起来，用手拂去上面的灰尘，恭敬地重新插在了土里。

"你这个废……"陆青烈说到一半时突然打住，因为他看到他那个废柴小弟的左手食指上，就那么凭空地冒出了一簇火苗，施施然地点燃了那根香烛。

陆青烈觉得他的眼睛肯定是花了，否则他那个小弟，那个只有炼气一层的小弟，怎么可能会先天宗者才能使用的天赋御形呢！

天赋御形，指的是可以随心所欲地控制天赋功法，释放出来的真气能变成各种形状。

可是这种程度的功力，至少要是先天宗者级别的人才能使用，他小弟还不到十岁，怎么可能达到先天宗者级别？

陆青烈当下就被震撼得如五雷轰顶，眼睛睁得大大的，他确定那簇火苗是凭空从他小弟的左手食指上冒出来的，并不是用火折子燃着的。

陆青阳这些天已经见惯了林子苏用这招，所以并不以为意。依他的意思，自然是越快把香烛点燃越好，所以并没有阻止林子苏的举动。

而林子苏此举也并不是单纯地为了方便，他是懒得对陆青烈动手。

上次揍陆青烈的那一拳，是为陆青阳出气，只是一拳而已。他也不想再多和一个十一岁的小破孩计较，所以用天赋御形来警告陆青烈，让其不要轻举妄动。

至于陆青烈会不会到处去说，那就不在林子苏的考虑范围内。因为他们马上就要离开陆家，陆青烈怎么去说和他们无关，况且就算陆青烈真的到处去说陆青阳这个废柴会天赋御形，也要有人信才行啊！

只见陆青阳直挺挺地跪在墓前，眼观鼻，鼻观心，但是左手食指上的火苗在点燃香烛之后，并没有立刻消失，而是在五指间活泼地来回跳跃着，就像是故意让陆青烈看个分明一般。

陆青烈的脸色一阵青一阵白，本来他是想阻止陆青阳在母亲坟前祭拜的，因为他觉得害死他娘亲的小弟根本没有资格来祭拜娘亲。但在这种情况下，他却连一根指头都动不了，魂不守舍地站在旁边，最终再也看不下去了，怪叫一声跌跌撞撞地离去。

一直在诚心跪拜娘亲的陆青阳这时才抬起头，看着自己二哥仓皇逃走的背影，疑惑地问道："他这是怎么了？"

林子苏这边早就收起了作怪的左手，规规矩矩地垂在一旁，一本正经地回答道："谁知道呢？发什么疯啊！"

陆青阳想了想，不得其解，便放在一边再也不想，继续祭拜起母亲来。

此时一别，不知再见又要何时，所以陆青阳在母亲的坟前跪了很久，直到日头已经升起很高了之后才直起身子。

"谢谢。"陆青阳对林子苏说道，谢的是他能一直安静地陪他这么久，这对一向聒噪的林子苏来说已经是非常不容易了。

"谢什么，走吧，需要做的事还很多呢！"林子苏拍了拍陆青阳身上的灰尘，笑眯眯地说道。

陆青阳握紧了右拳，暗自发誓，总有一天，他会替母亲报仇。


那日，陆青烈失魂落魄地从陆家祖坟跑掉，立刻就找到他的那几个朋友，竹筒倒豆子似的把他看到的一切说了出来。

可是，根本没人信。

而陆青烈也在此时清醒了过来，知道他纵然是去找人倾诉，也不会有人相信。

所以陆青烈一直忍着，忍到月初开早会的时候，进入了内宅大堂，可是他发现内宅席位上并没有陆青阳的身影，他找了好几遍都没有。

"二少，你在找你那个不成材的弟弟吗？"另一边凑过来一名陆家外门弟子，八卦地说道，"别找啦！听说他在十几天前，就离家出走了。喊，说是什么找他大哥去了，我看啊，其实就是不想被逐出内门而已。哼，没种！"

陆青烈扯着嘴角，假笑了两下，心中却惊骇莫名。

若是十多天前没看到那一幕，他的想法八成也会和其他人一样，认为陆青阳临阵脱逃了。

可是他回想了无数次，都认定自己当时绝对没有看错。那么就是陆青阳身上发生了无法解释的事情，让他离开了陆家。

陆青烈自然是不会相信陆青阳已经突破到了先天境界，那简直就是天方夜谭。

有可能是得到了什么珍贵的法器……

陆青阳若是能知道陆青烈心中所想，必然会无比佩服。他这个二哥虽然在修炼上毫无寸进，但头脑却是一等的好，居然把事情猜得离事实差不了多少。陆青阳确实是因为一把匕首，人生才发生了翻天覆地的变化。

这边陆青烈犹自胡思乱想着，忽然，大堂的屋顶上发出一声轰然巨响。陆青烈回过神往堂前一看，瞳孔紧缩，差点惊叫出声。

两具血淋淋的尸首从屋顶的洞中掉落下来，一动不动地躺在大堂之间的空地上。看面目，正是他的四叔和五堂叔，这两人皆是陆家这一代内门的核心人物，修为仅仅次于族长陆钧天。看喉咙间的致命伤口，竟是被人轻描淡写地一招击杀。

所有人顿时失声，大堂内死一般肃静，陆钧天半晌之后才沉声说道："何方高人驾临陆家，请现身一叙。"

陆青烈听着自己父亲的话语还算沉稳，便稍稍安心。只是他并不知道，陆钧天只是表面上镇静，其实心中早就惊骇莫名。在藏书阁前的试炼水晶球无故破碎后，他们就已经私下商量了应对之策，让陆幽天和陆景天两人带着内门出众的弟子出发，对外说是要去暮秋岭试炼，其实是安置到陆家另一处别院躲避，可是没承想居然会落得如此下场。

陆钧天强压下心中的悲怆和怒火，缓缓地从椅子上站了起来。他已经不能去想陆幽天和陆景天两人带走的内门弟子目前的状况，也许他们连尸首都收不回来了。

从屋顶上跳下来一个彪形大汉，身材健壮，年龄在三十岁左右，脸上留着络腮胡子，却仍掩盖不了脸颊上那一道丑陋的刀疤。

"是你！"陆钧天再也忍不住胸中的怒火，五年前的那个晚上，虽然他没有看清杀害他爱妻的凶手，但记得对方脸上有道一模一样的刀疤。

刀疤汉子哈哈一笑道："没错！是我！你家那个小孩子呢？快点交出来给我吧！否则这堂前的两人的下场就是你的下场！"

陆钧天咬紧牙关，一个做父亲的人，又怎么可能肯把自己的孩子交出去换自己的平安？可他身为陆家的族长，却不得不为陆家这么一个大家族考虑。这种时候，陆钧天居然庆幸起来，幸亏陆青阳早就离开了，也就让他避免了这种左右为难的场面。不过此人不光是杀害了他妻子的凶手，还杀了陆幽天和陆景天，甚至有可能那些内门弟子都已经死无全尸。绝对不能就这样放过他。陆钧天私下朝身后的家丁打了个手势，让他悄悄地去请陆家的长老们出来主持大局，几人合击也一定要把此人留下。

正想虚与委蛇时，陆钧天却见他的次子陆青烈从席间跳了出来，指着那个刀疤汉子便愤怒地叫嚷道："原来是你杀了我娘亲！"

那刀疤汉子不怒反喜，也不见他身形移动，就那么轻易地将陆青烈从很远的地方抓了过来，哈哈大笑道："小子，你原来已经长这么大了啊！"

陆钧天浑身冰冷，知道这人是把陆青烈错认为陆青阳了。

# 第十章
## ◇ 生 与 死 的 选 择 题 ◇

也许是初生牛犊不怕虎，陆青烈被那刀疤汉子凌空抓在手中，真的感觉不到害怕。他的年纪实在是太小了，对死亡的认识还不是那么深刻。尤其地上还躺着他四叔和五堂叔的尸体，他脑海中唯一的念头，就是这个刀疤汉子是他们陆家的大仇人。

陆青烈手脚并用，也不管能不能对对方造成什么伤害，他只是在发泄着内心的怨恨。

陆钧天看得心惊胆战，却不敢贸然上前把陆青烈救回来。对方的修为比他要高上许多，他一招都抵挡不住。只要对方认为陆青烈是陆青阳的话，倒也暂时不会对其下狠手。

但若是他发现了真相该怎么办？

陆钧天不敢想象，却关切地向前走了两步，怒目而视道："把我儿子放下！"

刀疤汉子连余光都没往陆钧天这处看，也没把陆青烈的花拳绣腿放在眼里，径自伸手攥住陆青烈的手腕，直接探测他体内的真气程度，然后皱眉道："只是炼气二层？看来五年前那次被我伤得很重，还没有恢复啊……啧，早知道五年前就拼了命把你带走了，不过老子当时的修为还未稳定，不能冒险啊……"

陆青烈正处于被仇恨蒙蔽的状态中，根本没有听到刀疤汉子说的是什么，也没有意识到对方把他错认成小弟了。他使出吃奶的劲想要抓对方的脖颈，却可悲地发现对方的手臂要比他的长出许多，被拎住脖颈的他只能抓到空气。

几声呼喝声传来，陆青烈看到往日和他玩耍得很好的那几个兄弟都纷纷跳了出来，不顾各自父母的喝骂，朝刀疤汉子扑了过来，抱腿的抱腿，掐腰的掐腰，那个刚刚还在和陆青烈八卦他小弟的男孩，甚至抽出一把短刃朝刀疤汉子的腰眼处刺去。

刀疤汉子连躲都没躲，只是冷哼了一声，那男孩以为十拿九稳地一刺，竟感觉自己扎到了一块坚硬的石头上，再往前刺入一分都不可能。

陆青烈是正对着刀疤汉子的，自然把对方眼中的杀意看得一清二楚，刚想出声示警时，就发觉眼前一片血红。

他竟连对方做了什么都没有看清楚，便闻到一股血腥味，刚刚还活蹦乱跳的伙伴们，已经变成了一具具尸体，横七竖八地躺在了他的脚下。温热的鲜血迅速地染红了脚下的青石板，让陆青烈的大脑里一片空白。

陆家上下所有人都站了起来，没有一个人逃跑，每个人都发指眦裂地怒视着刀疤汉子。

之前这人目中无人地丢下陆幽天和陆景天的尸体，众人心中虽然愤怒，但并没有到要拼个你死我活的地步。因为修为不如人，被人杀死也属无奈，更何况也有可能是陆家主动招惹来的敌人。但是对手无缚鸡之力的孩童能下此毒手，简直人神共愤！

陆钧天锁紧了眉头，悄悄指挥着几个修为达到炼气八层的内门弟子守住大堂的出入口，要把此人留下来。而此人很有可能会从他弄出的天花板上的洞口离去，陆钧天也关照了两位陆家的长老前去把守。

"你……你怎么可以……"大堂内一片寂静，只有陆青烈哆哆嗦嗦地重复着这句话。他这样并不是被吓的，而是满腔无可发泄的怒气造成的。

刀疤汉子并没有理会大堂之内的异动，而是拎着陆青烈，嘎嘎笑了两声道："怎么？怨恨我杀了他们？他们修为太弱。太弱的人，杀了也没有什么罪过。"

"那为什么不杀了我！我也很弱！我很弱！"陆青烈受了刺激般，捶打着刀疤汉子的手臂。

"嘎嘎，你小子现在虽然很弱，但以后你会很强！会非常强！"刀疤汉子肆意地狂笑道。

陆青烈整个人都蒙了，本来停止转动的大脑重新活络了起来。

为何这个刀疤汉子会对他另眼相看？

难不成……以为他是陆青阳？！

陆青烈的胸中剧痛，这一切竟是他那个小弟引起的！若他还在家的话，那么就完全可以避免这一切！他四叔和五堂叔就不用死了！他的好兄弟们也不用死了！若是他小弟没有出生的话，那他的娘亲也不用死了！

陆青烈的脸都扭曲了，一时间对陆青阳的怨恨达到了顶点。

这边刀疤汉子的言论仍没有结束，喋喋不休地教导道："这娃子，你恨我很正常，不过我问你一句，你现在踩死一只蚂蚁，你会感到犹豫吗？"

陆青烈愣了一下，这答案当然是否定的，没有人会为一只蚂蚁的死活感到犹豫。但他却不能把这答案说出口，隐约间有一丝不安慢慢地蔓延了上来。

刀疤汉子也不在意陆青烈有没有回答，径自往下说道："对于我来说，这些人就像是蝼蚁一般，那我杀他们，难道还用犹豫吗？"

陆青烈哑口无言，就算知道刀疤汉子讲的是歪理，但对于年幼的他来说也根本找不到话语与之辩驳。

"你难道还会因为别人踩死一只蚂蚁而愤怒吗？"这刀疤汉子刚刚杀起人来丝毫不手软，干净利落，此时却谆谆教诲，绝不嫌麻烦。

"胡说八道！不许你教坏我儿子！"陆钧天却再也听不下去了，见四周的族人都已经布置好，便抽起家丁递过来的秋水剑，直指刀疤汉子，隐隐封住了他周身上下的所有破绽。

刀疤汉子却理都没理他，淡定地看着陆青烈道："娃子，我们来玩一个有趣的游戏。我给你两个选择，看看你会选择哪个。"

陆青烈拼命地摇着头，直觉告诉他这个男人说出口的绝对是让他难以抉择的话。

但刀疤汉子并没有理会，嗤笑一声道："第一个选择，就是我杀了你父亲。"

陆青烈的头摇得更猛烈了，他不想他父亲死。

"咦？不要你父亲死？那么第二个选择嘛，就是饶过你父亲，作为交换，在场除了你我之外的所有人，都要死。"刀疤汉子狂妄地仰头哈哈大笑。

陆青烈震惊得全身僵硬，连摇头的动作都做不出来了。这个人绝对是个没有道理可讲的魔头，他至今为止从未见过这样霸道之人，把他人的生死当作儿戏。

刀疤汉子笑得异常阴险地追问道："怎么样？想好了没有？是要你父亲死呢，还是要你陆家上下死呢？"

"我要你死！"陆青烈竭尽全力地吼出一句，但也知道自己这是虚张声势。

一旁的陆钧天知道这刀疤汉子确实有实力屠尽他们陆家，他刚刚还觉得对方周身上下到处都是破绽，可是一眨眼的工夫，那些破绽全都消失不见。陆钧天深吸了一口气，肃容道："若我一人身死，不知阁下可否放过我陆家上下？"

"可能会，也可能不会。"刀疤汉子笑得越发狂妄起来。

陆钧天知道对方只是用心险恶地想要看一场戏而已，根本不把守在各处的陆家弟子放在眼内。陆钧天只是在瞬息间便做出了决定，长叹了一口气，调转了秋水剑的方向。纵然只有一丝希望，他也不会放弃。

他这一生，只能为陆家活着。

"爹！"陆青烈死命地呼喊着、挣扎着，却挣脱不开刀疤汉子的钳制。

就在寒气逼人的秋水剑即将横过陆钧天的颈间时，一双修长的手伸过来，牢牢地夹住了那薄如蝉翼的剑身，一个冷冽的声音随即传来："我倒要看看，你要怎样取我陆家子弟的性命。"

这个突如其来的声音掷地有声，直接把陆家上下从绝望的深渊拉了上来。

陆钧天回过头，看到一张丰神俊朗的面孔，只有二十出头的模样，似曾相识。

此等年纪，看不透的修为，为陆家出头……陆钧天二十多年前曾经见过此人闭关，记忆中的那张面孔和眼前之人重合在一起，他不禁抖着嘴唇颤声道："老祖宗？"

陆苍笙先是扫了一眼大堂之上凄惨的景象，丹凤眼中闪过一股极强的杀意，随后把陆钧天护到身后，目光落到了被刀疤汉子劫持在手中的陆青烈身上，眯起了双目低声道："这就是那个具有仙根慧体的孩子？"

陆钧天张了张唇，根本说不出来否定的答案。因为他只要一说出真相，那么落入刀疤汉子之手的陆青烈就肯定立刻没命了。

陆苍笙却以为陆钧天的沉默就是默认，叹了口气道："具体的事情，在来的路上我都听小三说了。钧天啊，这回你们可是做错了，在这孩子一被查出来是仙根慧体的时候，就应该告诉我。"他口中的小三，就是陆三长老。以他的辈分，这么称呼倒也是理所应当，只是他的年纪怎么看都只有二十几岁，怎么都觉得非常违和。"此等资质，必须要尽快拜在修仙门派之下，否则怀璧其罪，陆家根本就保护不了他啊！"

陆家虽然在集安镇算是最大的世家了，但在芸芸众生中有无数个这样的家族。和那些几千年传承下来的修仙门派比起来，陆家仅仅算得上是修真世家而已。陆家的第一任创建者，也不过是暮秋岭白藏教的一个外门弟子。

修仙门派和修真家族最大的区别，就是修仙门派中的内门嫡传弟子几乎都会成就先天筑基，成为先天宗者。但修真家族却有可能耗费不知多少岁月，连一个突破到先天境界的人都没有。

修仙门派高手如云，所以在挑选弟子时可以优先选择资质出众者，如此良性循环，只要没有灾祸，便可保门派兴旺不衰。修真家族却都从后裔中筛选弟子，两相对比之下，自然高下立现。人人都知道柿子挑软的捏，陆家这样平凡的修真世家中居然出现了难得一见的仙根慧体，有心人自然会多留一个心眼。

陆钧天根本没有想到这个问题，这也不能怪他目光短浅，谁让他根本就没怎么接触过修仙门派呢，就算想要亲近也求告无门。另外他也是多留了个心眼，在知道陆青阳是难得一见的仙根慧体后，他想亲自把这个孩子教育成才，让他修炼到先天境界，成为陆家的守护者。毕竟若是送到修仙门派，就相当于把儿子送人，再也见不到了。

他设想得很好，一切也都是站在陆家的立场上考虑的，只是后来事情的发展完全脱离了他的计划。陆钧天一下子急得满头大汗，知道自己因为一时的糊涂，竟酿成了大祸，当下急道："老祖宗，这……这……"碍于刀疤汉子在场，他根本无法把实话说出口。他该怎么和老祖宗交代，其实陆青阳已经离家出走了？

陆苍笙摇了摇头，制止陆钧天继续往下说："事到如今，说什么都是枉然。你带着大家逃吧，能逃多远就逃多远。"

陆钧天一惊，他知道陆苍笙并没有突破到先天境界，但是对付这刀疤汉子，若是有他们这些内门弟子在旁，怎么看胜率也要大很多。可是陆苍笙居然让他们先逃？

"此人是修魔者。"陆苍笙淡淡地道。

修魔者！这三个字陆苍笙是轻描淡写地说出来的，但听在陆钧天耳中不亚于晴天霹雳。

世上有阳就有阴，有白天就有黑夜，有修仙者就必然会有修魔者。

修魔者并不像修仙门派那样有烦琐的门派规定，他们随心所欲，肆意而为，绝对没有任何约束。虽然修魔者几乎都没有强大的背景，但若是和一个修魔者结怨，恐怕要比和一个修仙门派结怨要可怕得多。毕竟修魔者根本就不会有道德上的枷锁，想要做什么就会做什么，任何卑鄙的手段都可以使得出来。

这边陆苍笙并没有理会陆钧天的反应，径自伸出右手，整个人都泛起了耀眼的金光，随后金光在一瞬间聚集在了他伸出的右手之中，凝聚成了一柄璀璨夺目的金色长剑。

"天赋御形？没想到在这等世家，还能有先天境界的人存在。"刀疤汉子轻蔑的表情在陆苍笙释放的金光凝形成长剑后，严肃了起来，"你去吧，我饶你不死，你修得先天不易，不要浪费了你的修为。"

陆苍笙摇了摇头，坚定地说道："陆苍笙生是陆家的人，死是陆家的鬼。我修炼仙道，并不是为了长生不老，也不是为了成为强者，而是为了拥有可以保护家人的能力。"

陆钧天听得目瞪口呆，刚为陆苍笙竟然突破了先天境界而高兴，下一秒却如同坠入了深渊。听这两人的对话，已是先天宗者的陆苍笙竟也无法对付这刀疤汉子？！

这也不怪陆钧天见识浅薄，正所谓夏虫不可以语冰，没有突破先天境界的人，是无法想象筑基再往上会是什么模样的。

炼气一层到十层是有点资质的人都可以修炼，但无论资质多优秀的人，就算是用药物辅助，都要费上许多年的时间才能达到先天境界。这也是林子苏亲眼见到陆青阳两天就从炼气一层达到炼气四层时，为何惊诧莫名，几乎以为是自己在做梦的缘故了。

但只要是突破了先天境界，达到筑基阶段，那么就是踏入了修仙的殿堂，之后拼的就是个人的悟性和机缘了。

陆青阳的出现打破了这个共识，所以林子苏才对他另眼相看。当然现在这世上知道这件事的只有他们两个人而已，若是有其他人知道了，自然会掀起滔天巨浪，一发而不可收拾。

陆苍笙其实年纪已经很大了，他年轻的时候曾偶然间吃过一枚驻颜丹，才一直保持着这样的容貌。再加之他一生为了修炼并没有娶妻生子，清心寡欲，所以越发显得年轻。若是忽略他眼神中的沧桑睿智，恐怕谁都看不出来这个"年轻人"的真正年龄。

可就是这样刻苦修炼的陆苍笙，也不过是在几年前偶然间才踏入先天境界，因为需要稳固筑基修为，所以今天之前都没有出关。

陆钧天隐约记得他的父亲在世时说起过，陆苍笙拥有单金系的天赋功法，资质上乘，在年少时就显露出高人一等的天赋，曾经拜入暮秋岭的白藏教修习。不知何故，数年之后破教而出，归家悉心教导后辈。但一直就停留在炼气十层，无法踏入先天境界。因为要冲击先天境界，才于二十年前在后山闭关。

多年之前究竟发生过什么，谁都不知道，但陆钧天可以猜得出来。

陆苍笙应该是在修仙门派和陆家之间，选择了陆家。

就如同今日一样。

就在陆钧天发呆的时候，陆苍笙冷然喝道："钧天，还不快走！"

话音刚落，手持金色长剑的陆苍笙，整个人的气势一变，本来淡定漠然的他，就像是一把被拔出鞘的利刃，锋芒毕露。

# 第十一章
## ◇ 鬼 将 ◇

刀疤汉子在钳制住陆青烈的时候，并没有第一时间离开，是因为自恃修为深厚，足以压制住在场的所有人，顺便还可以考察一下陆青烈的心性，才留在陆家大堂没有走。

给自己找点乐趣也不错，而且，他真的不介意把陆家屠尽，毕竟修魔者讲究的就是随心所欲。绝了后顾之忧更是让人安心，斩草必须除根嘛！

只是没料到，陆家居然还真有达到先天境界的人存在。刀疤汉子在见到陆苍笙凝出金色长剑时，所说的那番可以让他逃走的话是言不由衷的，被一个先天宗者盯上的滋味可绝对不好受。若是陆苍笙打退堂鼓逃走的话，刀疤汉子便会立刻血洗陆家，然后再追上去杀掉他，永绝后患。没想到，他打的如意算盘，又一次落空了。

刀疤汉子冷笑了起来，这次并没有无视陆苍笙手中的金色利剑，而是把手中碍事的陆青烈扔到墙角。在陆青烈的身周，地面自动凸起，形成了一座土牢。虽然这个土牢并不算坚固，但是表明了刀疤汉子的态度。这是他要带走的人，谁都不许碰。

陆青烈忍着摔在地上的痛站了起来，发觉面前的土牢的高度到他的肩膀处，上面布满了细小的尖刺，硬若磐石，他根本没办法借力攀出，就算是用小刀也无法在上面刻出痕迹，更别说敲碎了。

不过陆青烈并没有多担心，而是崇拜地看向在大堂中执剑而立的陆苍笙。那柄用真气化成的金色长剑，透着一股一往无前的威猛之势，令人心胆俱惊。陆青烈此时见到陆苍笙的天赋御形，心中生出了和那日见到陆青阳左手之中的火苗一般无二的敬服心思，不禁一惊。

这是修为低的人在面对修为绝对高出他之人时，所受到的威压。

难道小弟的天赋御形竟是真的吗？

这边陆苍笙已经开始和刀疤汉子缠斗在一起，刀疤汉子已经显露出来的天赋功法是土系，在纯进攻型的金系面前，土系的防御能力就越发地突显出来。

厚重牢固的土盾一面接一面地出现在刀疤汉子的身周，陆苍笙挥舞着金色长剑劈砍着。长剑幻化出千百道金影，在众人的眼中形成了一个光芒四射的金色光球。

陆钧天已经迅速疏散了外门修为很低的那些弟子，大堂周围只留下了五六人，纷纷摆开架势。但他们看着眼前的战况，无不骇然色变。先天宗者之间的战斗，其他人根本帮不上任何忙，连插手都不可以。

陆苍笙主攻，杀得兴起，战意浓烈，一剑比一剑气势狂盛，角度越来越刁钻。

刀疤汉子在他的攻势下，只能不断地垒起土盾防御，但丝毫没有落入下风之感，让人感觉像是一座永远无法逾越的高山。

一方纯攻，一方纯守，看似势均力敌，分不出胜负，可陆苍笙知道自己已然完全处于下风。从对方游刃有余的情况来看，对方的天赋功法并不只是单系，那么若是出其不意地一击，便可以把自己完全击败。

这就是单系天赋功法在筑基之上显露出来的弱点。若是在炼气阶段，自然是单系更好，可以节约许多时间，但到了筑基之后，由于功法的限制，导致进攻方式单一，在遇见同级别的双系天赋功法的对手时，便会落入被动。

陆苍笙手中的金色长剑一抖，缩了一个剑花，然后这柄金色的长剑便完全消失在空气中，取而代之的是八柄金色的小刀，从四面八方朝刀疤汉子刺去。

刀疤汉子冷哼一声，身周升起了一堵土墙，牢牢地把他护在其中。

虽然陆苍笙的长剑化为八柄小刀，攻击力度也随之分散，但刀疤汉子的土盾也化为土墙，同时防御力下降，倒也势均力敌。只是刀疤汉子在小刀刺入土墙之后，脸色一变。

因为这八柄小刀并不是平均分配攻击力的，有的强，有的弱。相比之下，他的真气幻化成的土墙却是平均分配防御力的，有的小刀刺过来连痕迹都不会留下，但有的小刀却已经深深地刺了进来。更糟糕的是，攻击他的根本就不是八柄小刀，而是七柄。

不远处传来一道破裂的声音，刀疤汉子这才醒悟，对方用这种行为迷惑了他，暗暗留了一柄小刀去解救墙角处被困住的陆青烈。

陆青烈惊喜地看着面前那非常牢固的土牢被陆苍笙射来的小刀一刀刺碎，近距离看着那璀璨生辉的金色刀芒，不禁心荡神摇。

陆钧天知道陆苍笙的意思，赶紧把陆青烈从破了一个口子的土牢中拽了出来。他算是已经看明白了，他们所有人在场，只可能是陆苍笙的拖累，所以他刚刚已经指挥剩余的内门弟子分批撤退，只有他留在这里，打算伺机救出陆青烈。

陆青烈紧紧抱着父亲的脖子，他从未感到自己如此弱小过，也无比痛恨自己这么弱小。

"乖，我们这就走。"陆钧天轻声安慰道。

"嗯嗯……"在父亲强大温暖的臂弯中，陆青烈一直拼命忍着的眼泪唰唰地流了下来。

多久了，父亲都没有再抱过他一次。他怨恨小弟，不仅仅恨他害死了娘亲，也怨他扼杀了那个慈爱的父亲。自从娘亲死后，父亲就再也没有露出过笑容，更没有再注意过他一次。父亲永远关心着那天才的大哥，永远注意着那废柴的小弟，却再没有留意他一眼。

修炼他永远比不过大哥，所以他再也没有修炼过，希望自己的自甘堕落能换来父亲的一丝关注，哪怕是责骂也可以。可是父亲从来没有注意过。就连他十岁时没有突破到炼气三层，被分配到外门，也只不过换来父亲的一声叹息。除此之外，什么都没有。

他以为，他在父亲心里，什么都不是。可是没想到，父亲还是在意他的……

陆青烈把手臂收得更紧了一些，下定决心以后要好好地做父亲的乖儿子。陆青烈将泪水在陆钧天的肩头上蹭干净，重新抬起头来，刚想催促父亲快些离去时，却忽然间睁大了眼睛。从父亲的肩膀上，他居然看到了一个灰蒙蒙看不清面目的人形影子出现在父亲背后，伸出的手臂正穿透父亲的后背。然后在陆青烈惊恐万分的目光中，那个人影毫不客气地从陆钧天体内掏出了一团白蒙蒙的物什，送入了口中。

灰蒙蒙的人影立刻颤抖了起来，竟比方才更清楚了几分。

刀疤汉子狂妄的笑声随即传来："哈哈！居然吞噬了一万个魂魄，我的鬼奴终于升级成鬼将了！"

魂魄！陆青烈方寸大乱地推着陆钧天没有动静的身躯，竟很轻易地就从父亲的怀中跌在了地上。

"爹！爹！"陆青烈惊慌失措地、手脚并用地朝瘫倒在的陆钧天爬去，却发现陆钧天已经永远地闭上了眼睛。

这次，父亲是真的再也无法回应他的呼唤了。


刀疤汉子此时真的是又惊又喜，他的这个鬼将，是从他多年前抓来的一千个中品鬼兵之中杀出来的。在三百日内，有一个中品鬼兵吞噬了其余九百九十九个中品鬼兵，是绝对的强者，成了上品鬼士。

要知道，一个中品的鬼兵就已经非常难找，更别提一千个了。刀疤汉子钻研多年驭鬼术，才下此苦心。待终于炼成上品鬼士后，他满心欢喜地继续给这个上品鬼士喂食鬼魂，却突然悲剧地发现，这个鬼士，居然挑食！

也就是说，在那三百日内，此君是在别无选择之下才吞噬了其他鬼兵，在有选择余地的情况下，对方说什么都不吞噬鬼魂了。

鬼魂执念强大，流连人世间不散，在至阴之地徘徊，久而久之便会成为下品鬼仆。吞噬的同类达一千个左右时，便会升级为中品鬼兵，而上品鬼士则是可遇而不可求，想要炼成更是难上加难。所以当刀疤汉子发现他费尽心思炼成的上品鬼士居然不吃鬼魂时，急得抓心挠肝。眼看着多年的努力就要付诸东流，刀疤汉子却在某次偶然间发现，这名鬼士，居然喜欢吸食活人的魂魄。

这是任何典籍都没有记载过的事情！

众所周知，鬼奴就算是攻击活人，也必会选择在其临死之际吞噬掉对方的魂魄，因为那样怨气最多，鬼奴的受益也最大。活人的魂魄，就算是再虚弱，其中蕴涵的阳气也会对鬼奴产生伤害。可是他培养出来的这个上品鬼士的喜好就是和其他鬼奴不一样。

到了这种地步，刀疤汉子已经没有选择的余地了，当时上品鬼士的修为强大到已经超出了他能力驱使的范围，又由于他并不是修炼驭鬼术最好的至阴体质，所以此君与他订立血契失败。此君之后能一直听话地待在他的炼魂塔中没有离去，已经是给足了他面子。刀疤汉子又怎么可能逼对方吃不爱吃的东西？

所以爱吃活人魂魄就吃吧，但此君还是很挑食。在这些年间，刀疤汉子就算已经突破到了先天宗者的境界，也还是没有驱使对方的能力，所以只能任凭此君在炼魂塔中游弋，有时候遇到对胃口的人，此君就主动跳出来吞噬。

而在今日，此君吞噬过陆钧天的生魂之后，居然明显和以前有所不同，竟是已经升为鬼将了。因此刀疤汉子顿时惊喜交加，至于那脱口而出的吞噬了一万个魂魄，自然是信口开河，他哪里有工夫一个接一个地数啊。

和他交手的陆苍笙连头都没回，既然已经知道了陆钧天的魂魄被鬼将生吞，那么他就算有天大的本领，也无法让陆钧天死而复生。所以他抓住刀疤汉子分神的时机，越发猛烈地向他进攻着。

他自己绝对不是刀疤汉子的对手，这一点陆苍笙早有觉悟。之前两人的交手其实只不过是互相试探而已，结果不出他的意料，刀疤汉子其实是身怀许多法器的修魔者。不说那容纳鬼将的炼魂塔，陆苍笙已经在他身上探测到了至少三个不同级别的法器波动。

陆苍笙最大的弱点其实并不是刚突破到先天境界，因为他身怀的金系功法是八大法系中最强的进攻天赋。

最强的进攻就是最强的防守，陆苍笙一柄金色长剑在手，甚至有信心去挑战筑基三层以上的强者。

但他和刀疤汉子这一战，并不是比较修为高低，而是生死之搏。那么层出不穷的法器便是制胜的法宝。

真正有攻击力的法器是先天境界的宗者才能使用的，炼气阶段的修炼者没有先天真气是无法将其启动的。至于像空间戒指那一类的辅助法器，倒是炼气三层以上便可以使用。陆苍笙刚突破到先天境界没有多久，根本不可能有法器傍身，所以只在这点上，便远远落后于刀疤汉子，早晚会被其压制。

刀疤汉子倒没有立刻抽出空来对付陆苍笙，而是把注意力分了一些到他那刚升级的鬼将身上。正好看到陆青烈狂叫着朝鬼将扑去，让他还给他父亲魂魄的场面。

"鬼奴！快点离开那孩子！"刀疤汉子倒是吓了一大跳，因为鬼将已经是至阴之体，就算是他自己偶尔被其碰到，都会浑身冰冷，好像三魂七魄被吞噬了一些一般。普通人若是被鬼将沾上一个指头，都会神志全失，轻则昏迷不醒，重则生魂被噬。

可是离鬼将更近的陆青烈动作更快，鬼将也没移动地方，陆青烈直接整个人穿过了鬼将的身体，却没有像刀疤汉子预料中那样昏倒在地，而是继续张牙舞爪地拿着地上父亲遗留的秋水剑朝鬼将砍着。

当然，这点攻击根本不能对鬼将造成任何伤害。

"咦？难道仙根慧体变异了？居然变成了最适合修炼驭鬼术的至阴体？"刀疤汉子百思不得其解，但眼前陆苍笙的进攻已经由不得他分心再想，只好凝神应对。

陆青烈红着双眼，双手拿着那柄对他来说过于沉重的秋水剑，执着地朝着虚幻的鬼将砍去。尽管鬼将站在原地一动都不动，可是他怎么都砍不到对方。无论他如何怒吼谩骂，对方都沉默不语。

他听见了陆苍笙叫他快走的呼喝声，却充耳不闻。

直到身后传来一声巨响，陆青烈条件反射地回过头，才发现陆苍笙正被一柄金色的长剑当胸穿过，死死地凌空钉在了本来华美但现在却已经破裂的墙壁之上。鲜血汹涌而出，很快便浸湿了他的衣摆，顺着墙壁流淌了下来。

"啧，被自己的攻击反噬，滋味很不错吧！"刀疤汉子拍了拍身上的灰尘，把手中的一样法宝收入怀中。

陆苍笙的手臂动了动，想要把金色长剑收回体内，四肢却被突然生长出来的藤蔓牢牢捆住，一丝一毫都动弹不得。

"这样才够味道。"刀疤汉子摸了摸下巴，看着面前的这一幕，对自己的审美表示满意。他并没有乘胜追击，因为那一剑已经令陆苍笙的生机断绝，虽然没有立刻断气，但已经是苟延残喘了。

陆苍笙苦笑了一下，原来刀疤汉子的另外一种天赋功法正是木系，因为金克木，所以才一直没有在他面前显露出来，而是依靠法器攻击。他感到身体内的真气迅速地流失着，连凝成金色长剑的真气都无法重新收回体内，只能眼睁睁地看着它消散在空气中。

一低头，陆苍笙看到陆青烈张大了嘴，正难以置信地仰望着他，不禁放柔了声音低声道："孩子，对不起……我没有足够的能力……保护你……"

陆青烈脑海中嗡的一声响，忽然发觉自己一直以来都错了。

他为何一直怨恨小弟？是因为他明知道造成这一切的凶手另有其人，却一直没有勇气和能力去报仇雪恨，连怨恨的力量都没有。

爹爹和老祖宗自知不敌，却能一直为了他与敌人抗衡，甚至丢了性命……

他才是最卑鄙的那个人，看着有人踩死了蚂蚁，不去怨恨踩死蚂蚁的那个人，而是怨恨蚂蚁为何那么弱小。

他才是一只弱小的蚂蚁。

陆青烈的泪水汹涌而出，想要呼喊什么，却发觉自己一个字都说不出来。

他像是丧失了说话的能力，只能发出嗬嗬的声音。

他无力地任凭刀疤汉子把自己拎了起来，眼看着刀疤汉子在陆家四处放火，然后自己被带到了陆家的后山。

灰蒙蒙的鬼奴也一直跟在他们身后，刀疤汉子倒是意外地扫了对方一眼，因为每次鬼奴食完人的魂魄，都会立刻回到炼魂塔。这次像是对他手中的陆青烈非常感兴趣，寸步不离。

难道是想吃这娃子的生魂？

那可不行，他还要这娃子有用哩！

刀疤汉子不着痕迹地把陆青烈往离鬼奴远一点的地方拎去，然后发现鬼奴居然也随着他的动作移动了同样的距离。刀疤汉子见状只能无奈地翻了个白眼，这鬼奴在升级之前他就没办法指使人家，升级成鬼将之后，这祖宗不反噬就不错了。

真想找个方法可以让这鬼将能为他所用啊。否则就像是带着一个带刺的利器一般，不知道什么时候就会把自己扎伤了。

刀疤汉子突然想起一事，停下脚步放下陆青烈，一本正经地问道："对了，娃子，当年你从我这里抢走的那把匕首放在哪里了？"

匕首？陆青烈跌坐在枯黄的草地上，想到被大哥发觉他欺负陆青阳的那日，他好像看到陆青阳护着一把破烂的匕首。

看着山下已经烧成一片的熊熊大火，陆青烈抹掉眼泪，调整了一下情绪，淡淡地说道："那匕首锈成那样了，我看了几眼没什么用处，便扔了。"

刀疤汉子捶腿叹气，倒也不是特别着恼，只是有些遗憾而已。

陆青烈并没有在意对方的反应，他只是盯着那片熊熊烈火，在心底默默想着，反正这人很快就会发现他并不是仙根慧体的小弟，他早晚都要死，何必再牵连小弟呢。

至少，让他也可以保护其他人一回吧……

就算只有一次也好，让他感受一下保护人的滋味。

虽然他很弱小，但这种感觉真的很不错。

真想变得更强啊……

刀疤汉子蹲下身，钳制住陆青烈的手腕，输入一丝真气来探查他体内的情况。随着时间的推移，刀疤汉子的眉头越皱越紧。

难道是他当年的判断错误？这体质也没什么特殊的啊！难不成仙根慧体也会因为经脉损坏而毁坏？

刀疤汉子当年听闻陆家出了个仙根慧体时，正在集安镇附近。虽然刚和死对头拼斗了一场，但仍冒险前去陆家。但是在那一夜他却发现自己没有足够的实力带走那个孩子，只好用独门的秘法封住了对方的穴道，让其成为废柴，才不会被其他门派盯上。等到今日伤势全部养好后他才找上门来，竟然发现这孩子体内的经脉出了问题。

这明明根本不是仙根慧体啊！

难道当年陆家的人鉴定错误了？

刀疤汉子当年哪里有时间查看陆青阳的体内经脉，所以此时也没怀疑面前的孩子其实被认错了，只以为陆家是小门小户，竟认错了仙根慧体而已。

毕竟在刀疤汉子的概念中，一个家族外加一个先天宗者，是不会为一个普通的孩子拼尽全力，甚至置自己的性命于不顾的。

其实这也是刀疤汉子无法理解的，无论是修仙者还是修魔者，大多数人都是为了追求极致的生命才修炼的，都是极其怕死的。而且修仙讲究斩断俗缘，修魔讲究六亲不认，像陆苍笙这样的傻瓜，刀疤汉子还真是头一次看到。

只是刀疤汉子更不知道，无论陆青烈是不是仙根慧体，只要他是陆家子弟，陆苍笙就会不顾一切尽可能地保护他。

那是他所立下的誓言。

陆青烈亲耳听到了刀疤汉子的叹气声，知道自己没剩下多少时间了，他贪婪地盯着远处陆家主宅的大火，心想自己很快也要去找父亲和老祖宗了。

这样也好，比他孤独地活着要好太多了。

他终于体会到了小弟的心情，父亲和老祖宗为了救他而死，若是此时有人跳出来责骂他，他肯定也会像小弟那样无言以对，任凭打骂……

刀疤汉子伸出了手掌，打算结束陆青烈的性命。毕竟现在对他来说，这孩子没有仙根慧体，就是个累赘。

但是在他的手掌快要触及陆青烈的头顶时，一只灰蒙蒙的手横过来，拦住了他的动作。

"鬼奴？"刀疤汉子这才反应过来，鬼奴居然一直待在他身边，视正午的太阳如无物。刀疤汉子皱了皱眉，不解为何鬼奴要阻止他杀掉这个孩子，不过在看到那鬼奴的手穿过陆青烈的身体，陆青烈却没有任何反应时，才回想起刚刚在陆家主宅大堂内的那一幕。

他怎么忘了，这娃子可能是修炼驭鬼术的至阴体质。

"你是要我把这娃子留下来？"刀疤汉子试探地问道，心中却惴惴不安。这可是鬼奴这么多年以来，头一次主动向他要求什么。

这机会当真难得啊！

刀疤汉子激动得连声音都在颤抖，这祖宗喜怒不定，放在身边简直福祸未知。一直以来他都以为此君根本无法沟通，只有初级智慧，只知食人魂魄而已。但今日才知，原来这鬼奴竟和人一般，不晓得是不是因为升级的缘故，也不知道此君能不能听懂人言。

灰蒙蒙的影子静止了片刻，然后属于头部的那块阴影，缓缓地点了点。

刀疤汉子喜不自胜，这时别说一个陆青烈，就是十个他都肯留，当下便对鬼奴解释道："留当然是可以留，但我们杀了他的亲人，必须要先封印他的记忆。"刀疤汉子口中说"我们"，自然是把陆钧天的死算在了鬼奴身上。他现在已经把鬼奴当成了一个有自己思想的同等人类对待，言语之间自然少不了算计。

灰蒙蒙的影子又静止了片刻，然后再次缓缓地点了点头，搭在陆青烈身上的手影子也随之移开。

消掉旁人的记忆，对于刀疤汉子来说自是不值一提的小事，更何况陆青烈只是个孩子，才有炼气二层的修为，转瞬间便已经把他的记忆封印了。

陆青烈睁开双眼，本来赤红的双目间一片清明，静静地看着面前的刀疤汉子和旁边那个灰蒙蒙的影子，一言不发。

刀疤汉子摸着下巴上的胡茬，笑眯眯地说道："娃子，以后跟着我修炼。从今天起，你就叫无言吧。"

陆青烈，也就是无言点了点头。

"走吧！我出来这么久，早就该回去了。没有弄到仙根慧体，师父肯定要恼我了……"刀疤汉子嘟囔了两声，一手用炼魂塔收了鬼奴，一手抓起了坐在地上的无言。

无言最后回过头，看了一眼山下烧成一片的熊熊大火，面无表情。

在刀疤汉子离去的时候，并没有发觉有一道比他还要快速的黑影冲进了火海。此时的他正沉浸在发现可以和鬼奴沟通的兴奋中，根本没有察觉到有个跟他修为差不多的先天宗者潜进了此处，否则给他再多的胆子，也不敢在陆家后山多加停留。

无言倒是看得真真切切，但只是动了动唇，什么都没说。


那道黑影视那冲天的大火于无物，笔直地往陆家主宅的大堂奔去。

陆家的主宅都是木制建筑，见火便着，此时正是烧得最旺的时候，不断有房梁往下掉落。但那道黑影一直没有停，身形灵巧地躲过那些掉落的木头，有时甚至直接冲进了火海中，可是再向前冲出去的时候，连衣角都没有烧着。

陆家的人早就按照陆钧天的指示，全部撤退了，所以在这片火海之中，空寂无声，只能听到木材噼啪的爆裂之声，宛如修罗地狱。

陆家的主宅大堂是这片建筑中最宏大也是最坚固的，所以在黑影蹿入之后，还没有倒塌。黑影到了此处便停了下来，痴痴地看着被植物藤蔓绑在墙上的陆苍笙。

陆苍笙本来系得整齐的长发早已散落，还有几缕碎发粘在了脸颊之上，显得羸弱无比。一双丹凤眼紧紧地闭着，看上去就像是垂死的蝴蝶，脆弱而又美丽。衣襟上沾染的血已经凝固，血也不再往外流淌，但看着仍有些骇人。火焰此时已经燃着了他四肢之上的藤蔓，眼看就要烧上他的身体。

陆苍笙弥留之际，却发觉唇边有一股难以言喻的香气，还没反应过来是怎么回事时，一颗龙眼大小的药丸被送进了口中。这药丸的外层包着一层冰壳，令他顿时精神一振，陆苍笙此时已经恢复了一些神志，身体轻颤，已然是猜到了来人的身份。

这颗药丸的冰壳之中，便是液体一般的药液，陆苍笙全部吞咽而下，清晰地感受到已经断绝的生机随着药液在体内的蔓延，在一点点地恢复着。

长叹了一口气，陆苍笙睁开了双眼，首先看到的就是一双关切的眼眸，那清澈的黑瞳中反射着他狼狈的样子，也映照着四周跳动的火焰。

　　"你……怎么来了……"陆苍笙出声问道，一开口才发现自己的声音细若游丝，细小得连他自己听都很费劲。

　　可对方偏偏在一片火焰燃烧的声音中听得清清楚楚，当下冷哼道："我自然来了，若是不来，你还能有命活着吗？"

　　陆苍笙看着眼前言不由衷的黑衣男子，虽然身在烈火之中，却感受不到任何灼热之感，他们的身周横隔着一层厚厚的冰壁，那些火焰就在冰壁的外面炽热地燃烧着，完全无法融化这层先天真气所化成的冰壁。

　　这些年不见，对方的修为已经精进到他难以企及的地步了。

　　陆苍笙低垂眼帘，不去看那黑衣男子和自己一样年轻的脸庞，岁月同样没有在他的脸上刻下任何痕迹，他依旧那么的年轻气盛，那么的冷酷凛然。

　　"依照我们的约定，只要你出关，我就可以来见你，这不算我失信吧？"黑衣男子见陆苍笙神情冷淡，不由得眯起了双目，言语间有了些许急切。

　　陆苍笙抬起头，看着黑衣男子额前的少许细汗，才想到暮秋岭离陆家此处极远，此人定是一感受到他出关的气息，便立刻抛下一切赶来了。否则以对方的修为，断然不可能出现这样的情况。

　　见陆苍笙还是不言语，黑衣男子加重了语气道："我们教中的至宝青木浆都被你用了，你要下半辈子做牛做马还债！"

　　陆苍笙端详着面前足足有二十年没见的人，发觉岁月虽然没有在他的脸上刻下痕迹，却把他以前冰冷的性子打磨得有些圆滑起来。若是放在从前，他是绝对不会说出这样的话语的。

　　黑衣男子开始焦躁了起来，粗声粗气地说道："陆家已经快烧没了，你还守着这片废墟做什么？"

　　陆苍笙叹了口气。

　　"轰！"陆家主宅大堂上最粗的一根房梁终于禁不住烈火的焚烧，轰然掉落而下。

　　但是他们却没有受到一丝一毫的影响，一圈厚厚的冰壁把他们和火海拦隔开来，透过晶莹剔透的冰壁看那张牙舞爪的火焰，竟美丽得令人难以置信。

　　"把你脚下的那人也带走吧，让他入土为安……"陆苍笙终于启唇道，一开始死去的那些陆家子弟，在陆钧天下令让众人撤退时，都已经被带走了。现在这片陆家大堂内，只剩下了陆钧天的尸首。

没等他话音落下，就见黑衣男子抬手弹指，束缚陆苍笙四肢的藤蔓均被冰冻，瞬间寸寸碎裂，重伤的陆苍笙随之无力地向黑衣男子的怀中倒去。

黑衣男子一手搂腰拥住陆苍笙，另一手拎起地上陆钧天的尸体，一刻都不停留，破开冰壁，朝火场外冲去。

"轰！"陆家主宅大堂终于轰然倒塌，化为一片废墟。


几日后，昊天谷。

慕融难得起了个大早，这对一向喜欢赖床的他来说非常不容易。

因为对于他来说，有个极为刺激的消息——昨天大长老判断，那个从秋之地来的小子应该在今年年末就能突破到炼气六层。如果这个推测成为事实的话，那么昊天谷内天才的名号就要换人了！

他是绝对不会允许的。

昊天谷因为地处赤炎山脉，离火山口很近，所以一年到头都炽热难当。

慕融也不穿外衣，只着短裈，边挠了挠一头鸟巢般的乱发，边打着哈欠走出房间，却见那个讨人厌的小子已经站在晨光下修习风刃之术，从那汗湿的衣服来看，已经修炼了一段时间了。

慕融站在旁边观看了半晌，皱了皱眉。并不是不高兴陆青鸣起得比他早，而是他发现陆青鸣的气势和平日里完全不同。

往日的陆青鸣温润如玉，就算他再怎么挑衅，也都蕴含淡漠，但今日的陆青鸣就好像处于旋涡中一般，运用起风系法术时召唤出的风都凌厉得仿若悬崖下刮起的旋风。

"这是怎么了？"慕融不由得轻喃出声。

"昨夜传来的消息，陆家被人灭门了。"凤长老的叹气声从他身后传来，令慕融浑身一震。

"是谁做的？"慕融寒声问道。他虽然处处看陆青鸣不顺眼，但现在陆青鸣已经拜入昊天谷门下修习，没过多久陆家就被人屠了满门，这无法不让人去想是不是对昊天谷发出的挑衅。

"还不知道，陆家的人杳无音讯，恐怕是一个活口都没有了……"凤长老惆怅地叹息着。

不远处陆青鸣凝成的风刃越发的锋利，在空气中发出一阵阵悲鸣声……

# 第十二章
## ◇ 传 信 葫 芦 ◇

在这片大陆上，消息不畅通，知道的人口口相传，便会变得非常离谱，不知道的人便会完全不知道。

正如远在夏之地昊天谷的陆青鸣得到了陆家被灭门的消息，以为自己心爱的小弟也没有幸免，而私自离家的陆青阳却连一丁点儿消息都没有听到。

陆家的子弟在遭受剧变后纷纷隐姓埋名，在各地蛰伏，自是不会出面解释这等误传，所以昊天谷才会得到陆家无一人生还的消息。陆家在集安镇是数一数二的大世家，但出了集安镇，哪里还有人会关注这个没有先天宗者坐镇的世家？所以出了一定地域范围后，就再也无人八卦此事，世家得罪了某个先天宗者而无声无息地消失，在这片大陆上其实不算是新鲜事。

陆青阳刚离家的时候，没有往西面的暮秋岭方向走，反而是朝东南方向的夏之地走了一段距离。林子苏倒是知晓陆青阳的心思，没有阻止。这孩子只是想看看他爹在看到他留下的字条后，会不会派人来找他而已。这点离家出走的别扭心思，他又何必点破。

第二天，陆青阳就看到了他四叔和五堂叔带着几个陆家弟子纵马疾驰在去往昊天谷的路上，他早就小心地藏好了，没有被他们发现。

陆青阳本没有抱多大的希望，但见陆钧天派出这么大队的人马来找他，内心难免有些惴惴不安，甚至动了立刻回家解释的心思。

林子苏哪里还猜不到陆青阳的想法，立刻冷哼道："那些人不是出来找你的。"

陆青阳心中也有怀疑，他在陆家，说句难听的，就是可有可无。他这次离家出走，他爹肯派两个人出来找他意思意思一下，就会让他大为感动了。但四叔和五堂叔在家里是何等地位，更别提居然还带着家族中五名天分颇高的堂兄了。

只是他虽然想得到这点，却仍不愿承认。

就算关怀是假的，可是能让他有个念想也是好的。

林子苏正想出言讥讽，眼角却瞥到陆青阳垂在身侧的右手正紧握成拳。他能看到这个角度，自然是陆青阳低下了头的缘故。林子苏脑补了一下这小包子垂头丧气、可怜巴巴地站在路边，眼圈发红的样子，顿时心软了下来，改口道："他们应该是去找你的，不过看他们并没有查看左右，而是快马加鞭的样子，应该是直接去昊天谷通知你大哥了，顺便联络一下陆家和昊天谷的感情，所以才派了这个豪华阵容。"

陆青阳眨了眨眼睛，心中泛起了欢喜。就算找他是顺便的事，也让他感到开心。

两个人共用一具身体，虽然林子苏无法探知陆青阳的思想，但情绪还是可以感应到的，顿时觉得这孩子实在是太容易满足了。

怎么就这么可爱呢！

陆青阳暗自欢喜完，又想到一事，低呼一声："不好，四叔他们此去昊天谷，大哥知道我离家出走了，肯定要担心。这可怎么办？"陆青阳急得团团转，他当时写下那字条的时候可没多想，本来以为父亲只会随意派个人出来找找他便罢了，没想到竟直接派人去昊天谷了。

林子苏被陆青阳转得直晕，赶紧说道："这好办，去个大城市，然后找驿站发份信件给你大哥不就得了。"

陆青阳也觉得这是唯一的办法，否则他就算追在四叔他们后面去昊天谷，也赶不上他们，索性直接发信件解释。

他这么一做决定，倒是免去了一件惨事，没有目睹陆幽天和陆景天他们在秋之地和夏之地交界的地方被刀疤汉子，如猫追耗子般你追我赶玩了好几天后，一招杀害。陆青阳更不知他的父亲随后也命丧黄泉，不知道他生长的陆家被付之一炬。


此时陆青阳正坐在官道上的一辆马车上，他的目的地是暮秋岭之下最大的城市凤栖城。

城镇和城镇之间有马车运送旅客和货物的生意，一般都是各地的镖行或者帮派负责。只要交上适量的银两，便可以来往于各城镇。陆青阳离家的时候，带上了这些年来他攒下来的月钱，还有他大哥离家去昊天谷时，怕他在家受委屈，在空间戒指中给他留的一大笔钱财。

陆青鸣本是想留给小弟被派去外门的时候用，没想到陆青阳居然会这么大胆地离家出走。

陆青鸣对陆青阳的性子很了解，但他没想到这个老实本分的小弟身上还附着另外一个人，他的小弟就这么轻易地被"教唆"走了。

陆青阳现在还没到十岁，身形瘦小。但他这么一个粉嫩嫩的，一看就让人觉得好欺负的小少爷，这一路上没少被人盯上。有好几次都是林子苏出手才全身而退，这让陆青阳越发依赖起他来。

"起来吧，已经快到凤栖城了。"林子苏在陆青阳的脑海中唤道。因为昊天谷的信件一般很少有人送，只有在大城市才行，所以他们一路赶来凤栖城寄信，这里正好也是进入暮秋岭的必经之路。

陆青阳并没有睡觉，而是盘膝坐在那里修炼。他本就是喜欢抓紧一切时间修炼的人，在林子苏同意他巩固第一册天赋功法时，便开始刻苦修习。有林子苏照看周围的情况，他自然安心。

"唉，你修炼的时候闭眼睛，我什么都看不到，下次在袖子上划个缺口吧，这样我至少可以看见外面的情况。"林子苏在陆青阳睁开眼睛的那一刹那，便开始喋喋不休地抱怨。

陆青阳早就已经习惯了林子苏的唠叨，也知道这人原本的性子应该不会这样唠叨，但是现在只有他一个人能听见他的声音，他也只能和他一个人说话，所以便会不断地用言语确认自己的存在。

他也是个没有安全感的人啊……

不过话说回来，不论是谁，像他这样连身体都没有，只能寄身于一把匕首之上，恐怕都会患得患失。

陆青阳的脑海里转过各种念头，没有回林子苏的话，那边林子苏就已经自顾自地接下去说道："唉，还是算了，凤栖城卧虎藏龙，万一被人看到这把匕首就糟了。虽然这匕首破破烂烂的，但没准会有人识货啊！识货的人一般都很强大啊！肯定会把这匕首抢走的啊！抢走了我们……"

"我下次修炼的时候会找个安全的地方。"陆青阳淡淡道。

吐槽到一半被人打断的林子苏憋得很难受啊很难受，这孩子怎么就这么淡定呢？但是怎么越淡定他就越想欺负呢？！

凤栖城是暮秋岭之下最大的城市。

暮秋岭乃是秋之地的圣地，是一片山脉之间的一道占地庞大而幽深的山岭，经过成百上千年的积累，其中生长的药草不知凡几。所以暮秋岭俨然是这片大陆之上无数炼丹师的圣地。

虽然炼丹师和炼器师一样要求三种天赋功法同时精进，难度一样，但说起来，在这片大陆上，在一般人眼中，炼丹师的地位仍要比炼器师高上少许。

毕竟顶尖的炼器师，几个月、几年甚至几十年才能炼成一件法器，最后也只能交给一个人使用。但炼丹师只要达到一定境界，所炼的丹药便可让任何人受益匪浅，更别说那丹药炼起来要比法器时间短得多。

至于要炼极品丹药，光是丹方就难求，更别提凑齐丹方上珍稀的草药了。就算侥幸凑齐，越难炼的丹药成功率就越低，面对那些求之难得的草药，天下能面不改色浪费的炼丹师根本不存在。

所以传说中的极品丹药，大多是各大门派在千百年间战战兢兢地辗转传下来的，用一枚少一枚。

世间其实并不缺炼丹师，只是那集天地灵气的药草，并不是一朝一夕就能长成的，所以这样算下来，倒是炼丹师易求，药草难求。

当然，这种易求与难求，是相对的，炼丹师个个都眼高于顶，普通人难得一见。

但若是手中有珍稀的药草，就等于平白获得了一笔巨大的财富，不光炼丹师会心动，有所求的人也会心动。因此长年累月下来，来往于暮秋岭的人只多不少，这去往暮秋岭的必经之路——凤栖城，便越发地繁华起来。

陆青阳从马车中钻出来后，就站在那气势恢宏的城墙前发呆。也不能怪他如此，实在是经过了若干城镇，没有一个城镇的城墙像凤栖城的这样壮观。先不说这城门有多高，向左向右看居然一眼都看不到边……

林子苏虽然只能借着陆青阳的双眼视物，根本看不到陆青阳的模样，但也能从他那发直的目光中脑补出来这小呆瓜发怔的小模样，不禁轻笑道："小乡巴佬，这就呆了？还不快进城。"

陆青阳木木地看着四周来来往往的人群，他这辈子都没有看到过这么多人。集安镇的规模怎么可能和秋之地的第一大城市凤栖城相比，陆青阳只觉得自己进入了一股令他无法抗拒的洪流当中，顺着早上入城的百姓，便朝城门走去。

凤栖城的关卡并不严，因为人口流动性实在是太大，守城的官兵甚至都不怎么检查户籍，看到陆青阳一个人踱过城门，还以为是谁家带来的孩子，眼见着他白白嫩嫩的，定是好人家的公子，所以没人拦阻。

林子苏一路给这个没出过家门的小乡巴佬上课，连珠炮似的向陆青阳介绍着凤栖城的来历。

秋之地由两个大国和几个小国组成，而凤栖城绝对是其中特别的存在，因为凤栖城是有城主的。单单一个城主，便镇住了这个城市，绝没有偏向任何一方势力，仅仅以暮秋岭为靠山，迅速地发展了起来。

当然，凤栖城的独立，也离不开暮秋岭的白藏教的支持。

在秋之地，白藏教的地位相当于夏之地的昊天谷，再加之白藏教地处暮秋岭深处，得天独厚，可想而知，在这千百年间，教中积攒了多少灵丹妙药和珍稀药草。所以白藏教的地位超然，炼丹师众多。当然，就算不是炼丹师，在教中丹药存量充足的情况下，修行也会进步神速。

可以说，在秋之地，白藏教几乎一手遮天，无人能敌。

"那个白藏教里肯定藏了许多好草药，不过我们犯不上跟他们扯上瓜葛，到时候我们自己进暮秋岭采药就好。"林子苏叮咛了好几遍，他其实怕的是陆青阳八系同修的变态体质被人发现。

这孩子是他发现的嘛，怎么可以拱手让给别人！

"好的。"陆青阳现在对林子苏言听计从，而且他隐约也听到过陆家的老祖宗是从白藏教破教而出的传言，身份暴露了恐怕也会不好。

"小阳，之前我没和你说，是因为还没到地点，但现在凤栖城卧虎藏龙，你以后在人前务必低调一些，只能显露两种天赋功法，多了都不行，你能做到吗？"林子苏的语气忽然严肃了起来。

"能。"陆青阳知道林子苏是为他好，自然没有异议，"那我选择哪两样天赋功法？"

"喏，火系自然是要选的，若是遇到危机，我可以救你。另外一种……我们以后要去暮秋岭采药，这木系会有很大帮助。你就选火和木系吧。"林子苏沉吟了片刻决定道。

"好。"两人在交流之时，陆青阳已经找到了驿站所在。凤栖城不愧是秋之地最大的城市，同其他四季之地的通信往来都是可以的。鸿雁驿站是凤栖城最大的驿站，大厅内人声鼎沸，好不热闹。

陆青阳耐心地在往夏之地的柜台前排着队，掏出早就写好的信攥在手中，不时擦擦手心的汗水。

"噗，有胆跟我逃家，就没胆跟你大哥联系吗？"林子苏取笑道。

"让大哥担心不好……"陆青阳挠了挠头，一开始他倒是没想那么多，但这离家都二十多天了，倒也多少生出一些离愁。

"啧。"林子苏有些不爽，一看队伍还有好长的距离，便懒得陪陆青阳在这里发呆，吩咐他邮完信之后叫自己，便嗖地一下躲回匕首里修炼去了。

陆青阳也不以为意，站在那里随着队伍慢慢地向前挪。

今天才来上班的花涓抹了一下脸颊上的汗水，送走了一位客人，有些不耐烦地说道："下一个，剩下的人下午再来吧，已经到中午吃饭的时间了。"

柜台后传来一阵低咒声，但没有人敢生事，可见这种事情已是司空见惯了。

"请把这封信寄往昊天谷。"

花涓抬头看了半天没看到人，最后才看到一个只比柜台高一点的小男孩正踮着脚，扒着柜台的边缘，举着一封信朝她递过来。

应付了一上午难缠的客人们，冷不丁地看到这么个小正太粉嫩可爱的脸，花涓不由得一乐，道："哟！谁家的孩子啊？你家大人呢？"其实花涓自己也不过是个十三四岁的小女孩，不过她一向认为自己已经长大成人了。

"就我一个。"陆青阳说得有点心虚，其实严格说起来，他不算一个人。

花涓把陆青阳当成了硬装成大人的小孩子，柔声道："邮到昊天谷的信一封要十两银子，小朋友，钱带够了吗？"

"带了。"陆青阳早就听到了邮递费用，便把信先放在柜台上，然后再从怀里掏出十两银子。林子苏这时在匕首里修炼，所以他能使用的只有右手，有些不太方便。

"好，马上就好。"花涓把柜台上的那封信卷了起来，塞进一个葫芦之中。

陆青阳睁着大大的眼睛，不放过任何一个细节。

十两银子足够一个普通家庭过一年日子的了，用来寄一封信简直太过奢侈，但这种寄信方式却是真真当得起这十两银子的费用的。

首先这用于寄信的葫芦，称为传信葫芦，乃是一种中品法器。这种法器并不是一个就够了，而是需要一对。在两个传信葫芦的内部嵌上同一块定心石的一半，便成了一对可以传信的葫芦。

不过这还不够，这中品的传信葫芦对使用的人还有着要求，炼气六层以上的人才能使用，而且必须是拥有风系和雷系双系天赋功法之人。当然，若是达到了先天境界，即便是拥有其他天赋功法的人也可以使用，但堂堂先天宗者，又怎么肯在驿站之中当小小的传信员呢？

所以，且不论这中品法器炼制有多不易，光是符合要求的传信员就足够难求了，而且这驿站既然要传信，至少要布满四季之地，每个大城市都要有站点。这样算来，就是很恐怖的一个势力了。更何况虽然传信葫芦只能传信，但更高级、容量更大的一些传递法器，还可以传递其他物品，当然这价格自然是水涨船高。

所以传递一封信要十两银子，也是很合理的。

花涓把传信葫芦的盖子塞好，左右手同时贴上葫芦的外壁，一只手亮起紫色光芒，另一只手亮起青色光芒，与沿着葫芦外壁之上的法阵交汇在一起，一炷香的时间后，光芒才渐渐暗淡，最终熄灭。

花涓擦了擦汗水，抬头就看到扒着柜台的小孩子正用崇拜的目光看着她，不由得心情大爽，连开葫芦盖子检查的这个步骤都省去了，她嘿嘿一笑道："好了，小朋友，回去的路上要小心哈！"

"嗯，谢谢姐姐。"清脆的童音舒爽好听。

此时正值午休，鸿雁驿站的大厅里已经空无一人，花涓目送着小正太出了驿站大门，融入外面的人海之中，这才伸了个懒腰站起来，朝驿站的内院走去。

啊，她记得中午的饭菜很丰盛。

结果正吃着饭，花涓却被一脸严肃的掌柜叫到了书房，桌上正摆着一个传信葫芦。

传信葫芦上还挂着她的名牌，花涓的心中咯噔一声，连忙拱手道："福叔，可是出了什么事？"

"哼！你自己看！"掌柜朝桌上的传信葫芦撇了撇嘴。

花涓拿起传信葫芦，打开盖子就闻到一股焦煳的味道，饶是她早有心理准备，都忍不住一哆嗦。

从传信葫芦里掉出了许多灰，正是刚刚的信烧焦的余烬。

"跟你说过多少次了！传信之后要开盖看看有没有成功送过去！没成功就再让人家重写一封，你收了人家的钱，信却没寄到！你让我们鸿雁驿站以后怎么做生意！"掌柜气得一拍桌子。能舍得十两银子用传信葫芦寄信的主，个个都不是善茬，这要是闹将起来，岂不是要毁了他们的信誉？

其实这种事还真是少见，实在是因为花涓是第一天来上班，业务不熟练。

掌柜发了一通脾气，最后叹了口气道："小小姐，你还是别为难我们这些人了，花家生意这么多，下次换个差事做吧……你……还记得那人长什么样子吗？"

"福叔放心！自然记得！我肯定会把他找回来的！"花家小小姐拍着胸脯保证道。

# 第十三章
## ◇ 九 味 丹 与 八 味 丹 ◇

陆青阳自然不知道自己邮给大哥的信被人烧毁了，只当自己完成了一件很重要的事，再也没有牵挂了。

他照着林子苏的吩咐，在一间小客栈里安顿了下来，然后去凤栖城的丹药店买了一些九味丹回来。他们暂时还不需要自己去暮秋岭采药草，这凤栖城内丹药店随处可见，陆青阳现在所需要的只不过是些低级丹药，犯不着自己浪费时间炼制。

九味丹，顾名思义，就是由九种药草制成。这九味丹并不算稀罕，属于下品丹药，适用于刚达到炼气三层的人服用，巩固自身修为。

陆青阳对九味丹并不陌生，若是他在陆家待着，十岁时达到炼气三层，留在内门的话，就会获得三枚九味丹。而在凤栖城的丹药店，这九味丹卖得也是很贵，五十两一枚，对于小户人家来说，是巨款了。

林子苏一下子让他买了三十枚九味丹，当然并不是在一家丹药店买的，否则陆青阳这样的年纪，肯定会引人注意。所以陆青阳照他的吩咐，跑了好几家丹药店才买齐。

等回到客栈之后，陆青阳便在林子苏的指导下开始修炼。

九味丹的功效其实就是强化经脉，一般单系或者双系天赋功法的人需要吃三到六枚，林子苏算了一下，陆青阳八系同修，再加之他的经脉本身受过伤，很脆弱，所以三十枚其实还算是少的。

陆青阳就这样在客栈里修炼了起来，一天吃两枚九味丹巩固经脉，但是到第五天的时候，他忽然疑惑地问："这枚九味丹好像没有什么效果啊，是不是卖给我的是残次品？"

也不能怪陆青阳有这种想法，因为他当时是跑了好几家丹药店买的九味丹，这几天吃的时候已经察觉到有些九味丹的效果很不错，有些则差一些。他还记得效果很好的九味丹买自秋桐丹药店，所以之后吃的都是在这家买的九味丹，但这一枚却一点效果都没有，让他不能不怀疑这里面掺了假货。

"咦，吃到第九枚就已经没效果了吗？你先别急着再吃。"林子苏有点惊讶，左手握住陆青阳的右手，阻止了陆青阳再吞一枚，"知道为什么达到炼气三层的时候，你们家只发三枚九味丹吗？"

"我记得不止三枚九味丹，以后还是可以领取的，但好像有人最多也只是吃了六枚……难道是因为吃多了就会没有效果？"陆青阳的表情有些古怪，若是林子苏知道这件事，为什么还让他买这么多九味丹啊？

"噢，等我好好想想怎么跟你说……"林子苏纠结了片刻，便开始拣陆青阳能听懂的开讲。

他一开始从丹药的知识说起。

丹药中的药草分君、臣、佐、使。

君药便是主药，即在丹药中起主要作用的药草。臣药是辅助君药加强作用的药草。佐药分为佐治药草、佐制药草和反佐药草，佐治药草辅助君药、臣药，佐制药草消除或减缓君药、臣药的毒性或烈性，还有根据需要，使用与君药药性相反而又能在丹药中起相辅相成作用的反佐药草。使药则分为引导方中诸药直达病灶的引经药草和调和诸药的调和药草。

九味丹的主药是一种名叫透骨香的药草，此种药草性烈，必须要配以其他两种臣药、三种佐药、三种使药，减缓药性，才能被炼气三层的人吸收。

"你是说，我现在吸收不了九味丹内的药效，其实是我已经巩固了炼气三层，所以这味丹药就对我没有用了？"陆青阳抓住了中心思想。

"是啊……没想到你不光练功快，连吸收丹药的能力都这么强……"林子苏登时有些心理不平衡。每个人的经脉的吸收能力都是有限的，需要吃很多枚九味丹的人并不是因为能吸收很多透骨香的药效，反而是因为从一枚九味丹中吸收不了多少，所以才需要吃很多枚。陆青阳八系同修，只吃了八枚九味丹便初步巩固了八系经脉，若换成单系天赋功法的人，岂不是一枚就搞定了？

林子苏想起当年他突破到炼气三层时还吃了两枚九味丹呢，顿时又纠结了起来。

不过这种情绪倒也没有持续多久，林子苏这人说风就是雨，立刻又兴奋了起来："你这样的体质不要太好哟! 就是说以后无论吃什么丹药, 都能发挥其最大的作用, 简直就是极品啊! 我本来还担心像你这样八系同修, 以后吃丹药肯定要跟吃糖球似的, 养不起你啊! "

陆青阳一阵无语, 谁养谁啊? 他一直在花他自己的钱好不好……不过既然林子苏提到了这茬, 陆青阳也老老实实地把心中的担忧说了出来: "那这些剩下的九味丹就没有什么用处了吧? 我记得在秋桐丹药店买九味丹的时候, 那家老板很好说话, 说我要是用不掉, 可以九折回收的。"

不能怪他在意这些, 一枚九味丹五十两, 三十枚就是一千五百两银子, 这些九味丹把他身上带的钱几乎花光了。凤栖城本来消费就高得离谱, 再这样下去, 他就连客栈的住宿费都付不起了。所以当林子苏说他的体质吸收药效不错的时候, 一直暗暗忧心银子不够的他松了口气。九味丹他吃了九枚, 还剩下二十一枚, 这样卖给秋桐丹药店虽然损失了一些银两, 但也不至于浪费。

"不行不行, 九折回收岂不是让人赚了? "林子苏向来是占别人便宜的主, 怎么可能允许别人占他便宜呢?

陆青阳也不和他吵, 一边等着他做决定, 一边忍不住运气, 看着右手掌心的光波凝聚。

这次的光芒的颜色要比以前发散出来的深一些, 而且持续的时间也长了许多。陆青阳对自己身体的经脉知之甚详, 这时才信了丹药可以促进他修习的说法, 欣喜不已。

"哎, 小阳, 你知道吗? 达到炼气五层后, 辅助的丹药便不是通用的了, 譬如拥有火系功法的便只能吃火系丹药, 吃其他系的丹药便没有用了。"林子苏忽然出声道。

"那就是说, 我现在能买得起的, 就只有巩固炼气四层的丹药了? "陆青阳立刻就明白了林子苏的言下之意, 等他达到炼气五层之后, 他们就买不起凤栖城内的丹药了, 只能去暮秋岭采药草, 自己炼制。

"是啊, 这巩固炼气四层的丹药, 你知道是多少钱吗? 你五天前去秋桐丹药店的时候, 我曾经瞄了一眼, 是五百两银子一枚。"林子苏轻笑道。

陆青阳倒吸了一口凉气, 在心中迅速地计算了起来。他若把手中所剩的九味丹全部拿去回收, 也不过能换回九百四十五两银子, 连两枚那种丹药都买不起。更别提他八系同修, 至少要八枚才可以。

往上升一级, 这丹药就要贵十倍吗? 这……陆青阳此时深刻体会到, 一个先天宗者多么难才能培养出来。他若是留在陆家, 恐怕发展下去, 整个陆家的家产都要被他花光了。

"其实还不错了, 再往上, 就是很少有人能达到的境界了。炼气五层是个分水岭, 所以对于修炼者来说, 在炼气四层徘徊的人比较多, 不宰这些人宰谁啊? 所以这八味丹贵得很离谱。"林子苏嘿嘿笑道，颇有奸商的味道。

"八味丹？"陆青阳因为这个名字愣了一下。

"是的，八味丹其实就比九味丹少了一种药草，少了那种与君药药性相反的反佐药草，从而加大了透骨香的药效。自然，这种药效可不是多吃九味丹就能积累得到的。"林子苏解释道，"所以，小阳阳，要不我们试着，把九味丹给改造一下，把那个反佐药草提炼出来去掉吧！"

陆青阳想了想，点头道："好，那就试试吧。"

若是有炼丹师听到这两人的对话，肯定会嗤之以鼻。向来都只有药草炼成丹药的，可没见过将丹药进行再次加工的。不用想，肯定失败！

林子苏却信心满满。这念头，其实他在当年修炼时吃九味丹和八味丹的时候，就和师父提起过，但师父总说这是不可能完成的事情。林子苏看着陆青阳那胖乎乎的小手，觉得在这个小孩的身上，好像没有什么是不可能完成的事情……

陆青阳把一枚九味丹放在右手的掌心，那青蓝色的丹药滴溜溜地转了两圈，停了下来。

"我该怎么做？"陆青阳呆呆地看着掌心的丹药，等着林子苏给他下指令，"不用先去弄个炼丹鼎吗？"

"那倒不用，我们又不是用药草炼丹，而是再加工。"林子苏略微思考了一下说道，"先运起水系功法，笼罩丹药。"

在陆青阳学习这些丹药知识的时候，林子苏照样也在学，而且他比陆青阳学得要快多了。只是他很遗憾自己没有炼丹师必需的天赋功法，只好光学习理论知识。

林子苏的天才之名并不是浪得虚名，哪怕在能人辈出的师门之中，也是数一数二的。但是他平日所想，都很匪夷所思，就算是他师父也会大摇其头，所以更多人认为林子苏乃是怪才。陆青阳却并不那样认为，全心全意地相信他，这让林子苏感到非常欣慰，顿时大有遇到知己之感。

他也不想想，陆青阳再怎么懂事，也不过是个没到十岁的孩童，不知道的东西实在是太多了，自然而然地就依靠着他。

这两人一个教得满足，一个做得认真，倒也是难得的绝配。

陆青阳照着林子苏的吩咐，运起天一生水功，右掌心上泛起水蓝色的光波。但是这水蓝色的光波是一个平面，无论如何都不能将丹药周身全部笼罩。

"呃……"林子苏显然是没有考虑到这种情况，叹气道，"唉，我忘记了，你现在的能力只能运功炼成光晕平面，到光波球的等级至少要到炼气七层呢！"

陆青阳却并不觉得泄气，而是固执地问道："若是我能做到这一步，下一步应该是什么呢？"

林子苏料定陆青阳做不到，但说说倒也不费什么事，所以倒是没藏着掖着。

"理论上，想要去除丹药中的某种药材成分，基本上应该是不可能的。可是九味丹比八味丹多出来的那种药草是具有水系性质的小血藤草。八味丹的价格比九味丹贵十倍，也有一部分原因是少了这一味小血藤草，其他七种药草难以融合。炼丹中十炉里有六七炉成功就已属不易，质量上乘的就更加难得。好在八味丹所需的这八种药草倒不难采摘，就是炼制费工夫而已。

"依照我的设想，若是有人能运用水系功法，笼罩整枚丹药，稍微溶解一下丹药，然后再用土系功法笼罩整枚丹药，因为土克水，用土系功法逼出九味丹中的小血藤草的成分……听起来是很匪夷所思啦，但九味丹中的其余八种药材都是普通药材，只属于木系而已。木克土，用土系功法不会对其余药材造成损害。最后再用火系功法把剩余的八种药材成分重新融合在一起……呵呵，你是不是也觉得我说的方法不靠谱啊？"

林子苏说着说着自己都觉得没底气。因为他没考虑到能做到这种程度的炼丹师，至少要达到炼气七层。炼气七层的炼丹师，谁还会不走寻常路，研究这种费事到极点的方法？老老实实地按方子炼制不就可以了吗？更何况，哪里会有炼丹师不光有风木火三系的天赋功法，还拥有土系功法啊？这样的要求未免也太过于苛刻了。

林子苏彻底放弃希望，细细想来，这才知道为何师父说他异想天开了。

"只需要水系、土系和火系三种功法吗？"陆青阳倒是听得起了兴致，详细地询问了起来。

林子苏叽里呱啦讲解着，忽然觉得陆青阳体内的真气开始运转起来。

"喂，你要做什么？"林子苏惊诧地看着陆青阳的右手掌心上重新泛起了水蓝色的光波，但这次并不是在九味丹的中间，而是紧贴着那枚青蓝色丹药的最下方。

陆青阳并没有回答，并不是因为他不想，而是因为他此时根本无法分神了。

水蓝色的光晕慢慢地从丹药的最底部向上移动着，而在水蓝色光晕的下方，又出现了一层棕色光晕，然后之下又是红色光晕。

林子苏已经完全看呆了。炼气七层之下，所运的天赋功法只能形成一个平面而已，林子苏眼看着陆青阳手中那三层颜色的平面光晕缓缓向上蔓延，目瞪口呆。按理说这三种天赋功法不应该如此陆续释放、叠加而出，这样其实就已经接近炼气七层的光波球的运气方法了。

这孩子居然能跳级突破吗？那仙根慧体到底是个什么样的存在啊！

林子苏太震撼了，片刻之后才接收到陆青阳眼中的画面，这才看清楚在这三层不同颜色光晕面的下面，分别有一层青色的浅淡光晕，若不是仔细察看便会忽略。林子苏略一思考，便知道了陆青阳是如何令光晕形成现在这个效果的。他分明是运用风系的天赋功法，把每种光晕层向上吹动……

这……不光想到这点很难，做到这点更难！

林子苏直勾勾地看着那枚水蓝色的丹药在三层……哦，不，其实是六层平面光晕的笼罩之下，逐渐从下到上变成了木绿色，说明九味丹中的小血藤草已经被清除了出去。

砰！眼看着胜利在望，那六层平面光晕却出现了小小的波动，最终因为陆青阳没有控制好运气的力度，丹药在空气中被突然增强的火系功法燃烧殆尽，功亏一篑。

陆青阳抹了把脸上的细汗，不好意思地笑道："确实很难啊。"

林子苏并没有说什么，直接用左手从药瓶里又倒出来一枚九味丹递了过去，简单地说道："再来！"

陆青阳的小包子脸皱了起来，不安地说道："已经浪费了五十两银子了……不，加上之前吃的没效果的那枚，这就浪费一百两银子了……"作为从小到大省吃俭用的乖宝宝，现在这么浪费，陆青阳感到压力很大。

之前林子苏让陆青阳花钱买了那么多枚九味丹，陆青阳就已经感到忐忑不安了。不过那些本来就是为了让他修炼升级而花的，虽然心疼，但也必须扛着。

可是像现在这样浪费下去，陆青阳怀疑他的神经是不是可以经受得起。

"喊，什么一百两啊？这九味丹你拿去回收，不过四十五两一枚而已，两枚也不过就是九十两嘛！"林子苏鄙视地说道。

"那也是很多很多钱啊……"陆青阳弱弱地抗议着，霸占着他身体的这位少爷是用不着吃喝拉撒，可他还需要啊……

林子苏不容拒绝地掰开他的右手，把丹药放进他的掌心，嘿嘿笑道："嗯，这样的觉悟很不错，继续努力，要想着这一枚丹药值四十五两银子呢！若是炼成了八味丹，就升值到五百两一枚呢！快炼！"

陆青阳眨了眨眼睛，觉得林子苏说得好像确实没错。

陆青阳握紧了手心里的九味丹，吸气、呼气，吸气、呼气……四十五两、五百两，四十五两、五百两……

然后，就这样，这枚九味丹在林子苏发直的目光中，被炼成了八味丹……

# 第十四章
## ◇ 炼 气 五 层 ◇

看着掌心那枚青绿色的药丸，林子苏和陆青阳两人惊呆了，好半天都没说话。

过了半晌，林子苏才回过神来，直接伸出左手，拈起那枚新鲜"出炉"的八味丹，不由分说地往陆青阳的嘴里丢。

"也不……也不检查检查就让我吃啊……"陆青阳扭头避开自己的左手，忽然觉得自己加工出来的这枚八味丹非常的不靠谱。

"喊，怎么检查？我又没有身体，还不是要你来检查？"林子苏捏住陆青阳肉肉的下巴，笑嘻嘻地说道。

陆青阳不得不承认林子苏说得没错，只好忐忑不安地把那枚八味丹吞入腹中，顿时感到体内升腾起一股热气。

"运气，要用炼气四层的运功方式。"林子苏立刻吩咐道。

陆青阳盘膝而坐，开始运功。林子苏知道陆青阳身上的钱不够，所以才别出心裁地想到了让陆青阳自己炼制。只是他没想到，陆青阳居然变态到这种地步，八味丹居然真的炼制出来了。

这样想着，林子苏所附身的左手一翻，一本薄薄的书便出现在他面前，他开始徐徐地朗诵《天一生水功》的第四册功法。听着林子苏清朗的声音，陆青阳的内息平静了下来。

林子苏把八门功法依次念了一遍之后，陆青阳也同时收功。林子苏探出一缕意识，沿着陆青阳的经脉游走了一圈，然后难以置信地说道："你到底做了什么？这枚八味丹居然要比外面卖的效果还好！"

　　林子苏以前修炼的时候，自是吃过八味丹，是知道这丹药的效用的。结合之前陆青阳服用九味丹的效果，他自然可以推算出来陆青阳服用八味丹的情况。按照他的计算，陆青阳至少要吃八枚八味丹才能收到顶峰功效。但是照现在这个样子，陆青阳只消吃四枚就可以了，这自制的八味丹的效果，居然比秋桐丹药店里质量最好的八味丹还要强上一倍！

　　这是什么概念？陆青阳不知道，但林子苏却是知道的。正常的修炼者，是不能连续服用丹药的。因为丹药的吸收有个周期，吸收一枚九味丹的时间平均需要五六个月，林子苏当初吃了两枚九味丹，中间也隔了两个月，已经是极快的吸收速度了。

　　九味丹尚且如此，八味丹的吸收时间就更加漫长。所以若陆青阳炼制出来的八味丹比普通的八味丹功效强上一倍，那么就意味着修炼时间相对缩短，这对修炼之人来说是万分渴求的事情。

　　当然，陆青阳一天吃两枚九味丹的速度，是绝对无人能及的。不过林子苏在看过他两天之内从炼气一层修炼到炼气四层的速度后，就对在陆青阳身上发生的任何事都已经完全麻木了。

　　"怎么会这样？这样的八味丹，会令天下人疯狂的啊……"林子苏喃喃地说道。虽然这八味丹只对炼气四层的修炼者管用，修为再高的修炼者就算吃了也没用，但要知道这世间有多少低级的修炼者，就算是先天宗者，也是从低级修炼者一步一个脚印走过来的。就算是千年传承的门派，收的弟子也是从炼气三层开始，若能得此特制的八味丹，相信他们会不择手段。也许，是因为这种特殊的炼制方法，反而让八味丹的药物成分更精纯了。

　　"我也不知道……"陆青阳疑惑地抓了抓头，"我只是按照你说的去做的啊……"

　　"哈哈！我果然是天才！"林子苏立刻把烦恼扔到脑后，自恋地哈哈大笑起来。

　　五天后，陆青阳以每日一枚丹药的速度，已经完全吸收了四枚自己特制的八味丹，成功巩固了炼气四层的修为。又在一个月的苦修之后，突破到了炼气五层。炼气五层和炼气四层的差别并不大，提升的只是瞬发功法组合时的速度和灵敏性。突破这一层对一般修炼者来说可能是最容易的，但对于陆青阳来说，却有着不小的难度。

　　因为他的天赋功法实在是太多了，达到炼气五层的要求是可以任意组合瞬发天赋功法。若是换成拥有三种天赋功法的炼丹师，也不过是要求风火、风木、火木、风火木外加三种单系的天赋功法，总共七种起手式而已。

　　但陆青阳一共有八种天赋功法……林子苏特意算了一下，一共要求两百五十六种组合起手式，这个数字算出来后林子苏都觉得发晕。但陆青阳不以为意，闷头照着林子苏写的单子开始练习。本来想说两句风凉话的林子苏顿时噤了声，他其实已经在陆青阳身边待了五年了，自然知道这孩子以前是如何的努力。别说两百五十六种组合，就是两千二百五十六种组合，估计这孩子也能面不改色地一种一种练下去。

其实最痛苦的并不是修炼艰苦，而是以前那种看不到成果的日子。所以陆青阳根本就不觉得这有什么，一鼓作气，终于在一个月后突破到了炼气五层。最后成功地瞬发释放了八种天赋功法之后，陆青阳长长地吐出一口气，心中充满了难以言喻的满足感。

"林，我成功了呢……"陆青阳到底还是小孩子，无论表现得多坚毅，成功后的第一反应就是求夸奖。

"是是是，青阳最厉害了。"林子苏没啥诚意地敷衍了几句，然后从旁边拿过那个装着九味丹的瓷瓶递了过去。

"做什么？"陆青阳的脑袋还转不过弯，依然沉浸在成功突破到炼气五层的兴奋中。

"还能做什么？把这瓶九味丹全部炼制成八味丹啊！空间戒指里没有银两了啊！"林子苏晃了晃手中的瓷瓶，丹药碰撞到瓷瓶的薄壁，发出清脆的响声。

陆青阳这才醒悟过来，他这一个月之中虽然饿了都只是简单地吃一些空间戒指里的干粮，但客栈的住宿费用不菲，再这样下去，他恐怕就真的要喝西北风了。他当下接过瓷瓶，老老实实地开始加工八味丹。

一开始买的九味丹有三十枚，用掉九枚，浪费了一枚，剩下二十枚。其中又有四枚炼制成了八味丹服下，也就是剩余了十六枚九味丹。按照秋桐丹药店的九折回收规定，十六枚八味丹就是七千二百两银子啊！陆青阳觉得自己的手有点抖。

在心绪不宁的情况下又浪费了一枚丹药，陆青阳心疼了一阵从他指间溜走的四百五十两银子，便重新振作起来。毕竟浪费这么多的银两对于还没到十岁的他来说，实在是太震撼了。

林子苏就算是看不见陆青阳的窘样，也能从这破孩子颤抖的双手察觉出来他的忐忑。不过这回他倒没说什么风凉话，小孩子要有小孩子的样子才够可爱，平时这孩子小大人的模样，实在是很让人气不打一处来。所以，林子苏只是笑了笑，便回到匕首中修炼去了。不过，林子苏是绝对不会承认自己难得的苦修是被陆青阳一个月就突破到炼气五层刺激的。

剩下的十五枚九味丹，在天色完全暗下去之后，终于有十枚被陆青阳成功地炼制成了八味丹。虽然又失败了五次，但这种成功率已经让林子苏感到震撼了，尤其在他得知其中多数都是在一开始失败的，最后五枚全部成功后，更加无语。

"后来找到诀窍了，倒是挺简单的，嘿嘿。"陆青阳看着面前桌子上那十枚青绿色的丹药，笑得傻傻的。自然，在他的眼里，这些丹药已经自动转变成了银晃晃的元宝。

只是这时天色已晚，现在就去丹药店不太现实，陆青阳只好按捺住内心的兴奋，把八味丹一枚一枚收回瓷瓶中，安心睡下。

他一连苦修了月余，又集中精力炼制了一下午丹药，此时已是精疲力竭，这一安心睡下，竟一觉睡到了第二天中午。

陆青阳一睁开眼睛，就看到自己的左手正拿着一张纸晃悠着。若是换成其他人一觉睡醒看到这一幕，恐怕会以为自己仍在梦中。但陆青阳这阵子以来，都已经习惯了。他睡觉的时候虽然眼睛没有睁开，但都是在林子苏的要求下，赤着上身入眠，左手臂上的匕首露在外面，自然不会影响林子苏的视线。所以陆青阳经常一醒过来，就会看到林子苏在自己找事情做。当然，一般都是在看那些从陆家藏书阁里抄出来的书。

一开始的时候林子苏负责抄功法书籍，陆青阳负责抄丹药书籍，但后来所需要的功法书籍被林子苏抄完了之后，他便开始随意找些其他方面的书籍查阅抄写。陆青阳也不懂，就由他去了，反正他们各抄各的，各看各的，也不会互相影响。

但在这种时候，陆青阳却不由得羡慕起林子苏来，处于这种灵魂状态，不用休息和睡觉，真是很不错。这个心思自是不能说出来的，否则林子苏必会闹上一阵，不知道要弄什么古怪的招数折腾他。

陆青阳在和林子苏相处的这些天里，已经摸清了这位少爷的脾气，只要不惹到他，自然一切都安安顺顺，若是惹得他不高兴，那可就有苦头尝了。

但是，陆青阳又极为佩服林子苏，若换成是他，被困在匕首里那么多时日，肯定早就变得癫狂，又怎么可能如此勤奋好学？

不过这倒是陆青阳想错了，林子苏当年在师门之时，是出了名的懒惰，最不爱做的就是修炼和读书。但是仗着自己资质过人，在师门这一代之中倒也是数一数二的人物。他师父就曾痛心地说，林子苏若是肯沉下心修炼，所取得的成就定会达到旁人难以企及的高度，只可惜他太懒了，懒到人神共愤的地步。

这回林子苏不懒了，全是被陆青阳变态的体质所刺激的。

陆青阳犹自坐在床上发着呆，但在林子苏眼里，就是一个孩童没睡醒的懵懂模样，可爱得让他忍不住伸手过去掐了一下那水嫩嫩红扑扑的脸蛋。

"快起来吧，然后收拾收拾，我们好出门。"林子苏继续在陆青阳的脸上揉着，顺便发泄一下心中的嫉妒之情。这孩子的天分怎么就那么奇异呢？为什么就那么奇异呢？！

陆青阳打了一个激灵清醒过来，自然不是因为脸蛋被掐得生疼，而是因为他想起了可以去丹药店用八味丹换银两，这可是他第一次自己赚钱。想到这里，他便一刻都坐不住了，立刻爬起来快速洗漱了一下，就冲出了客栈。

"等等，这都中午了，你昨晚就没吃什么，先去吃点东西吧。"到了大街上，林子苏便改成了在脑海内和陆青阳对话。

陆青阳本来想直奔秋桐丹药店的，但一摸肚子，确实瘪瘪的，便按照林子苏的指挥，在热闹的大街上转了几个弯，来到一家看起来豪华的饭馆门前。

陆青阳吓了一跳："要在这里吃？"

"怕什么？又不是付不起钱，我查过戒指里剩下的银两了，够的。"林子苏跳跳地说着，带点趾高气扬的味道，"今天是你十岁的生日，自然要吃顿好的。"

陆青阳一下子蒙了，半晌之后才回过神来："你……你怎么知道的……"

这些天过得浑浑噩噩的，其实他知道自己的生日就在这几日，但没有仔细去算。毕竟自从五岁之后，就没有人再给他过生日了。

"我什么事不知道？走吧！"林子苏自然不会说，他陪伴了陆青阳五年，每年到这一日，他都会看到陆青阳拿着匕首在墙壁的隐蔽处刻上离自己十岁还有几年。

林子苏不说，陆青阳略一思索也能猜得到。他的心中泛起一股温暖，在那样的倒计时中，他终于在今日迎来了十岁的生日，只是他并没有在陆家，而是独自一人闯荡江湖。

不，他并不是独自一个人。

陆青阳忍不住抬起右手抚上左臂，在略薄的衣衫之下，正是林子苏寄身的那把匕首。

"行了行了，别肉麻了！快点进去吧！"林子苏突然间炸毛，像是非常不习惯突如其来的这种气氛。

陆青阳此时已经察觉到豪华饭馆内的店小二正疑惑地向他看来，怕是在想为何一个小孩子站在饭馆门口发呆。陆青阳在对方要走出来赶他的时候，率先迈开脚步，往饭馆走了过去。"好啊，那我今天就奢侈一把，听说凤栖城的特产是药草全宴，今天尝尝鲜吧！"

林子苏沉默了片刻，突然建议道："小阳阳，打个商量，把味觉和嗅觉也都开放给我吧……"


陆青阳最后还是把味觉和嗅觉也开放给林子苏了，这两人一体难得吃了一顿好饭好菜。

陆青阳很满足，他这等于是花一份的钱，让两个人享用了，很节省，很不错。林子苏则不爽陆青阳为了节省银子，只点了两盘菜，跟传说中的那什么药草全宴差得远哩！

"喊，干吗省银子啊？每样都点来尝尝多好！"林子苏看着面前吃得干干净净的盘碟，觉得非常不满。他又不像陆青阳有身体能感觉到饱，所以就觉得根本还不够。

陆青阳头疼地看着自己的左手拿着筷子敲空碗敲得正欢，也同时注意到站在旁边的店小二投过来疑惑的目光，立刻用右手把左手中的筷子夺了下来："点那么多做什么？浪费可耻啊！"

他脑海中忽然传来林子苏委委屈屈的声音："人家五年没尝过肉味了，你就拿这点青菜米饭打发我？"

陆青阳彻底没脾气了，一想到林子苏确实很可怜，立刻就叫店小二上盘肉菜，但没想到店小二回答说这里是素菜馆，专营药草膳，林子苏才傻了眼。

"小客官，您还要什么吃食吗？"店小二并没有因为陆青阳年纪小而轻视于他，秋桐药膳馆素来管理甚严，绝对不会慢待任何客人。毕竟这凤栖城中藏龙卧虎，谁知道有没有先天宗者喜欢穿破破烂烂的衣服招摇过市，所以断然不会有歧视客人的情况发生。更何况这眼光毒辣的店小二早就看出来陆青阳虽然穿着一般，但谈吐举止都很有修养，一看便知是从大户人家出来的公子哥。因此店小二并没有小觑他，反而招待得非常殷勤。

话说回来，这小娃子生得也太好了一点，白嫩嫩的可爱极了，独自一人坐在这里，早就引得周围的人时不时瞄过来，就连见多识广的店小二都管不住自己的双眼。

陆青阳刚出家门的时候还觉得别人盯着他，会让他有些不自在，但现在已经习惯了，因为他没法分心想那么多。他此时正在脑海中安慰林子苏，保证拿到八味丹换的钱后，带林子苏吃顿好的。

林子苏也就是借题发挥，和陆青阳抬杠而已。他总不能因陆青阳的天分过人，而对他发脾气吧？但没事找找荐，看看他为难的样子倒是很不错的。所以在敲了陆青阳一顿大餐之后，便不再吵他。

陆青阳松了口气，抬头朝站在旁边的店小二问道："店家，这顿饭多少钱？"

"一共九两三钱。"店小二躬身说道。

"好贵哦……"玉人般的小娃子扁了扁嘴，显然是颇为心疼这饭钱。这价钱几乎和给大哥寄一封信差不多了，可那好歹是急需做的一件事，这只是吃一顿饭而已！

店小二动了动唇，想要说几句场面话。其实这样的情况倒也常见，凡是店名冠上"秋桐"二字的，都是白藏教在凤栖城的产业，尤其以秋桐丹药店最为出名。所以秋桐药膳馆也是力求高端，这菜价自然高得很离谱，不少客人也为之惊叹。他们自是准备了一番说辞，就是为了应付这些付账困难的客官。

只是还没等他那些话说出口，就看到了让他惊讶的一幕。只见这个小孩子的左手食指在大拇指上的戒指上一抹，再翻过手来的时候，手里已经拿了一个银元宝朝他递了过来。

这付钱的动作干脆利落，根本不像是舍不得嘛！

店小二腹诽着接过银两，走回柜台结账，然后双手恭敬地把找回的银两递了回去。他不是没看见这小娃子拿钱的手法，那分明是空间戒指。修炼者对于他们这种普通人来说，已经是可望而不可即的存在了，所以不管这小娃子几岁，对于店小二来说都是仰望、崇拜的对象。

当然，恭敬归恭敬，店小二还是觉得这小娃子可爱得紧，尤其那酸着脸心疼银两的表情，可爱得让人想捏一把。

店小二犹自沉浸在各种幻想中，陆青阳早就已经走出秋桐药膳馆，往不远处的秋桐丹药店走去。已经出了一回血的他，自然想赶紧把荷包补满。

在今日起床梳洗之时，陆青阳和林子苏就已商量好了如何卖药。

陆青阳虽然不懂得怀璧其罪的道理，但林子苏却是懂得的。更何况再也没有人比他更清楚陆青阳所炼制的八味丹究竟有多么不一样，若是一个操作不好，别说换取巨额银两了，想要全身而退都是奢望。

所以林子苏再三叮嘱陆青阳，一定要按照他的计划行事，好在陆青阳一向信任他，自然言听计从。

本来林子苏也想找个中间人去卖丹药，但一想这样反而引人怀疑，更何况这凤栖城中并无熟悉之人，这样反而会弄巧成拙，索性就让陆青阳直接往秋桐丹药店去了。

在凤栖城，白藏教最赚钱的两个店铺就是秋桐丹药店和秋桐药草店，两家店面自然装修得无比华丽，比邻而建，坐落在凤栖城最繁华的梧桐大街之上。秋桐丹药店足足有三层楼，客人自然是络绎不绝，生意兴隆得不得了。

秋桐丹药店的一楼大厅内摆放着的都是低级丹药，陆青阳要卖的八味丹属于低级丹药，就在一楼卖。

秋桐丹药店和秋桐药草店一样，不止做卖东西的生意，还做收东西的生意。所以来往的客人也不单单是买东西，还会有人从怀里掏出东西来卖。所以一楼一进门的地方，有个接待处，每日有白藏教的炼丹师来此坐镇。这坐镇的炼丹师至少要有炼气八层的修为，虽然看上去有些大材小用，但也不为过，谁知道会不会有古怪的炼丹师拿出上等的丹药来卖？若是慢待了，损了一笔生意事小，得罪人事大。

不过今日来这里坐镇的，不是白藏教内普通的炼丹师，而是白藏教大名鼎鼎的韩丹韩长老。说是长老，年纪上倒是符合了，但面容上根本就看不出来。这人看上去只有二十余岁，样貌虽然看起来平凡，但双目清亮动人，就像是一汪清水，让人一见便心生亲近之意。秋桐丹药店的掌柜康缇，小心地在旁边赔着笑，揣摩着这位祖宗怎么今天心情这么好，跑来丹药店坐镇。

"师父，你看在堂前坐着风太大了，不如我们到内间歇着？"已经是中年人的康缇，小心翼翼地搭着话。

"无妨，山里实在是太闷了，我出来舒坦舒坦。"韩丹一点长老的样子都没有，浑身像是没有骨头一样，上半身直接就瘫在了柜台上，还时不时恼火地捶捶桐木柜台，像是发泄心中的怒火一般。

康缇心惊肉跳，旁人不知白藏教深浅，但他自然知道韩丹在教中的地位如何。

说起韩丹，白藏教中几乎所有的炼丹师都是他一手教出来的，谁见到他都得尊称一声"师父"或者"师祖"。据说此人在二十余岁时就炼出了天下难得的驻颜丹，而且一炉之内便出了三枚。其中一枚自然是他自己服下了，才能保持住二十余岁的面目，否则就算是先天宗者，也只能保持当年突破到先天境界时的容貌而已。

而剩下的两枚，一枚进了当时韩丹的师兄，现今白藏教教主的肚子里，另外一枚嘛……康缇想到最近从山里传出的那个流言，顿时打了个冷战，也猜出了面前的这位祖宗为何恼火。敢让韩丹如此郁闷的，除了教主大人之外，也没有旁人了……

"你说说，当初拿我炼的驻颜丹去送人情也就罢了，这次居然还拿我这里的青木浆去送人情！"韩丹讥讽的话语随口说了出来，一点也不在乎自己说的是教中秘辛。

康缇在旁边听得是汗如雨下，韩丹长老和教主大人不和，早就不是什么秘密了。白藏教虽然是以炼丹为主，但也会培养其他天赋功法的弟子。因为炼丹师往往三系同修，下的功夫比旁人要多出两三倍，还必须要分神钻研丹药方面的知识，所以武力跟同级的修炼者相比简直就是不堪一击。所以白藏教的规矩，历来都是武功最强者为教主，而现今白藏教的教主是一位修为已经在凝脉十层的尊者，眼看就要金丹大成，晋升圣者。再加上若干退隐的长老，才能镇得住那些觊觎白藏教丹药药草的宵小。

但统领炼丹师的韩丹长老，却不知为何一直与教主大人不和，以前还能顾着脸面，康缇现今瞧着，恐怕这矛盾就要爆发了，也不知道那导火索是什么……

这两人正各自想着各自的心事时，突然传来一个清脆的童音："请问，这里回收药丸吗？"

# 第十五章
## ◇ 暮 秋 岭 ◇

韩丹和康缇两人都愣住了，齐齐往柜台的下面看去，一张瓷娃娃般可爱的脸就那么毫无预警地映入他们的眼帘。

虽说他们两人都是活了许多年的人物了，但萌物的杀伤力是无穷的，更何况被那双黑白分明、清澈无比的眼瞳一望，任是再坚硬的心肠，都会柔软下来。

"小弟弟，这里当然回收药丸。"韩丹一改刚刚怨恨的神色，立刻坐直了身体，换上一副无比亲切的表情。这娃子多可爱啊！而且和苍笙师弟刚来白藏教的时候好像啊！

"都多大年纪了，还管你叫小弟弟！"林子苏在陆青阳脑海里暴跳如雷，压根就忘记了装可爱的这个计策是他想出来的。

陆青阳疑惑地眨了眨眼睛："这个哥哥也大不了我大哥几岁啊……"

"喊，别被他的外貌迷惑了，他吃了驻颜丹。"林子苏本来也没发现韩丹的身份，但是他正好瞧见康缇这个秋桐丹药店的大老板正小心地陪在旁边站着，立刻就想到白藏教内极其有名的一个人，不爽地说道，"不行，今天还是算了吧，或者换家丹药店。这人在这里，肯定没办法顺利瞒天过海。"

陆青阳没想到林子苏转眼就说要走，正想说点解释一下时，却发觉握着丹药瓶的右手一动，手中的丹药瓶竟然自动跳到了柜台之上。陆青阳一惊，但想来应该是面前这个人做了什么手脚。

韩丹打开面前的丹药瓶，放在鼻子前闻了闻，展颜笑道："小弟弟，是不是你想买九味丹，结果错买了八味丹啊？"

"啊？"陆青阳张大了嘴，不知道这个看起来只有二十余岁但据说年纪很大的人，为什么会这么认为。

韩丹却把陆青阳的迟疑当成了不好意思，因为这小孩子看起来也就八九岁，算起来应该正好是在巩固炼气三层的时候。不懂的人自然会觉得八味丹要比九味丹低级，毕竟少了一味药材嘛！这种乌龙事以前也不是没有发生过，所以韩丹便自作聪明地如此认为。他晃了晃丹药瓶，笑容可掬地说道："喏，是十颗八味丹。康缇，直接按八味丹的原价给这个小弟弟吧！小弟弟，你还要几枚九味丹？我送你啊！"

陆青阳犹自震惊中，但还是本能地摇了摇头道："我自己付钱，十枚九味丹。"

韩丹更喜欢这个小娃子了，终于忍不住伸出手去揉了揉他柔软的发顶，笑眯眯地说道："好孩子，好孩子。"

康缇也如林子苏那般腹诽这个韩长老不讲究身份，叫这个小娃子"小弟弟"，那按辈分他岂不是要叫这个小娃子"师叔"？

不过抱怨归抱怨，康缇也知道他的这个师父万分的不靠谱，只是随口乱叫而已。他亲自拿着丹药瓶转到内间，不多时便捧出来几张银票和另一瓶丹药。"十枚八味丹，按照原价回收是五千两银子。再减去十枚九味丹的五百两，这里是四千五百两银票。"

陆青阳的双目亮了起来，小脸上浮起了不好意思的神色，但左手已经迫不及待地把银票和丹药瓶拿了过来，仔细地点好，收入空间戒指中。

韩丹和康缇在发现陆青阳手中有空间戒指时，眉梢都没动一下。给十岁不到的孩子用空间戒指，虽然有些奢侈，但也绝对不少见，也证明面前这孩子绝对不是普通人家的孩子。韩丹越看越爱，觉得这孩子跟当年的苍笙师弟简直是一个模子刻出来的，当下就恨不得扯过来捏捏那肉嘟嘟的小脸蛋。

不过，对方显然没给他这个机会，银票和丹药一到手，陆青阳便直接转身离去。

康缇发觉自己这无厘头的师父貌似又陷入了满腹怨言的心境中，连忙闪入内间，怕心情不好的韩丹迁怒于他，使他受到池鱼之殃。不过没过多久，他便又走了出来。

韩丹看着店内人来人往，还是重新瘫在了柜台上，轻哼道："怎么又出来了？不是不愿意陪我这个老不死的吗？"

康缇尴尬地笑笑，但随即肃容道："师父，刚刚那小孩儿拿来的丹药有问题。"

"有问题？"韩丹轻笑了一声，以为对方在开玩笑。他是何等眼力，只消看一眼、闻一下，便能确认丹药瓶中的确是八味丹无疑。康缇这小子，居然敢挑战他的权威，难道他连这等低级丹药都判断不了吗？韩丹有些恼火地撑起身子，却发现康缇一脸的凝重。

自己这徒弟虽然在炼丹上不是特别成器，在经营上却很有天分，也不是很能开玩笑的主。所以韩丹也收敛了笑容，从康缇的手中接过丹药瓶，倒出一枚青绿色的药丸，放在手中轻嗅了几下，用指尖挑了一点碎末，放入口中仔细品味。

康缇在旁边看着，果然见师父的神情越来越凝重，便知道自己判断得没有错："师父，这丹药瓶虽然有我们店的标签，可不是我们这里炼制的。"

"难道是在其他店里买的？"韩丹咂了一下嘴，感慨道，"这八味丹纯正得连我都炼不出来，凤栖城什么时候来了一个这么强大的炼丹师？可有什么头绪？"

康缇摇了摇头，秋桐丹药店的人脉很广，所有来买卖的炼丹师均有登记在册，"如果对方所需的药草稀少的话，还能从秋桐药草店那里获取一些消息，但这八味丹的成分，委实太简单了些，根本留不下什么痕迹。这……这位炼丹师可真是小心啊……"

韩丹点了点头，认同了康缇的说法。

他们认为，能炼出此等八味丹的炼丹师，绝对是不屑于炼制八味丹这种低级丹药的，因为任何一种高级丹药，回报率都要比八味丹高得多。而且炼丹师一旦达到一定级别，就会不屑于炼制低级丹药。再结合对方指使一个小孩子来卖丹药的情况来看，韩丹和康缇便不约而同地想到了这小孩子背后肯定有一个高深的不想露面的炼丹师。

"师父，你看这位炼丹师，应该有几品？"康缇小心翼翼地问道。

韩丹眯起了那双清澈如水的眼瞳，思考了片刻之后叹气道："至少也有七品了……"

康缇倒吸了一口凉气。炼丹师自有一套评级的规则，从低到高，分别是一品到九品。这世上也许有声名不显的九品炼丹师，但这片大陆上，六品以上的炼丹师如凤毛麟角，他们白藏教的韩丹长老，已经是众人皆知的顶峰，才是八品炼丹师。

而他自己才四品而已。

"七品炼丹师，还被逼得不能露面……如此小心……"康缇简直觉得不可思议，七品的炼丹师，放在哪里都是受众人追捧的主，怎么可能活得如此憋屈？居然还炼起了低等的八味丹？

想象力丰富的韩丹和康缇已经在脑海里勾画了一个惊天地泣鬼神的话本故事，但康缇率先清醒了过来，躬身问道："师父，我们是不是帮对方一把？"

七品炼丹师，这片大陆上已知的只有六七人而已，个个都是响当当的人物，哪怕有难处，也不会被逼成这样。这位怕是刚突破的炼丹师，或者是一直隐居之人。白藏教出手的话，自然能卖对方一个天大的人情。

韩丹也不犹豫，抬手一挥道："先让几个人去盯着那个小孩子，远远跟着，切勿惊动对方，小心为上。"

康缇应了声"是"，也知道能逼得一个七品炼丹师这样藏匿，恐怕这敌人也是不好对付的。康缇在走前扫了一眼韩丹，终是忍不住开口道："师父，这事要不要请示下教主大人？"毕竟推断出来敌人如此强大，那么也就只有教主大人才能对付，否则其他人去，就是送死。

韩丹恼火地挥了挥手："先去盯着那孩子再说！"竟是没答应，也没拒绝。

待康缇退下去安排这事之后，韩丹一个人坐在柜台后面，单手支着下巴，分析着各种可能性。心想着，难道要回山里一趟？不过也是个好机会啊，让那小子出来收拾敌人……嘿嘿嘿嘿……

韩丹正一个人想得美滋滋的，不想一个半大的女孩冲进了秋桐丹药店，直接朝他嚷道："喂，有没有看到一个小孩子来这里？八九岁大，知道他去哪里了吗？"

"小孩子？"韩丹很敏感，听了这句话立刻直起了身子。

"是啊是啊，八九岁大，知道他去哪里了吗？"花涓已经找陆青阳找了一个多月了，找得都要崩溃了。谁能想到在凤栖城找个孩子居然这么困难，要不是她在各个城门都安排了人手，确定这孩子没出凤栖城，她都以为这孩子已经离开这里了。难得有手下报告有个疑似陆青阳的小男孩进过秋桐丹药店，她第一时间就赶了过来。不就是寄丢一封信吗？她怎么这么倒霉？

韩丹此时已经认出来这个还没长大的小女孩是花家的小小姐花涓，反而是花涓没有认出他来，以为他只是普通的店员。花家是这片大陆上的一大世家，家族的产业无数，势力遍布四季之地，旁人根本难以想象。难道花家也在找那个小孩子？或者说，在找那个孩子身后的七品炼丹师？

韩丹那双清澈的眼瞳眨了眨，笑眯眯地说道："什么小孩子啊？我没看到过哦！"


陆青阳没想到自己炼制的丹药会造成如此大的影响。林子苏在看到韩丹在场的时候就已经不抱什么希望了，能全身而退就已经是万幸，但不能保证对方不会察觉。毕竟那是传说中的韩丹长老啊！

"我们现在就去暮秋岭。"林子苏立刻下了决断，凤栖城内是一刻都不能待了。

"哦。"陆青阳听过林子苏的解释，便顺从地按照他的吩咐，往通往暮秋岭的南城门而去。他的空间戒指里早就放入了采买好的一应生活用品，所以说走便可以走。

为了伪装，林子苏让陆青阳背个小包袱，假装成普通人，坐上马车往暮秋岭而去。

"为什么不把那十枚九味丹炼制成八味丹，卖完再走呢？"陆青阳这次算是赚了自己人生中的第一桶金，小心脏现在还在"扑通扑通"地狂跳个不停。他虽然按照林子苏的话尽快离开了凤栖城，但还是有些不解，在坐到马车上之后，便在脑海中询问林子苏。

"要是那样的话，我们就走不了了。"林子苏把心底的担忧和陆青阳说了一遍。他们本是想趁着丹药店的人不注意，多做几次倒卖生意，但韩丹长老在场，这生意简直就没了活路。不过林子苏也没想到，察觉出丹药与众不同的，并不是大大咧咧的韩丹，而是做事小心谨慎的康缇。

"哦，反正钱也够了。"陆青阳这辈子都没见过这么多银票，更何况是自己赚来的。很容易满足的他在得到林子苏的解释后，便放弃了原计划，很欣慰地摸了摸戴在左手上的空间戒指。

"喊，远远不够。"林子苏反而是最不爽的人，唠唠叨叨地说道，"你知道你接下来要用的丹药有多贵吗？虽然原本就是打定主意要进暮秋岭自己采药草，但是咱有钱了啊！干吗还要受这份风餐露宿的苦？"

陆青阳歪着头想了一会儿，终于抓住了重点，徐徐道："没关系，出了城，我们到山林里找吃的。"

林子苏彻底噤声。

陆青阳忍不住翘起嘴角，说到底，还是林子苏没尝到肉味，暴躁了嘛！

林子苏也觉得挂不住脸面，但他在陆青阳面前还拿什么乔？其实算起来，这世界上，恐怕没其他人能像他们两人这样亲密了。所以林子苏心中的恼怒立刻就烟消云散，开始回忆起暮秋岭究竟有什么特产。

半晌之后，他垂头丧气地说道："完了，我想起来，暮秋岭里很少有可吃的。"

"啊？"陆青阳闻言觉得不可思议。有林子就有动物，这是很平常的一件事，为何暮秋岭会没有？暮秋山脉连绵不绝，一眼都望不到边，难道说这山根本就是座空山？

"也不知道是从什么时候开始，暮秋山脉里的飞禽走兽便绝迹了。人们也都渐渐习以为常，也正因为这样，这里的药草才非常繁盛。"林子苏继续解释道，"连吃草木的动物都没有，那么吃肉的动物自然更不会来，久而久之，这里便很少有飞禽走兽了……这些天你在客栈吃的都是客栈后院蓄养的家禽，凤栖城最流行的就是药草全宴……"

"可是就算没有吃药草的飞禽走兽，来暮秋岭挖药草的人也很多啊，总会有被挖空的一天吧？"这些天陆青阳全面地领略了凤栖城的繁华，自有一番担忧。

林子苏知道陆青阳极少出门，对这片大陆上的事情不了解。这些日子陆青阳一直沉心修炼，又不能吵他，早把林子苏憋得难受死了，当下林子苏整理了一下思绪，便跟他简单说了一下四季之地中四大圣地的情况。

　　春之地的九环溪、夏之地的赤炎山、秋之地的暮秋岭、冬之地的穹天崖，每个圣地都拥有着天下修炼之人梦寐以求的宝物，从伴生灵兽、各种宝石到珍稀药草、宝贵矿石，每样都能让人趋之若鹜，甚至为之疯狂。但每处圣地都有特殊的屏障，以保护资源不被修炼之人彻底掠夺光。

　　春之地的九环溪就不用说了，灵兽的力量强大，伴生灵兽的契约，最好是同幼兽签订。已经成年的灵兽都有着和人类不相上下的智慧，又怎么可能轻易与人签订血契？但幼兽又岂是轻易能得到的，除非幼兽的亲生父母因故去世，否则就算是用卑鄙的手段抢夺到了幼兽，那也要有能力承受成年灵兽的疯狂报复。或者更倒霉的，遇到群居的灵兽，那就要遭受不止一两头灵兽的复仇了……不过即使这样，每年往春之地九环溪而去的人也是络绎不绝，大家都怀着各种侥幸的心理，不过能达成心愿的人自然是少之又少，也不知道有多少人成了那些灵兽腹中的食物。

　　夏之地的赤炎山和冬之地的穹天崖，仰仗的都是天然的地理条件。赤炎山的极热和穹天崖的极寒，只有修为到了一定程度的人才能进入，而且停留时间不能过长，否则会有损修为。所以前去这两处的人反而很少。

　　至于秋之地的暮秋岭，便是谁都可以来的地方，既没有危险的灵兽，也没有异常的气候，但在这里如愿采到极品药草的人也极少。

　　原因是暮秋岭的林间大雾，让这里成了天然的迷宫。

　　暮秋山脉的大雾，在这片大陆上是极其有名的。也许是地势的原因，这里形成的大雾，在浓密之处伸手不见五指，而且又飘浮不定，有时阳光可以穿透，提供了药草生长必需的光照，有时却严严实实地把整片山脉都笼罩其中，这里的夜尤其恐怖。

　　如果单纯是浓雾遮天，这么多年过去，肯定会有人摸清这里的路线，但在这片山脉中，还有着仙人所布下的迷宫八卦阵。也就是说，入了暮秋岭，也许一天就能走出来，也许十天半个月甚至更长的时间都走不出来。

　　不过进暮秋岭本就是一件碰运气的事情，待得长久，碰到珍稀药草的概率就会大上许多。更由于暮秋岭内没有凶猛的飞禽走兽，所以危险小得多，因此前往暮秋岭的人络绎不绝。

　　在林子苏的讲解声中，陆青阳所乘坐的马车快速地向前走着，已经驶入了一片淡淡的迷雾之中。

"客官们，只能送到这里了。"马车停了下来，车夫下了车。

一马车的人都陆续走了下来。旁边早有一些人在等候着，待马车上的人全都下车后，这些人便掏钱上车，有些人还熟稔地和车夫打着招呼。其中有人两手空空，不知道是毫无收获还是已经把药草收入了空间法器中。也有人背着篓子，里面满满的药草，但以旁人的目光来看，便可以判断出来这些药草是根本不值钱的那种低级药草。有人脸上满是疲惫、失望，但也有人眼眸中露出些许兴奋之意，应是有所收获。

陆青阳只是略站了一会儿，便转身朝迷雾中走去。

这里的迷雾还不算浓重，只是在人的身周飘浮而已。所以陆青阳很轻易地就看到不远处的一块巨大的石碑，足足有十几米高，其中一面被人削得平平整整，上面有着潇洒刚劲的三个大字——暮秋岭。这三个字每个字都非常大，陆青阳走得近了，才发现这三个字像是用毛笔写上去的，又像是刻上去的……

这种结论很荒谬，可是那字迹的笔画之中明显看得到笔触纹路的痕迹，就像是有人用铁丝做成的毛笔，在豆腐上划过去一般。修仙得道，果然是平常人难以想象的境界。

陆青阳仰头看着被迷雾缭绕的石碑，有种身处仙境的感觉，久久都回不过神。

"你也会到这种程度的，别羡慕啦。"林子苏倒是清楚陆青阳在想什么，"这种功夫根本就不稀奇，修炼到先天境界便可以做到。"

"啊？"陆青阳回过神，没料到林子苏说得如此轻巧。什么叫"修炼到先天境界便可以"？修炼到先天境界不是修炼到炼气三层啊！

陆青阳反问道："你不是说你十七岁就修炼到了先天境界，成了宗者，那你能做到吗？"

林子苏一愣，片刻之后笑骂道："我又没有土系天赋功法，让我拿着毛笔去写字，恐怕这石头要被烧裂了。"

陆青阳眨了眨眼睛，心中生出了跃跃欲试的冲动，他在右手掌心上运起土系功法，然后把那泛起的棕色光芒集中于右手食指，大着胆子向那块石碑的侧面点去。

手指刚接触到石头，棕色的光芒便倏然消失在那冰凉的石头上，一丝踪迹都没有了。

陆青阳悻然地把右手背在身后藏了起来，不好意思地笑了笑。幸亏这周围已经没人了，刚刚和他一起下马车的那些人早就已经进入林中，倒也没人看到他的小动作。不过和他共用一个身体的林少爷自然是分毫不差地看到了。

"啧，胆子不小嘛！炼气五层就想挑战？哈哈哈哈！"林子苏一点都不客气地放声嘲笑。

陆青阳忍住想要暴打自己左手一顿的念头，虽然林子苏很欠扁，但左手还是他自己的身体的一部分，犯不上因为这种事而自残。

呼气、吸气……陆青阳虽然觉得自己在这些日子里，已经习惯了林子苏的自傲狂妄，但在某些时候仍会觉得此人实在是太欠扁了，也怪不得被人塞入匕首之中不见天日，恐怕是因为这性格得罪了什么不该得罪的人吧……

林子苏一边说着玩笑话，一边用陆青阳的双目看到了石碑侧面大大小小的坑，都是和陆青阳想法一致的人试出来的痕迹。这些指头大小的坑深浅不一，分别代表了每个人的修为高低，有的人留下的痕迹已经初有笔锋，可是没有一个人能在这块石碑上留下一个完整的字，更别说在这块石碑之上写出如此潇洒的字迹。

出入暮秋岭的人不知凡几，总不可能一个先天宗者都没有来过。更何况，这块光秃秃的石碑，怎么也不像是本地出产的……

陆青阳只当这块石碑是普通的石碑，但林子苏在仔细观察了之后，想起很早以前师父曾经说过的一件事，终于和面前的这块石碑联系在了一起，忍不住伸出了左手。

陆青阳惊讶地看着自己的左手抬了起来，按在了石碑侧面，然后刺目的红光一闪，左手食指所按之处，留下了一道横线，但在转折之后浅淡了起来，看得出来是真气无以为继。

"真是不稀奇的功夫……"陆青阳意味深长地拖长了声音，把刚刚林子苏说过的话一字不漏地奉还。

林子苏沉默了片刻，然后急急地解释道："这块石头是穹天崖上的铁玉石，是世上数一数二的坚硬矿石，许多法器都是由铁玉石所制，我能留下一点痕迹已经很不错了！"

"哦，是吗？"陆青阳挑高了眉毛，一百个不信。这石碑大得这么恐怖，怎么也不可能是千里迢迢从冬之圣地穹天崖背过来的。而且这铁玉石他早有耳闻，珍稀得很，怎么可能这么一大块放在这里，这么多年都没人动手砍呢？按理说应该早就消失不见了才对。

林子苏自然听出来陆青阳的敷衍，轻哼道："这肯定是穹天崖最上面的那个老怪物弄出来的，他向来就喜欢闲着没事卖弄自己，谁敢拂他的面子啊！"

"哦，是吗？"陆青阳还是回了这句不咸不淡的话，转头朝林子的深处走去。他并不是对这块石碑失去了兴趣，而是他现在的修为并没有到那种程度，考虑那么遥远的事情做什么？什么铁玉石啊穹天崖啊，他都当传奇故事听，先做好眼前的事情才是真的。

"哎哎，穹天崖的那个老怪物很阴险呢！传说中……"林子苏像是找到了一个可以唠叨的话题，把从师父那里听到的八卦，喋喋不休地复述起来。

陆青阳不置可否地听着，时不时应一声证明自己在听着，他一步一步地步入了重重迷雾之中。只有那块石碑依然一动不动地矗立在暮秋岭的入口处，像是一只巨大的怪兽，低头凝视着世间万物……

冬之地，穹天崖。

刀疤汉子从山洞的深处走了出来，一眼就看到站在洞口的那个瘦弱的身影，不禁咧嘴一笑。虽然那小身板在寒风中瑟瑟发抖，但仍然站得笔直，像一柄利剑。

"小娃子，我上崖顶去见师父，大概会有一段时间不会回来，你自己照顾自己哈！"刀疤汉子虽然极不靠谱，但既然收了这孩子当徒弟，也尽了师父的责任。

无言点了点头，并没有回话，只是回身恭敬地朝刀疤汉子行了一礼。

刀疤汉子为难地抓了抓头发，这娃子被他取名为无言，本是随意一说，但这娃子的性子倒反而应了这名字。无言，无言，莫要言语，简直就像是哑巴一样……

不过这样倒也好，吵闹的性子反而招人烦。刀疤汉子放下这事，一纵身就朝外面的悬崖峭壁掠去。只见他踩着崖上的缺口，极为熟练地攀爬着，竟在几个起伏之后，便消失在厚厚的云层之中，再也望不见了。其实这刀疤汉子本可以御剑飞行，但此地山风猛烈，地势险恶，连他这等功力之人都不敢托大。

无言默默地仰头看着，若是陆青阳和林子苏在此处，定会觉得这里与暮秋岭的入口处无比相似，不光这山崖边到处都是铁玉石，这缭绕在山周的云彩，也和暮秋岭的迷雾一般缥缈。不过陆青阳若是在场的话，恐怕让他更惊讶的并不是这里的环境，而是自己的二哥为何竟在此处，而且像是换了一个人一般，浑身上下透着一股疏离冷漠的气质。

一阵猛烈的山风朝山崖边的洞口席卷而来，吹得无言的衣角猎猎作响，也吹得他瘦小的身躯一阵摇摆。忽然一个黑影出现在了无言的面前，无言本就是站在山崖的最外侧，这个黑影就那么踏在了虚空之中，猛烈的山风竟也吹不散那模糊不清的黑影，甚至一丝一毫都动摇不了。一人一鬼就这么默然相对，直到这一阵猛烈的山风改变了方向，安静了下来之后，一直未说话的无言这才开了口，淡淡朝鬼将问道："我……是谁？"

鬼将现在只是个模糊不清的影子，虽然已经具备了人的四肢和身躯，但依然不会说话，回应无言的，只有那再次呼啸而过的山风。

无言的双目眯了起来，直视着那团一动不动的模糊黑影，沉声问道："你……是谁？"

# 第十六章
## ◇ 凤 点 头 ◇

陆青阳不知道他二哥已经陷入了古往今来最有名的哲学问题之中，他此时在暮秋岭和林子苏陷入了一场争吵之中。

"这地方明明之前来过。"陆青阳看着面前似曾相识的一棵白杉树说。暮秋岭的迷雾要比他想象中的还要厚重，雾最浓的时候，几乎低头都看不到自己的脚面，更别说脚下的道路了。幸好他现在所到之处，只是山林而已，若是换了什么地形复杂的地方，恐怕走到悬崖边了都不知道。

也怪不得这地方没有动物生存，试想一下，若是吃草的羊，都看不到自己脚下的草，笨一点的岂不是要被活活饿死？

不过没有凶猛的动物也算是万幸，否则在这样伸手不见五指的情况下，猛然跳出来一个恶兽，就算修为再高恐怕也防不住。

"你刚刚都是朝一个方向直走的，怎么可能又绕回去了？这里分明是一片白杉树林，当然长得都一样了。"林子苏也不放弃自己的观点，他除了唠叨之外，现在最喜欢的就是和陆青阳唱反调。暮秋岭不愧是圣地，这里天地灵气要比其他地方充沛得多。虽然此地还是暮秋山脉的外围，对于修炼者来说没有什么明显区别，但对于灵魂体状态的他来说，已经受益颇多了。

心情舒畅之下，林子苏更喜欢拽着陆青阳斗嘴了。不过两人都知道此处迷雾太重，生怕有人在附近而看不到，所以还是在脑海中用意识交流。

毫无营养地吵了一架后，两人决定各自让一步，等迷雾略散去之后再继续前行。

陆青阳靠着背后的白杉树席地而坐，身周的雾气散开了少许，随后又把他笼罩在内，让他有种坐在云团上的感觉。这时的这种雾气反而就像是天然的屏障般，隔绝了外面窥探的视线。此时就算是有人从几步远的地方走过，也不会知道这边还有人。陆青阳放心地从空间戒指里掏出那瓶九味丹，抓紧时间炼制八味丹。

因为第一桶金给他的冲击太大了，所以尽管林子苏告诫他这批八味丹也许会卖不出去，他也没有犹豫。反正加工八味丹时，他还可以顺便练习控制天赋功法的能力。没过多久，八味丹就已经加工完成，十枚九味丹只有一枚因为操作不慎化为了灰烬，其余九枚全部成功。

等把八味丹全部收好之后，陆青阳等了一阵，迷雾才渐渐地淡去，露出周围五尺范围内的景况。


暮秋山脉中，是一片片的树林，一些喜阴的药草是长在树下的，喜阳的药草就长在暮秋山脉的山坡或者山顶处。陆青阳此次来暮秋岭，并不是为了找那些名贵的药草，只是为了找修复自己的仙根需要的药草，这些药草多是比较常见的。

陆青阳看着摊在手帕上的药草，不由得叹了口气。虽然在暮秋岭这样继续找药草很有趣，可是一种丹药的药材成分就有十几种甚至几十种之多，难道他要这么一直找下去？还不如直接去秋桐药草店买呢……

而且，他除了加工丹药，根本就不会炼制丹药。就算是凑齐了药草给他炼，估计也会很费劲，应该直接去秋桐丹药店买丹药……

虽然林子苏把八味丹的事情说得很严重，但陆青阳总是不以为然。只是常见的低等丹药，至于那么大惊小怪吗？

林子苏倒是没指望陆青阳能理解他的苦心，虽然那八味丹算是低等丹药，但实在是架不住陆青阳提炼后丹药的药效太好，落在有心人的手里，自然会产生无穷的想象。他倒不怕陆青阳加工八味丹的方法被人知道，而是怕别人知道陆青阳仙根慧体的事情。

陆家只是普通的修仙世家，根本不知道仙根慧体在修仙门派中究竟有多么重要，随意地泄露出去，也会招来人觊觎。这茫茫天下，貌似除了陆青阳，也就只有一个人是仙根慧体，就是穹天崖最顶上的那个老怪物……

林子苏最怕的就是陆青阳仙根慧体的事情被人看穿，所以一直秉持着低调的原则，可是因为需要换钱，八味丹一出，想低调都不可能了。只有力求在这迷雾重重的暮秋岭中，躲开有心人士。

这些苦心，林子苏也就不明说了，毕竟陆青阳只有十岁，自己希望他能无忧无虑一些，既然远离了那令他痛苦的陆家，林子苏便不想让更险恶的事情侵扰他的心神。

林子苏隐藏住自己的心思，笑嘻嘻地说道："喂，小阳，要不，你直接把这金纽草吃了看看吧！"

陆青阳无语，他虽然早就习惯了林子苏不按常理出牌的状况，但直接吃叶子这个还是完全不能接受。叫他"小阳"，难道真当他是羊了啊！

"别以为我是说笑哦！你的体质和其他人不一样，从你吃九味丹的效果上不就体现出来了吗？其他人需要吸收好几个月的丹药，你一早一晚当糖球吃，这不就说明你的身体可以吸收药草里蕴含的灵气吗？"林子苏忽然间语气变得非常严肃，"其实丹药在炼制的过程中，不管炼丹师如何高明，也会损失药草中的灵气。一枚丹药，其实并没有用来炼制这枚丹药的十几种药草加起来的灵气深厚，但普通人直接吃药草，恐怕就会浪费。举个简单的例子，普通人直接吃千年人参，就没有用这人参炖汤吃的效果好。因为其中的天地灵气会融合到汤药内，易于人体吸收。炼凝为丹药，就会更加易于吸收。小阳，你的体质和旁人不同，所以吃一片试试看嘛！"

林子苏边说着，边用左手拈了一片金纽草的叶子，摆在陆青阳嘴边晃悠着。

陆青阳被林子苏说得有些心动，反正这金纽草是无毒的，吃片叶子倒也没什么，就当吃菜叶了。

陆青阳硬着头皮把金纽草叶子吃下肚，觉得味道倒是和青菜没什么大的区别，只是略有干涩之感。细细地在齿间咀嚼，陆青阳忽然发现有一丝细微的金系力量从叶片的汁液中传来，若不是他凝神品位，恐怕会错过了。

林子苏也同时感应到了，待陆青阳睁开眼睛时，就发觉自己的左手正抓着十几片叶子朝他嘴里塞来。

苦笑一声，陆青阳心想着，他这下真的要变成小羊了……

可是能不能先暂停一下啊？那叶子上明显有只虫子在爬啊……


陆青阳和林子苏的暮秋岭之行，已经完全改变了之前的设想。现在林子苏只要看到有用的药草，不管是不是丹药中需要的，就直接往陆青阳的嘴里塞。陆青阳度日如年，这一个月下来，直把他吃得难受得要死。

想想看，他的空间戒指里的干粮几乎都没动过，每天吃药草就能吃到饱，这是一种什么样的折磨？！

因为暮秋岭真的是名不虚传，确确实实是遍地药草……

林子苏也苦不堪言，陆青阳显然是为了报复他，一直对他开放着味觉和嗅觉。

林子苏很想哭，他有五年都没吃过东西了，结果就吃了一顿还算不错的饭菜，然后紧接着就被逼尝了一个月的药草，实在是恶心得想吐却吐不出来。

"怎么越走越热了？"陆青阳擦了擦脸上的汗水，他在山林中风餐露宿了一个月，浑身灰尘，但精神却是不错。因为暮秋岭的药草确实是很补，况且他能感觉到体内经脉在不断地被强化，虽然修为还一直停留在炼气五层，但他也没有继续修炼，他现在最需要做的是修复仙根。

"估计，再沿着此处行进，会有一片火系药草。"林子苏判断着。暮秋岭虽然是在秋之地，但其中各种药草都有，而且越往山岭深处地势就越复杂，各系药草自然都有各自喜欢生长的地方。"不过，这温度真是不正常，恐怕这火系药草不一般。"

陆青阳精神一振，顺着林子苏的指引，朝山谷中走去。若是换了旁人，恐怕搞不清楚具体的路线，但林子苏是火系天赋，再加之是灵魂体状态，自然对空气中火系能量的波动更加敏感一些。

远远地，陆青阳就听到了一阵打斗之声，林子苏忽然很严肃地说道："小咩，藏起来。"

陆青阳闻言立刻闪身隐藏在了一旁，他身周都是高达腰际的不知名草木，此时他一蹲下，自然就被遮得严严实实。

"不要叫我小咩……"陆青阳藏好之后，无力地抗议了一下。这些天林子苏对他的昵称又变了一个，不叫"小阳"了，直接叫"小咩"……

"你不就是小羊吗？来，'咩'一个给哥哥我听听。"林子苏笑嘻嘻地调侃道。

陆青阳直接无视他。

从枝叶的缝隙间朝远处望去，陆青阳忽然发现前面一片空旷。

已经习惯了暮秋岭的迷雾缭绕，倏然间发觉一望无际，陆青阳不由得一阵愣神。在看了片刻之后，才发觉是因为前面打斗的几个人中，有人使用了风系功法，把笼罩着这一片的迷雾都吹散了。

视野一开阔，自然就能看得清场中的形势。只见有四五个人围攻着两个男子，外围的地上已经倒了几具尸体。而那两名男子明显修为高出其他人许多，可以破围而出，但他们并没有那么做，像是在守护着什么。

陆青阳定睛再看，才发现那两名男子的身后是一棵凤点头树。这种树开花不易，传说中两百年才开一朵花，这花形似凤凰垂首，所以人们都称之为凤点头。而这棵凤点头树的树梢，正挂着一朵拳头大小的赤红花，花蕊外张，远远看去真的宛如一只凤凰在垂首休憩。

凤点头这种药材虽然不是顶级的，但确实是可遇而不可求，而且此花离枝便会立刻枯萎，所以要连枝摘取，并且在一日之内炼制成丹药才有效。从场中情况和他们喝骂的言语中得知，这两名男子正在守护着凤点头树，等同伴拿其余药草直接在此炼制丹药时，遇到了这个来暮秋岭采药的帮派的抢夺。

陆青阳在这一个月之内，并不是没有碰到过人，也知道在暮秋岭之中，像他这样单独行走的采药人很多，但更多的是拉帮结伙而来。因为珍稀药草，很多情况下都是未足年份的，或者是需要守着花开的，时间一长就难免会遇到别人。在这庞大的暮秋山脉之中，每日发生的这样的争斗，不知凡几。

"小咩，看吧，在这暮秋岭中虽然没有飞禽走兽，但不要以为这里不危险。因为最危险的，是人。"看着不远处打得火热的场面，林子苏依然在不慌不忙地唠叨说教。

"我们帮哪边？"陆青阳知道自己的修为是不行的，但他知道林子苏行的。而且，他是倾向于帮那两名被围攻的男子的，明明是他们先发现的凤点头。

"帮哪边？嘁，我们谁都不帮。"林子苏嗤之以鼻，"鹬蚌相争，渔翁得利。多好的机会啊！走，我们采花去！"

陆青阳无语。

什么最危险的是人啊！最危险的明明是他自己好不好！


柳星月和柳星光是一对双胞胎兄弟，今年二十岁，已经达到了炼气七层的境界，是白藏教嫡系弟子之中的佼佼者。

更由于他们两兄弟一人是风木双系天赋，另一人是风火双系天赋，再加上双胞胎天生的默契，让两人组合起来便是一名三品的炼丹师，在教中地位不凡。虽然修为还没有达到先天境界，但那只是时间上的问题，教中长老都把两兄弟当成炼丹一系的接班人培养，由韩丹长老亲自点拨。

由于在炼丹术上的沉迷，他们两人并没有把精力放在攻击法术上，此时此刻却是后悔莫及。

他们本想着趁韩丹长老不在，来暮秋岭搜寻搜寻奇珍药草。他们知道自己师父最近心情不好，想着要为师分忧，而且他们的运气也不错，进入暮秋岭只有十多天，便发现了这朵刚开的凤点头。可是他们失策了，身上没有带够药草。因为凤点头的属性特殊，离开枝头便会在五个数之间枯萎，所以最佳的方法便是在这里当场起炉炼丹。

他们派遣同来的师弟回白藏教中拿药草，兄弟两人则留在这里守着凤点头。

凤点头可以炼制强大的火系丹药，对火系天赋者有莫大的好处，甚至可以辅助对方冲击先天境界。所以柳星月也难免会想着，若是出炉的丹药有两枚以上，他还可以私下给弟弟留下一枚来，便没有通知更多的师兄弟。

其实他们也是把事情想得太简单了，以为在暮秋岭的地界，只要报出白藏教的名号，谁都会给点面子，结果没想到事情竟发展到了这种你死我活的地步。

凤点头实在是太过于少见，而且更难得的是那帮人之中正好有个炼丹师随行，恐怕打的主意和他们一样，打算就地炼制丹药。

两兄弟唯一庆幸的是小师弟回去取药草不在，否则在围攻之下，他们无法顾他周全，以他的修为，恐怕连自保的能力都没有。

对方每一招下的都是狠手，恐怕是仗着这里人迹罕至，要置他们于死地。

死人是没办法说话的。

柳星月已经捏碎了胸前的火玉佩。火玉佩是一种一次性的法器，在捏碎之后，会向主火玉佩传递一种信号，也就是在紧急时刻才能用的呼救法器。主火玉佩便是佩戴在韩丹长老身上，但是柳星月没有把握韩丹长老能及时赶来，毕竟这暮秋山脉实在是过于庞大了。

其实对方的修为也不算太高，他们在照面时，他和弟弟都各自杀了两人。可是架不住他们人多势众，双拳难敌四手。

眼见着身上的伤口越来越多，对方其中一人冲上前来，一招火树银花铺天盖地地朝他们袭来。柳星月立刻把弟弟护在身后，伸出右掌使出一招木已成舟。但一方是蓄势而发，一方是仓促应对，其中高下立分。再加之木生火，在火势的攻击之下，柳星月根本就是毫无招架之力。

柳星月一直被击退到凤点头树之下，身上多处被火烧伤，他虽然有木系天赋，却分不出来一丝一毫为自身治疗。

"哥！"被柳星月护在身后的柳星光惶急地摇着他的身体，双目中充满了怒火。

"哈哈，你们是自行了断呢，还是需要我们送你们兄弟一程？"一名身穿锦衣的男子笑眯眯地说道，显然已经把柳氏兄弟当成了死人。

柳星月眼中闪过一丝狠绝，看来他们兄弟今日是在劫难逃了。他握住身后弟弟的手，放柔了声音道："弟弟，你怕不怕？"

柳星光把头枕在兄长的肩膀上，轻声道："不怕。"

"好，我们兄弟俩同年同月同日生，同年同月同日死也不错。"柳星月微微一笑，虽是满脸血污，但仍然掩不住面容的俊秀，那丝丝鲜血沿着冷峻的脸庞流下，更添一丝诡异。

柳星光和兄长心意相通，同时冲出树下，朝那五人击去。

那五人知道这对兄弟已萌生死意，最后的拼命一击定是难以抵挡。既然已成定局，他们自是不会拼命，反而朝后各退了数步，还是保持着合围之势。

锦衣男子察觉到面前的攻势并没有想象中的猛烈，刚想出声取笑他们已经力竭，却在一抬头的时候，发觉一朵赤红的花正飘飘然从枝头坠落。

"不好！"锦衣男子失声高呼，没想到这对兄弟居然是宁为玉碎不为瓦全的主，自知必死，虚晃了一招，实际却是用风刃切下那朵凤点头，不让他们得逞。

众人皆动身想去抢救那朵花，但方才他们为了躲避柳氏兄弟最后一招，已经退得极远，这时就算是他们再快，也快不过花朵落地的速度。更何况就算能及时把花朵抢到手，凤点头也会在五个数之内枯萎，想要收入丹炉是怎么也来不及了。

从四面八方同时传来各种低咒谩骂声，柳星月的嘴角却勾起了嘲讽的笑容。

就算死，他也不会让这些人得逞的。可惜他本想用刚刚那招送弟弟逃走，但弟弟说什么都不肯，那些人也足够小心，没有露出破绽。

他回过头，去看那朵开得正灿烂的凤点头，心中充满了愤恨。

为什么这朵花会开得这么好看？

为什么这朵花偏偏这个时候盛开？

为什么他们兄弟两人要因为这朵花而送命？

柳星月站在那里，默默地等着这朵艳丽无匹的凤点头迅速枯萎。

他们不再打斗，刚刚被风系功法吹散的迷雾又渐渐地聚拢起来。兄弟两人就这么站在那里，一起看着那薄如蝉翼的花瓣在风中、在迷雾之中翩翩起舞，当真像一只凤凰在微微点头……

就在所有人都等待着这朵凤点头枯萎消散之时，一只小手突然出现，毫不客气地把这朵花抓在手中，然后……然后居然就那么被那个突然出现的小男孩吞入口中！

所有人的眼睛都瞪大了，这花……难道还能这么吃？

那个粉嫩可爱的小男孩像是被众人盯得不好意思了，把那朵拳头大的花朵吞下肚之后，抓了抓头，扯开一个笑容道："我这……我这不是怕浪费吗……"

# 第十七章
## ◇ 玉 石 俱 焚 ◇

　　陆青阳原来只是想按着林子苏的意思，潜过去静观其变，这样既能止住林子苏喋喋不休的唠叨，也能趁机看看有没有可以帮助那对兄弟的机会。

　　只是没想到，他刚走近那棵树，那朵凤点头居然就那么掉下来了，林子苏自然不会放过这么好的机会，一把就捞过那朵花，塞入他的口中。

　　陆青阳因为紧张，在林子苏用左手把凤点头塞入他口中之后，根本没来得及尝出什么味道，就那么随便嚼几口便吞下了肚。

　　他吧嗒了几下嘴，林子苏还在他脑海里评价了一句道："啧，这破花的味道还不错，有点水果的感觉。"

　　在和林子苏相处的这几个月中，陆青阳已经练就了选择性忽视林子苏的话的能力。他不好意思地看着正匪夷所思地盯着他看的众人，觉得有点怪异。

　　他不就是吃了朵花吗，他们要不要这么吃惊啊？

　　不是他们不要的吗？他不吃不也是会枯萎的吗？

　　陆青阳正疑惑不解间，就看到那个伤得比较重的两兄弟之一，满脸焦急地朝他走来，一边走还一边从怀中掏出几个药瓶，关切地问道："小弟弟，你感觉怎么样？有没有哪里不舒服？"说着还蹲下身，朝陆青阳的手腕处探来。

　　林子苏所控制的左手自然不会让他抓住，他这么一躲，柳星月便以为是陆青阳的意思，焦急地说道："小弟弟，这凤点头不能这么直接吃，有毒的！"

陆青阳闻言头一晕，一句话也说不出来了，立刻伸出右手让柳星月把脉。

脑海中林子苏这时候已经炸毛了："什么？有毒？怎么可能有毒呢？我怎么没听说过！"

陆青阳这时候连和他吵架的力气都没有了，林子苏这货怎么可能什么都知道？他又不是专门修习炼丹术的。他们所有的依据都是从陆家藏书阁里抄来的那些丹药草药书，虽然为数不少，但对于浩如烟海、深不可测的丹药学来说，那些知识只能算是皮毛而已。像凤点头这么高级的药草，能有所提及就不错了，至于药效或者是如何使用，根本连一个字都没有写。

在暮秋岭的这么多天里，陆青阳所吃下的药草，都是确认没有毒性的药草，一直都没有出过问题，所以今日一见凤点头，还有这么多人都在抢，便下意识地认为这朵花是好东西。说起来，是他和林子苏两人都太过大意了。

"为什么会有毒呢？明明开得这么漂亮……"林子苏犹自纠结着。

这时，柳星月开口道："凤点头是含有剧烈火毒的，炼丹的时候都需要好多种水系和冰系的药草相配，中和一些它的火毒。即便是这样，服用含有凤点头成分的丹药时，都极为危险，需要有更高修为的人护法才行。五行之中木生火，凤点头一直是由凤点头树的树干供养并且克制的，一旦脱离树体便会枯萎，自行焚烧成灰，这也是花朵之中火毒太过旺盛的缘故。"

柳星月本就觉得陆青阳这个小孩子可爱，而且见他在得知凤点头有毒的时候，小脸吓得煞白，根本不似装的，就知道这小孩子当真是不懂事乱吃东西而已。

不过真的是胡闹。

柳星月只是略微探查了一下陆青阳的经脉，便知凤点头的火毒开始发作了，急忙收回手想要找些水系的丹药给他服用，可是也知这无济于事。本来克制凤点头火毒最有效的就是冰系的丹药，可是冰系丹药难以保存，正如冰系药草也难以保存一样，否则他也不会派遣小师弟回白藏教取药草来炼制凤点头了。如果他们随身携带着，也就没有后面发生的这些事了。

眼见着陆青阳的小脸唰地一下从煞白变成了通红，柳星月的心底不免哀叹了一声。这也不知道是谁家的孩子，家里长辈怎么就忍心让他一个人出来。今日撞到这种事，就算是能熬过凤点头的火毒之苦，那些人也肯定是不会让他活着离开此地了。

果然柳星月这个念头刚起，那锦衣男子就一阵冷笑道："这位小哥，就别费心救他了，反正你们一会儿都会去见阎王爷，在黄泉路上也有个伴。"

锦衣男子已经怒到了极点，凤点头没有到手，还和白藏教结下了仇怨。若不能把这兄弟两人击毙在当场，那么他们可就真要偷鸡不成蚀把米了。

至于那个已经跌坐在地的小男孩，锦衣男子更没有放在眼内。生吞了一朵凤点头？那凤点头的花瓣据说碰一下都会被火毒灼伤，更别提整朵花都吃进去了。不死才怪！

柳星月也想到了此点，所以本来倒出来的丹药又被塞了回去。凤点头是多么恐怖的存在，他再清楚不过了，吃这些丹药又有什么用呢？

"哥，你快逃吧，我掩护你！"一直站在他身后保护他的柳星光突然低声道。

柳星月摇了摇头，他和弟弟一直形影不离，自然知道弟弟的功法中有一招叫玉石俱焚，是同归于尽的招数。当时他还不知道为何弟弟要坚持练这种功法，刚才虽然情势紧急，他也一直防着他突然使出来——他宁愿两兄弟同生共死，也不要拿弟弟换自己逃走的机会。

柳星光淡然一笑："哥哥，能逃走一个是一个，况且，这儿还有个孩子呢……你带他回去，师父一定能治好他……以后，你就把这孩子，当成我来收养吧……"

柳星月一惊，手中一空，下意识地再想去拽弟弟的手腕，却只是触到了弟弟的袖角，然后手心里一片火烫。

因为柳星光整个人都已经开始燃烧起来，身上迅速地蔓延起一层赤红色的火焰。

柳星月眼睁睁地看着自己相依为命二十年的双胞胎弟弟，变成了一个火人，正慢慢地、慢慢地一步步远离他。而他，最后只抓到了他的一片正在燃烧的衣袖。


陆青阳根本就不知道事态发展到了如此地步。他在经脉大乱的时候，就已经无法感知外界的任何情况了，甚至连林子苏焦急的声音都完全听不见了。他腹中大痛，从嘴里到喉咙，一直延伸到腹部，所有被凤点头的汁液所沾染过的地方，全部都像是燃烧起来了一般。

什么叫焚身之苦，陆青阳算是切切实实体会到了。而且这种痛苦要比真正的烈火焚身要难熬得多，那种是烈焰在身体表面燃烧，而陆青阳现在经受的，却是从身体内部开始肆虐的痛苦。

陆青阳张大了嘴，想要惨叫，但喉咙里又怎么可能发出声音来。这次可算是被林子苏那家伙害惨了。真想把身体的这种感觉给他开放，让他也尝尝这种烈火焚身的滋味。

陆青阳第一个想到的，不是埋怨林子苏，而是有难同当。

虽然现在的这种情况多半是由林子苏造成的，但陆青阳对他没有一丝一毫的怨恨之情，只是觉得自己的运气当真不好。

自己的身体吸收药效的能力非常强大，那么这凤点头的火毒，想必也是会一点不漏地全部吸收了吧？

火毒就像是火焰一般，沿着陆青阳的经脉迅速燃遍他的全身，皮肤都变得通红了，就像是一块烙铁一般。

正在难以忍受，全身上下都开始痉挛时，陆青阳忽然感到体内所有的火毒都开始朝左臂聚集，一开始宛若抽丝般困难，但越来越快，就像是被什么物体吞噬了一样。

"小咩！小咩！快凝神静气，运行冰系与水系功法！"正疑惑间，林子苏焦急的声音终于传到了他的脑海，他下意识地按照指示，艰难地挪动自己的双腿，盘膝坐好。

冰系功法是为了快速降低他体内经脉的温度，水系功法一直以治疗闻名于世，而冰系与水系本就是一脉相承。双系功法在陆青阳体内运转起来，立刻就让陆青阳体内的火毒之苦缓解了七八分。虽然还是很难熬，但比刚刚那种痛苦已经好太多了。

陆青阳回过气来，这时已经清楚地感应到了火毒正一分一分地朝自己的左臂而去，他睁开双眼，发觉自己的左手已经变得通红无比，左臂上的衣服虽然没有被烧掉，但露在外面的左手的颜色已经变得非常恐怖，只是看着，就让人惊骇。

"林！林！"陆青阳焦急地呼唤着林子苏，他忍不住用右手碰了过去，却在离着一个指头的距离处便感受到了灼伤之苦。在林子苏附身到他左臂的时候，他便已经感受不到自己身上的左臂，此时左臂的经脉完全承受了他刚刚所承受的火毒之苦，他完全可以想象得到林子苏究竟在经受着什么样的煎熬。

"林！我要怎么救你？"陆青阳慌忙地问道。他刚刚虽然曾想过要林子苏有难同当，却完全没想过林子苏真的会替他受苦。而且林子苏现在是很脆弱的灵魂体状态，真的能受得住这火毒的侵袭吗？

一想到林子苏有可能会烟消云散，陆青阳便忍不住慌乱起来。这些日子里，虽然他很烦林子苏的唠叨，但不可否认的是，林子苏是他出生以来，除了母亲之外和他最亲密的人。两人日夜相处，比亲兄弟还要亲密。他早就习惯了林子苏的陪伴，偶尔回想起来，还会觉得自己遇到林子苏是自己的臆想，一切都是自己在做梦。

他根本想象不到如果失去了林子苏，他会是什么样子。

陆青阳的心像是空了一块，惊慌失措地在脑海中呼唤着林子苏，几乎快要哭出来了。

"乖，别哭，等一下就好……"林子苏的声音终于疲惫地响了起来，不同于往日中气十足的模样，很明显是因为火毒的侵蚀。

陆青阳没有得到指令，一动都不敢动。他感觉到自己体内的火毒已经被左臂完全抽空，但左臂仍像是未满足一般，竟那么抬了起来，朝远处伸出手掌。

柳星月正呆呆地看着弟弟燃成了一个火人，一步一步地走向死神，等反应过来时，立刻抽身朝弟弟的方向奔去。什么小孩子也比不了弟弟在他生命中的意义，就算违背了弟弟最后的愿望，他也不会犹豫半分。

正当他不顾一切地冲过去时，他忽然发现弟弟身上燃着的火焰像是被什么物体所吸引一般，分出了一股火焰，凌空朝他的身后掠去。

柳星月愕然回头，就看到那个男孩子正伸出了左掌，那股火焰像是有意识般，仿若一条灵巧的火蛇，遁入了他的左掌之中。只是几次呼吸之间，弟弟身上的那些火焰便被吸得一干二净。

柳星光赤条条地站在那里，身上的衣服早就被火焰烧毁。其实算起来，他和陆青阳一样都是承受了焚身之苦，但区别是他的火焰是先从皮肤表层燃起来，首先烧毁了衣物，而陆青阳则是体内遭受了火毒，并没有波及衣物。

柳星月此时正好冲到了弟弟身边，脱下身上的外衣把他从头到脚罩了起来，然后紧紧地把他抱在怀中，说什么都不敢再放手。

柳星光知道哥哥是怕他再来一次玉石俱焚，如果那样的话，哥哥肯定要与他同生共死。

不过，柳星光苦笑起来，他已经再也没有真气施展一次那种功法了。想到这里，他不禁越过哥哥的肩膀，朝身后不远处的小男孩看去。他玉石俱焚的功法，是以真气激发体内的火系天赋，完全以生命力进行献祭，以期在一瞬间获得十倍甚至数十倍威力的功法。也就是说，如果成功的话，他就会在短时间内成为一名先天宗者。

这也是他所释放出来的火焰可以凝形的缘故。

可是那个小男孩，居然轻而易举地凌空吸收了他的凝形火焰，也就是说，对方的修为居然要比他还要高出许多？

这怎么可能？这小孩子才几岁啊！就是从娘胎里开始练功，也不可能厉害到如此地步啊！

柳星光这个念头刚起，便被自己否定了。也许是他还没有完全释放玉石俱焚的能力，所以才会被那个小男孩中途截断。

其实柳星月也对陆青阳露的这一手感到惊骇，但柳氏兄弟此时已经无暇去思考这个问题，因为柳星光的自燃其身，已经引起了锦衣男子等人的警觉。虽然自燃被莫名其妙地中止了，但那些人已经察觉到了刚刚柳星光身上所散发出来的危险味道。因为这点，之前为柳氏兄弟生死而争执的众人，竟意外地统一了意见，一致同意不能让这两人外加那个小男孩离开此地。

感觉到数种不同功法同时发动，柳星月抱着弟弟转了一个方向，打算用身体来保护他。柳星光并没有阻止，因为他知道就算哥哥这样做，也不会改变他们一起离去的结果。

这样，其实也不错。

正当他们等待着最后一刻的来临时，却猛然听到了一阵狂风席卷而过的声音，紧接着是一阵哀号。然后，一个隐含着怒火的声音突然响起："嗯？就是你们几个欺负我徒弟的吗？"

第十八章

◇ 鸡 同 鸭 讲 ◇

　　骤然听到一直期待着的声音，柳星月和柳星光都难以置信地抬起头，异口同声地唤了一声："师父！"

　　此人正是匆匆赶来的韩丹，他刚刚掀起的一阵狂风已经把这附近方圆几百米的迷雾全部驱散，阳光直直地从他的头上照射下来，在他白色的衣袍上镀上了一层淡淡的金色光晕，令他宛若从天而降的仙人。只是这个仙人现在脾气不大好。

　　韩丹看了一眼自己平时最爱的这对双胞胎徒弟，其中一个披着另一个的外衣，明显里面没穿衣服。而另一个则浑身都是伤口，俊秀的脸都不例外。

　　这对双胞胎兄弟，是韩丹所收的最小的徒弟，因为是一母同胞，默契自是不用说，而且都拥有最易于融合的风系天赋功法，是多少年来他们寻找到的最适合配合的双人炼丹师。听说昊天谷最近找到两个人组合炼器，一人是风水双系，一人是火金双系，虽然符合炼器师所需的条件，但不管从哪方面论起来，都要比柳氏兄弟差得远呢。这样难得的两个人，居然差一点死在这些渣滓的手中。他还期待这两人未来的成就高过他呢！怎么能死在此地？就算是损了一个人，以他对这对兄弟的了解，剩下的那一个也绝对不会独活。

　　韩丹的眼睛就那么危险地眯了起来，看着地上已经被他一招打得半死不活的那些人渣，朝抱在一起的兄弟俩招了招手道："说说，这是怎么回事？不管是谁对谁错，师父铁定护着你们。"韩丹最大的"优点"，就是护短。幸亏白藏教的弟子们都不是什么大奸大恶之徒，而且一般出了事，弟子们都习惯直接去找教主大人解决，因为他们知道找韩丹长

115

老，肯定会小事变大事，大事变得更加无法收拾。

柳星月这次是无暇选择，直接捏碎了师父给他的火玉佩。更何况教主大人最近正在忙，对外宣称是在闭关，但他们这些直系弟子都知道他是在照顾一个人。虽然他们都没见过那个人，不过连他们师父都被赶出了山里，其他人自然都不敢去触教主大人的霉头。

不过也幸好他师父没在山里，从山外赶到这里，要近得多，这才来得及救他们。

柳星月定了定神，拉着弟弟走到师父面前，条理分明地把刚刚发生的事情从头到尾说了一遍，没有落下任何一个细节。

韩丹一直面带微笑，但是听到这些人是为了凤点头才对他弟子下手的时候，眼神越发地冷厉起来。在他看来，在地上躺着哀号的这些人已经是死人了。后来听到柳星月直接用风刃割掉凤点头时，也不由得点了点头。如此宁为玉碎不为瓦全的徒弟，不愧是他教出来的。

不过韩丹在听闻有个小男孩从旁蹿出，直接吞了凤点头后，顺着柳星月的视线向后看去，登时就愣住了。这个小孩子就是这些天，让他们和花家几乎快要把凤栖城翻个底朝天的罪魁祸首。当初康缇派的人去晚了一步，十岁大的小孩子钻入人海里就很难再跟上了。也怪不得他们这些天没找到他，原来是进了暮秋岭。

韩丹皱了皱眉问道："只有他一个人出现吗？"按理说，这孩子身边应该有一名至少七品的炼丹师。七品炼丹师是什么概念？至少也是筑基五六层的修为，又怎么会把这些小喽啰看在眼里？不过韩丹运起功法感应，发现这周围确实并没有其他人。

"是的，只有这孩子一个人。"柳星月回答，以为师父和他一样不相信只有这么大的小孩子会一个人行走在暮秋岭。

韩丹想想，也觉得应当如此，否则一个七品炼丹师在侧，又怎么可能会放弃那朵凤点头，更不会让那孩子胡乱把有火毒的凤点头吃下肚。韩丹从怀里掏出一个药瓶，递给了柳星月："把这冰雾丹给那孩子吃一枚，暂时镇住他体内的火毒。我先把那些家伙收拾了。"

"是，师父。"柳星月的眉梢一挑，没有料到韩丹对那孩子居然另眼相看。师父修为甚高，随身所带的冰系丹药自然是品种繁多，但冰雾丹绝对是最好的那种。柳星月知道这其中也有感谢这孩子为他们兄弟俩拖延了一些时间的用意在内。他接过药瓶，入手一片冰凉，这时他才想到还没和师父说明最后弟弟身上的火焰是被这孩子奇怪的左掌吸走的。不过现在救人要紧，柳星月也没多想，立刻反身朝盘膝在地的陆青阳奔去。

韩丹对陪在他身边的柳星光道："星光，你说这些人该怎么处置？"

柳星光冷冷道："杀这些人恐怕会污了师父的手，星光愿意代劳。"

"不能杀我们！我们是穹天崖玄英洞的人！"锦衣男子捂着胸口的伤处，惶惶然地嚷道。

他已然猜出了韩丹的身份，年若弱冠，修为高深，应该就是白藏教那位赫赫有名的炼丹长老。

柳星光眉头一皱，不再坚持刚才的意见。因为他也知道穹天崖玄英洞代表着什么，那是在冬之地，和他们白藏教一样的存在。

韩丹则拊掌大笑道："我说是谁家的弟子如此嚣张，原来是那个老怪物的徒子徒孙。哼，那就看在他的面子上，留你们一命。不过星光，我记得你宋师叔的万毒窟还缺几个试毒的药人吧？"

"是的，师父，前几天还听他说起此事呢！"柳星光眼含笑意，知道这一招会让他们比直接死还要痛苦百倍千倍。师父为了他们，果真不怕与穹天崖的那位交恶。柳星光低垂眼帘，掩住了双目中的感动。

"那就去把他们拴起来吧，等下你康师兄会带人过来。到时候你们和他一起回山里，疗疗伤，休息休息吧。"韩丹从空间项链中抖出一捆结实的长绳，递给柳星光，打发他去做事了。那些人刚刚已经被他在一招之内便去了九成的修为，根本没有什么反抗的余地。

这就是实力的差距。

柳星光接过绳索，暗下决心今后一定要勤加修炼，只有拥有绝对的实力，才能保护好哥哥和自己。

韩丹满意地看着自己的这个得意弟子浑身气势一变，整个人都变得坚定了许多。这次的事也未尝不是件好事，他的这两个弟子，被他太过小心保护了，就像是温室里的花朵，娇嫩了些，也太容易被折断了。希望经过此次风雨，能有所成长。

暂时不去管柳星光如何折腾那些毫无反击之力的人渣，韩丹转身向后走，看到柳星月正助着那个小男孩吸收着药效，便一挥手朝他说道："去帮你弟弟，这孩子我来看着。"

柳星月也不放心弟弟一个人去面对那些人，闻言朝韩丹施了一礼后立刻奔去。

韩丹走到那小男孩面前，也不顾地上脏乱，直接学着他一般盘膝而坐，然后就看到了那个男孩子神游太虚般的茫然神色。韩丹不客气地直接拉过那男孩的右手把脉，然后便蹙起了眉头。这孩子的体内，哪里有半分火毒的迹象，若不是那经脉明显是被火毒肆虐过的，他当真要怀疑这孩子是真的把凤点头吞了还是藏到哪里了。不过，他的那枚冰雾丹的效果会这么好？韩丹不信邪地继续试探，这孩子体内真的没有任何火毒残留。

可能这孩子并没有吃掉整整一朵凤点头，只是吃了一片花瓣吧……韩丹如此想着。

也幸亏陆青阳吞了凤点头，经脉大乱，否则韩丹立刻就能察觉出他异于常人的仙根慧体。也幸亏韩丹是给他的右手把脉，若是左手的话，就会被对方发现他的左手虽然表面恢复了正常，但其中的经脉却混乱无比。

但这些都不是陆青阳所在意的，他现在无论如何呼唤林子苏，都没有任何回应了！有人给他喂了一枚冰凉的丹药，他知道。有人正在给他把脉，他也知道。但他真正想知道的，是林子苏到底怎么了，到底去哪里了，为什么不回他的话。

难道，真的消失了？

韩丹看着这小男孩失魂落魄的呆愣模样，越看越觉得和当年的苍笙师弟很像，看那苍白的小脸血色尽失，心中不禁怜爱之意大起。韩丹突然想起，这孩子既然能得到七品炼丹师另眼相看，那天赋功法应该是很特别才对。当下运起风火木三系功法，朝着小男孩的体内小心翼翼地试探而去。

每个人的天赋功法，就只有试炼水晶球才能分辨得出。其他人无论修为有多高，也只能在对方体内查看是否有和自己相同的天赋功法。所以当韩丹清晰地感应到陆青阳体内拥有着风火木三系天赋功法时，不禁欣喜若狂，根本想不到这孩子其实是八系同修之体。

这天底下最多的其实就是双系之体，三系之体本来就少之又少，凑巧是风火木三系的，那就更是少得可怜。所以对炼丹师和炼器师而言最难的一件事，根本就不是什么获取珍稀药草或者是珍贵矿石，而是收徒。白藏教的炼丹师虽也不少，但徒弟当然是越多越好，面前的小男孩韩丹越看越爱，恨不得立刻就带回山中。只是，他还没忘记那个没有露面的七品炼丹师。韩丹捏着这孩子白白嫩嫩的脸蛋，温和地问他：“孩子，你还记得我吗？”

陆青阳回过神，这才看清楚坐在他面前这人的相貌，疑惑地眨了眨双眼，道：“还记得，你是丹药店的那个大哥哥。”虽然林子苏说这人的年纪很大了，但陆青阳还是不能相信，这人的相貌看着比他大哥大不了几岁啊！

陆青阳的那句“大哥哥”立刻取悦了韩丹，他的杏眼都弯了起来，笑眯眯地问道：“我叫韩丹，你叫什么啊？”一边说着，他的手还一边揉捏着陆青阳的脸蛋，爱不释手。

“陆青阳……”陆青阳被捏得说话口齿都不清了。

嗯？也姓陆？韩丹的这个念头只在脑海中一闪，就被另外一个问题盖了过去：“小弟弟啊，和你在一起的人呢？”

陆青阳闻言一愣，以为韩丹问的是林子苏，急急地抬头道：“我……我也不知道他怎么了……”韩丹的出场实在是太过于震撼，陆青阳就算眼力不够，也能看出来面前的这个大哥哥非常厉害，比他见过的所有人都厉害，也许能看出来林子苏的异样。

但是，他这么问，难道说林子苏已经不在了？陆青阳一想到这个可能，身体就忍不住颤抖起来，整个人看起来摇摇晃晃，又紧咬着牙关不肯轻易晕过去。

看他这副样子，韩丹便以为那个七品炼丹师已经遭遇了不幸，或者受了重伤已经遁走。他再想细问，却看到陆青阳已经咬破了下唇，便不忍再问下去。

韩丹摸了摸陆青阳已经被汗湿的头发，柔声问道："好孩子，你有没有师父？"

陆青阳摇了摇头。他确实没有师父，林子苏对于他是更特殊的存在。

韩丹的双目一亮，但并没有自荐为师。在确认那个七品炼丹师是死是活之前，他都不能擅自收这个孩子为徒，否则本来的恩就变成了怨。韩丹的眼珠一转，笑眯眯地问道："好孩子，要不要跟我去白藏教学炼丹术啊？"

陆青阳抬起头，定定地看着面前的韩丹。他知道这人是很强大的炼丹师，他也知道这是一个难能可贵的机会。若是他能有更好的学习环境，今天这种吞食凤点头的事情根本就不会发生。林子苏也不会因为把火毒集聚在自己身上，而生死不知了。

韩丹以为陆青阳没有立刻回答是答应了那个七品炼丹师什么，立刻补充道："你可以不用拜我为师，也不用入白藏教，只要跟在我身边，我一样会教你所有东西，等和你在一起的那个人回来，你再做决定也不迟。"

陆青阳以为韩丹说的是林子苏，心忖这说得确实有道理。毕竟他现在的身体，也算有林子苏的一份，要做什么事情总要两个人有商有量才行，所以爽快地点了点头。

韩丹满意地笑了起来，收了一个好徒弟，还隐隐结交了一个强大的七品炼丹师，这买卖怎么算怎么赚啊！

他倒没想到，和陆青阳这几句对话，根本就是鸡同鸭讲，完全不是那么一回事……


这边的事情了结，韩丹吩咐康缇好好照顾受伤的柳氏兄弟，便弯腰抱起了陆青阳。

陆青阳觉得自己已经长大了，自从五岁那年母亲去世之后，就再也没有一个人抱过他。所以韩丹像是长辈一样，那么理所当然地弯腰把他抱起来时，他的小脸上立刻爬满了惊慌，手足无措。

这种慌乱立刻取悦了韩丹，让他有种怀抱着某种可爱的小动物的感觉。亲昵地捏了捏陆青阳的小脸蛋，韩丹觉得自己和这个孩子好像是很久以前就认识了一般，有种说不出来的熟悉感。"乖，大哥哥这就带你回山里，跟我走快一些。"

其实韩丹也并不是不分尊卑辈分的，他要是认这个小孩子为弟弟，那么岂不是直接在那个没露面的七品炼丹师面前低了一辈？但是不知道为什么，看着怀里脸涨得通红的陆青阳，韩丹忽然感到时光倒流，回到了陆苍笙师弟初来到白藏教的时候。他那时好像也就这么大，两张同样可爱的小脸重合在一起，令韩丹恍惚了一下，随即又自嘲了起来。莫不是因为那个人回到了这里，他才产生的错觉吧？而且小孩子在这种年纪，只要是皮肤白一些，眼睛大一些，五官精致一些，其实模样大都差不多的。

韩丹甩掉这个念头，从空间项链中抽出一把长剑，随手抛向空中。

陆青阳还在好奇地看着韩丹的这个动作，下一秒就知道为何韩丹会说跟他回去会速度快一些。因为韩丹已经抱着他跳到半空中，踩着那把剑，潇洒地开始了御剑飞行。

这是真真正正地飞在半空中，失重感让本来不知道手脚都放在哪里的陆青阳，只能下意识地搂住韩丹的脖子，只听着呼呼风声从耳边掠过。

陆青阳一开始还有些不适应，但时间一长，便也大着胆子，睁开了双目。看着周围的迷雾，感觉风从身体两边掠过，竟有种在云间穿梭的感觉。

韩丹一直在观察着怀中的陆青阳，见他开始像只好奇的猫咪般探头探脑，也不禁心情大好。只是韩丹也注意到，陆青阳的左臂从一开始就没有动过，就算是最害怕的时候也没有动过一个手指头。所以韩丹单臂抱着陆青阳，另一只手便摸上了他的左臂。"你的左手受伤了？"

陆青阳被韩丹问得一愣。这时就算是他再迟钝，也知道韩丹之前说的那个人所指的绝对不是林子苏，否则他怎么会问他左手是不是受伤了。那现在他怎么解释？

陆青阳正不知道该如何是好时，忽然发现在视线里，自己的左手动了一下，然后慢慢地、慢慢地抬起来，在他愕然的目光中，重重地掐上了韩丹的脸。

咚！韩丹引以为傲的御剑飞行，终于发生了第一次飞行事故。

"喊，趁我不在，想占我家小咩的便宜？哼！"林子苏嚣张地在陆青阳的脑海里说着，只是声音有点嘶哑，一听就能听出他的状态不是很好。

陆青阳自然是惊喜万分，知道林子苏此时出现应该艰难万分，刚刚操纵他的左手做的那件事，也肯定是费了好多力气。虽然陆青阳更想批评林子苏对韩丹不合时宜的举动，但这时他却是惊喜得一句话都说不出来，只是在脑海中反复地唤着林子苏。

韩丹摸着脑袋上肿起的包爬了起来，他刚刚是飞得太低了，没看到前面有棵大树，在极度惊愕的情况下就那么直直地撞了上去。也幸好飞得并不高，摔下来的时候又用风系法术做了缓冲。这样下来，最严重的伤居然就是他头上撞出来的那个包。

其实说是包也牵强，顶多就是红了少许，但这还是韩丹这些年来第一次受伤，他夸张地翻出一面铜镜，拿出治伤的药膏，仔仔细细地涂着。

那边陆青阳则趁机和林子苏交流着："林，你怎么样了？有没有事？"

"没事，本少爷还能有什么事？别忘了我的天赋功法正好是火系，区区火毒能奈我何？"林子苏的语气，还是同往常一样狂妄无比。

陆青阳放下了心来，虽然不是全信，但林子苏还是很靠得住的。陆青阳看韩丹仍在脸上涂抹着药膏，脸颊上那个被林子苏掐出来的指印正渐渐淡去，不禁问道："林，你是不是不喜欢我和这个人去白藏教学炼丹术？"

"去！有现成的冤大头在，干吗不去？白藏教里那么多丹药和药草，不吃白不吃！"林子苏倒是想得很开。

陆青阳再一次对林子苏无语了，这货还没尝够吃草的滋味吗？不过林子苏说得倒是有理，去白藏教，先不管能不能学到什么，至少那药草和丹药就不用愁了，比起他们在暮秋岭一点点自己找要方便得多。

"不过小咩啊，白藏教是可以去，但不能让那个老头白白占你便宜。"林子苏瞬间变得义愤填膺。

"啊？"陆青阳的小脑袋里，没有"占便宜"这个概念。但是林子苏之前的行为意思很明显，所以陆青阳疑惑地问道，"捏脸就叫占便宜？"

"是啊！"林子苏振振有词。

陆青阳愣了一下，想到林子苏不会骗他，于是选择相信某人。

所以，在韩丹收起药瓶和镜子，朝陆青阳走过来时，陆青阳先站了起来，抬起头淡淡地朝他说道："我不喜欢你捏我的脸，以后不要再做了。"

韩丹愕然，之后便陷入了恍惚之中。因为在那久远的记忆中，有个小孩子，好像也是用这样冷淡的表情，用这么严肃的目光，说着一模一样的话语。

所以，从回忆中回过神后，韩丹并没有像陆青阳预料中那样勃然大怒。他们还是御剑飞行，这次韩丹只是牵着陆青阳的手，带着他一起站在飞剑之上。

在飞剑上紧张得一动都不敢动的陆青阳，没有察觉到韩丹看着他深思的目光。

这孩子当真不简单。韩丹如此想着，同时也无比地嫉妒那个没有露面的七品炼丹师。如果没有那个人的存在，他肯定会不顾一切地收这个孩子为徒。

嗯，不过没有那个七品炼丹师的话，他好像也不会认识这孩子。

韩丹摸了摸脸颊，虽然那指印已经被他用药膏消了下去，但那股脸被掐的酸痛还残留在记忆中。噗，以牙还牙，以眼还眼，还真是个小孩子。

白藏教总部坐落在暮秋山脉的最深处，庞大的建筑群在迷茫的雾气中若隐若现。韩丹在山脚下便把飞剑收了，牵着陆青阳的小手，慢慢地一步一步往山内走去，一边走还一边为他介绍着这里的情况，哪里是药草田，哪里是蔬菜田，哪里是他们炼丹的地方，等等。

"这里的天地灵气极其旺盛，所以白藏教的师祖们便在此处建立了白藏教，把这里命名为白藏山。这里不光移植来的药草生长迅速，连种的普通的小麦、稻米，都比其他地方的饱满。"韩丹笑眯眯地一路说着，这对出来恭迎的白藏教众人来说简直是难以置信的一幅画面。这些天，白藏教上下谁不知道这韩丹长老是在和教主大人打擂台，每天都绷着个黑脸，看什么都不顺眼，活活就是个大魔王。好不容易送他去凤栖城散散心，但据说也效果不大。刚刚惊闻他老人家回山了，这些人都是抱着做炮灰的心理出来迎接的，却没想到看到了这一幕。

"师叔，您老回来了啊，可有什么事吩咐我们去做？"第一个迎上来的，是一名中年男子，说话中规中矩。他叫方晋之，修为中等，炼丹水平中等，却负责了白藏教上下所有事务，偌大的白藏教被他打理得井井有条。他虽然修为不高，却能镇住这教中的任何场面。

不过韩丹就是讨厌方晋之这一板一眼的态度，尤其每次对他都是尊称，一开口就一股酸腐之气，他看着就觉得闹心。所以韩丹朝方晋之挥了挥手，道："没事没事，你们都散了吧。一会儿派几个人去接康缇他们回来，我给你宋师叔找了几个试毒的药人，你亲自给他送去吧。"

方晋之的眼皮一跳，知道这祖宗又给他找了一个大麻烦。什么人还要千里迢迢地绑回来折磨，这肯定是一个后患无穷的差事。不过方晋之腹诽归腹诽，倒也没觉得如何。毕竟白藏教摆在那里，韩丹的修为摆在那里，他想做什么事都没人敢说什么。

所以方晋之没有在这个问题上和自己这外表年轻内心也爱胡闹的师叔纠缠，识趣地换了一个话题道："师叔，这个孩子怎么安排？记在谁的名下修习？"他自然是没有忽略韩丹手上一直牵着的那个小孩子，心下以为是师叔这次下山"诱拐"回来的又一名无知儿童。这种事不少见，他这位师叔经常时不时地拎几个孩子回山。白藏教现在的这一代和下一代，很多都是这样被"捡"回来的。

见方晋之提起了陆青阳，韩丹便笑了起来，道："这孩子跟我住。对了，别告诉那人我回来了，也别告诉他我捡了个孩子哈！"说罢，他得意地一笑，继续牵着陆青阳朝山上走去。

方晋之一边安排人手去接康缇等人，一边看着韩丹的背影苦笑。韩丹口中的"那人"，指的自然是他们的教主大人，方晋之觉得这次师叔肯定是自作多情了，教主大人最近一直在自己的院落中闭门不出，又怎么会在意韩长老是还是不在？孩子什么的，就更不会管了。

方晋之摇了摇头，深深觉得这山上的每个人都极其不靠谱，他真是命苦啊……

# 第十九章
## ◇ 白 藏 山 ◇

《尔雅·释天》中曰："秋为白藏。"

这也是白藏教名字的由来。

白藏山身处秋之地暮秋山脉的最深处，周围迷雾缭绕，终年如此。目力所及都是果实累累的果树、郁郁苍苍的树林。雾气散开时，偶尔会在林荫间看到建筑的一角飞檐，让人几乎以为自己身处在人间仙境之中。

在山下见过了方晋之一行人后，陆青阳这一路被韩丹牵着往山上走，就没有再见过一个人。脚踩着石阶，耳中交叉接收着韩丹的介绍和林子苏的吐槽，陆青阳虽然身体越来越疲惫，但心情越来越飞扬。

等他们快上到山顶时，太阳已经西斜。韩丹领着陆青阳拐进一条小路，又走了许久才在一个院落旁停了下来。

这个院落非常大，屋舍连绵不绝，其间有一座依着山崖所建的六层建筑，陆青阳张着嘴目瞪口呆地看着黄昏落日照射下的琉璃瓦片，好半晌都回不过神。

"哟！看来你家的藏书阁，是仿造这里建的嘛！"林子苏自然对陆家的藏书阁非常熟悉，一看这格局派头，就知道是怎么回事。

陆青阳心头的忐忑不安感顿时去了几分。韩丹一直观察着他脸上的表情，笑着说道："那里是我们白藏教的藏书阁，你可以随意去看哦！"说着介绍了一些这里的规矩和习惯，然后领着他绕过这片院落，来到后山一座清静的院子里。

这只是一座普通的房屋，有五六间房，布置得素雅简单。韩丹大手一挥，非常豪气地说道："这里是我的居所，你就住在这里吧。我要是不在山里的话，你就给我看家吧。"

"哎哟喂！还有这样的人啊！真是头一次看到让人看家还说得这么理直气壮的。"林子苏照例吐槽。

陆青阳听着无比汗颜，不过他已经被林子苏锻炼得神经强悍到一定程度了，虽然心里觉得很悲催，但脸上已经找不出任何会让韩丹察觉出来的痕迹。

韩丹领着陆青阳四处看了下，告诉他房间内的物品什么东西可以动、什么不可以动之后，便越来越喜欢陆青阳的聪慧与早熟。在院子里走了一圈之后，韩丹便指着某处，很严肃地说道："小乖啊，这山里你哪里都可以去，只有山顶那里你不要去。这山里谁都可以欺负，就是遇到一个穿黑衣服，脸冷冰冰的活活像你欠了他多少钱的男人时，能跑多远便跑多远。"

陆青阳还没来得及为自己又多出来一个昵称而抽搐，就顺着韩丹的手指看去。只见不远处的山顶上，一座小院落在晚霞中若隐若现。陆青阳很乖地点了点头，把林子苏要求刨根问底的话直接忽略。

初来乍到，还是不要那么八卦的好。

韩丹爱极了陆青阳这种清淡听话的性子。韩丹很喜欢捡小孩子回来养，虽然是有扩大白藏教弟子规模的原因，但更主要的是因为他一直希望重现人生记忆中最美好的那一段时光。

可是他以前捡回来的孩子，不是哭哭啼啼，就是撒娇胡闹还需要人照顾，要不然就是一句话都不说，活像个人偶娃娃。所以毫无例外，他都是捡回来就安排给其他师兄弟或者徒弟那里了。但陆青阳不同，很多事情都可以自己做得井井有条，一点都不需要旁人费心，早上起来的时候甚至还会为他做一份早餐。

韩丹永远忘不了醒过来的时候，看到桌子上热气升腾的早餐时，自己是一种什么样复杂的心情。所以即便他的修为已经到了不需要吃早餐的程度，也习惯了每天吃陆青阳亲手做的饭菜。

套句林子苏私下的吐槽，其实韩丹这老头才是被圈养的那一个。

陆青阳也没觉得有什么不对劲，他本来就寄人篱下，做些家务事不是应该的吗？反正以前他一个人住，也习惯了这些事自己动手。他这么一勤奋不要紧，本来懒得待在山里的韩丹被伺候得不想走了。

其实韩丹不愿意待在山里，不想见山顶上那个人是一个原因，还有一个原因就是山里太清苦。虽然他的那些徒弟，随便找一个过来都能把他照顾得舒舒服服，但都比不上陆青阳又乖又可爱。

吃人家嘴短，拿人家手短，韩丹虽然仗着自己长老的身份，但也不能一直心安理得地受着陆青阳的伺候，所以每天便开始传授陆青阳炼丹术的基础知识。

虽然韩丹一开始抱着等那七品炼丹师来了，用陆青阳来换得对方人情的心态与陆青阳相处，但随着时间的推移，根本没有任何七品炼丹师出现，韩丹也生出了收陆青阳为徒的念头。但每天听着陆青阳唤他哥哥的声音，虽然是他强迫对方唤的，也极其不想让这个称呼彻底"夭折"。

要不，他就替他那个已经升天的师父，收个关门小徒弟？

韩丹最近摸着下巴，一直在思考这个问题，在幻想陆青阳喊他师兄的情景。

和记忆中一直印象深刻的画面重合，韩丹也不由得傻傻地笑了起来。

好像……非常的不错嘛……

"都一百多岁了，居然还笑得这么傻，真是让人看了就想抽他。"林子苏还是照例看韩丹各种不顺眼，但也只能在这种层面上抨击对方。毕竟韩丹这人脾气虽然怪异，却是这片大陆上唯一一位八品炼丹师，是站在炼丹界顶峰的人物。他亲自来指点陆青阳，可要比他们两人自己摸索着学习好了不知道几百几千倍。

陆青阳置若罔闻，乖乖地坐在一旁翻着韩丹丢给他的书，在书籍的夹缝处，都标满了各种笔迹的注解——这本是韩丹所有徒弟都用过的丹药学书，每个人都可以在书上留下自己的见解，这要是放到市面上，绝对是无价之宝。

经过这些天的相处，他早就对韩丹佩服得五体投地。在他短短的十年生命中，还没有一个类似于师长的人物出现过。林子苏某种程度上起了这么点作用，但他的性格一点都不像，虽然比陆青阳大了几岁，但陆青阳早已把他当成了平等相待的朋友。

可是韩丹不一样，尽管相貌是那么年轻，可是阅历和岁月的磨砺是不可磨灭的。简简单单的一句话或者一个动作，都透露着成熟。偏偏此人的性格还非常跳脱，有时刚刚对他产生了敬仰之情，瞬间又陷入了哭笑不得的窘境。陆青阳一开始也同白藏教上下的人般不能习惯，但日夜与其相处，陆青阳也多少能猜得出来，这个人其实也和他一样，内心深处无比的孤独。

所以陆青阳便在心中对韩丹少了几分崇敬，多了几分亲近，也并不把他当成隔代的人看，反而真心实意地唤他哥哥，这也是韩丹越看他越顺眼的原因。

这也是林子苏越来越别扭的原因。

感觉上，好像自己的珍宝被别人抢走了一样。

不过他知道这对陆青阳来说是千载难逢的机会，这也是旁人求都求不来的机遇，就连他在一旁听着韩丹讲学，都会觉得受益匪浅。

所以……唉，就这样继续过吧。


柳星月一手虚按在丹鼎之上，感知着鼎内药草的灵气变化程度。

他面前的丹鼎很大，丹鼎之下熊熊的火焰正在燃烧，虽然是个搭建起来的简易炉台，但也能提供足够的炼丹所需的热量。

柳星月的双目紧闭，额上的汗水顺着他英俊的脸颊缓缓流下，就在汗水滴打在丹鼎之上，冒出了滋滋声时，他倏然间睁开了双眼。

在他对面，一直观察兄长动向的柳星光适时打开了丹鼎的顶盖，柳星月另一只手凌空虚砍了几下，发出几道风刃，悬挂在丹鼎之上的药草便有一袋落入了丹鼎之中，鼎内发出了一阵咕嘟声。这时丹鼎外的火焰大盛，被一阵突起的风吹起，几乎笼罩了整个丹鼎，正是柳星光在控制火势。

在白藏教，柳氏兄弟是被寄予厚望的双人炼丹师组合。两人是双胞胎，自生下来就没有离开过对方一天，默契自然没的说，有时不用眼神交流，都能明白对方在想什么。所以两人分工协作，韩丹长老亲自教导，两兄弟现今已经在炼丹上小有所成。

重复了许多次掀盖、掩盖的动作后，笼罩在丹鼎上的火焰一跳，鼎盖再次开启，柳星月右手一抖，几片犹带着冰霜的叶片飘入鼎中，火势立刻减小了许多，跳动的火焰仅仅舔着鼎底，微弱得几要熄灭了。

柳星月紧盯着丹鼎，脸颊两边流下的汗水越来越多，整个人像是从水里捞上来的一般，浑身都被汗湿透了。他维持这个姿势，许久都没有再动一下，眼见着丹鼎的鼎壁之上已经开始结霜，柳星月虚按着丹鼎的那只手屈指一弹，便把鼎壁之上的那些薄霜全部震碎。对面的柳星光得到信号，抬手朝正上方虚砍出一道风刃，再控制周围的风速，一朵碗大的凤点头从枝头被削落之后，便掉入了丹鼎之中。

火势骤起，柳氏兄弟在凤点头掉入丹鼎中的那一刻，便同时起身向后飞去，整个丹鼎都燃烧了起来，连他们方才静坐的地方都有火焰，若是慢上些许，恐怕就会惹火上身。

"我们已经尽了人事，之后就听天命吧。"柳星月抬手拂去身上的灰尘，走到一直在一旁观看的少年身边，淡淡说道。

那名少年点了点头，灵动的双目定定地看着那燃烧的丹鼎，一动不动。

柳星光走到兄长的另一边，带着惊叹的语气说道："这凤点头一入炉竟然能引起如此巨大的火势，真不敢相信五年前小师叔你居然一口就把它塞进嘴里了。"

"当年我不是年幼无知嘛……"少年清隽的面庞上露出一抹苦笑，"这朵凤点头是被丹鼎内的冰绒草把它蕴含的火毒全部激发了出来，所以看上去比较骇人。"

这名少年便是已经长大的陆青阳，今年十五岁的他，身形在五年间变得修长，已经全无当年矮冬瓜的模样，但看起来还比较消瘦，一看便知其年纪不大。少年的五官还稍显稚嫩，略带童稚之气，却已经多少有了几分能让人移不开目光的精致。

怎么就那么像呢？

柳星月忍不住盯着陆青阳的侧脸凝视着，他几乎是看着这孩子一点一点长大的，初时还未觉得有何不妥，但一年年地过去，陆青阳越长和某人越相像。当年教主带回来的那人，柳星月曾远远望过一眼，就是那一眼，便印象极为深刻。虽然之后并没有那人的任何消息，但柳星月知道那人肯定还在白藏山上。这是临近冲击先天宗者境界时，对附近强者的一种说不清道不明的感应。

也许，陆青阳和那人有什么关系吧，否则师父也不会力排众议，破例收了一个小师弟。虽然这事连教主大人都没禀报，陆青阳也没有正式拜祭祖师爷的灵位，但韩丹一句话说下去，白藏教除了教主大人超然于外，其余众人都只有听令的份。

好在陆青阳也不经常出现在众人面前，否则便会有许多人纠结这称呼问题。陆青阳是韩丹的小师弟，这十几岁的少年，辈分可不是一般的大啊！放眼全大陆，能和韩丹平起平坐的也不多。

本以为可以多一个可爱的小师弟，结果居然成了小师叔……柳星月习惯性地在内心纠结着，柳星光站在他身旁，知道兄长内心所想的他，同病相怜地拍了拍兄长的肩。

三人默默地看着被火焰包围的丹鼎，也不知道过了多久，突然火焰就像被丹鼎吞噬了一般，眨眼间便全部被吸进了鼎中，在气流急剧变化的时候，丹鼎中发出了一道突兀的鸣叫声。

"成了！是九转凤鸣丹！"柳氏兄弟异口同声地呼道，话语中充满了兴奋。

不用他们说，陆青阳也闻到了一股难以形容的异香从不远处的丹鼎中弥散出来。他知道柳氏兄弟在五年前的那场意外之后，心性和意志都有了很大的转变，在五年的苦修之中，竟然双双达到了炼气十层，已经站在了先天境界的门槛之前。可他没想到两人不光修为大增，炼丹术居然也如此精湛，他初时觉得他们用凤点头炼制三品的凤炎丹便不错了，可没想到他们竟然炼成了四品炼丹师才能炼成的九转凤鸣丹。

九转凤鸣丹，顾名思义，便是需要经过九次极致的热和九次极致的冷相互转换的炼制，每次投下的都是极其珍贵的药草，凤点头便是最后一味。丹成之时，热气流和冷气流产生激烈的碰撞，发出的气流声就像是凤凰在鸣叫一般，这便是九转凤鸣丹名字的由来。此丹可助火系天赋者突破到先天境界，虽然不能百分百的成功，但至少可以提高三成成功率，已经是非常难得。

柳星月压抑住激动的心情，走到丹鼎前，低头看见丹鼎的底部躺着四枚赤红的丹药。他伸手掏出三个药瓶，除了其中一个装了两枚九转凤鸣丹外，另外两瓶也各装了一枚。

"小师叔，你告诉我们凤点头的所在地，这枚九转凤鸣丹便是我们约定好的报酬。"柳星月转过身，递给陆青阳一个药瓶，里面装着一枚九转凤鸣丹。

白藏教的教规中规定，用白藏教的药草炼药，丹成的话，其中一半需要上缴白藏教，而另一半便归个人所有。若丹不成，则赔偿一半药草的钱。教规是如此规定，可私下却很难做到这样。因为有些药草即使是白藏教浩瀚的药草仓库里也没有，例如这离了枝头便枯萎为灰烬的凤点头。

所以陆青阳在采药时发现凤点头后，便找到了柳氏兄弟。柳星光知道陆青阳通知他们，其实还是念着五年前三人因为凤点头相识一场的缘分，否则以陆青阳现在的身份，就算请不到韩丹炼制，白藏教中比他们兄弟俩级别高的炼丹师也不是没有。所以这一枚九转凤鸣丹的报酬，自然是说什么都要给的。

陆青阳知道柳星月顶着七成的失败率来炼制的这九转凤鸣丹，必是为了他弟弟柳星光冲击先天境界而准备的。但出炉四枚这个数量很尴尬，其中两枚自然是要上缴教中，用来抵偿其余药草的费用，那如果他再拿走一枚，柳氏兄弟就只剩下一枚。

一枚够吗？柳星光可不是他这样可以完全吸收丹药灵气的体质啊……

陆青阳犹在犹豫时，他的左手已经替他做了决定，干脆利落地直接把药瓶拿在了手中。

柳星月并没有注意到他这个年少的小师叔当时脸就黑了下来，冒险一试，炼丹竟然成功的他完全沉浸在兴奋当中，大手一挥把丹鼎收入空间法器之中，随意和陆青阳道了个别，便和弟弟柳星光相携着往白藏山的方向归去。

"还看什么啊？你就算推辞，他也不会收回去的。"林子苏嘿嘿笑着，装着九转凤鸣丹的药瓶就在陆青阳的左手中抛上落下，药丸时不时碰到瓷瓶薄壁，弹跳着发出清脆的响声。

陆青阳知道吵架根本吵不过林子苏，便直接岔开话题道："已经收集到了七系的丹药，还差金系的。"

是的，不光柳氏兄弟在冲击先天境界，陆青阳也已经在这些年间，用令人匪夷所思的速度达到了炼气十层。现在正在收集各系的辅助丹药，以期可以踏进先天境界。

白藏教内没有人知道，这个只有十五岁的少年，修为居然如此之高。韩丹也只是在一开始教他一些炼丹术方面的理论知识而已，懒到极点的韩丹连炼丹实践部分都没教他，全部都是陆青阳自己摸索的。所以他今日才不敢自己动手炼制凤点头，而是求助于柳氏兄弟。

其实韩丹并不是一个好老师，柳氏兄弟挂名在他名下，也不过是和陆青阳一般，最开始是由他教导的而已，后来便由韩丹的其他弟子代为教导。陆青阳其实也可以这样，但其身份却非常尴尬，身为韩丹的小师弟，有哪个韩丹的徒弟会吃力不讨好地教导小师叔啊？

这也是林子苏最看不惯韩丹的一点。哪有把人带回家还不好好负责任的啊？成年累月地出去游玩，都多大年纪了还那么好动？

不过韩丹不经常在，倒是让陆青阳比较方便。白藏教的藏书阁对他是完全开放的，他从陆家抄录的那些功法书不全，但这里的功法书都是全的。练功对他来说简直就是手到擒来，在短短的五年间，便已经逼近了先天境界。

因此收集这辅助突破到先天境界的丹药，便是迫在眉睫的事情了。没人知道陆青阳已经有如此之高的修为，陆青阳也不知道如何解释。学羊吃药草这种事，他自然是不会再做了。经过各种药草提炼出的丹药，滋味肯定比直接吃药草好多了。只是他自己的炼丹术并不精湛，幸好白藏教最不缺的就是丹药和药草，他和林子苏各种坑蒙拐骗，到了今天，竟然也收集到七系的丹药了。

"金系的啊，好，我记得金石岩离这里不远，那边金系的药草比较茂盛，我们去那边碰碰运气，说不定还能采到什么稀罕的药草。"林子苏控制着左手一抹，便将手中的药瓶收入了空间戒指中。

陆青阳这些天都混在这一带，已经对路线非常熟悉了，趁迷雾还不算太浓之时，辨认了方向，朝金石岩走去。

金石岩离白藏山有一段距离，是一座光秃秃的山，一眼望去，连草木都极少。但仔细观察，就会发现在石头的底部，有各种药草生长着。

"咦？这里的金刺藤要比其他地方的坚硬好多倍。"在往山顶攀爬的路上，林子苏发现了一件古怪事。

陆青阳顺着他的手指看去，只见一条金刺藤竟然是缠绕着岩石向上生长着，植物的刺茎刺入了岩石之中，有的地方石块居然都有了裂痕。金系的高级药草是以坚硬著称的，但坚硬到如此地步，在暮秋岭采药多年的陆青阳还是头一次看到。

"再往上爬爬看，此处是金系天赋者修炼的宝地啊！"林子苏已经察觉到山顶应该有一位金系先天宗者在，但他多少也猜到了对方的身份，应该就是五年前教主萧雪崖带回来的那人。又不是什么敌人，看一眼又不会死，况且这里有位金系宗者闭关修炼，那么周围的金系药草一定不会是凡品。

陆青阳继续向上爬，金石岩越往上便越陡峭越崎岖，再往上居然是一块非常大的岩石，倒三角一样矗立着，想要到达最上面，就要像壁虎一般攀爬而上。陆青阳的修为不够，但难不倒林子苏，只见他运气于左手，只要左手碰到石壁，便会留下一个坑洞。陆青阳借着这些坑洞，有惊无险地翻上了最高处。

他刚缓过气，抬起头时，就看到在一块岩石之上，站着一个二十余岁的男子。此人身材修长，负手而立，脊梁挺直，宛如一柄长剑耸立。一阵山风吹来，吹得他的衣袖猎猎作响，竟有股飘飘欲仙的味道。金石岩已经是极高的所在，笼罩暮秋山脉的迷雾在这里全部散去，阳光没有任何遮挡地照射在了男子的脸容之上，男子俊秀无匹的五官纤毫毕现，清清楚楚地展现在陆青阳的目光中。

"这人……这人长得好像你啊小咩……"林子苏虽然不大知道陆青阳现在的相貌，但他在陆青阳偶尔洗脸或者在林间汲水时，也曾看过陆青阳的倒影。

陆青阳此时已经听不到林子苏在说什么了，他欣喜万分地站起身，便朝那人扑了过去："大哥！大哥你来找我了吗？"

## 第二十章
### ◇ 金 石 岩 ◇

陆青阳在这五年中，不是没想过要联系陆青鸣，但每次想起来的时候，都害怕大哥因他私自离家而生气。更何况当年他发出去的那封信里，写着他会在暮秋岭待上很久，既然交代了自己的下落，陆青阳就硬着头皮，心安理得地在白藏教蹭吃蹭喝。

至于陆家那边，陆青阳更是没胆子去联系，不过因为留了字条，他便觉得应该足够了。而且在陆家被人当成眼中钉的他不在，说不定有些人还会非常舒服。何况他又不是不回去了，等他突破到了先天境界，他一定第一时间回陆家，洗刷自己被人称为废柴的耻辱。

但是他没想到，在今日好不容易攀上金石岩后，居然看到了这名年轻男子，而且看样子就像是专门在等着他一样。这般年纪，那与他相似的眉宇，陆青阳的脑海里一下子闪过陆青鸣的名字，下意识地喊着"大哥"，就扑了过去。

在这个世上，陆青鸣是陆青阳最亲的亲人。虽然林子苏这些年来与他亲密无间，但拥有同样血脉的感觉是无法替代的。再加上陆青阳本就对私自逃家心怀歉疚，此时乍然间看到了"陆青鸣"，自然无法再维持平日里装出来的稳重，像个真正的少年般，无法控制自己激动的心情。

陆苍笙自然知道有人从山下爬上来了，但他没放在心上，以为是白藏教的人来此处采摘药草，也没有刻意避开的念头。可他没想到，当他睁开双目时，就看到一名少年喊着大哥朝他扑了过来。

这幅画面，一下子触动了陆苍笙在脑海里埋藏的久远记忆，在多少年前，他的弟弟们也曾这样欢迎过他回家……

陆苍笙心底一软，竟然被陆青阳抱了个正着。

许久没有跟其他人有过这么亲密接触的陆苍笙，虽然没有被少年扑得向后退一步，但也本能地搂住这少年的腰身，想要把他从怀里拉出来，看看他的相貌。

而此时的陆青阳，却是浑身一僵，因为林子苏正气急败坏地和他吼道："这人不是你大哥，你怎么不弄清楚是谁就投怀送抱啊？这四周明明是金系天赋者修炼的环境，而且这人都已经晋入了先天境界，你大哥怎么都不可能这么天才地从风水双系转化为单金系宗者吧？"林子苏其实很想用左手把陆青阳从这人的怀里反推出来，但面前的这人是个金系宗者，一个不对劲都可能暴露他的存在。

陆青阳知道林子苏的判断不会出错，他也不可能在这方面骗自己，但自己还是不肯放弃。陆青阳抬起头来，对上面前这人疑惑不解的目光时，不禁惶急地说道："大哥，你不认识我了？我是小阳，陆青阳啊！"

陆青阳？青字辈的？陆苍笙已经完全肯定怀中的这少年是陆家子弟了，不光因为这依照辈分所取的名字，还因为这绝对不会错认的面容。这少年和他有五六分相似，再加之两人穿着一模一样的白藏教的白色服饰，就算是陆苍笙本人，都有种时光错乱的感觉，仿佛一下子看到了多年前的自己。

"孩子，我不是你大哥，不过我也是陆家的人。你是怎么来白藏教的？"陆苍笙没想到能见到自家人，以往很少露出笑容的脸上，表情都不禁柔和了几分。

一听此人不是陆青鸣，陆青阳的脸上爬满了失望，赶紧从对方的怀里退开，拉开距离，站直身体。

"单金系的先天宗者……这般相貌……小咩，这应该是你家的老祖宗。"林子苏则很快就确定了陆苍笙的身份。

陆青阳闻言越发地拘谨起来，老祖宗代表着什么？那是陆家地位最高的人物。夸张一点来讲，陆青阳在白藏教中都不见得对那位教主多崇敬，但对自家没见过的老祖宗却是从小就很敬仰的。当下，他便老老实实地把自己逃家之后的事情，拣能说的说了。从暮秋岭遇柳氏兄弟，说到被韩丹带回白藏山。陆青阳只是隐瞒了自己的体质和八系天赋，至于林子苏的存在，那自然是更不能对人言的。

陆苍笙一边听着，一边摸了摸陆青阳的头顶。少年的身高刚刚到他的肩膀处，陆苍笙想起刚刚他用一只手就能圈起少年瘦弱的腰，不禁在心底暗怪小师兄根本不会照顾人。五年前这孩子才十岁，而且是在陆家倾覆之前就离家的，陆苍笙在片刻之间，就决定不告诉这孩子陆家已经出事了。

为陆家报仇是他的责任，年纪这么小的孩子，不用背负那么沉重的担子。

陆青阳交代完这些年的事情，心情忐忑地观察着陆苍笙的表情，见对方面上并没有丝毫不愉之色，便放下了心。至少他爹要是生气的话，他也有老祖宗做靠山。

"啧，你要是现在就回家的话，你爹绝对不会对你生气。你只消让他看一眼你现在的修为。"林子苏哪里会不知道陆青阳的小心思。

"能不回去……就先不回去……"陆青阳对陆家还是有着些许抵触的，而且在白藏教的生活很惬意，又没人管他，偌大的藏书阁中的书任他翻看，这可比在家要舒服多了。

陆苍笙并没有对陆青阳逃家的行为做出任何评价，他只是点了点头表示知道了，然后淡淡地发问道："你来这里，是要采集金系药草吗？"

陆青阳诚实地点了点头。

"这里的药草还可以，但都不是特别好。"陆苍笙抬手，把手腕上的一个玉镯子摘了下来，朝陆青阳递了过去，"这是一个空间法器，里面装着这些年我收集的药草和丹药。现在的我已经用不到了，你拿去用吧。"

陆青阳听得眼睛都直了，在他看来，金石岩山腰处的金系药草就很难得一见了，山顶上遍地的药草，陆苍笙居然都看不上眼。那就是说，这空间法器里的药草和丹药肯定高级到他无法想象。

陆苍笙注意到陆青阳低头，以为他在瞄着他们脚下的药草，进一步解释道："这里的药草虽然不错，但年份都还不足，采回去未免可惜了。"

陆青阳连忙摇了摇头，他看着陆苍笙递过来的玉镯眼睛发直，是因为正在脑海中竭力制止林子苏突然伸手过去把玉镯子抢过来。虽然林子苏一再保证不会擅自动手，但他实在是有太多前科了，之前的九转凤鸣丹不就是他直接拿过来的吗？

林子苏这次倒是一反常态，虽然陆苍笙递过来的那个玉镯子一看就知不是凡品，而且人家说了现在已经用不到了，那就是说，这些药草对于筑基级别的陆苍笙已经是鸡肋，但对于还没达到先天境界的陆青阳来说，就是无价之宝。况且这玉镯子，就算陆青阳不要，陆苍笙也铁定会塞过来，他又何必做多余的动作呢？

果然，陆苍笙这人最烦的就是别人磨磨蹭蹭，见陆青阳不接，便直接拽过他的左手，把玉镯子套了上去。

陆青阳的脑海中充满了林子苏的狂笑声："哈哈哈哈！这可是你家老祖宗亲自给我戴上的，你可不许抢走！"

不过林子苏也是多虑了，本来大了一圈的玉镯子，像是有生命的一般，立刻缩小了一圈，紧密地贴合在了陆青阳的左手手腕上，不用点非常手段是拿不走的。白皙的肌肤衬着莹润的玉镯，好看得让陆青阳移不开眼。

陆苍笙看着陆青阳细瘦的手腕，不禁皱了皱眉头，心想这些年间，虽然他不主动关心白藏教的事情，但也知道韩丹这五年间几乎没有多少日子在山中。而他也知道面前的这名少年是韩丹破例收的小师弟。虽然辈分乱了一些，但韩丹不在，这少年肯定是没人教导的。看样子不光没人教导，大概也没人照顾。

"走吧，先跟我回山里。"陆苍笙闭关也闭不下去了，右手凝聚出一把金色长剑，便拉着陆青阳御剑飞行。

陆青阳并不是第一次飞在空中，但是上一次五年前被韩丹带回白藏教时，所踩的是真实的长剑，而这次脚下分明是真气凝形而成的长剑，这令他倍感兴奋。这是不是说，他以后突破到先天境界之后，可以弄条水龙或者火龙什么的骑上威风威风？

林子苏都懒得吐槽他，直接告诉他这根本不可能。土系或者金系这种可以凝形成实质的天赋还有可能，水系或者火系那种保证一踩一个空，除非达到尊者级别才有可能做到。

陆青阳就在林子苏唠唠叨叨的教育声中，回到了白藏山。陆苍笙带着他直接去了山顶的那处院落。在露台上刚一站定，陆青阳就觉得双目一花，院子里便多了一名黑衣男子，英姿俊朗，面覆寒霜，正是白藏教深居简出的教主大人。萧雪崖一如往日般面色凝重，但在看向陆苍笙时，那凝了霜般的双目乍然间亮了几分。

"师弟，你出关了。"萧雪崖用的不是反问句，而是肯定句。他在这里等了五年，不敢擅自去金石岩打扰他。同是从修炼的荆棘路上杀出来的人，萧雪崖知道修炼有多么枯燥和痛苦。

"嗯。"陆苍笙简单地回了一句，已经服用了驻颜丹的他们，时间并没有留下任何痕迹。五年不见和五天不见，没有什么太大的区别。陆苍笙看着萧雪崖定定地看着他，觉得有些窘迫，把身旁的陆青阳一拉，朝他介绍道："这孩子是陆家的，叫陆青阳。小师兄前几年收他为我们的小师弟，我也是今天才见到他。"

萧雪崖这才把注意力转移到陆青阳身上，顿时就被陆青阳的长相惊得一呆。听着陆苍笙抱怨韩丹根本不在白藏教中，根本就没教陆青阳修炼后，萧雪崖心领神会地说道："师弟，你刚出关，先洗漱休息下。这孩子我代为教导。"

陆苍笙一愣，在金石岩那种不毛之地一待就是五年的他，确实有些向往热水和温暖的床铺，见萧雪崖已经不容置疑地扭头向外走去，陆苍笙只能示意陆青阳跟上去。

相对于冰块一样的萧雪崖，陆青阳其实更愿意和陆苍笙相处，但他只能低着头跟出去。萧雪崖走出院落之后，并没有停下，反而继续往山下走去，一直走到韩丹居住的院落前才停了下来。韩丹现在并不在白藏教，所以萧雪崖也毫不客气，直接推门而入。陆青阳站在书房内，纠结地想着一会儿萧雪崖要真的考校起他的修为来可怎么办，在一名尊者的面前，他想隐瞒什么岂不是自讨苦吃？

林子苏却没陆青阳那么紧张，反而观察着萧雪崖的一举一动，诧异地说道："奇怪，他好像是在找什么东西。"虽说其他人根本听不见，但林子苏还是下意识地压低了声音。

"估计是在找韩师兄？"陆青阳也小声地回了一句，之后轻咳了一声道，"教主，韩师兄他不在。"

萧雪崖把注意力收了回来，转身走到少年的身前停住脚步。

陆青阳只觉得一股迫人的气势迎面袭来，虽然对方无意他施压，但是身为尊者特有的威压却无法避免，陆青阳屏住呼吸，眼观鼻，鼻观心，大气都不敢出。

萧雪崖凝神了半晌，才冒出一句："不用叫我教主。"

陆青阳根本没反应过来这句没头没脑的话是什么意思，得到林子苏的提醒之后才回过神来唤了一句："师……师兄……"说实话，这么称呼萧雪崖要比叫韩丹师兄难多了。韩丹天生就不摆架子，而且性格跳脱，陆青阳自从和他认识之后就喊他大哥哥。被他收为师弟之后，也不过是换了师兄这个称呼而已。但萧雪崖天生就有气势，只消站在那里，就很少有人可以与他对视。

萧雪崖一向沉默少言，而陆青阳也不知道该说什么，两人就这么陷入尴尬的沉默，直到萧雪崖忽有所感，朝房门的方向看去。

韩丹推门而入。

"小乖，怎么样？他有没有欺负你？"韩丹上上下下地打量着陆青阳，一点都不掩饰脸上的焦急。

其实韩丹并不是真的把陆青阳拐回白藏教后就不闻不问了，小时候的陆青阳那么乖巧有礼，把他伺候得舒舒服服，他自然也不会亏待他。可是问题就在于，他这人实在是很懒，他捡了好多孩子回教中，可是都是没多久就觉得小孩子难带，扔给其他师兄弟了。算起来，对陆青阳算是最上心的。看陆青阳年纪还小，他就扔给他一些药草图鉴，让他学习，打算等他年纪再大一些，修为再高一些，再让他接触炼丹术。只是韩丹没想到，他本以为只有炼气四五层修为的陆青阳，现在已经突破到了炼气十层，正往先天境界冲击。

今日韩丹遇到了柳氏兄弟，从两人口中得知了陆青阳得到一枚九转凤鸣丹，他害怕陆青阳不知轻重，胡乱糟蹋了这枚丹药，便急匆匆地赶了回来，却没承想正巧看到一向和他不对盘的萧雪崖在这里。

陆青阳虽然不知道韩丹为什么突然发飙，但也能感受到韩丹对自己毫不掩饰的关心，当下便绽开一个笑容道："师兄，我没事，你回来了啊！"他对韩丹唤的这声师兄，可比唤萧雪崖时要情真意切得多。

韩丹此时已经确定陆青阳并没有什么不妥，他转身看向一旁的萧雪崖，知道对方无事不登三宝殿，便随便找了个借口让陆青阳离开书房。

陆青阳当然好奇这两人要说什么，但他也知道书房内的那两人修为都不是普通的高，站在门口偷听这招绝对行不通，所以也就无奈放弃。

林子苏急得抓心挠肝的，他比陆青阳年长几岁，虽然也是个不通人情世故的，但也多多少少知道其中可能有什么隐藏的八卦。可是这尊者之间的八卦，可不是那么容易听见的，所以便把目标转移了一下。

不多时，萧雪崖便离去。陆青阳走进房间，看到韩丹一脸凝重地坐在房中，不由自主地放轻了呼吸声。

"小乖，你先坐。"韩丹见他进来，随手朝身旁的椅子指了指，然后目光复杂地看着他道，"小乖，我不是个好师兄，这些年还需要你照顾我，真是惭愧。"

陆青阳眨了眨眼睛，觉得韩丹今日的态度格外不对劲："师兄，你怎么了？"

韩丹拍了拍他的头，笑眯眯地说道："师兄只是想通了，为什么要在这里浪费自己的人生，师兄打算孤身去大陆四处云游一番。"

"你要走了？"陆青阳忍不住皱起脸，少年的脸容此时看起来还和小时候一样可爱。虽然韩丹在的日子本就屈指可数，但这和长时间的离开不一样。

"小乖，你要是愿意，留在这里也好，离开也好，随你。"韩丹揉了揉他的发顶，"我知道你并不是很愿意在这山上虚耗光阴，我走了，你也可以去做一些你真正想要去做的事情。"

陆青阳低着头，不知道该说什么好。什么叫真正想要去做的事情？他好像从未认真地想过。除了变强和报仇，难道他还可以去奢望其他一些东西吗？

正在愣怔着，陆青阳感到脖间一片冰凉，只见韩丹正低着头给他戴一条很特别的项链，链子下面是宛如泪滴般的水晶坠子，正是韩丹一直从不离身的空间项链。

"小乖，戴着这个，这里面有你师兄我多年的珍藏。若是碰到有什么难以解决的难题，也可以拿着这条项坠去找任何一个先天宗者或者尊者求援。他们看在我的面子上，肯定会帮忙的。"韩丹极其自信地笑了笑，显然对自己的人缘极其自负。

那是当然的，作为这片大陆上唯一一个八品炼丹师，有多少人排着队想要讨好他，甚至为了见他一面而无所不用其极。

陆青阳只听韩丹说见这个空间项链等于见他，便知道这水晶坠子有多贵重，挣扎着想要还给他。陆苍笙送他的空间手镯，他可以毫无负担地拿，是因为陆苍笙是他的老祖宗，有血缘关系，长辈给晚辈东西自然说得过去。而韩丹和自己，只不过徒有师兄弟之名，自己实在当不起他这么贵重的礼物，更别提这是空间法器，里面的物品自然名贵得让人无法承受。

"说了这是给你的，就戴着。又不是真给你了，不是怕你出去玩，被不长眼睛的人伤了吗。等你什么时候有能力保护自己了，再把它还给我。"韩丹笑眯眯地说道，"当然，里面的东西随便用，这是给你的一份，其他人我都给过了，你就收着吧。"

陆青阳摸着手中那光滑冰凉的水晶坠子，知道这是韩丹的一份心意，没有更好的借口推辞，只好小心翼翼地放进衣服里，贴身戴好。

韩丹随性惯了，说走就走，挥挥袖不带走一片云彩。

陆青阳也是感慨了片刻，便接受了这个事实。毕竟韩丹在他身边出现的次数本就极少，若是他日日都在，反而要不习惯。陆青阳甚至在想，假若离开的是林子苏，他会怎样？

可能会不知所措吧。

陆青阳在房间中思索了一会儿，和林子苏讨论了半晌。他们其实早就决定，一旦凑齐了八系的四品丹药，就去找对应的天地灵气之地修复仙根，这对冲击先天境界有莫大的好处。八系的天地灵气之地，秋之地只有两处，其余六处都分散在其他四季之地。四品丹药什么的，他现在自然不缺了，陆苍笙和韩丹两人所赠的空间法器中，别说四品丹药，就算是七八品的丹药也有。只是他现在吃那么高级的丹药，就浪费了。

不过不管怎么样，八系的丹药已经凑齐，他可以开始修复仙根了。

在金石岩上花费了一个月的时间，陆青阳才巩固了金系一脉的仙根。其实本不应该用这么久的，这里本就是金系天地灵气至强的地方，再加之从陆苍笙那里得来的空间手镯中，几乎八成都是与金系有关的丹药，陆青阳挑了枚他这个阶段最适合的丹药服用，最多半个月就能完成最初计划。

虽然陆青阳的状态不好，多花了一倍时间，但也是比较恐怖的纪录。林子苏已经见怪不怪，虽然十五岁的陆青阳即将冲击先天境界，比起十七岁就已经是先天宗者的他来说，也只不过提前了两年而已，但他是单系天赋，陆青阳乃是八系天赋，更恐怖的是这孩子从九岁起才真正系统地开始修炼，至今也不过是修炼了不到六年而已。若是仙根慧体没有被人损坏的话，那岂不是十一岁就能突破到先天境界？

林子苏一想到这样的情况，就不禁纠结到胃疼——虽然确切说来，他现在根本没有胃。

所以陆青阳的修炼速度有所减缓，林子苏并没有催促或者抓狂，反而在某种程度上理解他。修炼不可能一直一帆风顺，遇到瓶颈也是很正常的。有些人终其一生都不能跨过某道门槛，也有些人突破瓶颈需要花费五年十年甚至几十年，而陆青阳只多用了半个月而已。

从金石岩上下来之后，他们又去了白藏教附近的罡风峡，那里便是风系天地灵气最强之地。被罡风吹了一个月后，陆青阳决定离开暮秋岭。

秋之地与夏之地紧邻，陆青阳决定下一站就去夏之地的圣地昊天谷，顺便去见大哥陆青鸣。算来他们兄弟已经五六年未见，陆青阳自是十分想念。至于陆家，陆青阳还怕回去遭到爹爹责骂，便想着先去夏之地，求大哥在爹爹面前说些好话。

从暮秋岭走出之后，陆青阳看着矗立在入口处的那块大石，良久都没迈出一步。

了解他的林子苏嘿嘿一笑道："还想什么呢？去试试能留下多深的指印吧！"

陆青阳的嘴角抽搐了一下，最终还是忍不住抬起手来，运气于右手指尖，酝酿了许久，才狠狠地朝石碑侧面点去。

"哎呀，这回有进步嘛！起码能有个印记了。"林子苏调侃道。

陆青阳的脸一阵青一阵白，他的真气只够点一下而已，想要继续已无能为力。但他依旧不服输，冷哼一声道："那你来！"

林子苏也不和他客气，抬起左手，连运气都没有，非常随意地在上面写起字来。

陆青阳瞪大了眼睛，看到林子苏居然能在上面写出一个"林"字，虽然七扭八歪，但总比五年前只能写一横强得多了。陆青阳沉默了下来，知道这些年不光他一个人在修炼，林子苏也在不声不响地努力着。

陆青阳还等着看林子苏是否还能继续写下去，却看到自己的左手停了下来，林子苏沉声在他的脑海里提醒："小咩，你的右后方有人。"

陆青阳一凛，不过他也并不着慌，在暮秋岭缭绕的迷雾之中，又有他的身体阻挡，那人应该看不到刚刚的情况。不过他也不敢托大，立刻转身若无其事地离去。


花涓看着那名少年扭头离去，忍不住走了过去，来到刚刚那名少年站立的地方。看着那新出现的"林"字，与旁边的一点指印，花涓立刻陷入了迷惑。

怎么有人左右手的修炼程度会不同呢？

而且，这个"林"字，恐怕至少得筑基三层以上的先天宗者才能写出来吧……

那名少年……看样子应该是要出暮秋岭，那么第一站肯定会在凤栖城落脚。

花涓收敛心神，立刻朝迷雾中走去。

# 第二十一章
## ◇ 鸿 雁 驿 站 ◇

陆青阳在白藏山上的五年中，一次都没有离开过暮秋岭。上一次来凤栖城，还是五年前的那一次。五年，可以让一个人发生天翻地覆的变化，但对于一个城市来说，却是微不足道的一段时间。

凤栖城几乎和陆青阳记忆中的没有什么两样，只是行人更多了一些，更繁华了一些。陆青阳辨认了方向，去秋桐丹药店转悠了一圈。秋桐丹药店的老板康缇这时正在休息，得到属下的消息，连忙从凤栖城的住宅中穿戴整齐地伴在陆青阳身侧。因为陆青阳不喜他唤小师叔，所以康缇便称呼他为陆少爷。陆青阳一开始被叫得浑身不自在，但一想到小师叔的称呼令他更不自在，便只好忍了。而陆青阳反而唤康缇为康叔，康缇抗议自然无效。

陆青阳想在秋桐丹药店买些丹药，但他发现秋桐丹药店里的珍稀丹药虽然不错，但连陆苍笙给他的空间玉镯里的丹药都有所不及，更别提韩丹给他的空间项链里的了。不过好在他现在需要的并不是这些极品丹药，而是一些辅助丹药，虽然不是极品，但相较于普通修炼者所服的丹药来说，已经是很高级的了。

康缇看着桌上的那些丹药，心里有些犯嘀咕。他这个小师叔，才十五六岁的样子，怎么就开始准备冲击先天境界的辅助丹药了？难不成是为了以后做准备？这也太未雨绸缪了吧！

不过他腹诽归腹诽，还是不敢说半句闲话的。毕竟他不是瞎子，一直在师父脖子上戴着的那个水晶坠子，正在这少年的胸前挂着，要是连这种表态说明什么都不知道，那他就太傻了。事实上，连招待陆青阳都是在秋桐丹药店最高一层的贵宾室内。

陆青阳全神贯注地挑选着丹药，八系的四品丹药他虽然已经收集全了，但他还是想得太简单了一些。修炼的时候，任何事情都有可能发生，而且一旦进入那种状态，就无法轻易脱身，辅助的丹药还需要多备一些。尤其是他的修炼时间很短，比起一层炼气就需要修炼好多年的人来说，他的经脉更加不稳，正需要丹药来补充。巩固金系一脉的时候，有陆苍笙手镯里充沛的金系丹药做辅助，倒是没觉得什么。等在罡风峡巩固风系一脉的时候，就有些捉襟见肘。迫不得已的情况下，消耗了两枚极品丹药才搞定，这让陆青阳心疼不已。所以来凤栖城，他第一站就到秋桐丹药店来采购丹药。陆青阳挑选好了之后，抬头轻舒了一口气，道："康叔，你算算这些丹药需要多少银两吧。"

康缇正在神游天外，冷不丁地听到陆青阳这句话，连忙摆手道："陆少爷，你选好就直接拿走吧，这些不值一提的。"这倒是事实，陆青阳选的都是一些三品丹药，虽然价格不菲，但康缇还是能做主的。毕竟秋桐丹药店的背后就是白藏教，身为韩丹的小师弟，陆青阳自然是想拿多少就拿多少。

"康叔，这样吧，我也大概能知道这些丹药的成本，我就给你成本价吧。"陆青阳这些年在白藏山不是白待的，要是再高一个等级的丹药，他也许就认不出来价值，但三品丹药还是可以的，他经常看到柳氏兄弟炼制。

陆青阳不顾康缇的阻拦，从陆苍笙的空间手镯里取了两块仙石出来付账。仙石是一种稀少的矿石，只在位于四季之地中央的乾坤山脉出产。由于修炼所需要的费用庞大，所以一块婴儿拳头那么大的仙石便抵价黄金千两。

陆青阳自然没有那么多银两，所以只能动用陆苍笙所赠予的资源。韩丹的空间项坠里自然也有很多仙石，但花钱也要有亲疏之别，他决定先尽着陆苍笙的花。

康缇直呼太多了，陆青阳没有给他机会拒绝，便借口说有要事在身，离开了药店。

"现在是在凤栖城休息一天，还是直接启程去夏之地？"林子苏没有抱怨陆青阳大手大脚，现在他们都是有钱人，不至于计较这些花费。

"直接去驿站吧，看有没有通往夏之地的马车。"陆青阳平常并不会轻易想起陆青鸣，现在一旦下决心去寻他，就思念得不得了，恨不得长一双翅膀飞到昊天谷去。但出了暮秋岭，他就两眼一抹黑，若是单靠他一个人前去夏之地，估计几个月都走不到。

林子苏其实并不是很赞成陆青阳去找陆青鸣，他对小咩的那个大哥可没有什么好印象。但夏之地肯定有火系和雷系的天地灵气浓郁之地，为了修复陆青阳的仙根，自然是不能错过的，当下只好闷闷地说道："好吧。"

陆青阳自然听得出来林子苏的情绪不高，他一边思索一边往城东驿站走去。鸿雁驿站是凤栖城最大的驿站，当初陆青阳给陆青鸣寄信的时候，就来过这里，所以并不是很难找。陆青阳看到驿站门口人山人海，一时半会儿排不到他，这才斟酌地说道："林，你别着急，我会努力替你找寻适合你夺舍的身体的。"

林子苏闻言愣了一下，他这些年间一次都没有提过这个话题，没想到先提出来的，倒是陆青阳。他并不是没想过夺取一个人的身体，而是害怕强行夺舍的话，自己会有极大的概率烟消云散。所以在没有万全的把握时，他并没有这方面的计划。

陆青阳却把林子苏的安静当成了默认，立刻四处寻找起来："林，我们倒是没有讨论过，你对你以后的身体有什么要求啊？要高一点还是矮一点的？要健壮一些还是消瘦一些的？嗯？街对面的那个人就不错。"

不错……不错你个头啊！林子苏几乎想破口大骂，那是个女人好不好！

"我们旁边的这个也不错啊，身材标准，比我高一头呢！气势也很彪悍！林，很适合你啊！"

适合……适合你个头啊！那大叔都有四五十岁了好不好！

陆青阳难得碰到可以让林子苏说不出来话的情况，乐此不疲地开着玩笑："喏喏！林，这回这个真的不错，正向我们走来的这一个！"

林子苏没抱什么希望地瞥了一眼，然后不得不承认陆青阳说的这位身着蓝衣的男子确实是一位帅哥，看上去只有十七八岁，五官俊美，一双狭长的桃花眼令人印象深刻，尤其是那脸上还挂着让人如沐春风般和煦的笑容，一见便会让人感到亲近无比，像是已经认识多年的朋友一般。

蓝衣帅哥停在了陆青阳的面前，笑容更深了："这位小哥，请问你是要去哪里？我们鸿雁驿站有通往各地的车队，无论你去哪里，都能保证一路平安到达。"

"我想要去昊天谷。"陆青阳心情很不错，如果如这人所说的那样，就意味着他不用排大长队了。

"没问题，正好我负责的去昊天谷的车队马上就可以启程上路。"蓝衣帅哥微微一笑，"我叫花涓，很荣幸一路可以为您服务。"

陆青阳看了花涓好一阵，才察觉出来到底哪里不对劲，这个人的相貌未免太过于俊美了，等他仔细一看，才发觉此人居然没有喉结，分明是女扮男装！

花涓从他的目光中看出来异样，嫣然一笑道："出门行走，自然是男装更方便些。"

事情就是这么巧，据新认识的这个花涓称，他们的车队马上就要启程，她抱着最后能拉到几个客人就拉几个的想法，直接到人群中询问。

陆青阳本还不相信自己会这么好运,但随即又释然。因为花涓随后带着他在人群中问来问去,很快又找到了三个同样去昊天谷或者去夏之地其他地方的旅人。花涓带着他们走到不远处的一个车队旁,商量好了每人交十两银子的路费,便开始分配各自乘坐哪辆马车。

花涓这次去昊天谷所带的车队,有五辆马车,其中一辆是装信件的邮车。鸿雁驿站不光有快捷的即时邮信,用不起传信葫芦的客人,也可以用最古老的方法传递信件和物品。而另外四辆马车都是要去夏之地的旅人,估计是发现挤一挤还有空位,花涓才临时去拉人。

后来的三个人都很快地安排好了,轮到陆青阳时,据伙计说所有马车都满员了。陆青阳不禁焦急起来,虽然让他重新去驿站排队也无非就是浪费些时间,但无论是谁,出门在外总是希望自己一路更顺利一些。

见陆青阳求救的眼神投过来,花涓朝他安抚地一笑道:"没事,你和我坐一辆车吧。"说罢便拉着陆青阳的手,朝那辆装信件的邮车走去。

陆青阳本觉得没什么,但忽然想到这个人其实是个花季少女,立刻就涨红了整张脸,想要抽回自己的手。花涓回头一看,更是咯咯一笑,手拽得更紧了。掀开车帘,陆青阳才发现这辆邮车内并没有装得很满,还可以容纳两到三个人就座,他和花涓两人面对面席地而坐,倒不显得拥挤,比起塞得满满的其余几辆马车要舒服太多了。

陆青阳从出生到现在还是首次和一个女孩子独处,紧张得连手脚都不知道该往哪里摆。

"哼!真是个没见过世面的臭小子。"林子苏各种唾弃。

"喏,这可是贵宾座啊!我应该加收你五两银子的。"花涓不太甘心地嘀咕着。

这一句话打破了车厢内的尴尬,陆青阳是个实在人,听到花涓这话,就要伸入手怀掏银两。为了不引人注目,他尽量在外人面前不使用空间法器,所以怀里一直揣着些许零碎银两。

花涓连忙按住他的手腕,笑道:"我就是随便说说,你还当真了啊?"说罢她便一撩车帘,朝外面喊了一声"可以上路了",马车便缓缓地前行起来。

马车中堆满了装着邮包的大袋子,把窗户都堵死了,因此看不到外面的情况。但陆青阳能猜得出来一开始是在闹市区行进,速度根本上不来。几炷香之后,马车的速度突然快了起来,想来应是出了凤栖城。

陆青阳本以为这一路上会很无聊,只能靠和林子苏抬抬杠打发时间了,但他逐渐发现与花涓为伴是一件很享受的事情。花涓虽然年纪不大,但去过大陆上的许多地方,一些奇闻逸事信手拈来,说话又风趣幽默,笑声清脆悦耳,两人很快熟悉起来。不过陆青阳也对花涓有所保留,没有告诉她自己在白藏教的身份,只是说自己离家在外游历而已。因为怕花涓听说过自己的名字,陆青阳更是用了林子苏的姓,声称自己姓林名陆。毕竟很多白藏教的人都知道陆青阳是韩丹收的小师弟，难保消息灵通的花涓不知晓。

　　有花涓陪着聊天，还能在脑海中跟林子苏相互吐槽，陆青阳这一路并不难熬。不过在几次下马车休息的时候，他也看清了这车队的不同寻常之处：有三辆马车载的是很正常的各类旅人，但另外一辆马车上的旅人很少下马车，连在客栈中休息也很少出现。

　　"小咩，你有没有发现，那辆马车走过，车轮在地上留下的痕迹很深？"林子苏也知道陆青阳在观察什么，毕竟他也能看到陆青阳所看到的。

　　"这说明那辆马车上的人比其他马车上的人还多？"陆青阳很费解，其他马车上的人已经是满员了，那辆马车究竟是怎么装进更多人的呢？

　　"不是，那辆马车上，只有两个人而已。"林子苏笃定地说道。

　　"那就是说，那辆马车上还有很沉的货物？"陆青阳相信林子苏的判断，但他并未觉得那辆马车有什么不妥，毕竟花涓也曾经和他讲过，鸿雁驿站有时候也接一些类似于护镖的活。

　　当然，鸿雁驿站的护镖并不像其他驿站那样，需要养很多人来当镖师，只需要有一名修炼者坐镇即可。在普通的地方，一名炼气六层以上的修炼者，已经足够打发各种马贼，而且他们这队表面上看起来没有任何护卫的车队，车厢上都画着鸿雁驿站的标识，很少会有人主动来触霉头。

　　每个车队都有炼气六层以上的修炼者坐镇，这个说起来简单，但实际上并不是一件容易的事，分散各地的鸿雁驿站每日几乎都会有新的车队启程，由此可见这家驿站拥有的修炼者的数量是多么恐怖。但林子苏也知鸿雁驿站鼎鼎有名、财大气粗，倒也不会特别在意。与陆青阳同车的花涓想必超过了炼气六层，年纪轻轻倒是颇有作为。但像这种年纪的修炼者，正常都应当把重心放在修炼之上，只有年纪大一些的修炼者，因为生活所迫，或者因为修为向上再无寸进，才会去寻觅工作。

　　"林？"陆青阳许久没得到林子苏的回应，挑眉催促道。

　　"也许是一车金子吧。"林子苏不负责任地猜想着。

　　陆青阳也觉得理当如此，他已经知道了在这片大陆上，很少有人会像他这样同时拥有三种空间法器。他已经把韩丹那条引人注目的水晶项链放进了衣服里，陆苍笙给他的玉手镯因为可以调整大小宽度，便戴在右手臂上用袖子遮好。至于左手上大哥给的那枚戒指，看起来很不起眼，便那样戴着了。

　　要知道，一件空间法器是不能放进另一件空间法器之中的，否则就简单多了。

　　心里有了疑问，陆青阳憋不住，更何况他对面坐着的就是这个车队的负责人花涓。而且自己所在的车队是否安全，是他应该关心的，所以陆青阳便直接询问了花涓。花涓也不隐瞒，直言那辆马车被焚天派的人给包下了，里面具体有什么东西，她也不清楚。

"焚天派？"陆青阳头一次听说这个门派。

看着少年天真无邪地眨着大眼睛，求知若渴地看着自己，花涓的少女心忍不住荡漾了一下，觉得自己特别有成就感："焚天派是近些年才在夏之地声名鹊起的门派，传说焚天派的尊主是从昊天谷反叛而出的弟子，自立了门户。"

"啧，所以才起名叫焚天派吗？好大的口气啊！看来很嚣张嘛！"林子苏照例吐着槽。

"那辆马车是从冬之地来的，应当是回夏之地的焚天派包的。我也是从秋之地才接手这个车队的。"花涓解释道。她所知道的消息也不多，鸿雁驿站是每到一地便换一人坐镇车队，依她的身份，本来并不是负责这个车队的，但因为碰到了这个令她好奇的少年，才运用花家小小姐的特权强抢到了这个任务。

"冬之地？嗯，那马车里肯定是有什么稀有的矿石，冬之地盛产矿石啊。焚天派的尊主既然师从昊天谷，那么肯定是有名的炼器师。"林子苏兴致勃勃地分析着，"小咩，要不要试试炼器？你八系全能，能炼丹，自然也可以炼器啊！"

陆青阳都懒得反驳他，什么能炼丹，他那可怜的炼丹术简直就不够瞧的，还炼器呢！真当他全能了啊？

花涓见陆青阳低头沉默不语，以为他还没打消对那辆马车的好奇心，连忙叮嘱道："林弟，最好不要去接近焚天派的人，焚天派虽然创派日子尚短，派内的弟子也很少，名声却在短短几年内几乎与昊天谷比肩，是因为焚天派有个毫不讲理的尊主大人。"花涓说到最后一句，竟是压低了声音，像是怕那辆马车里的人隔着好几辆马车偷听到一样。

陆青阳先是因为那声"林弟"而不适应了一下，随后见到花涓小心翼翼的模样，知道她是关心自己，连忙笑着答应了下来，转移了话题，再也不提此事。


在这一队马车又行驶半日之后，有两匹飞驰的骏马紧追而来。

其中一人勒住缰绳，飞身而下，蹲在地上研究着草地上斑驳的车辙痕迹，半晌抬起头来朝另一人说道："青鸣，找到他们了。"

另一人端坐在马背之上，闻言浑身散发出一股寒冷慑人的气势，令身下的马匹都不安地抬起蹄子刨起地来。

"敢抢我们的稀金，等到了夏之地，我们就动手。"

"好！"

144

第二十二章
◇ 相 见 不 相 识 ◇

　　秋之地地处这片大陆的西方，而夏之地在极南之地，冬之地处在北方极寒之所，而东方靠海的便是春之地。被四季之地所围绕的，便是那神秘的乾坤山脉。

　　本来焚天派的人若是从极北的冬之地回夏之地，穿过乾坤山脉乃是最快的路线，可是乾坤山脉中的恐怖传说数不胜数，所以他们宁可绕道秋之地，也不想途经乾坤山脉。

　　这些都是陆青阳陆陆续续从花涓那里得知的，陆青阳小时候也曾听闻乾坤山脉的神秘故事，此时才知那些故事并不是大人们编出来吓唬小孩子的，在这片大陆上，乾坤山脉竟是约定俗成的禁行区域。

　　听到这个说法时，林子苏嗤之以鼻，却没有说出个所以然来。陆青阳也不以为意，以为他是习惯性地嘴硬而已。

　　车队向着东南方向行进，途经城市乡镇时，就会投宿在当地的鸿雁驿站之中。投宿的费用自然已经是包括在的十两银子内，但陆青阳也不由得为鸿雁驿站的财大气粗而咋舌。每经过一个城市，车队中都有旅人因为到达目的地而离开，但也会有新的旅人加入。焚天派的那辆马车却始终没有任何变化，那两个人依然不怎么下车。某次惊鸿一瞥，陆青阳也就只能看出来是两名身材曼妙的女子，脸容藏在漆黑的马车深处，无从窥探。

　　随着越来越靠近夏之地，天气也一天天地炎热起来。陆青阳自从出生以来，从未离开过秋之地，虽然从各种书籍上了解到其他四季之地的情况，但总没有自己亲身体验来得深刻。就像看到《四季游记》中描写的夏之地的炎热，陆青阳没办法想象这种炎热会是什么情况，就和燃着的火堆散发出的那种热一样吗？

现在他了解到，夏之地的炎热，几乎是把人扔在了一个巨大的蒸笼里，任你怎么挣扎都无法离开。

若不是要去赤炎山见陆青鸣，陆青阳马上就想掉头往回走。

难道大哥就在这种地方待了五年吗？

在得知昊天谷所在的赤炎山要远远比这里还热时，陆青阳真的有种崩溃的感觉。他就算是运起冰系天赋功法，也只能略微地减轻一下体内的烦躁之感。而炽热的太阳直接照射在他的脸上时，他感觉皮肤几乎都要燃烧起来了。

就在车队要进入一片荒茫的沙漠之前，花涓拿出一套白色的服饰递给他，示范了一下如何围住头脸，只露出一双眼睛，保护脸上的皮肤不被晒伤。陆青阳试了一下，发觉这样确实好受了一些，虽然这个样子非常古怪，但发现周围的人都这样打扮，便随之释然。

"坚持一下，等过了这片沙漠，气候就会好上许多，到赤炎山之前要经过的那片森林峡谷，还经常会下雷阵雨呢！"花涓如此安慰皱着脸的陆青阳。

"哦……"陆青阳一边思考这样的说法有多少水分，一边严严实实地把自己的头脸包好。

沙漠的景象令人无比震撼，陆青阳进入沙漠时，忍不住呆望了许久。车队的马匹和车厢这时都弃之不用，换成了一种叫骆驼的动物。长长的一队骆驼头尾相连地排成一串，陆青阳下意识地想要在这一群旅人中找寻出焚天派的那两名女子，却发觉这种遮住头脸又宽大无比的袍子成了天然的障眼法，根本无法从人群中把她们分辨出来。

不过陆青阳知道她们身上带着很沉的矿石，所以细心留意，终于发现在骆驼队伍的最后面，有几匹空载的骆驼和两个穿白袍的人。虽然那白袍和其他人的没有什么两样，但偶尔有风吹过，却显出里面玲珑有致的身材。每隔一段时间，其中一名女子都会换乘一匹骆驼，想来应当是她身上的矿石过于沉重，骆驼难以长时间承载。

但看上去，那名女子只是背上背着一个很小的包袱，并没有带其余的行李，这让陆青阳很是费解。传说中那很沉的矿石，究竟被这人藏在身上哪个地方了呢？

"别看了，再看眼睛都要凸出来了。"在陆青阳第十五次转头的时候，林子苏终于忍不住了。

"我很小心的，不会引起对方怀疑。"陆青阳以为林子苏在担心这个，耐心地解释道。那两名女子的修为明显不如他，所以他在不引起对方注意的情况下窥视还是可以做到的。

"啧，小咩，你才多大点，就想着偷瞄女人了？"林子苏见陆青阳顶嘴，更是不爽。

"啊？"陆青阳不解为何林子苏突然间说话阴阳怪气起来。不过说实话，最近林子苏一直都很别扭，但陆青阳因为天气炎热，没有余力去关心对方，所以越来越觉得林子苏不可理喻。一阵风沙吹过，陆青阳闭了闭眼睛，防止风沙迷眼："林，你最近怎么了？"

"没什么。"林子苏嘿嘿笑了一下，道，"小咩，你是不是喜欢姓花的那种类型啊？"

"嗯？这是什么问题？"陆青阳听得一愣，此时风沙已过，他睁开双眼，看着前面的那匹骆驼上的花涓。她虽着男装，却难掩曼妙的身姿。他不由自主地说道："花涓是好人。"虽然花涓喊他林弟，可是他不想喊她姐姐。

"啧，那就是喜欢喽？那我附身在她身上怎么样？"林子苏戏谑地调侃道，其实他从没考虑过要附身在一个女人身上。

"不行！"陆青阳没料到林子苏居然在打花涓身体的主意，立刻气急败坏地阻止道，"当初你不是说要附身在一个罪大恶极的人身上吗？花涓怎么也不属于那样的人吧？"

"在凤栖城那天不知道是谁跟我说这个叫'花卷儿'的人很不错呢！"林子苏冷哼一声，"罪大恶极的人所背负的烂摊子也多啊，我想起来了，这女子既然姓花，那么肯定就是那个富甲天下的花家的人。就算不是嫡系子弟，肯定也是个富家小姐，夺了她的身体，就逍遥喽！"

"不行，我不同意。"陆青阳沉下脸，头一次义正词严地和林子苏抗议着。

林子苏也只不过是开玩笑随便说说，但没想到陆青阳竟完全站到花涓那边去了，顿时心凉了一半。他在陆青阳身边，即使不算上一开始默默陪伴的四年，到现在也日夜不离地一起度过了六年的时间。如今陆青阳竟然为了一个认识不到一个月的人与自己翻脸，这真是让林子苏无法接受。

虽然，好像不讲理的那个人是他自己，但林子苏绝对不承认。

陆青阳想要变强，他又何尝不是呢？

他做梦都想要一个身体。

被困在匕首里十年，林子苏虽然自诩承受能力很强，但也有些顶不住了。

虽然后几年的待遇要好得多，可以借由陆青阳的眼睛重新看到这个世界，吃一些或苦或甜的药草，闻着花香或者青草味，但只有陆青阳一个人能听到他的声音，知道他的存在，他不止一次地怀疑自己是不是已经死了，否则这种做鬼的感觉又是从哪里来的？

其实他若是真正地无耻一点，完全可以把陆青阳夺舍了，吞噬掉对方的灵魂，整个霸占这个仙根慧体的八系天赋的身体。

林子苏几乎都可以想象，若是他那个混账师父知道这些年他都是怎么过的，肯定会指着他的头骂他笨蛋，眼前有这么好的一具身体，还磨蹭什么？

可是他就是下不了手，他曾经眼睁睁地看着这个小孩子在别人的冷眼中长大，一点点地坚强起来，一点点地成长起来，慢慢地被自己影响，慢慢地染上了自己的习性，他又怎么可能亲手杀死对方，抹去陆青阳这个存在？

陆青阳冷静下来之后，心中也不免生出了歉意。他知道林子苏这人很少对其他人用真心，对任何人都抱着不小的警戒心。这也是很正常的，任谁被关进匕首里这么多年，都多多少少会有各种古怪的脾气。而且陆青阳虽然不知道林子苏当年是怎么出的事，但还是从林子苏的口中刺探出来，他从小到大几乎是没有出过师门一步的。

也就是说，是他熟悉的人暗算了他，把他封在了匕首之中，原来的身体恐怕都已经化成了腐肉或者一堆白骨……

林子苏对其他人毫不掩饰的敌意，陆青阳平时都看在眼内。

两人沉默了一阵，林子苏忽然转移了话题，开口道："小咩，那两个女人所带着的矿石，应该是稀金。"

本来还在考虑如何说服林子苏打消念头的陆青阳，闻言立刻被吸引了全部注意力："稀金？"

"是的，稀金是炼制空间法器不可或缺的一种材料。你也知道，一件空间法器是不能放进另一件空间法器之中的，这也是那两人只能随身带着稀金的原因。稀金极其珍贵，在炼制空间法器时，只需指甲盖那么一小块的稀金便可以。这种金属可遇而不可求，所以这片大陆上的空间法器很少。稀金的密度极大，看那个女人的情况，背后的包袱中应该只有拳头那么大的一块。可是就这么大一块，也价值连城啊！"林子苏耐心地把自己所知道的事情一一讲来，他可不希望让陆青阳有什么疑问就去问那个姓花的女孩。

"哦，原来是这样。"陆青阳的疑惑得到了解答，便再也不回头去看那两名女子了。

林子苏暗自得意，果然是单纯的小咩，真好哄。

陆青阳沉默了片刻，终于出声说道："林，刚刚你是在开玩笑吧，我竟然当真了，真对不起。"

林子苏笑眯眯地说道："没事，天气太热，你心情不好嘛！可以理解。"

"是啊，这鬼天气实在是太热了。"陆青阳眯起了眼睛，觉得太阳照在沙子上的反光都异常刺眼。

真希望马上就见到大哥……

而此时，陆青阳却万万没有想到，他心心念念的大哥，离他也不过只有一座沙丘的距离……

慕融从骆驼的驼峰上解下水囊，大口大口喝了起来，半晌之后才抹尽唇边的水渍，轻咳了几声，朝一旁坐在沙地上的陆青鸣道："青鸣，今晚我们不行动？"

此时太阳已经下山了，沙漠中昼夜温差极大，在一片被星光笼罩的沙漠之上，偶尔有风掠过，带来阵阵寒气。因为他们是在追踪之中，所以不能生火。在一座沙丘之后，隐隐透着火光和喧哗之声，正是他们一直跟着的那个车队。

陆青鸣把围住头脸的布条扯下，露出他那张俊美逼人的脸容，在莹莹的月光下，越发地令人移不开目光。只是那双本应该灵动的双目中，没有丝毫的感情，像是一潭死水一般。若不是偶尔眼瞳会动一动，真就像个美丽而没有灵魂的人偶一样。

"今晚不行，夜太黑，对我们不利。"陆青鸣一边淡淡地说道，一边接过慕融手中的水囊，一小口一小口地喝着。那种优雅的姿态，就好像口中所喝的并不是普通的白水，而是珍贵的美酒一般。

"夜晚对我们不利？应该是对我们有利才对啊！"慕融低头看着陆青鸣仰头喝水的侧脸，不解地问。

陆青鸣一抹身上的腰带，手掌中就多了一面外形精巧的铜镜，他甩手扔给了一旁的慕融："你自己看。"

慕融慌忙把这块巴掌大的铜镜接在手中，用双手捧着。

这是他师父最宝贵的照影镜，是一种可以查看对方修为的法器。虽然这种查看对方修为的法器并不是很稀罕，但照影镜的特别之处就是，在离对方很远的地方，都可以使用，而且不会让对方察觉。

这照影镜就算是在昊天谷，也只有一面而已。这次在冬之地采矿的姜师兄用传信葫芦传来消息，说是好不容易发现的稀金被焚天派的人抢走了，而且他还受了重伤，无法追击。昊天谷的诸多长老听到这个消息顿时怒了，昊天谷与焚天派交恶已久，但后者这么没品还是头一次。

慕融摆弄着手中的照影镜，觉得师父有点小题大做。姜师兄传回来的消息说，抢走稀金的是焚天派的两名女子，修为只在炼气四层到五层之间。可是师父还是让他们带上了照影镜，以防万一。不过熟知姜师兄脾性的慕融却知道，他这个抵挡不住女色的师兄，肯定是犯了根本上的错误。否则两名最多只有炼气五层的女子，能撂倒炼气七层的师兄吗？要知道虽然对方两个人，但每多一层的修为，实力的差距都会极大。

所以，已经有了炼气七层修为的慕融，并没有把这次的任务当回事，唯一担心的就是那两名女子混进人群逃跑，打草惊蛇之后就再难找到了。因此他们才定计在此处动手，这里是一片苍茫的沙漠，看她们能往哪里跑。

更何况，他身边还有个突破到炼气九层的人。

想到这里，慕融就有些不是滋味。陆青鸣在进到昊天谷时，只有十三岁，修为也才到炼气五层而已。六年过去了，十九岁的陆青鸣现在居然已经是炼气九层了。而且据长老们预测，他完全有可能在二十五岁之前突破到先天境界！

这简直是昊天谷自从建立以来从来没有过的天才人物！

慕融撇了撇嘴，把心中淡淡的嫉妒之心压了下去。他这些年和陆青鸣同起同卧，自然知道陆青鸣所付出的汗水甚至血泪，都是自己远远比不上的。他在陆青鸣的身边五年，本想尽快地缩短他们两人之间的差距，没想到距离却越来越远了。

一阵夜风吹过，把慕融脑海中的胡思乱想吹散了。他定了定神，把视线从陆青鸣的身上收了回来，小心地运起真气，把照影镜的镜面对准远处那片朦胧的火光。

照影镜背后的宝石一阵闪烁，令慕融一阵眼花缭乱。照影镜上的照影宝石会显现出四种颜色，分别是黄、赤、白、蓝四种。黄代表炼气修为，以颜色深浅来判断是炼气几层，修为越高颜色越深。而赤色便是先天宗者，赤色泛黑便是凝脉级别的尊者大人。至于白色和蓝色，乃是更高的等级，慕融至今没有见过照影宝石亮起这两种颜色。正因为照影镜可以鉴定更高修为的修炼者，所以才稀罕无比。传说这面照影镜是昊天谷从建派以来传下来的，已经有了上千年的历史，其他的照影宝石，品级最好的也只不过能照出三种颜色。

不过慕融却觉得这照影镜非常不靠谱，尊者大人以上的品级，还用照影镜吗？还能用照影镜吗？

岂不是一拿出来就会被人打碎？

慕融一边吐槽，一边漫不经心地把真气往照影镜中灌注。因为距离有些远，所以照影镜所需的时间稍微长了一些。照影宝石的颜色变换了一会儿，竟缓缓出现了深黄色。慕融讶异地朝陆青鸣看去，这种颜色浓度，竟和已经炼气九层的陆青鸣测出的一样。他在得到照影镜的时候，曾经偷偷拿照影镜照过陆青鸣，至今仍对那种深黄色记忆尤深。

"那个车队中，竟然有炼气九层的人坐镇？"慕融想起关于鸿雁驿站的传说，不由得为之咋舌。他们怎么就那么倒霉呢？鸿雁驿站的车队不是一般是炼气六层的人坐镇吗？只有执行特殊保镖任务时，才会派遣修为更高之人。"难道说焚天派的人多付了钱，请了鸿雁驿站的保镖？"

"有可能，毕竟有稀金存在，就算是富甲天下的花家，也不可能不动心。"陆青鸣眯起了双目，冷冷道，"可是焚天派的那两人太轻敌了，区区一个炼气九层，就能保住稀金吗？"

慕融也赞同地点点头，虽然对方有一个炼气九层的修炼者，可是他们这里除了陆青鸣之外，还有他慕融。虽然长老派他们两人出来，只是让他们一路跟着焚天派的人打探消息，不许他们出手，但在这个问题上，他和陆青鸣有着相同的决定，就是这件事能由他们解决的话，就尽量由他们解决。

慕融这时也明白了陆青鸣为什么说夜晚不好下手，因为对方有个炼气九层的高手，若是乱战起来，一时半会儿不能拿对方如何。若是那两名焚天派的人趁机逃走，在夜晚的大漠中视线受阻，恐怕难以追击。

"那就明天白天动手吧！"刚想把照影镜收起来时，慕融却发现照影宝石的颜色竟然变了，而且渐渐变成了暗金色。慕融的脸色也随之变了，焦急地说道，"青鸣，对方竟然还有炼气十层的高手！"

这句话一说出口，陆青鸣的脸色也沉了下来。立刻从沙地上站起身，看着慕融手中的照影镜，皱着眉没出声。

照影镜离得远了，显示对方修为的速度自然慢上许多，这也是之前陆青鸣使用时没有注意到的。

"青鸣，我们两人还是太冒险了，对方看来是早有准备。"慕融担心陆青鸣一意孤行，所以苦口婆心地劝阻着。

陆青鸣没有回话，但是脸色变得更加难看，随即转身扭头道："我们休息一夜，明日赶上去若无其事地瞧瞧，再赶超过去，与在大漠边缘的师兄们会合。"

慕融松了口气，知道陆青鸣是放弃了硬碰硬的念头，不过他还是对陆青鸣这么快改变主意感到意外。因为他知道师父疼爱陆青鸣，也怕这个昊天谷有史以来最优秀的天才意外陨落，所以送了陆青鸣好多稀奇古怪的法器防身，就算是碰到了炼气十层的修炼者，也未必没有一拼之力。

慕融低下头，手一抖，价值连城的照影镜便从手中滑落，幸亏他反应快，用脚背垫了一下，重新捞回手中。

慕融惊出了一身冷汗，并不是因为照影镜险些被他摔在地上，而是他刚刚看到了照影镜最后定格的颜色，竟是血红赤色！

难道那座沙丘之后，竟有个先天宗者随行吗？怪不得陆青鸣马上打消了仅凭他两人夺稀金的念头……

翌日，沙漠之上又升起灼人的太阳，陆青鸣照着当地人的习惯，蒙好头脸，只露出一双眼睛。他也热，却不得不习惯。在他心中，昊天谷再好，也比不上陆家，但现在，陆家已经没了。家没有了，所以他必须要习惯。但在他的内心深处，依然存在着某种侥幸心理。

在经过秋之地时，他没有胆量往集安镇去，胆小鬼一样地欺骗着自己——也许陆家还在，只是他没有回去而已。父亲和弟弟们都还活着，只是他没有回家而已……

阳光太刺眼了，晃得他眼睛生疼。

"青鸣？"慕融回过头，看着在原地没有动弹的陆青鸣，担心地唤道。

陆青鸣再睁开眼睛时，眼中已经恢复了一潭死水般的宁静，淡淡道："走吧。"

他们乘坐的两匹骆驼，在他们有意地驱使下，自然要比鸿雁驿站的那一大队人马走得快多了。所以在日中正午的时候，陆青鸣和慕融便追上了他们。

所有人都是一模一样的长袍，但陆青鸣立刻就看出来在最末尾的那两人是他们的目标。

可是他们却不能轻举妄动，因为这队人马中卧虎藏龙。

慕融笑眯眯地拉下蒙住头脸的头巾，和这些人打着招呼。因为他们所走的是穿越沙漠的最短路线，碰上个把人也是正常的。甚至还有好客的旅人邀请他们一起上路，但慕融以还要交鸿雁驿站旅费的原因谢绝了。

有慕融在前面打掩护，陆青鸣趁机把右手放在长袍之中，不着痕迹地用照影镜把这些人挨个扫过，确定了在中央的两个人修为最高，但他不敢低头仔细去看照影宝石的颜色，生怕引起对方的警觉。

陆青鸣收好照影镜，抬头往中央那两名一高一矮的人看去。对方的头脸自然都是遮住的，看不出来什么端倪。但通过他们握缰绳的手来看，他们的年纪应该不大……

陆青鸣的目光突然间发直了，也顾不得这样盯着看会被对方发觉。因为他看到那名稍微矮一点的修炼者，左手上居然戴着一枚令他无比眼熟的空间戒指！

炼器师炼器，尤其是空间法器，因为珍稀，所以每一件都是有特殊造型、特殊纹饰的。所以陆青鸣只一眼，就认出来这枚空间戒指，就是他十岁的时候从古董店里淘来的那枚！

为何他给三弟的空间戒指会在这个人的手上？

陆青鸣的眼瞳几乎赤红起来，这人的修为不是炼气十层便是先天境界，有足够的实力屠尽陆家！

一直都不敢接受的家破人亡的事实，瞬间血淋淋地摊在了陆青鸣的眼前，他甚至可以想象到，他一向疼爱的小弟被虐杀致死，对方最后甚至还剥掉他手上的空间戒指！

待慕融察觉到不对劲时，他已经无力阻止，只能眼睁睁地看着一股平地而起的旋风从眼前凝聚而起，凌厉狂暴地席卷而去。

## 第二十三章
### ◇ 夺 舍 ◇

　　陆青阳在林子苏出声示警时，完全没有反应过来有人突然对他下了杀手。

　　这其实不能怪他，陆青阳修炼至今，还没有用所学法术与人交手过，一直都是闷头在藏书阁修习，根本没有实战经验。所以扭头看到肆虐的狂风夹杂着锐利的风刃朝他刮来时，他僵硬得无法动弹，大脑一片空白。

　　他怎么就这么没用？眼见着那锐利的风刃几乎瞬间就要割裂他的身体，他却骇得连手指头都动不了一下。正在焦急之时，他看到自己的左手忽然抬了起来，莫名其妙地就安心了。是啊，就算是有什么事情，有林子苏在，自然会解决的。

　　在八系天赋中，其中五行天赋相生相克，冰系和雷系是由水系和火系衍生而来，唯一一个游离在外的便是风系天赋。风系功法是最不好防御也是最不好修炼的天赋功法，却偏偏是炼丹师和炼器师必不可少的天赋功法。

　　风系功法难以防御，所以风系天赋的拥有者几乎人人都可以越级攻击，就是说炼气九层的风系天赋者，也可以打赢其他系的炼气十层的修炼者。

　　但在面对先天宗者时，就完全处于下风。

　　陆青阳看着自己的左手打了个响指，立刻飞出一枚火焰弹，穿透了旋风的中心，直接朝出手的那名旅人击去。可是就在同一时刻，原本在他身侧的花涓飞身挡在了他的身前，同样规模的旋风也平地而起，两股旋转方向完全不同的旋风在空中相撞，相互抵消了冲击力，瞬间同时化为乌有，被卷起的细沙哗啦啦地掉落在地。

没想到花涓也是风系天赋者。陆青阳的脑袋里闪过这句话，之后就暗叫不好。

因为没料到花涓会挡在他面前，所以林子苏释放的那枚火焰弹就直接朝对方的后背轰去，陆青阳拼命地吼道："小心！"

"哎呀呀，真是不巧……"林子苏没什么诚意地惋惜道，此时他就算是想收回那枚火焰弹也来不及了。

花涓听到了陆青阳的惊呼声，也听到了火焰弹破空而来的呼啸声，顿时明白了自己这一挡反而闹了乌龙事件。

花涓悔不当初，她已经是炼气九层的修为，自然是早一步发现了那名旅者不怀好意的窥探。初时还并未觉得有何不妥，毕竟出门在外，对陌生人有所戒备也是可以理解的。可她没想到那人竟转眼间下了毒手，而且还是冲着她身边的少年来的。

这位自称林陆的少年，修为有多高深莫测，也是花涓这一路上想要试探的，可是毫无收获。她也无数次地怀疑自己当初是不是因为暮秋岭雾气深重，看错了什么。这次本是一个知道对方深浅的大好机会，但在用眼角的余光瞥见少年吓呆了的神色全然不似作伪时，一时生出恻隐之心，竟头脑发热地挡在了对方身前。

谁想到那少年竟在这时发动了火系法术！

花涓并没有回头，事实上她连回头的时间都没有。但她就像是背后长了眼睛一般，同样也是伸手打了个响指，一道闪电破空而下，直直地劈在了那枚火焰弹之上。

雷系天赋本就是火系天赋的衍生，根本无法完全克制火系。更何况林子苏的修为强了花涓不止一级，这道雷击只是起到了拖延的作用，花涓只来得及在背后凝聚起一道风盾，随后便被这枚火焰弹直直地砸中，从骆驼上飞出极远，才重重地摔在了地上，再也没有爬起来。

"花涓！"陆青阳急急忙忙地想飞身下去查看对方的情况，但林子苏控制着他的左手拽住了骆驼的缰绳，不让他动弹半分。

"没事，她已经化去了大部分的攻击力，只是一时被震晕了而已。"林子苏飞快地说道，"我看那人是冲着你来的，那个花卷儿倒没有危险，你多考虑考虑自己吧！"

陆青阳一怔，这时才发现对方的第二轮攻击已经袭来，那名旅人不知道从什么地方拿出一把扇子，有力地以各种角度挥舞着，很快就扰乱了这片空地上的气流。这次的狂风比上一次还要狂暴，而且在风沙之中卷起了水汽，沉重而又气势非凡，活脱脱便是一股直冲云霄的龙卷风！

慕融并不知道陆青鸣为何突然改变计划，动起手来，而且还是冲着貌似修为最高的两个人动手。不过就在他愣神的时间里，忽然发现其中一个高手不知道为什么被轰飞了，当即便抓紧机会，飞身朝最后的两名想要掉头逃跑的焚天派女子追去。

陆青鸣并没有发现慕融的行动，在他的脑海中，只剩下了端坐在不远处的那名男子的身影。

杀了他！

陆青鸣的双眼已经赤红，脑海中不断地出现这三个字，他强迫自己越级驱使了师父给他的风水折扇，唇角已经溢血了也在所不惜，只想着要把那人撕成碎片。

陆青阳像是感受到了对方强烈的杀意，疑惑不解地看了过去。他身下的骆驼因为突然刮起的风沙感到不安，陆青阳只好跳下来，那骆驼得了自由，立刻便朝风暴外圈逃去。

双脚踏在实地之上，初时的惊吓已过，陆青阳便开始思考起来。究竟是谁想要置他于死地，还是这种不死不休的劲头？

他自从离家之后，一直待在白藏教，根本没有得罪过什么人啊！

空中肆虐的气流就像无数条蟒蛇在飞舞一般，卷着风沙，几乎笼罩了这一整片天空，遮住了头顶上的烈日。骆驼四下逃窜，四周旅客奔走惊叫，普通人以为这是沙漠中传说中的沙尘暴，有点修为的修炼者却知这是遇到了难对付的主，恨不得把自己埋在沙土里求得一个痛快。

只有处在暴风中心的陆青阳一动不动，只是在身上生起了一层淡淡的土黄色光芒，就没有任何动作了。他安心地等待着林子苏出手，可是在身上的土系防御术都渐渐被风暴磨没了，几粒沙子突围而入擦破了脸颊时还没见林子苏有何动作，陆青阳便不禁有点生气。

"林！你怎么了？"陆青阳一边催促道，一边抬手想要擦去脸上流下的血。可是他一伸手，就呆住了。

因为他抬起的，居然是左手！而且，这手还是受他自己的意识控制的，并不在林子苏的控制之下。左臂的感觉，居然全都回来了！

陆青阳如遭雷击，呆愣愣地站在那里，连土系防御术完全被风沙磨掉了也完全没在意，连身上各处被风刃割伤也毫无反应，连盖住头脸的头巾都变成了碎布四散纷飞也没有发觉。

突然之间，那噬人的风沙竟然全部退去，头顶上的烈日当头而照，刺眼无比。视野内突然恢复了光明的陆青阳眯起了眼睛，等适应了这种亮度之后，陆青阳傻傻地看着对面不远处那名对他下毒手的旅人。

那名旅人也像是呆住了，露在头巾外面的一双眼瞳激动得不能自己。半晌之后，他颤抖着手拉开自己脸上的头巾，露出一张俊秀无匹的面容，竟和陆青阳的眉宇有几分相似。

"大哥？"陆青阳轻启干燥的唇，不确定地唤了一声。

对方的身体晃了晃，使劲眨了眨眼睛，艰难地吐出两个字："小弟……"

陆青阳的头嗡嗡作响，一时竟弄不清楚发生了什么事。

对面的那人，难道是大哥吗？

可是大哥为什么要对自己下毒手？

还有，林子苏到哪里去了，为什么突然之间没了声息？自己连左手也重新可以控制了？

陆青阳整个人像是被抽空了一般，脸和身上被风刃刮出的伤痕撕裂般地痛，脚下一软就要往后跌在沙地之上。

陆青鸣惊得立刻冲了过去，但有个人比他快了一步。

陆青阳感觉到有个人拦腰把他抱在怀里，他抬起头，头顶的阳光有些晃眼，那人背着光，一时竟看不清对方的脸容。

"啧，这架还打不打了啊？"

这说话的语气……难道是林子苏？

可是这声音……却好像是花涓的啊……

陆青阳迷迷糊糊地想着，想要揪着林子苏的衣领问他怎么可以乘虚而入，强占花涓的身体，但精疲力尽的自己却眼一闭昏了过去，整个人陷入了黑暗之中。


陆青阳像是从一片泥泞的沼泽里挣扎着起来，意识刚刚从稠腻的黑暗中艰难地醒转，就听到耳边有人在争吵。

吵嚷的声音仿佛离得很远，听不清楚他们在说什么，但当陆青阳渐渐找回了神志，发觉他自己正处在争吵的中心。

一睁开双眼，陆青阳便发现头顶上有人细心地用身体遮挡住了刺目的阳光，他眨了眨眼睛，才发觉自己是被一个人抱在了怀中。

是花涓，但那狡黠的目光，他从没有在花涓的眼眸中见过，反而应当属于他认识的某个人。

"林？"陆青阳拽住"花涓"的袖子，试探性地唤道。他这一开口，才发现自己的喉咙干渴得已经冒烟，声音嘶哑得像是在砂纸上磨过。

"花涓"连忙拽过一旁的水囊，服侍着他喝了几口水。由于动作不是很熟练，很多水都顺着陆青阳的唇角流了下去，落在了沙地上。

陆青阳恢复了一些，这才想起之前发生的事，不由得朝一旁看去，果然对上了陆青鸣满是焦急关心的双眼。

"小弟……你怎么样？"陆青鸣见陆青阳朝他看过来，立刻想要上前去查看伤势。可是旁边那人巧妙地抱着陆青阳转了个身，挡在了他的面前。即使一句话也没有说，却完全表明了拒绝的态度。

"我……我还好……"陆青阳知道自己受的不过是皮外伤，晕倒也不过是一时气血攻心再加上中暑而已。他看着有些陌生的陆青鸣，想起之前那恨不得置他于死地的杀气，不禁有点畏缩。陆青阳想跟陆青鸣好好谈谈，但他有件事需要马上知道答案，所以便想了想，朝陆青鸣说道："大哥，我有点事想和我这个朋友单独说一下，我们……"

"知道了。"陆青鸣垂下眼帘，遮住眼眸中的失落，站起身来往远处走去。

陆青阳疑惑地看着陆青鸣笔直挺拔的背影，总觉得五年不见的大哥，陌生得让他有些心悸。

这边"花涓"已经伸出手，往陆青阳左手的空间戒指上一抹，拿出来一瓶冰玉膏。

一般的空间法器，都是需要注入主人的真气才可以使用。但当另外一个人拥有比其更高的修为时，便不需要这么做了。陆青鸣给陆青阳的这枚空间戒指，在送出的时候就已经洗掉了他自己的真气，所以陆青阳才可以使用。但这枚空间戒指的品级低，使用门槛也不过是炼气三层而已，就是说旁人有比炼气三层更高的修为，便可以使用这枚空间戒指。至于陆苍笙给陆青阳的空间手镯就高级一些，至少要炼气八层的修为。陆苍笙是准备让陆青阳以后再用的，只是没想到他当时就能用罢了。而韩丹给陆青阳的空间项链就更加珍贵，是需要滴血认主的，虽然现在开放给了陆青阳使用，但上面终究残留着一抹韩丹的气息，所以与韩丹有过交集之人见到那枚水晶坠子时，就会感受得到，绝对不会相信有假。

花涓的身体内是炼气九层的修为，附在她身上的林子苏又至少是先天宗者，所以直接用陆青阳手中的空间戒指毫不费劲，速度那更是快得连身为主人的陆青阳都没来得及做出反应。

"做什么？"陆青阳瞪大眼睛看着"花涓"认真地凑了过来，忍不住用手臂撑在身后，向后仰去。

"给你擦药膏啊！啧，你家大哥真是的，居然对亲弟弟下这么狠的毒手，要是破相了可怎么办啊！"林子苏不爽地抱怨着，沾着药膏的手却非常轻柔。

冰玉膏虽然名字听起来很美，但这种药膏中有一种药草药性很烈，对伤口愈合虽很管用，但也很蜇皮肤。陆青阳忍不住吸着凉气躲着林子苏给他上药的手，没忘了同时质问他："你是怎么回事？花涓哪里去了？"

"嘿嘿，她不就在你面前吗？"林子苏顶着一张花涓的脸，笑得贼兮兮地捏住陆青阳的下巴，让他不许乱动。本来林子苏还想再多玩一会儿，不过看到陆青阳认真等着听答案的神情，只好叹了口气道："唉，不逗你了，花卷儿的意识好像被她防身的一个法器吸进去保护了起来，所以我才能暂时占了她的身体。"

"是暂时的？"陆青阳认真地追问道。冰玉膏沾到了他脸颊的伤口上，微微的刺痛让他眯起了眼睛。

"是暂时的。"林子苏耐心地回答着，"本想着借用她的身体可以方便帮你打架，可是没想到那人居然是你大哥。哼！你就这么傻？对着你大哥就不肯还手了？"林子苏越想越生气，手下的力道就没能控制住。

"啊！痛！"陆青阳龇着牙轻呼了一声，没好意思说自己是因为发觉林子苏不见了，整个人都呆住了才没反击。

林子苏看着满身都是鲜血的陆青阳，心中的怒火简直没办法形容了。但他又无处发泄，毕竟罪魁祸首是陆青鸣，他要是敢动那人一根指头，小咩肯定会立刻跟他翻脸。

林子苏忍不住又蘸了一大块冰玉膏，狠狠地往陆青阳的脸上抹去，陆青阳哆嗦了一下，却没敢躲开，就是微微颤抖的唇含糊不清地嘟囔了几声。

"噗！"林子苏虽然没听全他说的是什么，但也多少能猜到，心情不知道为何突然间多云转晴，笑眯眯地说道，"我现在在别人身体里，你就算痛感共享我也不能感同身受。"

"哼……"陆青阳被看穿了心思，不由得更窘迫了几分，低下头避开了林子苏戏谑的目光，来个眼不见为净。

不过确实很奇怪，看上去明明是花涓的身体容貌，在其中的却是林子苏，这让陆青阳感到万分的不适应。

倒是这么多年以来，重新有了身体感觉的林子苏适应得不得了，天知道他都多久没这样行动自如过了！

陆青阳低头看着自己和林子苏在沙地上的影子，忍受着林子苏故意折磨人般的上药速度，好不容易等到对方把整张脸处理好了，他惊恐地看着林子苏竟然伸手开始扒他的衣服。

连忙按住了对方的手腕，陆青阳微怒道："不用了。"

"害羞了？"林子苏嘿嘿笑一下，然后冷脸道，"害羞也要抹药！"

陆青阳根本不敢抬头去看不远处他大哥的脸色，恨不得自己两眼一闭再晕过去算了……

第二十四章

## ◇ 兄 弟 重 逢 ◇

　　林子苏选的地方极好，在陆青阳的背后蜷着一只骆驼，挡住了大部分人的视线。

　　陆青阳倒不是怕别的，只是他知道他大哥肯定在一旁盯着，而林子苏这家伙，顶着花涓的脸，做这种事情到底是要闹哪样啊！花涓虽然身着男装，但那不过是因为男装方便而已，只要有眼睛的都能看得出来花涓是女孩子。男女授受不亲啊！这让他以后怎么面对花涓啊！

　　好不容易林子苏终于磨磨蹭蹭地把陆青阳的上身翻来覆去地涂好了伤药，陆青阳便扶着林子苏的手臂站了起来，说："我去看我大哥。"他刚想往陆青鸣的那个方向走去，便发现林子苏也紧紧地跟着，顿时头疼地说道，"林，我自己去就可以了。"

　　"那可不行，谁知道你大哥会不会又突然发疯啊！"林子苏理所当然地说道。

　　"不会的，之前大哥只是没认出来我而已。"陆青阳笑着说道。他刚刚见到陆青鸣的时候还有些惊惧和畏缩，但他相信大哥是不会对他怎么样的。

　　"那我也要跟着。"林子苏不依不饶。

　　"这样不太好啊……"

　　"有什么不好的，我们俩谁跟谁啊？之前怎么没见你这么见外，今天这是怎么了？"

　　陆青阳对胡搅蛮缠的林子苏大感头疼。之前？之前他就是想见外，也绝对不可能把自己的左臂砍了啊！

　　涂在脸上的冰玉膏被太阳晒得干了起来，陆青阳觉得伤口有些发痒，抬手就想抓，却被林子苏一把拽住手腕。

"不能抓，留下疤就不好了。"林子苏知道陆青阳身上有好多小时候留下的陈年伤疤，但那个不碍事，在衣服下面又看不到。况且突破到先天境界的时候，那些伤痕都会被新生的肌肤覆盖。但脸上留伤痕就不行了，太碍眼了啊！

陆青阳只好忍着，继续刚刚的话题道："林，不是我跟你见外，只是你现在占着花涓的身体，也应当帮她做点事才对。这车队经过刚刚的混乱，总要安抚安抚吧？"

林子苏倒也不是不识趣，人家两兄弟重逢，他没必要偏得去碍眼。只是他已经习惯了参与陆青阳人生中的每件事，这么冷不丁的，就突然被排除在外，让他非常不适应。

看着陆青阳推开他的手，一步一步地朝不远处的陆青鸣走去，林子苏一脸纠结。

他好想看戏啊！

嗷嗷！真想回到小咩的左胳膊上啊！


陆青鸣盘膝坐在沙地之上，火热的沙子透过单薄的衣料，烫得他的皮肤生疼。但他也没有运起水系功法抵御，而是自虐般地忍受着那种感觉。

小弟……小弟他还活着！

陆青鸣贪婪地看着不远处在和人说话的陆青阳，连眼睛都舍不得眨一下。

陆青鸣知道，在陆青阳的心中，恐怕他的这个大哥，也不过是六年前突然开始关心他而已。但其实在更早一些的时候，陆青鸣就已经很关心这个弟弟了。

因为和陆青烈的年纪相近，所以他们哥俩总是在竞争，直到娘亲又给他们生了一个弟弟。

陆青鸣永远记得，在十五年前的那个晚上，在看到襁褓里那柔软羸弱的小弟朝他伸出软绵绵的小手时，他就暗下决心要保护他一辈子。

可是这世间的事情，总是不会按照个人的意愿去进行。十年前母亲惨死，小弟重伤，让他看清楚了自己究竟有多弱。保护一个人，说起来是很简单的一句话，做起来却是一辈子的事情。所以他便开始了夜以继日的闭关修炼。

其实陆青鸣知道，他自己的资质，根本就不是上乘，但没有人能比得过他的勤奋。很少有人年纪这么小就开始执着地修炼，所以他所取得的成绩也就非常突出。

后来到了昊天谷，有了很好的修炼环境，有了师长不遗余力地教导，让他有一种错觉，一种可以保护小弟一辈子的错觉。

直到那个噩耗传来。

陆青鸣闭了闭眼睛，不想再去回想这些年自己是如何熬过来的。也许是天道酬勤，他在年少的时候基础打得特别好，所以修炼起来事半功倍。再加之昊天谷的资源充足，在丹药、法器源源不断地支持下，他才有了今日。可是他宁可不要这样的结果。

陆青鸣每当午夜梦回时，在最孤独最脆弱的时候，也不免想到，若是自己没有来昊天谷，是不是就可以陪父亲和小弟他们一起上路，不用独自一个人留在世上煎熬了。

不过幸好他还活着。因为小弟也在。

"青鸣？你还好吧？"慕融关切的声音从旁边传来。

陆青鸣调整好心情，睁开双眼，努力使自己恢复往日冷漠的表情。避开慕融担忧的目光，陆青鸣看到了他手中的那个小包袱。

慕融见陆青鸣注意到小包袱，便学着他盘膝坐了下来，手中的小包袱沉沉地坠在地上，很快就陷进了沙地之中。慕融见状连忙又用力向上拽了起来。"稀金已经到手，那两个女子我也用困龙锁抓住了，等带回昊天谷交给师父。嘿嘿，这件事办得漂亮啊！青鸣，等这回回去，师父肯定有所嘉奖。"慕融唠唠叨叨地说完，却发现旁边的人一点注意力都没有分给他，反而突然间浑身散发出了骇人的气势。

慕融顺着陆青鸣的视线往不远处看了过去，一把拉住就要起身的陆青鸣："青鸣，那个人只是在给他上药而已，不要激动。"

陆青鸣的身体一僵，重新坐了下来。

因为把疼爱的小弟伤成那样的人，就是他自己。

"青鸣，别担心，你那小弟的修为与你相当，你的风刃对他造成的只不过是皮外伤而已。"慕融知道陆青鸣担心的是什么，耐心地劝导着。不过他也在腹诽，那小孩今年看起来才多大啊！十四岁？还是十五岁？居然都炼气十层了？

有没有搞错啊！太逆天了啊有没有？这陆家的基因是怎么搞的啊！还有那个看起来年纪也不大的小女孩居然有可能是先天宗者？这还让不让人活啊！

陆青鸣听不到慕融内心的咆哮，他也不在意小弟的修为有多惊人，他只是眼睛一眨不眨地看着小弟。

他的小弟还活着。

慕融也不再说话了，松开了放在陆青鸣手臂上的手，径自起身离开。他知道陆青鸣这些年有多难熬，他也知道陆青鸣一向外表冷漠内心脆弱。所以这种时候，陆青鸣应该不会希望他自己的脆弱被其他人看到。

陆青鸣不知道慕融什么时候悄悄地走开了，他只知道过了许久，陆青阳终于朝他这边走了过来。

一步一步，近了，又近了。

陆青鸣此时却有些畏缩起来，他看着已经长成一名少年的小弟，身上脸上都带着一道道的伤痕。那都是他下的手。

想要从沙地上站起来，但全身上下连一丝一毫的力气都没有，陆青鸣几乎是绝望地看着少年一步一步地靠近，那满身的伤痕刺得他双目生疼，令他颓然地低下头。

小弟……还会不会认他这个大哥……这个念头刚在心底升起，陆青鸣就感觉到一片阴影笼罩在他的头顶之上，整个人被拥在了一个温暖而又柔软的怀中。

"大哥！好久不见！"少年用欢快而明朗的声音喊着。

陆青鸣深深地吸了一口气，少年的头颈间散发的清新药香抚慰了他冷寂许久的心。陆青鸣迟疑地抬起手臂，最终还是一把环住少年纤细的腰，狠狠地搂进怀里。

"嗯，好久不见，小弟。"

察觉到环在腰间的手臂力道很大，大得几乎让自己难受起来，陆青阳觉得大哥好像变了好多。他们已经有五六年没见了！

所以陆青阳并没有说什么，而是用同样的力气环抱着陆青鸣的臂膀。

大哥的怀抱，还和记忆中的一样温暖安全啊……陆青阳恍惚间想起，在母亲去世之前，大哥就喜欢整天抱着他玩耍，小心翼翼的，又充满怜惜。

想到这里，陆青阳就不禁有些委屈："大哥，你刚刚怎么对我那么不客气？是不是认错人了？"

陆青鸣闻言浑身一震，松开手把陆青阳从自己怀里拽了出来，仔仔细细地看着他的全身上下，确认并没有更重的伤时才如释重负地舒出一口气："焚天派的人抢了我们的稀金，我还以为你和那位阁下是她们的帮手。"

陆青鸣并没有说出自己刚刚动手的真正原因，因为敏感的他发觉小弟清澈的双目中并没有一丝阴霾，不像是经历过人生巨变之后的眼神。说到那个对他小弟上下其手的女孩子时，陆青鸣的声音不禁扭曲了一下，但还是用尊称来称呼。毕竟对方有可能是一名先天宗者，对一名先天境界的宗者，就算心中再不爽，表面上也不能失礼。至于对方太年轻的问题，陆青鸣觉得那女孩子肯定是爱美的前辈，让身体保持着少女时代的样子而已。这种事以前也不是没有发生过，毕竟女人爱美是天性。

所以陆青鸣脸色才有些难看，认为自己弟弟是被对方"吃嫩草"了。

"原来是这样。"陆青阳信了陆青鸣的解释，"都是那个头巾惹的祸啊！谁知道这边这么热！要不是遮住了脸，大哥和我早就见面了。"虽然陆青阳以前并不是个爱撒娇的孩子，但离开家这么多年，乍然间见到了自己的亲人，少年心性便自然而然地显露出来。他忍不住又埋进陆青鸣的怀里蹭了蹭，这时他又不嫌热了。

陆青鸣目光温柔地任他胡闹，心中的疑问却一个接一个地往外冒："小弟，你这是要去哪里？"

在他怀中拱来拱去的少年立刻停下了动作，忐忑不安地嘟囔道："不就是为了见大哥你嘛！"

"见我？"陆青鸣不动声色地反问道。天知道他好想揪着陆青阳追问他这些年都是怎么度过的，既然活下来了，为什么一直都不来找他。可是理智告诉他不能这样问，事情肯定不是他想象的那样。

陆青阳因为脸埋在陆青鸣的怀中，所以并没有看到大哥纠结的表情，不疑有他地交代道："是啊，大哥。那年你去了昊天谷之后不久，我就离家出走了，还给你邮过一封信呢！你没收到？"

"信？没收到……"陆青鸣的声音微微发颤，但他掩饰得很好，抬起双手一下接一下地抚摸着陆青阳的后背，把想要起身的少年又按了回去，"就是说，这几年，你都没回过家？"

"嗯……"陆青阳没有底气地承认道。

"真是个不乖的孩子。"陆青鸣作势轻拍了几下陆青阳的头，心底却一时激荡不已。

他真的感谢老天爷让小弟活下来，虽然不知道为何小弟邮给他的那封信他并没有收到，但他此时无比庆幸那封信他没收到。

如果收到了的话，当年的他见到小弟时，肯定不会像现在的他这样有足够的心理准备，把家破人亡的消息给瞒下来。

他不想小弟知道那件惨事，因为他知道，那件事应该就是当年的仇人又找上门来，为的就是他怀中的这个少年。

若是小弟知道了，肯定会自责不已，那对小弟的打击实在是太大了。

"大哥？你怎么了？在想什么？"陆青阳许久不见陆青鸣出声，不禁从他的怀中抬起头来。

对上少年清澈如泉水般的双目，陆青鸣的唇角勾出一抹温暖的笑容。这次，他一定要保护好小弟，绝对不会让小弟受到一点点的伤害。

陆青鸣一边想着，一边伸手敲了陆青阳脑门一下，绷着脸道："臭小子，我在想怎么惩罚你。"

"啊？"陆青阳抱着脑门夸张地哀号了一声，心中也不免高兴起来。

虽然不知道发生了什么事，但以前的那个大哥好像又回来了。

"说说，这些年你都是怎么过来的？"陆青鸣尽管板着脸，但还是忍不住伸出手，揉了揉陆青阳脑门上被敲红的地方。看小弟的气色，这些年应该过得不错，但是他还是想仔仔细细地听他亲口说一说。

陆青阳赖在陆青鸣身上，老老实实地把这几年自己的经历都说了一遍。陆青鸣没料到自己的小弟这些年居然是在白藏教度过的，而且居然成了传说中的韩丹的小师弟！不过这样也可以解释，为何小弟现在的修为如此之高了。白藏教向来以储备珍稀丹药出名，虽然小弟现在的修为骇人了一些，但陆青鸣一想到小弟是传说中的仙根慧体，倒也觉得欣慰，再三嘱咐他不能在旁人面前显露真正的修为。

陆青阳几乎想把这些年发生的所有事情都掏出来和大哥分享，除了林子苏的事他没有说外，陆苍笙的事情他也没敢说。

老祖宗好像不怎么喜欢旁人知道他的存在，他便没多嘴地提起。

两人正相谈甚欢时，陆青阳看到顶着花涓身体的林子苏走了过来，说骆驼队已经重新集结起来，可以继续上路了。

陆青鸣虽然有些不悦自己和小弟的重逢被人打扰，但他也知道面前这个女孩子的修为很高。在这片大陆之上，没有年龄辈分之分，只有修为高低之分。所以在"花涓"面前，陆青鸣说了几句场面话作为赔礼，毕竟是他引起的这场骚乱。

林子苏大手一挥，表示自己并不在意。

他自然不会在意鸿雁驿站的车队被搞成啥样，至于花涓在不在意，那他就管不了了。不过骆驼没有丢一只，也没有人受伤，更多的旅者还以为是突然遇到了沙尘暴。至于有点眼力的，修为都不高，更是不敢在他面前多抱怨一句。

林子苏也没去理会陆青鸣，而是紧张地拽着陆青阳的手，低头小声地问道："怎么样？他有没有对你发脾气？"

"没有，他是我大哥，怎么会为难我？"陆青阳随意答道，眼睛紧盯着林子苏，发现他还没换回来，不由得疑心大起。这林子苏不会是哄他开心吧？不会真占了花涓的身体不还了吧？

林子苏忽地心神一动，闭上了双眼，再睁开时，便是一片迷茫的眼神。

与此同时，陆青阳感到握住对方的左手再次失去了知觉，他心下明白林子苏又重新回到了他的左臂之上，而花涓也回到了自己的身体之中。他怕花涓感到疑惑，连忙抢先说道："花涓，事情已经解决了，一切都是误会，这位是我的大哥。他师承昊天谷，焚天派的两位姑娘抢了他们的东西，所以才迫不得已动手的。"

花涓迷迷糊糊地听着陆青阳的解释，总觉得自己好像有什么地方不对劲。

一旁的陆青鸣最看不得这两人如此亲近，再一想到刚刚这人替小弟上药，更是越看越不顺眼——哪有这样不知羞的女子？修为高又怎么样？

陆青鸣一把扯过陆青阳，让陆青阳松开握住对方的手，自己则上前一步，挡在了两人之间。"花小姐，时间不早了，我们后会有期。"之前他已经说过了赔礼的话，所以陆青鸣不认为他需要再说第二遍。

花涓却是刚醒过来，花家富甲天下，身为花家的嫡系子孙，她自然也有一些护身的法宝，在危急的时刻可以护着她的元神，所以这也是林子苏趁机可以侵占她身体的缘故。花涓不知道在这之前陆青鸣已经道过歉，还以为昊天谷的人一向如此倨傲，倒也没有多在意。

因为昊天谷是千年传承的古老门派，只要是昊天谷的弟子，都会觉得高人一等，这就是门派之别。焚天派这几年虽然风头很劲，但先不说他们的尊主大人是从昊天谷反叛而出自立门户，就光拿门派的根基来说就没法与有千年历史的昊天谷相比。

而花涓虽然是花家甚至是天下都难得一见的修炼天才，但她的兴趣并不在此，所以也并不觉得自己有多高人一等。再加上从小便游历天下，养成了非常好的性格，花涓也不认为对方在用身份压人，而花家人就是生意人，左右逢源乃是平常之事。花涓整理了一下思路，绽开笑容，打算用三寸不烂之舌和对方套近乎，却没承想对方比她快一步开了口。

"小弟，你是要和我们去昊天谷的吧？"陆青鸣是开了口，但不是和花涓说话，而是转过身问在他身后的陆青阳。

"哦，是的。"陆青阳点了点头。

"那就跟我们一起走吧。花小姐，多谢你一路对小弟的照顾。焚天派的那两个人我带走了，这些是付那几匹骆驼的费用。"陆青鸣朝花涓一拱手，从袖子里掏出一锭金子塞了过去，然后二话不说地拽住陆青阳便朝在一旁等候的慕融走去。

花涓不明所以地拿着那锭金子发呆，她好像没做什么令对方讨厌的事情吧？怎么会觉得对方对她有股莫名的敌意？

无比费解的花涓忍不住摸了摸自己的脸，难道说那个人讨厌她的脸？明明以前每次都无往不利来着……

# 第二十五章
## ◇ 化 形 ◇

冷不丁地就要和相处多日的花涓道别，陆青阳还想多说两句，但拉着他手腕的陆青鸣不给他这个机会。陆青阳只好拼命地朝花涓挥着手臂，此时也不免庆幸大哥拉住的是他的左手腕，否则他连挥手的动作都做不出来了，林子苏那小子一向对花涓是没什么好印象的。

陆青鸣拽着自家小弟上了一匹骆驼，另一边慕融也带着那两名焚天派的女子准备出发。慕融身上背着沉重的稀金，幸好还有陆青鸣顺带买下的几匹骆驼，路上只要及时更换坐骑，就应当没事。

陆青阳看着另外空着的几匹骆驼，不由得扭了扭不甚自在的身体，试着建议道："大哥，我还是自己单独骑吧，你看还有那么多骆驼呢！"

"不用，你和我一起。"他身后的陆青鸣断然拒绝，伸手扯起缰绳，驱使着骆驼前进。找到了失散多年的小弟，还取回了稀金，事情发展顺利得让陆青鸣都难以置信，他在这段时间内总是偷偷地掐自己的大腿，以为自己是在梦中。若是不快点回到昊天谷的地盘，他总是觉得不安心。就算他亲爱的小弟就在他面前，他也是悬着一颗心。

"哦……"陆青阳抗议无效，只能乖乖地坐在前面。大哥比以前更专制了啊！

其实，他不是想离开大哥，而是，两个人贴在一起，真的是好热啊……

陆青阳被晒得头昏眼花，不过过了不久，便发现大哥坐得笔直，用自己的身体为他挡住了阳光。他心底忍不住感动，也不和大哥客气，反正是自家大哥。他找了一个舒服的位置，有一句没一句地回答着陆青鸣的问题。

不过这样过了一段时间后，陆青阳才发觉有点不对劲，一直聒噪的林子苏居然自回到他左臂之后，一句话都没说过。陆青阳登时便急了，连忙在脑海里叫人："林？林？你在吧？"

　　"在——"林子苏半晌之后，才拖个长音回答道。

　　"怎么了？是不是附体消耗得太多了？"陆青阳因为林子苏的特殊情况，这些年在白藏教没少翻阅相关的文献。夺舍所选择的身体最好是拥有相同天赋的人，林子苏这么轻易地就上了陆青阳的身，大概是因为陆青阳是仙根慧体。加之那把匕首之中留有陆青阳的真元，又被陆青阳随身佩戴了多年，林子苏早已熟悉他的气息，附在他左臂之上才没有任何困难，甚至还能提升修为。但花涓就不同了，陆青阳明明记得在之前动手时，花涓施展出来的是风雷两系天赋功法。单火系的林子苏附身在花涓身上，纵使没有花涓的元神抵抗，想要控制对方的身体想必也要付出很大的代价。

　　陆青阳焦急地等着林子苏回话，右手忍不住抚上了左臂的匕首。

　　林子苏从愣怔中回过神，隐去因为附身而产生的疲惫，若无其事地笑道："这点事对于我来说算什么？我只是不适应啊……"

　　"不适应什么？"陆青阳一愣，随即袭上心头的便是一种难以言喻的心疼。林子苏被困在他左臂之上多年，好不容易有了行动自如的感觉，却在转瞬间便结束了。

　　"小弟，你怎么了？"陆青鸣发觉陆青阳的动作有些不对劲，立刻低头询问道，"是不是伤口痛了？"

　　"没事没事，刚刚涂了冰玉膏，现在已经不痛了。"陆青阳连忙挤出笑容。冰玉膏虽然上药的时候很痛，但疗效是一等一的好，现在除了有些麻痒之外，一点痛感都没有了。

　　"你的腿好像没有上药吧？"陆青鸣刚刚一直注意着花涓的动作，想起小弟的腿上还有伤，当下便想停下骆驼给他上药。

　　陆青阳连忙推拒，自己拿出冰玉膏随便地透过裤子上的裂缝抹了抹。当然用的是自己的右手。

　　陆青鸣虽然不满意陆青阳的马虎行事，但此时仍未到安全区域，所以陆青鸣也只好忍着，打定主意到了地方再好好给他上药。一旁的慕融也知道陆青鸣归心似箭，配合地加快了速度。他身上虽然带着沉重的稀金，但终归是炼气七层，比起焚天派那两名炼气四层的女子，自然是轻松得多，只是苦了他骑的骆驼。好在他们走的时候从花涓那里买了几匹轮流骑，倒也不会影响前进的速度。

　　在两天之后的中午时分，他们一行人终于穿越了这片大沙漠，来到了沙漠之畔的密罗城。

　　密罗城就在这片大沙漠的边缘，是一座没有城墙的城镇。这里本是一处小镇，随着来往的客人增多，又是出入大沙漠的必经之地，久而久之便繁华了起来。这里和暮秋岭的凤栖城不同，并没有城主大人来掌控这座城市，而是由几家商会组成的联盟共同管理。因为不成体系，周围都是寸草不生之地，没有沙盗或者野兽袭击，所以便连城墙都没有修筑，砖瓦盖起的一幢幢小楼星罗棋布地散落在一条细小的河流两畔。

这座贯穿密罗城的河流被当地人称为密罗河，在水源缺少的当地，是属于生命源泉一样的存在。密罗河的源头据说是在春之地，是春之圣地最负盛名的九环溪的支流，流到夏之地便仅剩下了窄窄的一条河道，特别窄的地方，人使劲一跃便能跳到对岸，连桥都不用走。

陆青鸣等人一进密罗城，便有昊天谷的人前来接应。昊天谷是传承千百年的大门派，在密罗城内自然是有产业的，他们抵达此处，自有人领着慕融和两名焚天派的女子走了，陆青鸣则带着陆青阳轻车熟路地寻到一处小院。

这间小院就建在密罗河畔，院内有一方浴池，露天地砌在院中央，引进了旁边的密罗河水，河水清亮见底，在炽热的阳光下闪着波光，无比的诱人。陆青鸣几乎是马上就感觉到了陆青阳眼中的渴望，不由得笑道："想去泡一泡就去吧，这里没外人。"反正小弟身上的伤都收口了，已经好得七七八八了，泡泡水也没有问题。

陆青阳就等着大哥这句话呢，马上就把身上的衣服都扯掉，但在脱到裤子的时候，还是犹豫了一下，穿着裤子下了浴池。

"啧，防贼也没你这么防的啊！"林子苏忍不住冷嘲热讽。这些天陆青阳真的就跟防贼一样，连解决生理问题都是闭着眼睛的，绝对不让他多看一眼，多碰一下，"有这个必要吗？"

"当然有这个必要。"陆青阳被微凉的河水包围着，舒服得哼叹了一声。在沙漠中行走了好几天，此时能在水里泡一下，简直就是身在极乐之地。因为心情颇好，所以陆青阳便很有耐心地和林子苏解释道："我们毕竟还是两个人，我要求有一点我自己的私人空间没什么不行吧？"以前他不知晓人事，自然不会计较，但如今他已经长大了，别扭一下很正常吧？

"喊……"林子苏不爽。

就在林子苏想要据理力争的时候，忽然听到一阵水花响动，视线内出现了一个身影，还没等他看清楚，眼前就一片黑暗。不光是与陆青阳共享的视线被切断了，连左臂上的匕首都被布条紧紧缠住，防止他偷看。

"这又是怎么了？"林子苏越发不爽。那个擅自进入浴池的人，应该是陆青鸣吧？

"当然是不想你占我大哥的便宜。"陆青阳理所当然地说道。

谁想看他啊！林子苏在内心郁闷地咆哮道。

陆青阳不理林子苏，主动朝陆青鸣的方向靠了过去。

"大哥，我不回家了，跟你去昊天谷可以吗？"陆青阳扬起脸看着大哥，陆青鸣比他高了一头，有着令他羡慕的身材与个头。虽然他现在的修为要比陆青鸣高出一截，但心底里对大哥的敬仰，却是从年少时便根深蒂固的，不自觉地就露出了崇拜的目光。

这样的目光让陆青鸣本来淡漠的神情柔和了几分，他伸出手来把陆青阳沾湿的发髻拆散，拿起浴池边的皂角开始清洗小弟发丝间的细沙。

陆青阳顺从地低下头，从大哥不甚熟练的动作来看，便知道大哥以前从未为别人做过这种事。陆青阳忍受着发丝不时被拉扯的痛楚，唇角却挂着笑容。大哥是第一次帮人洗头，他又何尝不是第一次被人照顾？

当然，年幼时没有留下记忆的不算，还有林子苏作为他的左手来帮忙也不算。

感受着陆清鸣稍显笨拙的动作变得越来越柔和，指腹按摩着头皮的力度越来越舒服，陆青阳先是伸出右手扶在浴池的边上，后来干脆整个人就趴在那里。夏之地的太阳虽然依旧猛烈，但此时日头已经偏西，太阳照在人的身体上暖洋洋的，熨帖极了，再加上整个人都泡在温度适宜的河水中，这些天路途中的疲惫渐渐地席卷全身，陆青阳懒洋洋地趴在浴池边，连一个手指头都不想动了。

许久许久之后，在陆青阳几乎忘记了之前他问过什么时，陆青鸣忽然开口道："跟我先回昊天谷吧，住多久都没关系。抽空我会给家里去封信，让爹爹他们不用着急。"

几乎已经睡着的陆青阳根本没有听出来大哥的语气有什么不对劲，得到了和自己预期中差不多的答案后，陆青阳便安心地放任自己沉入梦乡，甚至忽略了林子苏大呼小叫的声音。

林子苏虽然听出来陆青鸣的声音有点异样，但林子苏也不想陆青阳回陆家，便也没有多想。

陆青鸣检查了一下陆青阳身上伤口的愈合情况，然后从头到脚把他洗干净，呵护备至地用一条浴巾将他包好了抱入屋中放在床上，还细心地带好了门。

本来陆青阳缠在匕首上的布条，早就被陆青鸣拿掉了，他以为这匕首是和陆青阳脖子上挂着的项坠一样性质的法器，便并没有试着摘掉。在梦乡中沉睡的陆青阳并没有发觉，自己戴在左臂上多年的匕首竟起了变化，原本散发出绿色幽光的"林"字猛然间红光大放，光线投射在空无一人的房间里，在砖石砌成的墙壁上留下一片赤红的光晕。这片赤红的光晕忽然扭曲了一下，竟然像是有了生命一般，慢慢地蠕动了起来，形成了一个赤红色的人影。

赤红色人影缓缓地离开墙壁，就像是一个人从墙壁里走出来一样，渐渐地眉目变得清晰，竟然变成了一名男子的模样。半透明的身躯若是被人看见了，恐怕要惊呼一声"有鬼"，但若是对驭鬼术有所涉猎的修炼者，自会知道在所炼的鬼突破到鬼帅等级时，便会有容貌显现，不会是灰蒙蒙的一团影子，而等到了鬼王、鬼君等级别时，躯体便与人类毫无二致，等闲人都看不出端倪。

林子苏苦笑着看着自己半透明的身体，知道自己还是太心急了。虽然他修炼的并不是驭鬼术，但触类旁通，各种功法都有相近之处。他又是一个不按常理出牌的主，当初都肯让陆青阳去试验用九味丹提炼八味丹，轮到自己时更是不会放过一丝希望。

更何况，他其实早就死了不是吗？只不过灵魂被禁锢在那把匕首之上，和鬼魂也没什么区别，反而因为保留着所有记忆，修炼起来要比驭鬼术炼鬼快上百倍。

林子苏看着自己熟悉的双手，不爽地发现这个简陋的屋内居然连一面铜镜都没有，他想看看自己现在是什么模样都看不到。应该还是按照自己生前的模样凝成的形体吧？

正在睡梦中的陆青阳也丝毫没有降低自己的警觉心，他朦朦胧胧间察觉身边好像有陌生的气息出现，立刻挣扎着想要清醒过来。

是谁？陆青阳挣扎着睁开眼睛，眼神迷离地看着凭空出现在屋中的俊美男人，一时半会儿分不清是梦境还是现实。

面前的这名男子面目俊美无双，飞扬入鬓的两道利眉，就像是他本人的个性一般，飞扬跋扈得紧。一双近乎妖邪的眼瞳，带着狡黠灵动之意，似笑非笑地低头看着他。

陆青阳发誓，他这辈子，没看过比面前这名男子更好看的人了。连他心目中极好看的老祖宗都比不上。若说老祖宗是冰山上的雪莲，那眼前的这名男子就是他曾经吃过的那朵凤点头，如烈火般艳丽，令人想要靠近，却炽热而蕴含危险，一不小心就会被灼伤，甚至会到万劫不复之地。

他这是遇到鬼了吧？

陆青阳绝对不相信真有人会长成这样子，更何况这名男子美则美矣，身体却是半透明的，没有正常人会这样吧？正犹豫着如何开口时，陆青阳听到这名男子咻咻笑着说道："看你这样子，估计我还是顶着原来的那张脸。"

陆青阳只是被惊吓住了，外加刚醒来神志有些不清，一听这话立刻就反应了过来，难以置信地指着他道："林？"

林子苏愉快地朝他摆了摆手道："初次见面，请多多指教。"

第二十六章
## ◇ 驭 鬼 术 ◇

完全没料到一觉醒来就能看到林子苏出现在面前，陆青阳确确实实呆了好半晌才回过神。

林子苏很开心地享受着陆青阳又惊又喜的目光，但没过多久就忍不住凑过去明知故问道："小咩，看得还满意不？"

"林，你长得真好看。"陆青阳老老实实地说道。林子苏在他的想象中好像就应该是面前这个样子，或者说比他想象中的还要好看数倍。

林子苏听得眉飞色舞，以前的他最讨厌别人称赞他的面容了，但陆青阳简简单单的一句称赞，竟令他无比受用。

"可是林，你的身体怎么回事？"陆青阳找回神志，发觉林子苏的身体呈半透明状，不由得伸出手去碰触。

左手因为林子苏的化形，已经重新回到了陆青阳的控制之中，但陆青阳还是习惯性地伸出右手，试探性地放了在林子苏的肩膀之上。

并没有像他想象中的那样透体而过，而是有了指尖碰到人体的感觉。

陆青阳忍不住捏了捏，是很结实的臂膀。

林子苏好不容易拥有了自己的身体，虽然并不完整，但终究是成功了一半。

"林，这是怎么回事？"陆青阳见林子苏根本没回答他的问题，不禁加重语气又问了一遍。

林子苏一抬头，见陆青阳一脸求知若渴地注视着他，便道："小咩，你知道修魔之道中，有种驭鬼术吗？"

"修魔？驭鬼？"陆青阳不解地重复道。

"你不知道也很正常，白藏教里那些典籍都是筛选过的，你自然没看过。这世间万物，有白就有黑，有阳就有阴，有修仙者，就有修魔者。"林子苏捏了捏陆青阳依然有些婴儿肥的脸颊，觉得手感如他想象中一般好，忍不住又捏了几下，"修魔者修炼不同于修仙者吸收天地灵气，走的是随心所欲的邪路，驭鬼术便是其中之一。"

"痛……"陆青阳的脸被林子苏捏得有些痛，小声地呼痛。

林子苏赶紧放开手，看着陆青阳脸蛋上自己留下的那几个红红的指印，伸手揉了揉："人死后若是有牵挂，或者有怨恨，便极易成为孤魂野鬼，流连于世间不散，在至阴之地徘徊，久而久之便会成为下品鬼仆。而驭鬼术便是抓来这些下品鬼仆，凑到至少上千只，然后令它们互相吞噬，留到最后的那个，便是这些鬼仆中最强大的，升级为中品鬼兵。此时便可以和人缔结血契。"

"然后就驱使那个鬼魂吗？"陆青阳听得入迷。

"嗯……是的……其实驭鬼术是很难的一门邪术，先不说能不能找齐上千个下品鬼仆，若是只有几百个，所炼成的鬼兵力量并不会很强大，很容易在以后吞噬鬼魂时被其他鬼魂的执念影响，进而动摇与主人的血契。"

"就是说费尽工夫，最后得来的有可能也是一场空吗？"陆青阳皱了皱眉，觉得有些无法理解。

"是的，但我相信，古往今来还是有很多人会尝试的。有些人如果只有这一条修炼的道路，恐怕无论多艰辛，都会不断地尝试吧……"

陆青阳因为这句话，想到了他自己，也想到了林子苏。

小时候的他，在别人都认为他修炼无望的情况下，还是每日不断地炼气。而林子苏，为了拥有自己的身体，这些年间暗地里付出了多少，即使他不说，陆青阳也能猜得到的。

陆青阳想到这里，不禁释然一笑道："也是，只要有一线希望，就不会放弃。"

林子苏道："修炼驭鬼术虽然风险极大，但一旦成功，所得的回报便极其丰厚。初时艰辛，但一旦将鬼兵炼至鬼将，大部分的鬼魂与之对上便完全没有一击之力，甚至于先天境界之下的修炼者都不是它的对手，可以说升级之路无比平坦。"

"鬼将那么厉害啊！"陆青阳惊叹，"那林，你现在是什么境界？"

"大概是鬼帅的级别吧，可以显出容貌，但躯体还未完全炼成。若是到了鬼王、鬼君的境界，就和常人无异了。"林子苏轻描淡写地回答道，根本没有提及若是他刚刚化形失败，就是灰飞烟灭的下场。

"那就是说，以后可以不用夺其他人的身体了？"陆青阳眼睛一亮。

"是的，做什么事当然还是用自己的身体比较好。"林子苏说道。

"那你还能回到这匕首之中吗？"陆青阳抬了抬自己的左臂，还是有些不适应重新拥有左臂的感觉。

"不能了，化形之后不能逆操作的。"林子苏微微一笑道。

陆青阳也不知道该说什么，看起来林子苏恐怕还没有完全成功，不过他还是深深地为林子苏而高兴。

陆青阳还想说什么时，石屋的门却在此时毫无预警地打开了，陆青鸣的声音传来："小弟，你醒了吗？"

陆青阳在听到陆青鸣的声音时，整个人都激灵了一下，然后愣愣地看着屋里的林子苏。

这……他该怎么和大哥解释现在的这种情况？

"是不是发烧了？脸怎么这么红？"陆青鸣的声音有些焦急，探过手来抚在陆青阳的额头上。

咦？大哥怎么好像没看到林子苏？

陆青阳呆愣地看着身边的林子苏，发觉对方也是一脸愣怔，显然没料到自己在别人眼中就是空气。

"小弟？"陆青鸣疑惑地看着睁大眼睛发呆的小弟，担忧地把他身上敞开的小褂拢紧系好，"不是刚刚睡觉着凉了吧？"

陆青阳看着大哥的手穿过林子苏的身体，毫无阻碍地帮自己系着衣服，再次肯定了大哥根本看不到林子苏。

林子苏也吓了一大跳，闪电般地弹开，从床上跳了下去。毕竟任谁看到自己的身体被人的手凭空穿过去都会难以接受。

陆青鸣心忖，刚刚分明听到房间内小弟在说着什么，不过屋中只有小弟一个人，现在看起来可能是他想多了。他便笑着说道："我刚出门买了些饭菜，既然醒了就出来吃东西吧。"说罢便转身离开屋子。

陆青阳狂跳的心过了好半晌才平复下来，掀开被子，正想问林子苏这是怎么回事，却突然愣住了。在屋子的正中央，林子苏正低着头皱着眉看着自己的手。

陆青阳一下子就心酸了起来，他穿好衣服下床，试着去握住林子苏的手，如他之前那般，略嫌火热的触感滑入掌心。

"刚刚那是怎么回事？"陆青阳怕说话声会引起屋外大哥的注意，还特意压低了声音。

林子苏俊脸上浮现可怜兮兮的神色，道："不知道怎么搞的，我能碰到所有死物，但是有生命的活物我就只能碰到你一个。"

"好像不仅仅是碰到吧？大哥刚刚连看都没看到你，驭鬼术是不是炼成的鬼别人都看不见啊？"陆青阳本想抽回手，但又觉得林子苏太可怜了，只好任他握着。

"可能是我修炼的方法不太对吧……驭鬼术炼成的鬼我虽然也没见过，但书上说的肯定不是我现在这样的情况。"林子苏颓然叹道，垂头丧气地靠在陆青阳的肩上。

相处的这些年间，林子苏好像每时每刻都意气风发、趾高气扬，陆青阳哪里见过这个人情绪低落，便绞尽脑汁地安慰起他来："嗯，这样已经比困在匕首里好上一百倍了，不是吗？虽然别人看不到你，但我还能看到啊。"

"可是我摸不到别人啊！"

陆青阳无奈，只能伸出手拍拍他的肩，以示安慰。

林子苏忽道："对了，别把我的事和你哥说。"

虽然陆青鸣看不见他，但他毫不怀疑，陆青鸣若是知道了他的存在，会鼓捣出来什么莫名其妙的法器收了他。

昊天谷千年以来的收藏不可小觑啊！林子苏忽然对昊天谷之行感到莫名的悲观，本以为有了身体就解决问题了，没想到依然不行。

两人出得屋来，陆青阳才发现慕融已经回来了，只有他一个人，看来那两名焚天派的女子已经交给昊天谷的其他人了。他们在沙漠中吃干粮吃了好些日子，陆青鸣在外面买了一桌子的菜，陆青阳立时胃口大开，坐下来大快朵颐。他吃了几口才发觉，林子苏正站在他的对面，直勾勾地盯着他看。

这样……真的让人压力很大啊……

陆青阳默默地放慢吃饭的速度，陆青鸣还以为饭菜不合他口味，不断地给他夹菜。

"小咩，不用顾及我，我又不饿。"林子苏虽然已经化形，但由于匕首还是贴身戴在陆青阳的左臂上，倒是不影响他们两人用意念交流。当然陆青阳身上的各种感觉林子苏已没法分享了。

"小弟？"陆青鸣疑惑地喊道。刚刚他就发现陆青阳一直盯着某处发呆，可是顺着他的视线看过去，却什么都没看到。

陆青阳为了不惹他大哥怀疑，赶紧收回了目光。

陆青鸣看着在床上已经沉入梦乡的小弟，一向没有什么情绪波动的眼瞳，此时流露出温柔之意，坐在床头凝望了许久之后，才起身推门而出。

正在院内浴池中泡着的慕融闻声回过头，抬手撩了撩水花，就算是打了招呼。

"已经很晚了，别泡太久，明天一早我们还要启程回昊天谷。"陆青鸣拿起池边的毛巾递了过去。

"陆少爷你行行好，可千万别把我当你弟弟那样照顾，我可受不了。"慕融被陆青鸣难得的关心吓了一跳，不过还是接过毛巾抹了把脸，但并没有起身，而是继续靠在浴池边上解暑降温。

陆青鸣没在意慕融说话带刺的态度，在他看来，这慕融从小在昊天谷受宠，虽然现在也挺大了，但心态还是和小孩子一样，脸上藏不住心事，倒和他小弟没啥区别。陆青鸣盘膝在浴池边坐了下来，听着院外的大街上时不时有路人走过而传过来的说笑声，又低头看着在月光下泛着涟漪的池水，半晌之后才缓缓开口道："他不知道……所以……"

陆青鸣所指的是陆家的惨事，陆青阳一点都不知道，他不想别人说漏嘴了告诉陆青阳。就算这件事早晚都要说，但能拖就多拖一段时间。

"知道了，我绝对不提。放心。"慕融这些日子以来冷眼旁观，哪里还猜不透陆青鸣究竟在纠结什么。只是在沙漠时，他们兄弟二人形影不离，陆青鸣一直没找到机会跟慕融说而已。

"多谢。"陆青鸣真心诚意地道谢。

慕融反而浑身不自在起来，总觉得眼前的这个陆青鸣被人掉了包，不是那个平日里面无表情、一潭死水的木头人了。不过慕融也从心里为陆青鸣高兴，这些年陆青鸣是怎么熬过来的，没有人比他更清楚，这样一对比，慕融不禁开始觉得在屋子里睡得没心没肺的少年实在是太幸运了。

"钱师叔那边都安排好了？"陆青鸣不知道慕融心底所想，心思转移到正事上。

"安排好了，明日他们分两队，分别带着焚天派的一名女子上路。"提起正事，慕融也严肃了起来。

稀金非同小可，这次收获的这块稀金虽然只有拳头大小，但如果妥善利用，便可以炼制十几个空间法器，就算是昊天谷这样千年传承的门派，面对这么大块的稀金，也是不能轻易放手的。

虽然不能轻易放手，但昊天谷也不会全派上下总动员，充其量也就只有几个人负责罢了。这块稀金对于焚天派，却是重要得多，说不定就会引得焚天派的重要人物前来抢夺。

所以陆青鸣听了慕融的回答，皱眉道："分开上路是为了扰乱对方的视线吧，可是这样也分散了师叔他们，若是遇到焚天派阻拦……"

陆青鸣没有再说下去，因为他看到了慕融那只一直在水底没有拿上来的右手上，提着一个很眼熟的包裹。

原来扰乱对方视线的真正目的，在这里。

陆青鸣的脸黑了一半，第一反应就是该把陆青阳远远地送走。


陆青鸣终究还是没狠下心把陆青阳送走，他们兄弟分别五六年才重新聚首，再者陆青鸣一直以为自己的小弟已经惨死，好不容易见到了他，恨不得用一条绳子拴在身上，走到哪里都带着，又怎么肯放他一个人上路呢？

不过他和慕融两人携带稀金回昊天谷，这一路肯定不得安宁，慕融曾建议他把陆青阳安置在鸿雁驿站的车队里，反正那个车队的目的地就是昊天谷。但陆青鸣连考虑都没考虑就一口回绝了，他还没忘记在那车队里有个被他定义为怪阿姨的女人，花家小姐早已经登记在他心中那张老死不相往来的名单中。

所以还是按照陆青鸣原来的计划，陆青阳第二日清晨便起身跟着自己的大哥和慕融两人上路。他还没看出来什么端倪，昨天晚上光明正大偷听的林子苏便已经把稀金在慕融身上的这件事汇报给了他。

"不太可能吧……慕大哥身上看不出来有什么东西啊。"陆青阳虽然如此说，但也不敢肯定。因为他们今天上路，一反常态地没有骑马，而是步行。慕融身上照常背着一个包裹，但他步履轻松，就算是有心观察，也看不出来什么破绽。

"稀金虽然沉重，但对修为高的人来说没什么负担。你们改换步行，就是不想在马车痕迹或者马匹的更换上被人识破。"林子苏这些年来，第一次走在太阳光下，虽然还没有自己真正的身体，其他人也看不见他，但他已经心满意足了。太阳光透过他的身体洒落而下，让他舒服得连眼睛都眯起来了。

陆青阳忍不住多看了他几眼。说实话，林子苏半透明的身体被阳光穿透而过，就像是一碰即碎的琉璃人偶。陆青阳不知道是因为光线，还是因为别的什么，他总感觉林子苏的身体要比昨夜看到的虚幻了许多，令他有些不安。

他们出了密罗城后，进入了一片热带雨林。天气很热，不同于在沙漠中那种烈日当头的酷晒，在这片雨林中，虽然树叶挡住了大部分的阳光，不会直射到人的身体上，但湿度极大，就像置身于一个巨大的蒸笼之中，怎么走也走不出去一般。陆青阳经受不住这种煎熬，可看自家大哥和慕融两人都习以为常地前行，他也不好意思说要休息一下，只好扯开衣襟，微微敞开怀。

陆青鸣倒是没有什么精力来关注自家小弟，他需要全神贯注地注意周边的情况。他微微地放出自身的真气，感受着周围的风穿过树叶的动静，来判断是否有人跟踪。

陆青阳虽然知道此行或许凶险，但他因为经验不足，根本不知道风系法术还可以如此使用。或者说他这样的八系全能也是有缺点的，修炼已经占据了他所有心神，具体如何运用就没有多少精力来钻研了。单系或者双系天赋拥有者，除了修炼，都挖空心思地思索自己的天赋有何用武之地。

林子苏倒是知晓风系法术有此用途，但他观陆青鸣的修为也算不低，有陆青鸣出力了，何必再让陆青阳费事？

就这样走了好一阵，本来昏昏欲睡的林子苏忽然直起身子，严肃地说道："有人来了。"

陆青阳四处察看，并未看出任何不对，却见在前方领路的大哥忽然停下了脚步，反身护在他和慕融身前。

平地里狂风骤起，在他们周身形成了一个风圈，陆青阳的第一反应竟然是好凉快，随后便唾弃自己，连忙施展出和陆青鸣同样的法术。这个风圈术他有练过，虽然不太熟练。

陆青鸣虽然早就知道小弟现在的修为恐怕比他还要高，但在这一刻才真正证实了自己的猜测。在欣慰之余，他也有些好奇，想知道那白藏教究竟是怎么教导他小弟的。不过若是陆青鸣知道自家小弟是自学的，恐怕无论如何也不会相信。

两层风圈按着相同的方向旋转，渐渐地融合成了一道巨大的风墙，虽然看不清风墙外的情况，但陆青阳也能察觉到一股难以言喻的危险气息在逼近。

陆青鸣一挥手祭出了风水折扇，唰的一声抖开折扇，风墙内加入一道道水柱随着风圈旋转，周围的树都被卷飞，形成了一道更为坚固的风水墙。

修炼者可以运用自身的天赋功法调动与周围环境相关的元素。所以陆青鸣在这里使出的这一招水系法术要比在沙漠中使出的威力大多了，毕竟这里的水汽丰富，只需要微微调动便能凝聚成功，但风系法术则要弱一些。

陆青阳虽然没有风水折扇，但水系法术他还是会的，立刻辅助陆青鸣。他不知道大哥为何连对方的身份都不知道便如临大敌，但在下一刻便知道了原因。

三道火焰镖视他们两人合力释放的风水墙如无物，像是长了眼睛一般，直直地穿透了风水墙，朝他们三人射来。陆青鸣驱使着手中的风水折扇灭掉这三道火焰镖，他虽然没有受到什么伤害，但操控风水墙的心神便弱了下来。

一阵突如其来的骤雨劈头盖脸地打在他们身上，几乎是瞬间就浇熄了陆家兄弟合力释放的风水墙，也把他们三人浇成了落汤鸡。

陆青阳抹了一把脸上的水，真想说凉快极了，他怎么就没想到用法术来解暑呢？

"你还做不到这点，这种可以影响到天气的大型法术，至少是尊者才能做到。"林子苏毫不留情地给他泼了一盆冷水。

旁边的慕融苦涩地开口道："没想到任师叔亲自前来，我们的面子可够大的了。"

陆青鸣冷冷地说道："他已经不是我们的师叔了。"

陆青阳越听越觉得心寒，难道为了这一块稀金，竟然能请动那个传说中叛出昊天谷，自立门派的焚天派尊主大人吗？

第二十七章
# ◇ 焚 天 派 尊 主 ◇

还没等陆青阳三人头顶上的雨水散去，不远处就传来一阵畅快的长笑声，一人从树后转了出来。随着他的出现，天上凭空出现的雨水也随之收敛，阳光重新透过树叶的缝隙照射而下。若不是三人身上湿漉漉的衣服和周围草木之上晶莹的雨滴，他们恐怕都会觉得那场倾盆大雨是他们的幻觉。

陆青阳眨掉睫毛上的雨水，全神贯注地看着那个传说中的尊主大人。

这人穿着一身名贵的紫袍，气度雍容，姿态优雅，他看起来三十岁左右，应是他突破到先天境界时的年纪。在三十余岁便突破到先天境界，并且还是三系天赋，可见其资质之高。他容貌俊美，双目闪烁着璀璨的星光，唇边挂着"真心诚意"的温柔笑容，让人一见之下，连防备之意都无法生起。他一出现，就挑了棵树随意地靠着，那种悠闲的姿态就像是出来郊游一般。

陆青鸣却如临大敌，把陆青阳护在自己身后，低声和他交代道："别离开我半步，这个任灭不好对付。"何止不好对付，这位焚天派的尊主在许多年前就已经是先天宗者了，就算是再来三个他们这样的人，也会赔在这里，陆青鸣感到非常绝望。

陆青阳却感受不到这个任尊主的杀意，只是在心里好奇这个任尊主长得十分面善，为何起个"任灭"这么凶残的名字。这名字肯定不是父母给起的，没有父母会给自家孩子起名叫"灭"吧？

"是小融啊，居然都长这么大了。这两个孩子是谷里新收的弟子吗？"任灭笑着看向陆家兄弟。

"任师……任尊主，你离开昊天谷已有十余年，自然是没见过他们。"慕融习惯性地想要唤"任师叔"，被陆青鸣刀子般的眼神一瞪，便苦涩地改口。任灭占据了他童年的记忆的大半，此时见到容貌未变的他，自然是心神难以平静。

"小融，把你身上的稀金给我吧，我保证不为难你们。"任灭笑得越发温柔起来，仿佛说的话并不是威胁，而是大人正哄着小孩子听话。

慕融和陆青鸣对视了一眼，均在对方眼中看到了不甘心与无奈。不甘心有什么用？形势逼人，他们就算拼死一战，也打不过面前这位，挂了之后稀金一样会被拿走。陆青鸣想得更多一些，他觉得这个任灭显然就是为了不和昊天谷闹出人命，才亲自出马的。否则不管换谁来，他和慕融都有一战之力，但伤亡就不可避免，两派结下的仇怨便不可再化解了。

话说回来，焚天派虽然处处与昊天谷作对，可都是无关痛痒之处，不过就算是这样，时间一长，或许两派也就真正地水火不容了。这次的稀金，恐怕就是开端。若被任灭这样抢了回去，昊天谷的长老们肯定不会善罢甘休。长此以往，恐怕两派的仇怨便会越结越深，再无转圜余地。

不过这是后话了，他和慕融已经尽力，剩下的事情他也无法控制，对他来说，最要紧的就是保护好小弟。陆青鸣垂下眼帘，遮住眼中的精芒，朝慕融点了点头。

慕融纵是万般无奈，也不得不在任灭温柔如水的目光中把身后的包裹解了下来，但他并没有立刻就递给任灭，而是皱着眉问道："任尊主，我们明明分了三个小队，为何你会知道稀金在我们这里？"

任灭笑容可掬地回答道："我不知道，不过你钱师叔和李师叔那边我都去过了，只救下了我派的两个女弟子，没有看到稀金，那自然是在你身上了。"

慕融顿时泄气，在绝对的实力面前，玩任何花样都没有用。

砰！装着稀金的包裹重重地落在了草地上，竟在地上砸了一个坑，溅起了些许泥水。

任灭看着地上的包裹，先是抬起手指射出了两道风刃，斩断了包裹上的绳结，露出了里面金中带银光的金属。

稀金是特殊的金属，这种金中带银光的特征是任何金属都无法伪装的，更何况这异常的重量，更是不用多检查。而且更令人惊叹的，是这块拳头大小的稀金竟已经是提炼后的纯度。要知道获得一块手指头大小的稀金，提纯后也许就只剩下小指指甲盖大小而已。一年在这片大陆上发现的稀金，也不过就是这么多，所以这拳头大小的稀金的珍贵程度可想而知。

任灭满意地点点头，随后看到被淤泥弄脏的包裹，嫌弃地皱了皱眉头。

陆青鸣一直戒备地观察着他的神情，见状连忙出声道："任尊主，稀金我们已经给你了，可以放我们走了吧？"其实陆青鸣真想不打招呼就走，可是尊主级别的威压就悬在他们的头上，只要他们擅自动一下，便会引来无穷无尽的攻击。

　　"不行，你们其中要有一个人跟我走一趟。"任灭忽然说道。

　　陆青鸣的脸立刻就青了，焚天派的名声一直不好，最大的原因就是焚天派的尊主大人喜怒无常，极易翻脸不认人，导致世人颇有微词。只是他没想到，这人真的不在乎自己的身份，刚说完的话还没落地呢，就立刻反悔。

　　"任尊主，是因为我们擒住了你门下的女弟子，所以你也要以彼之道还施彼身吗？"慕融也没想到从小就认识的任师叔居然还和以前一样的性子，说出来的话一点准都没有。

　　陆青鸣因为慕融的话，脸色更加铁青。若是他和慕融两人有一个被任灭带回焚天派的话，那么就只有请闭关多年的谷主大人出面才能交涉成功。可是谷主大人自从闭关之后，就再也没有半点消息，就连任灭十多年前叛教而出都没有反应。当时一个先天宗者叛出都没管，他真的不认为就因为他或者慕融就能请出那位谷主大人。可是谷内的其他长老，没有人的修为比已经是尊主的任灭更高，压不住他，更别提在他手里要人了。

　　陆青鸣越想脸色越难看，根本想不透面前的这个人，是为了什么才叛教而出。依照任灭的修为，若是他好好地待在昊天谷，肯定会得到谷主继承权，也就是未来的谷主大人了！

　　任灭没想到慕融会说出那番话，先是愣了愣神，随后拊掌大笑道："小融你想到哪儿去了？这稀金不能装进空间法器，飞剑带着它恐怕也飞不起来，我是想让你们分出一个人来，帮我搬回焚天派。"

　　任灭说的是实话，作为肩不能挑手不能提的主，最近十多年他把自己保养得很好，平时连洗个脸都有弟子伺候着，手中拿过的最重的东西不过就是茶杯而已。炼器的时候自然是自己动手，可是平日里能偷懒就偷懒。

　　陆青阳和慕融两人面面相觑，谁也没想到任灭的理由竟然是这个。就连躲在自家大哥身后的陆青阳都惊诧莫名，对于实力已经达到尊者境界的任灭来说，这稀金的重量算个啥啊？

　　"林，这人不会是说冠冕堂皇的话，骗我大哥他们的吧？"陆青阳皱着眉问道。他想想仍觉得有点不对劲，这任灭什么修为，毫无负担地杀掉他们也就是转眼的事情，没必要弄这些弯弯绕绕吧？

　　"这倒不会。你可能觉得无法理解，可是举个例子好了，你看过韩丹那人自己动手收拾过一次房间吗？自己做过一次菜吗？"林子苏说起这件事就觉得生气，"实力越强的

181

人，就越和这个世界脱轨，渐渐思想也就扭曲了。你说，你看着面前爬过一只蚂蚁，若是心情好的时候有可能会放它一条生路，但若是这只蚂蚁爬在你的手上或者你的食物上呢？那毫无意外地会捏死它吧？虽然用蚂蚁来做比喻有些不太妥当，但他看你们，就算不是当成普通的猫狗，也会当成几岁的娃娃来对待，所以出一个人帮他拎东西，这个理由实在是再充分不过了。"

陆青阳听着林子苏的话，虽然不怎么认同，但也不得不承认他说得恐怕没有错。和韩丹相处的时候，尽管韩丹对他好得不能再好了，但言辞之间，总是带着那种显而易见的呵护和照顾，当真像是对豢养的小动物一般。

不管陆青阳和林子苏有何想法，陆青鸣和慕融两人却在争着去焚天派的这个名额。

"慕融，我小弟你替我照顾好。"陆青鸣上前一步，就要弯腰捡起地上的稀金。

"你说什么呢？当然是我去。"慕融马上就挡住陆青鸣的手，后悔自己刚刚把稀金扔在地上，这时候若是背在身上，直接往任灭那边走不就可以了嘛。

任灭这人最恨有人磨磨叽叽地耽误时间，眼见这两人在这里拉拉扯扯，立刻不耐烦地抬手指向站在最后面的陆青阳道："别吵了，就他跟我走吧！"

任灭的这句话成功地让在场所有人都变了脸色，尤其是林子苏，要不是陆青阳死命地拽着他的手，说不定他早就冲到任灭面前找任灭算账了。

陆青阳可不敢放他过去，虽然任灭也同其他人一样看不到林子苏，但难保身为尊者的他不会有什么感应，陆青阳绝对不想林子苏因为这个有什么意外。

"你不是说这人确实是想要个人帮着拎东西吗？那还这么着急做什么？"陆青阳一点一点地把林子苏扯回自己身边。

"那也不应该让你来做。"林子苏再次对自己现在这副模样感到恼火。他现在虽然化形了，但由于还是没有凝成真正的实体，所以恐怕连有效的攻击都无法做出。这种无力感让他无所适从。

陆青阳多多少少也能猜到林子苏现在的状况，他也没打算拒绝任灭的提议。若是任灭选了慕融，他自然不会说什么。但若是他大哥要去的话，那他宁可替他去。毕竟他现在的修为要比大哥高，而且年龄很小，对方不会对他有任何提防。所以陆青阳什么都没说，绕过挡在他面前的陆青鸣，走过去打算弯腰捡起地上的稀金包裹。

"小弟，你退后，我去。"陆青鸣拽住陆青阳的手腕，带着些许怒气。他才和小弟重逢，纵使分别是迫不得已，他也绝对不能眼看着小弟去未知的险境。

陆青阳一抬头，发现那靠在树上的任灭正盯着他们不放，怕他找茬挑刺，立刻运气震开了陆青鸣的手。陆青阳的修为本就已经突破到了炼气十层，与传说中的先天境界更是只有一线之隔，炼气九层的陆青鸣在猝不及防之下，根本抓不住他。

"大哥，放心，不就是送个东西吗？我去去就回。"陆青阳低声快速地说着，说罢也不回头看陆青鸣的脸色，一把抓起地上的稀金包裹，快步朝任灭走去，"任尊主，我们走吧。"

任灭看着面前这名少年，目光从他的面容上一掠而过，最后停在他的脖颈之间。

陆青阳若有所觉，低头一看，才发觉自己之前因为太热了，衣襟是微微敞开的，再加上之前的一阵风雨打斗，露出了里面的那个水晶项坠，正是韩丹送给他的那个空间法器。

"你是韩丹的什么人？他怎么会把琉璃玉滴送给你？"任灭首次直起了身体，不再靠在树干上。

"我是韩丹的小师弟……"陆青阳说着都觉得有些不好意思，原来韩丹说戴着这项坠会有很多人认识，这话是真的啊。不过他戴着的这个项坠叫琉璃玉滴，他还真是首次知晓。

"哦？怪不得你会风水两种法术，想必另一种天赋是木系吧，我还以为你是昊天谷的弟子呢。"任灭点了点头，脸色还是一如既往地温柔如水，只是落在陆青阳颈间的目光藏着一丝锐利。

见陆青阳亮出了身份，陆青鸣也放松了下来。大陆之上唯一一个八品炼丹师的小师弟，恐怕就连性格怪僻如任灭这般，也该会给点面子吧。他上前一步道："任尊主，我弟弟只是路过而已，还是我陪任尊主走一趟吧。"

任灭并没有回话，只是笑得越发灿烂了起来。

慕融看在眼内，想起以前这师叔的性格习惯，心下一惊，正想出声，却见任灭已然出手。

那任灭抬起手来，缓缓地抚摸着陆青阳颈间的水晶坠子，像是怀念着什么，也像是在确认着什么。然后他就在陆青阳反应过来之前，狠狠地将项链扯了下来。

陆青阳愣愣地一手摸着颈间被项链划出的伤口，一手死命地拽住一旁发狂的林子苏，心底慢慢地有寒意涌了上来。这就是尊者的能力吗？他连后退防御的能力都没有……不过哪个尊者会像这个任灭一样，连招呼都不打，直接上来抢东西啊！

陆青鸣怒吼一声，风水折扇立时展开，不顾一切地朝任灭扑去。在他面前伤害他小弟，就算对方是尊者，也绝对不能原谅！

任灭冷哼一声，在陆青鸣的攻击到达之前，便祭起飞剑，捞起面前的陆青阳，瞬间飞离这片热带雨林。

陆青阳被扑面而来的风声吓得一愣，刚想张口说话，那风就灌入了口中，他一回头看到大哥惶急中带着怒火的表情，硬是把呼救的念头压了下去。

不能让大哥担心。

陆青阳紧紧地闭上嘴，眼睁睁地看着陆青鸣和慕融两人的身影被重重的树叶遮盖，再也看不见了。幸好他当时手还拽着林子苏的手腕，纵使他被任灭带走那一刹那因为失神放松了一下，但林子苏反应极快地反抓住了他的手，现在是吊挂在半空中，时不时还有树叶划过他半透明的身体。因为树叶也算是有生命的物体，倒不会划伤他。

陆青阳不知道林子苏现在这种情况会不会有体重，但他分明感觉到了手腕上的重量。也亏得他另一只手还带着沉重的稀金，任灭虽然会感觉到很沉，估计也只会认为这是稀金的重量。

任灭的飞剑飞得很快，根本不像他所说的那样稀金会影响飞剑的飞行。眼见着这一片热带雨林在他们脚下掠过，又过了几个城镇和几片森林之后，任灭飞进一片光秃秃的山脉。

这片山脉寸草不生，非常热。在空中往下看，能看到有若干个洞口，底下有着赤红色的岩浆流动，灼热的火气迎面而来，简直让人胆寒心悸。

"这里应该就是赤炎山脉，传说这里有若干火山口。"林子苏的声音传来，陆青阳眼见他的身体因为火气的烧灼居然微微变成了实体，不禁大喜。林子苏是单火系，这里火系的天地灵气是整片大陆之中最强的，肯定有益于林子苏的修炼。陆青阳兴奋之余还忍不住往任灭的方向看去，见他的脸色没有任何变化，就说明还是像之前那样，别人无法看到林子苏。

任灭最终落在一处最大的火山口旁边，这个火山口足足有一座院落那么大，上面还冒着热气，往下一看还能看到岩浆冒泡翻腾的景象，真真是让人难以忍受。陆青阳运足了冰系与水系的法术，才让自己好过了一些。

任灭站在火山口旁，低头看着手中的水晶坠子，转过身朝陆青阳微笑着问道："乖孩子，告诉我，他为何要把这个项坠送给你？"

不了解任灭的时候，看他脸上的这种笑容倒是极亲切，但陆青阳此时觉得，眼前的这个男人恐怕只是戴着一副笑容面具。越是笑得温柔，就越是心理扭曲。尤其此时天色已经暗了下来，火山口底的岩浆泛着火光，把任灭的脸庞映照得一半明一半暗，当真是如同地狱的魔鬼一般。

陆青阳吞了吞口水，心生寒意。

任灭的耐性有限，一把抓住陆青阳的衣领，单手把他拎了起来，凌空把他放在了火山口之上。只要陆青阳的口中说出一句他不想听的话，他就会松手把他扔进岩浆。

"说，他为何要把我做的坠子，胡乱送人！"

# 第二十八章
## ◇赤炎山脉◇

听到任灭的这句话时，陆青阳真的忍不住想翻白眼。

明明韩丹给他这个水晶坠子是好意，是为了让他在各方势力面前有个靠山。可是怎么到任灭这里，反而起了祸端？

这真真是无妄之灾啊！

不过陆青阳也没心思回答他的问题，他冷不丁地被拎到半空中，脚底下就是滚滚冒泡的岩浆，他要时刻克制自己挣扎的本能，否则说不定动一下就掉下去了。

林子苏一时不察，发现陆青阳竟被任灭劫持，气得他就想上前攻击，可是又投鼠忌器，怕自己贸然出手，反而会害了陆青阳。当下他只好怒视着任灭，指挥着陆青阳说些分散对方注意力的话："先别直接回答他的问题，问问他凭什么说这水晶项坠是他的。别一上来就抢东西，尊者改行当强盗，这有理也说不清啊！"

陆青阳定了定神，抬头直视着面上虽然带着微笑，但目光明显带着火气的任灭，毫不退却地问道："你有什么证据，说这坠子是你做的？"

任灭呵呵地笑了起来，只是这笑声此时听起来令人恐惧："这琉璃玉滴在炼制的时候，加入了一种名为灵笋的宝石。"

"灵笋？"陆青阳疑惑地反问道。他在炼器方面涉猎并不多，不管是陆家还是白藏教，藏书阁内的书籍都是以炼丹和药草为主，所以他根本没有听到过灵笋这种东西。

"是一种在钟乳石顶端凝结而成的宝石，状似笋，千年才能凝聚成指甲盖大小，无比珍贵。如果在炼器的时候加入少许，那么炼成的法器便成了灵器，有了些许自主意识，可以滴血认主。"任灭果然如林子苏所料，一说到其他事情，情绪便舒缓了许多。他的脾气就是来得快去得也快，再加之容易反复无常，所以古怪至极。

陆青阳一直以来都知道韩丹给他的这个空间法器很高级，因为林子苏不能用，只有他可以用。原来竟是里面添加了这种灵笋宝石的缘故，他能用想来应该也是韩丹为他开启了权限。

"啧，说得冠冕堂皇，灵笋的存在并不是什么秘密，认主的灵器别人自然没办法用，他刚刚只要拿在手上就能试出来，说不定他就是觊觎这项坠里的东西呢！"林子苏用最大的恶意去揣测任灭。

陆青阳自然不能用这么嚣张的语气和任灭说话，他还想要自己的性命呢，当下连忙说道："韩师兄怕我行走大陆会遇到危险，所以借了我这个坠子，说是见到这个坠子就如同见到他本人，应该有人会给他这个面子。"

任灭听到"见到这个坠子就如同见到他本人"这句话时，脸上便露出了灿烂笑容。

"任尊主，可以……先把我放下来吗？"陆青阳见他心情变得不错，便犹豫了一下，还是决定先让自己脱离现在这种尴尬境地再说。

"不行，我还有问题没问完。"任灭瞥了他一眼，态度丝毫没有软化的迹象，追问道："韩丹人在哪里？还在白藏教吗？"

"韩师兄……最近在云游中，我也不知道他在何处……"陆青阳努力想揣摩任灭对自己的回答满意与否，可是任灭的脾气实在是古怪多变，除了笑容看着更深了外，什么都看不出来。

看着任灭一点都没有松手的意思，一直在一旁紧盯着的林子苏再也熬不住了，试着走过去想要拽住陆青阳的手。

陆青阳担心林子苏这样反而被他拖累跌入火山口，看着林子苏不顾一切地伸出手，大半个身子都倾斜了过来，骇得他立刻握住了林子苏的手。

林子苏松了口气，也没马上用力把陆青阳拽回来，他只要握住了陆青阳的手，就算是一会儿任灭丧心病狂地松了手，他也能及时把陆青阳拽回来。

只是，他的身子探出得太过了，有点借不上力。这种时候，林子苏还真希望自己是个鬼魂了，好歹还能飘起来不是？

陆青阳见状，连忙伸直了手臂，为防止任灭怀疑，两只手臂都伸直了。

任灭没注意陆青阳的异状，或者说，他注意到了，但没放在心上。他这人情绪不稳定，其实是跟修习的功法有关，有时候怒火上涌，就会控制不住本心。

陆青阳被他掐得有些呼吸困难，想用另一只手去掰任灭的手腕，但忽然想到若真的掰开了对方的手腕，他不就直接掉入岩浆里了吗？这还真不好办。

林子苏此时也看出来任灭的情绪不对劲，不管不顾地朝他扑了过去，却像是虚影一般直接穿过了任灭的身体。

任灭也察觉到一丝不妥，但他朝左右看看，并没有发觉异样。

就在这时，异变突起，一块一人多高的大石毫无预警地从天而降，任灭皱了皱眉，想要躲闪的瞬间，却发觉自己的双脚被疯狂生长的藤蔓所缚，竟无法动弹。

虽然情况发生得突然，但任灭也不慌，先是施展风系法术，吹动那块岩石，改变其下落的轨道，同时双脚上火焰骤起，把藤蔓烧得干干净净，而自己的衣袍却完好无损。

任灭忍着心中怒火，正想四处查看究竟是谁暗下毒手，不想随即又有一块大石向他砸来，藤蔓又从脚底缠绕上来。而且这还不算，地上竟然也出现了裂痕，大块大块的碎石向火山口掉落下去。任灭倒也夷然不惧，祭出飞剑悬于岩浆之上。

事情透着一丝诡异，大石和藤蔓无休止地轮换出现，那暗处的敌人修为绝对不下于任灭，竟也是位尊者。

林子苏小心地护着陆青阳，不让他被乱石砸到，心想这世道还真变了，尊者大人们不光流行当强盗，还流行当杀手了。

不过他就算照顾得再好，百密总有一疏，任灭漏算了自己右手还带着一个人，左手挥挡出去的乱石，正好砸到陆青阳，把他狠狠地往火山口砸去。

任灭吃了一惊，连忙飞身去救，却只拉住了陆青阳的左手，接着就手心一滑，眼睁睁地看着那名少年被滚滚的岩浆所吞没。

任灭展开手掌，掌心有个古朴的空间戒指，正是最后那一刻从陆青阳手上拽下来的。而此时对方的攻击竟停了下来，任灭以余光看到一个脸上有刀疤的汉子朝东北方逃窜。他稍稍一想，便知对方原本的目标怕是那少年手中的稀金，现在见事情已无转圜余地，便毫不犹豫地撤退。

任灭的怒火升到了顶点，其实说实话，这少年死了他也无所谓，可是总不能是在他的看护下死掉吧！而且他还是韩丹的小师弟……任灭看偷袭的那人正飞速远去，长啸一声，调转飞剑，全力追赶。

任灭离开之后，在翻滚的岩浆之中，缓缓地冒出一个凸起。

那个凸起从岩浆中渐渐升起，变成了一个人形模样，慢慢地移向一旁的岩石。

这个火山口并不是单独的火山口，在岩浆河的两旁，还有着烫得赤红的岩石。那个人形凸起身上的岩浆流淌而下，露出了林子苏俊美的容颜。在他半透明的身体之中，隐约还能看到陆青阳惊恐焦急的脸庞。

走出了岩浆河后，林子苏并没有停下来，而是沿着溶洞走了许久，直到热气不是很灼人了之后，才把陆青阳从自己的身体内拽了出来。刚刚他一时情急，心心念念的都是要保护好陆青阳，没想到会直接把他保护在自己的灵魂体内。

也亏得是这样，林子苏本是单火系的纯灵魂体，岩浆根本不会对他造成什么伤害。

尽管知道陆青阳被自己保护得很好，但林子苏在危机解除之后，还是把陆青阳从头到脚地查看了好几遍，发觉对方连一根发丝都没烧到，这才安心地长舒了一口气。

陆青阳想要伸手去确认林子苏是否安好，却不想对方向后退了一步。

"先别碰我，我身体表面的温度太高了，会烫伤你的。"林子苏温柔地笑着。

陆青阳看着他的笑容，却非常想哭。

他收回自己的手，一点一点地捏成拳头，指甲深深地刺入掌心，希望借由疼痛来止住那股鼻酸的感觉。

"你这个傻瓜，为什么要跟我跳下来？"陆青阳哑着嗓子问道。

林子苏摸了摸鼻子，觉得这个问题陆青阳问得有些太傻了。所以他笑弯了一双眉眼，轻声道："不用多想，我救你，还需要原因吗？若出事的是我，你也会这样做的，不是吗？"

陆青阳点了点头，虽然心中还有些激动不安，却知道林子苏说得没错。他们两人已经相处了太长的时间，彼此都已经比亲人还要亲密，都可以为对方付出生命。

林子苏笑得更开心了，感觉自己身体的温度已经降了下来，但想到任灭和那个不知名的偷袭者，眼神便冷了起来。现在他还远远不如对方，但这笔账他一定记着。

陆青阳仔细地看着面前的林子苏，检查着他的身体："你有没有受伤？"

林子苏感觉了一下身体，唇边扬起了笑容道："没有受伤，反而还觉得状态不错。"

陆青阳发现林子苏现在的身体虽然依旧是半透明的状态，但好像比以前更接近实体了一些，可见岩浆对单火系纯灵魂体的林子苏可能会有好处。

可是这却不能掩盖他们差一点就被杀掉的事实。

林子苏并没有察觉到陆青阳垂下了眼帘，遮住了眼眸之中的决然。

他还不够强，还差很多很多。

陆青阳知道自己的身边充满了危险，这次掉入岩浆的事故凑巧因为林子苏是单火系的纯灵魂体，没有受到伤害，但谁能保证下一次他们还会如此幸运呢？

陆青阳沉思了半晌，才觉得腰间沉甸甸的，低头一看，发现自己之前怕稀金掉落将包袱系在了腰间，经过这么一场折腾，稀金居然还未掉落。他连忙解了下来，打开包袱，发觉稀金没有任何损坏。

"可惜韩师兄的水晶坠子被他拿走了。"陆青阳把稀金直接放在了地上，不是因为不珍惜这稀金，而是这玩意儿实在是太沉了。

林子苏闻言朝陆青阳的手上一扫，脸色一变："小咩，你的戒指呢？"

陆青阳这才发现自己两手空空，连忙沿着这一路找回去，却什么都没发现，回头苦笑道："怕是掉在岩浆里了吧……"

岩浆的温度那么高，就算是法器掉进去，也会瞬间被熔解。要不是稀金一直挂在陆青阳的腰间，同样享受了被林子苏保护的待遇，恐怕也会消失在岩浆之中。林子苏朝四周看去："我们要快点从这里出去才行，你现在只剩下你家老祖宗给你的那枚空间玉镯了吧？"

陆青阳听出了林子苏的言外之意，因为取用方便，所以干粮和淡水都是存放在空间戒指中的。现在戒指不见了……陆青阳摸了下腕间的空间玉镯，无奈地苦笑道："这里只有一些清水，老祖宗定是已经到了辟谷的阶段，没有半点干粮。"

林子苏掉下来之前就观察过地面到火山口的高度，叹气道："火山口那边你上不去，太高，爬的话还要担心你脱力跌下去，我怕下次会来不及救你。"

陆青阳想到自己刚刚跌下去那一刹那面临死亡的绝望感受，生生地打了个冷战，转身往溶洞的深处走去。既然不能从原来的地方出去，他们只能寄希望于这溶洞有其他出口。

此时天色已晚，光线无法射进溶洞里，但岩浆河泛着暗红色的光，所以并不影响视线。陆青阳这时才发现，原来这里并不只是简单的溶洞，在周围的洞壁上，有着各色晶莹的宝石，被岩浆河散发的光芒一晃，便形成了光怪陆离的世界，让他几乎以为自己身在幻境。

"赤炎山脉盛产宝石，果然没错。这里应该是人迹罕至，没有发现任何人工采掘的痕迹。"林子苏也看得一阵目眩神摇，"小咩，既然来了，就弄点吧。"

陆青阳也正有此意，从玉镯中翻出一把宝剑，他和林子苏虽然都不大懂这些宝石的用处，但既然来了自然不会空手而归，就把每种宝石都切割一些。反正玉镯中的空间很大，倒是不怕没有地方装。

就这么一边采集宝石一边摸索前进，两人一开始还觉得很有趣，但在走了整整一夜，遭遇了多条岔路之后，脸色都有些不太好看了。

岔路多代表着溶洞的结构非常复杂，说明他们很难在短时间内走出去。

"小咩，先歇一会儿吧。"林子苏担忧地看着陆青阳灰败的小脸，这里的温度实在是太高了，他倒是没有感觉，但对于陆青阳来说，耗尽体力之后，每走一步都很艰难。

陆青阳也没说什么，盘膝坐在了地上，抬手用袖子擦了下脸上流下的汗水，然后从玉镯中拿出一壶清水，珍惜地喝了一口。他们还不知道要在这里待多久才能出去，所以每一滴清水都不能浪费。

稀金是林子苏帮着拿的，他可以碰触死物，所以可以拿着稀金。在这个充满火元素的地方，林子苏反而越待越舒服，但他知道若是不早点出去，陆青阳恐怕会有危险。毕竟没有干粮，以陆青阳的修为只能挺几天而已。

林子苏在陆青阳的身边坐了下来，把沉重的稀金放在了地上，包裹散开，露出里面最珍贵的金属，金中带银的稀金丝毫不逊色于周围散发着璀璨光芒的宝石。

陆青阳看得入了迷，不禁喃喃问道："林，你说稀金到底是怎样一种存在呢？为什么能创造出另一个空间呢？"其实他一直都很好奇空间法器的原理，但因为这并不是他所能接触到的知识，所以没找到过答案。

"这个在这片大陆上也一直存在着争议，普遍的说法有两种，一种就是空间可创论，而稀金就是创造空间所需要的媒介。还有一种说法就是空间转移论，支持这个观点的修炼者认为，稀金是连接两个空间的钥匙，空间法器并不是创造了新的空间，而是把其他位面的空间和这个空间相连而已。而且据相信这个说法的修炼者称，只要有足够的稀金，就可以让人实现空间转移。"林子苏说到这里笑了笑，"我们现在是有足够的稀金了，等出去之后倒是可以找人炼制一下，试试看。"林子苏没说让陆青阳自己炼，是因为他知道陆青阳虽然有炼器师所必需的三种天赋，但应该和炼丹一样，短期内也不会有什么大进步。

"这稀金是个大麻烦，还是别碰为好。"陆青阳皱了皱眉，没忘记因为这块稀金，惹出了多大的麻烦，他也因此沦落到如今不见天日的下场。

"好好，那就不碰。"林子苏想了想，霍地站起了身，"小咩，你先在这里休息，我去探路好了。"

陆青阳倒是知道这里的环境对林子苏没有影响，但还是摇了摇头道："不行，这里岔路太多，你回来会找不到我的。"

"喏，那给你两个选择，第一就是让我背着你上路，第二就是我刚刚在玉镯里看到有绳索，我们把绳索都拆开，结成绳子。把绳子的一端系在你的手腕上，我带着绳子的另一端去探路，不怕回来找不到你。"林子苏笑眯眯地说道。

"哦，那还是给你绳子吧。"陆青阳从玉镯中翻出绳子，绳子看起来有些老旧，这应该是老祖宗以前上山采药的时候备用的绳索。陆青阳干脆利落地开始拆绳索上扭紧的几股绳，林子苏见状也没有说什么，低头开始帮忙。

枯燥单一的动作容易让人产生困倦之感，已经一天一夜没休息的陆青阳渐渐地沉入了梦乡，当他再次睁开眼睛时，第一眼看到的就是自己手腕上的绳子绑着一个死结。

虽然周围很黑很空寂，一个人都没有，但陆青阳的心底不禁生出一股令人心安的暖意。

默默感动了半晌之后，陆青阳才发觉有点问题，这绳子一点都没动，难道另一端的林子苏没有在走动？

他是在休息，还是遇到了什么突发事件？

陆青阳越想越心焦，打算站起来顺着绳子找过去，就在他拿起稀金时，林子苏的声音便在洞穴的另一端响了起来："咦？小咩你醒啦！快来快来！我找到了一枚很大的蛋，够给你做煎蛋吃了！"

第二十九章

◇ **蛋** ◇

其实相对于在这溶洞之中走不出去的困境，林子苏更担心陆青阳在不进食的情况下能熬过几天。现在就已经是一天一夜没有吃过东西了，就算修炼者的体质强于普通人，就算空间玉镯中有些丹药可以充饥，但他还是怕陆青阳挺不下去。

所以他在寻找溶洞出口的时候，顺便也在查看着这里有没有什么东西可以充饥。

可是这里是岩浆流过冲刷而出的溶洞，到处都是岩浆凝固之后形成的火山岩，根本没有任何植物可以在这种环境下生存，更别说动物了。目力所及的全是璀璨的宝石，之前看起来还觉得这些宝石美丽无比，但此时看过去，却觉得无比刺眼，恨不得把这些价值连城的宝石都换成普通的玉米白面。

手腕上系着的绳子，倒让林子苏在溶洞中的岔路里不会迷路，最起码走到死路的时候，还能按原路返回。他索性每进入一个岔路口时，就用宝剑割断一些宝石，倒也好认得很。幸亏这个溶洞之中没有其他人，否则就会看到一把飞剑在到处"欺负"宝石的奇景。

林子苏自己一个人探路，不用拿沉重的稀金，也不用照顾状态不好的陆青阳，明显速度快上了好几倍。但赤炎山脉的内部几乎都是相通的，各种溶洞交织，林子苏找到的好几处地方都和他们掉落下来的地方一样，如果想从那里上去，就有一半的可能失足掉落岩浆。林子苏想着现在陆青阳的状态，苦笑着把五成成功的可能性减少到三成。

不放弃希望地寻找下去，林子苏终于有了些发现。

"你是说，你发现了一枚蛋？"陆青阳感觉自己好像没睡醒，否则在这个寸草不生的地方，林子苏怎么能发现一枚蛋呢？

"是啊，快跟我来。"林子苏也懒得解释，拽着陆青阳便沿着绳子寻去。他回来的时候把手腕上的绳子解下来了，这样他们只要顺着绳子便可以找到。

陆青阳一边走一边把绳子团成团，溶洞里的景色几乎大同小异，若没有绳子引路，还真的很难找到林子苏说的地方。不过这一路上陆青阳也看到那遍地被摧残的宝石，哭笑不得地顺手收入空间玉镯之中。

等看到那个蛋时，陆青阳便知道林子苏为何那么兴奋。静静地躺在地上的那枚蛋，足足有一个人的手掌那么大，洁白细腻的蛋壳上有着红色的火焰花纹，美丽得像是一件巧夺天工的艺术品。

"你确定这是蛋吗？"陆青阳疑惑地问。这不会是块不透明的椭圆形宝石吧？

林子苏直接用行动来证明，他伸出手去拿这枚蛋，而手并没有碰触到蛋壳，而是直接穿了过去。

陆青阳这才了然，为何林子苏并没有把这枚蛋捧回去给他，分明是因为这枚蛋是有生命的物体，他碰触不到。

不过这么一想，陆青阳的脸就不禁黑了一半，也幸亏林子苏碰不到这枚蛋，否则以对方的性格，恐怕他醒过来就会看到一盘香喷喷的煎蛋或者煮蛋了。

"小咩，这枚蛋这么大，应该够你吃一阵的了。"林子苏很高兴，既然他能找到一枚蛋，那么自然可以找到第二枚、第三枚。

"不行，这都不知道是什么蛋，怎么能乱吃？"陆青阳立刻拒绝。虽然他很饿，但这枚蛋大得离谱，上面又有着特殊的火焰花纹，一看就不是普通的蛋，他怎么敢随便吃啊？光蛋就这么大，可想而知下这枚蛋的动物肯定会更巨大。万一他吃了，引得人家父母回来，他可就要变成人家的夜宵了。

"为什么不能吃？"林子苏不解，他就是碰不到这枚蛋，否则他真的就料理好了再给他拿去了。

"反正先不吃……"陆青阳知道自己的要求很无理，林子苏也是担心他。但这么漂亮的蛋……若是真被他充饥吃了，有种暴殄天物的感觉。陆青阳这样想着，虽然知道林子苏根本碰触不到这枚蛋，但还是伸手拿起这枚蛋抱在了怀里。

他的手指接触到蛋壳，感觉温热而且有张力，就像是吸附住他的整个手掌了一般，让陆青阳产生一种血脉相连的感觉，越发肯定自己不会吃这枚蛋。陆青阳随即发现，在他抱住这枚蛋的时候，蛋就像是有了意识一样，自主地向他渴求着什么。

陆青阳犹豫了片刻，决定赌上一赌，放松了身体，把整个人都向对方开放。就在他放松的那一刹那，身体内的火系能量猛地一跳，疯狂地向蛋内涌去。

陆青阳吓了一跳，但他身在赤炎山脉的中腹之地，最不缺的就是火系元素。他拒绝一旁林子苏的援助，把周围的火系元素吸收到体内，用火系法术运转一周天再小心地注入那枚蛋内。

不让林子苏帮忙，是怕他借机把这枚蛋直接烤熟了吃……陆青阳无奈地想着。

林子苏此时也知道这枚蛋并不是普通的蛋了，他看着蛋壳上的火焰纹路随着陆青阳的努力而渐渐加深扩大，皱眉嘀咕道："难道这是什么火系灵兽的蛋？可是为何会在夏之地？灵兽聚集地应该在春之地啊……"

其实林子苏倒真是猜对了，因为这枚蛋久久未能孵化，所以它的双亲只好死马当活马医，把它放在赤炎山脉之中吸收火系能量。但一枚蛋能有多少能力吸收能量？比刚出生的幼崽还不如。所以它在赤炎山脉中也不知道孤独地待了几百年，今日侥幸碰到了陆青阳，才算是熬到了头。

陆青阳眼看着蛋壳在他的努力之下，红色的纹路慢慢扩大，最终由一个白蛋变成了红蛋，再也不需要火系能量了。陆青阳疑惑地抱着这枚蛋，不知道下一步该怎么做才好。

"噗，其实这枚蛋是被你烤熟了吧？红通通的，看起来就很美味。"林子苏嗤笑道。

这枚蛋像是能听得懂林子苏的话，连忙摇晃了一下，把陆青阳吓了一跳，差点失手把蛋掉在地上打碎。

"这……不会是要破壳了吧？"林子苏赶紧示意陆青阳把蛋放在地上，竖起大拇指夸赞道，"还是小咩厉害，一枚蛋怎么够吃呢？怎么也要把幼崽养大再吃！"

陆青阳知道林子苏这回说的是笑话，但还是忍不住瞪了他一眼，因为他放在蛋上面的手可以感觉到蛋里面的小家伙正扑腾个不停。

好像是陆青阳注入的火系能量让小家伙有足够的力量破壳而出了，也好像是被林子苏的话刺激了，他们清晰地听到了噼啪一声，一个金黄色的尖尖的喙出现在蛋壳破碎的地方。

陆青阳和林子苏惊喜地对视了一眼，均有种说不出的感慨。生命的诞生，总是能让人感到敬畏。

林子苏阻止了陆青阳想要去帮忙的手："小咩，破壳是需要靠它自己的力量的，就算是它的父母在，也不会帮忙。如果它不能熬过这一关，那么它也很难生存下去。"

陆青阳便收了这个心，揪心地坐在一旁看这个小生命开始为跨过它的第一道坎而努力。

那个尖尖的喙在戳了一个洞之后，好像就用尽了它全身所有的力量一般，好半天都再也没有动作。就在陆青阳急得不行的时候，忽然听到啾的一声脆响，金黄色的喙中突然吐出了一团火焰，蛋壳在噼啪声中碎裂了一地。

林子苏和陆青阳两人瞠目结舌地看着站在蛋壳碎片上的那只鹅黄色的小胖鸡，好半天都没找回自己的声音。半晌之后，林子苏艰难地说道："看起来好肥啊……小咩，我们还是把它炖了吃了吧……"

小胖鸡像是听懂了林子苏的话，立刻展开它那小得可怜的小翅膀，啾的一声便朝林子苏喷出一团火。别看它的身材小小的、胖乎乎的，但喷出来的火势很大，吓了陆青阳一跳，急忙去拽林子苏的手腕，却没承想一下竟没拽动。

小胖鸡看着那人站着一动不动地生生受了它的攻击，一开始还觉得非常得意，啾啾地叫了几声之后，才发现对方连一根头发都没烧着，气愤地在那人身边跳脚。

"啧，岩浆都伤不了少爷我，你这小胖鸡还能伤得了我？"林子苏一边装模作样地弹了弹身上并不存在的灰，一边嗤笑道。

陆青阳确定林子苏身上真没事后，才发现有点问题："咦？林，它好像能看到你啊！"

"嗯？"林子苏也察觉到这一点，忍不住伸出手想去碰触那只小胖鸡，可是对方却根本不买他的账，以为他要来报仇了，急忙迈着小细腿，朝陆青阳的方向奔去。

"啾啾！"小胖鸡扑扇着翅膀，竟然跳了起来，一下子扑到陆青阳的怀里，把脑袋深埋了进去。

怀里抱着毛茸茸的一团，陆青阳感觉到自己的心都柔软了起来，腾出一只手来帮它顺着身上有些凌乱的绒毛说："林，我们养它好不好？"

"随你。"林子苏撇了撇嘴，早就预料到自家小咩肯定心软不肯吃掉这小家伙，"不过，你知道它是什么东西吗，你就敢养啊？"林子苏还是觉得亏大了，明明是上好的一个储备粮，怎么突然之间就要变宠物了？宠物的话，他们反过来要负责给它找吃的欸！

"鸡？火鸡？会喷火的鸡？"陆青阳对灵兽的了解更是少得可怜，他每说一句，他怀里的小胖鸡就抗议地啾一声。

林子苏倒是知道一些，但春之地的灵兽也有杂交的情况出现，会喷火的火系灵兽也很多见，再怎么样，这只小胖鸡也不可能是顶级灵兽凤凰鸟吧？林子苏干笑了两声："我看它对你还挺亲近的，我又不怕它攻击，就先养着吧。"

陆青阳知道可能是他给小胖鸡输了火系能量的缘故，还有可能是因为小胖鸡出来第一眼看到的是他，雏鸟情结很严重。不过雏鸟情结反过来也是成立的，陆青阳还是头一次见到新生的小生命，又是在自己的帮助下孵化出来的，所以喜爱不已。此时见林子苏彻底应允了下来，陆青阳便放下了心，摸着怀里的小胖鸡喃喃道："你经常'啾啾'地叫，就叫你'肥啾'吧。"

起了名字不好，起了名字就有感情了，到时候怎么做储备粮？林子苏不满地腹诽道，却也没敢当着陆青阳的面说出口。他走过去试着碰触肥啾的身体，讶异地发现自己的手感觉到了对方细软的绒毛。

"奇怪，你刚刚还碰不到肥啾的蛋呢！"陆青阳睁大了眼睛，同样一脸的难以置信。

"现在和刚刚……差别只是肥啾向我喷了一下火……"林子苏仔细地回忆着，然后激动地从陆青阳的怀里把肥啾拽了出来，"快，再向我喷一次！"

肥啾扑扇着翅膀，张开小尖嘴，铆足了劲，然后……从嘴里喷出一团黑烟……

林子苏的额头暴出青筋。

陆青阳忍着笑把肥啾接回了怀里，然后从空间玉镯中掏出干净的手帕递了过去。虽然林子苏可以控制自己的形态，但是不能改变他身上带着的物体，灰尘也是一样的。

林子苏即使是擦完了脸，那脸还是黑的，自然是被气的。

肥啾装无辜地扭过头，其实它真的尽力了，它才刚刚破壳出生好不好！不能虐待雏鸟好不好！

林子苏憋着一肚子的火，却也拿这一大一小没办法："小咩，去给它喂它的蛋壳吧，听说凡是卵生的灵兽，那蛋壳中都含有它母亲留下来的精血。"

肥啾一听立刻来了精神，也不等陆青阳反应过来，立刻就跳下了地，扑扇着翅膀跳了过去。

其实并不是肥啾和其他灵兽不一样，而是卵生的灵兽一般在破壳的时候，都耗尽了所有体力，自然而然地就会找最近的东西吃下，来保证有力气站起来。而肥啾本就在陆青阳的帮助下，蓄满了火系能量，甚至在破壳的时候就直接喷了一次火，所以并没有饥饿到找东西吃的地步。

不过林子苏的提醒，倒是让它觉得不吃就亏了，转眼就吃了一小半蛋壳，然后觉得身体里火系能量爆棚，几乎就要冲体而出，一扭头便看到了碍眼的林子苏，想都不想就喷出来一根火柱。

林子苏也不闪不躲，这次潜心体会了一下火焰附体的感觉，真让他有了点新发现。这小胖鸡喷出的火焰，竟是世间最难得一见的纯火。这样的纯火若是烧到一般人的身上，保证那人连哼都不能哼一声，立刻化为灰烬。

看来这个小胖鸡倒真有点来头。林子苏看着肥啾胖乎乎的身体，其实心里还是觉得不能吃炖鸡很遗憾。

一般人可能会受不住肥啾的纯火，他倒是甘之如饴。

林子苏飞快地分析着他现在的情况。他的虚幻灵魂体是由单火系炼成，但其实还是依附于陆青阳身上的匕首中所蕴含的灵气，这也就是为什么只有陆青阳一个人能看到他。而自身继续修炼下去倒也是个办法，不过总会有其他途径帮助他快速进化的。

例如他现在身处的是这片大陆上火系灵气最密集的地方，例如他经受了纯火洗礼，甚至他之前掉入岩浆，或许也让他的火系灵魂体有了些许进化。这样说来，他若是待在这里，恐怕很快就能让自己的火系灵魂体突破。

可是这样的环境，小咩肯定无法撑下来……

陆青阳并没有察觉到林子苏的纠结，他在一旁欢乐地看着肥啾低头吃一阵蛋壳就跳起来朝林子苏喷一下火，场面非常滑稽。可能在潜意识里，陆青阳也恨不得能有谁欺负一下林子苏，虽然林子苏貌似并不在意肥啾的挑衅，但单从画面上看像那么回事，就让陆青阳很满足了。

不过看着看着，林子苏身体上的改变就连不甚注意的陆青阳都发觉了，忍不住朝他走了过去："林，你的身体好像真实了好多。"

肥啾一看陆青阳走了过来，立刻停止了对林子苏的"暴行"，挺着肥肥的肚子坐在地上，打了一个大大的饱嗝。

林子苏无语地看着一个烟圈在空气中消失，总觉得这只喷火鸡以后是个大麻烦。

陆青阳见林子苏并不回答，不由得担心地用手碰了碰他的肩膀——不会是真被肥啾烧坏了脑子吧？

林子苏捏着陆青阳的手，笑了笑道："我没事，不过我们虽然多了一个肥啾，可是眼前的问题依然没有解决，我们要赶紧找出去的路才行。"

陆青阳挑了挑眉，虽然林子苏什么都没说，但他难道没有眼睛，自己不会看吗？

"林，是不是待在这里，对你有莫大的好处？"陆青阳说完，又很严肃地加了一句，"不要骗我。"

林子苏扑哧一声笑了出来，心情颇好地笑道："小咩，你傻了不是？就算是对我有莫大的好处，我们也可以下次带足了干粮和清水再来啊！你搞得这么严肃做什么？"

陆青阳黑了脸，知道自己又被嘲笑了，偏偏还找不出理由来反驳对方。自己刚刚冒出的傻念头现在想起来也都觉得丢人，更是觉得憋气。

# 第三十章
## ◇ 炼 制 稀 金 ◇

　　林子苏和肥啾就像天生不对盘的两个冤家一样，但肥啾也是个聪明的小家伙，很快就知道自己的火焰对林子苏不管用，只好跳入陆青阳的怀中，表示绝不屈服于"恶势力"。

　　林子苏虽然看着来气，但他知道现在摆在眼前的难题并不是这一件。溶洞内依旧是那样错综复杂，根本没有因为他发现了肥啾而产生任何改变，他们依然在短时间内走不出去。

　　林子苏的脸色随着时间的推移变得越来越难看，因为他发现自己把事情想得太简单了。在四季之地的四处圣地之中，暮秋岭最繁华，春之地次之，而冬之地与夏之地的圣地几乎可以说是人迹罕至。赤炎山脉的中腹之地的溶洞，就像是蜘蛛网一样复杂无比。而且更可怕的是，暮秋岭之下有一个阵法，纵使迷路一段时间，也总有走出去的一天。但赤炎山脉的溶洞，根本就是一个天然迷宫，有些人甚至连入口都找不到，更遑论在迷宫中找出口了。

　　陆青阳为了节省体力，也拗不过林子苏，被林子苏背在身上。他昏昏沉沉地睡了许久之后，睁开眼睛时发现周围的景色根本没有什么变化。

　　不是说林子苏又转回来了，而是这溶洞内的景致基本差不多，而且昼夜不分，长时间处在这样的环境之下，很容易让人产生一种陷入某种醒不过来的噩梦之中的感觉。

　　林子苏听到背上陆青阳的呼吸声变化，知道他已经醒了，立刻把他放下来，从玉镯中拿出清水递了过去。

　　虽然已经渴到了极点，但陆青阳并不敢喝得太急，而是一小口一小口珍惜地喝着。

从空间玉镯中拿出来的水有些凉，润泽着干渴的喉咙，陆青阳的精神好了一些，这才发觉肥啾正歪着小脑袋，好奇地瞅着他手中的水壶，小翅膀微微张开跃跃欲试，大有立刻就要扑上来的架势。

陆青阳这时才发觉自己忘记了肥啾，林子苏不用喝水，但刚出生的肥啾需要啊！

林子苏把陆青阳手中的水推了回去，嗤笑道："这胖鸡不用喝水，它是火系灵兽，此地对于它就是最好的补品。"

肥啾扑扇着翅膀，啾啾地抗议着。眼见着马上要到嘴边的闪亮亮还会流动的东西又从嘴边被推走，肥啾终于忍不住尖锐地啾了一声，只见一根比之前更大的火柱升腾而起，朝林子苏轰去。

林子苏从容不迫地把陆青阳推开，他自是不怕肥啾的纯火洗礼，但是在下一刻他便发现不妥。因为两人重新开始上路，所以那块稀金自然是挂在他的腰间。他的灵魂体虽能承受得住肥啾的纯火，但就算是这片大陆之上最珍贵的金属稀金，也难以抵挡。

眼看着包裹着稀金的包袱瞬间化为灰烬，而稀金也在纯火中掉落软化，林子苏立刻用手接住。虽然温度高得让一般人无法忍受，但对灵魂体的他来说倒无所谓。只是稀金已经被纯火熔化，软趴趴地不成形状，眼看着变成了液体，就要从林子苏的指缝间滑落。

"小咩！快用风系法术！"林子苏焦急地大喊。稀金之所以珍贵，不仅仅是因为它稀少，还因为它一旦炼化成液体之后，如果没有炼成法器，温度降下来重新凝形，就不是那价值连城的稀金了，而会变成失去了空间法器效用的普通金子。

陆青阳虽然对炼器不太了解，但在之前与大哥相处的时候，那个叫慕融的男子曾经把稀金的重要性当成知识给他普及了一下。也幸亏是慕融的这句多嘴，避免了这么大的一块稀金被浪费的惨剧发生。

一股小型旋风平地而起，恰好把林子苏手中的即将掉落的稀金液体给重新卷了上去。而肥啾之前喷的纯火早就已经熄灭，林子苏只好自己施展火系法术，来维持手掌中的温度。

"小咩，没时间了，赶紧从空间玉镯中找出那块赤红色的椭圆形宝石扔过来，还有在脑海中想象一个器物的形状，用风系法术雕琢，用水系法术降温！"林子苏现在也没法子，只好死马当活马医。

肥啾知道自己闯祸了，立刻朝溶洞的深处奔去，小翅膀扑扇扑扇地居然带起它那肥胖的小身子飞了起来。

陆青阳左右为难，但肥啾跑走了，一会儿还能去追它，而且那小家伙颇通人性，不愁找不到它。林子苏这边却已经是刻不容缓了。

陆青阳从空间玉镯中翻出一块赤红色的宝石，林子苏之所以指明要这一块，是因为在遍地宝石的溶洞中，这一块是肥啾费了很大的功夫从众多宝石中叼出来的。

这红宝石在被叼出来的那一瞬间就被林子苏没收了。对于赤炎山脉的宝石，林子苏和陆青阳都一窍不通，只好信任肥啾的眼光了，也总比自己瞎找强。

"就这一块吗？我们……这就开始炼器了？能不能行啊……"陆青阳非常犹豫，他们这两个毫无炼器经验的人来炼制这世上最珍贵的稀金，岂不是焚琴煮鹤，暴殄天物啊！

"可我们若不试一下的话，那么这块稀金就完全报废了。"林子苏也很无奈，都是那只笨鸡惹的祸！

陆青阳也知道事已至此，只好硬着头皮试试了。他正要运用风系法术把赤红色宝石投进去时，溶洞深处传来了翅膀扑扇的声音，竟是肥啾去而复返。

肥啾一下飞一下跳地冲了过来，从嘴里吐出一块青绿色的菱形宝石。

"你的意思是让我们在稀金法器上镶嵌这块宝石？"陆青阳知道肥啾能听懂他们说话，但不知道它居然对炼器还有了解。

肥啾的小脑袋点了点，然后看到了陆青阳手中的赤红色宝石，用嘴叼了下来，和青绿色的放在了一起。

"两块都要？"陆青阳问，见肥啾又点了点头之后，索性把玉镯里这几天他们收集的宝石哗啦啦地全都倒了出来，铺了一地，"肥啾，你自己来看，还需要什么？"

肥啾也不客气，从宝石堆中扒拉出来一块金色的锥形宝石和一块白色的圆形宝石。肥啾本就是吸收了天地灵气的灵兽，自然可以感受到这些宝石之中灵气最足的几块。

陆青阳见林子苏已经支持不住了，也不再多想，把四块宝石卷入火焰之中。风系法术操控着外围的风环绕，内部的风刃化为细刃精心雕琢。陆青阳闭上了眼睛，似乎把自己也融入了风之中，感受着稀金的柔软程度，把握炼制时的火候。

每当温度过高的时候，水系法术便会随之出现，降低温度，然后继续炼制……

如此反复多次，陆青阳感觉到法器已经成型，温度再也影响不了稀金的形状之后，才示意林子苏停止输送火焰。

林子苏看着手中的略大的金镯子，无比粗糙，但在四个方向上分别镶嵌着四块宝石，简单古朴，倒也别有一番返璞归真的雅致。林子苏感觉温度降下来之后，试着给陆青阳的手腕戴上去，然后感叹道："这镯子也太大了，你这一挥手就扔出去了啊！"

陆青阳奇怪地感到稀金在炼制之后，之前那种沉重的重量便没有了，这镯子戴在手腕上几乎没感觉。他听到林子苏的话后，不由得汗颜道："情急之下，也不知道做什么，只好模仿玉镯的形状做了一个，没想到会做得这么大。"陆青阳其实也觉得有些不妥，毕竟他们刚刚的那一段可以说是炼制法器，但其实说白了，也就是把稀金熔化了之后，重新塑个形而已。这就叫炼制法器？不会这么简单吧？

其实这还真的是陆青阳不了解，炼制法器最难的地方，就是在把各种材料融合的那个阶段。但他们炼制的这个稀金镯子，只有稀金，所以就免去了融合的那个步骤。而这世上，恐怕也不会有像他们这样浪费的修炼者了，这么一整块稀金单独做一个空间法器，这说出去都不会有人相信的。

林子苏看着金晃晃的稀金镯子与陆青阳的手腕一点都不匹配，不禁灵机一动。他把镯子摘下，然后半蹲下来。

陆青阳发觉林子苏开始脱他的鞋子，不禁惊讶道："林，你在做什么？"

"嗒，果然和我想的一样，当脚镯很合适！"金灿灿的镯子被套在陆青阳白嫩的脚踝，正正好好，林子苏满意地笑了笑。

林子苏刚想抬头说些什么，却发现陆青阳竟然就在他的眼前整个人突然间消失不见了！

陆青阳只觉得眼前一花，周围的环境便大变样。

此时他站在一片郁郁葱葱的树林之中，灿烂的阳光从树叶的缝隙间和煦地洒下来，温暖地笼罩在他的身上。偶尔有微风拂面，吹走他身上的汗水，带来一阵阵清凉。

相比起热得要命的溶洞，这里简直就是天堂。而且这里绝对不是赤炎山脉。

陆青阳环顾四周，发现只有他一个人，林子苏和肥啾都没有踪影。他唤了几声林子苏的名字，发现回应他的只有鸟鸣和树叶沙沙的声音，只好接受只他一个人来到此地的现实。

毫无疑问，他来到这里，肯定是因为他们刚炼制的稀金镯子。

因为稀金的数量向来稀少，就连任灭当初炼制琉璃玉滴的时候，也不过加了拇指大小的稀金。所以根本没有人单独用稀金炼制过法器，自然也不会有人知道不添加任何别的材料，单纯地用整块稀金炼制法器之后会有什么效果。

陆青阳左瞧瞧右看看，不由得摸着下巴疑惑着。这里明显是一处特别的空间，难不成他整个人是被拽进了这里，而不像是普通空间法器那样，只有死物才能进入？没有人知道真正的空间法器之中的异空间是什么样子，只能通过神识来探测空间法器之中的空间有多大，放入的东西在哪里而已。

陆青阳也不敢到处走动，一抬头发现不远处有棵桃树，在树杈之上结着累累的大桃子。陆青阳已经饿了好几天了，一见之下，也顾不得考虑这个空间中的食物能不能吃，立刻摘了一个桃子擦了擦，咬了一口，发现肉美汁多，比他吃过的任何桃子都好吃。

飞快地解决了一个大桃子，陆青阳又摘了几个在手中，心念一动，便回到了赤炎山脉的溶洞之中。

林子苏正带着肥啾焦急地四处找人，发现陆青阳完好无损地出现，立刻扑过去把对方紧紧拉住，生怕下一秒他又消失了。肥啾也学得有模有样，扑过去站在他的肩膀上。

不过肥啾立刻就发现了地上多出来的几个东西，它飞了过去，歪着头看着自己爪子下面踩着的一个桃子。它忍不住低头用尖嘴啄了一下，然后就被从未尝过的这种美味震惊得浑身战栗。

简直太好吃了！啾！

陆青阳和林子苏说了他刚刚去的地方，林子苏总觉得他描绘的地方听起来有些耳熟，可是他也不敢确定。

陆青阳想了想，决定还是再回去看看。他又寻着刚刚的感觉，启动稀金镯子，回到那个莫名的空间开始四处探索。

既然已经告诉了林子苏自己的行踪，陆青阳便不再着急回去，又摘下几个桃子果腹后，四处探查起来。

这片果林并不算大，走上一刻钟的时间，陆青阳便发现了一处山洞。在山洞的入口跨踏了片刻，陆青阳便决定入内去查看一番，就算是遇到了危险，他也可以立刻用稀金镯子回到赤炎山脉的溶洞里。

山洞之中很暗，陆青阳花了很长时间才适应了里面的黑暗，他从空间玉镯中掏出火石，找了一根树枝做成了火把。在这个空间之中，空间法器还可以用，这点也是令陆青阳感到比较奇怪的地方。

这个山洞很深，陆青阳小心翼翼地走着，在山洞的最深处，有一处洞室，他竟然发现其中有一个人！

准确地说，是一个人躺在了一块玉石之上。

这个人并没有因为陆青阳的到来而产生任何反应，陆青阳犹豫了片刻，决定上前看看。

在这洞室的四壁之上有灯台，陆青阳挥袖让火把上的火焰飘到了灯台之上，顿时洞室内一片光明。他的视线落到了躺在正中央的那个人身上，立刻惊诧地瞪大了双眼。

"林？！"

# 第三十一章
## ◇乾坤福地◇

陆青阳在看到林子苏的那一刹那，还以为林子苏也随着他进入了这个空间，事先躺在这里打算吓唬他。可是这个念头在陆青阳脑海中维持了不过一个呼吸的时间，便被他自己推翻。因为在他面前躺着的这个人，有实体，不像他所看到过的林子苏那样，是半透明状的灵魂体。

"林？"陆青阳试探着唤了一声，大着胆子走了过去，低头近距离地看着那静静躺在玉石之上的人。在摇曳的火光之下，陆青阳看着面如冠玉、俊秀得令人屏息的美男子，不禁为之失神。

他早就知道林子苏的相貌出众，而且才华横溢、天赋过人，在十七岁的时候就突破到了先天境界，现在就算是闭目静躺在此处，也能看得出来此人眉宇间的傲气。此等人物，就应该在大陆之上仗剑而行，不应该在一个不知名的山洞中沉睡，或者在像他这样的人身边流连。

陆青阳这时已经多少能猜到一些情况，他面前的这具看起来毫无生机的身体，恐怕就是林子苏的身体。但只要细细查看，便能知道这具身体应该是被他身下的玉石保持着原貌。也许林子苏并不是死后的鬼魂，而是生魂。他也曾提到自己是被人禁锢在了匕首之中，那么离了魂魄的身体，应该是被人放到了这块玉石之上，以期能有重新找回他灵魂的那一天。

原来他的稀金镯子并不是能产生空间，而是能连接两个空间。

陆青阳想到这里，便再也待不住了，赶紧回到赤炎山脉的溶洞之中，想要把在另一个空间里看到的一切告诉林子苏。可是当他回到溶洞中之后，却只看见抱着半个桃子正吃得起劲的肥啾，溶洞之内空荡荡的，根本没有林子苏的人影。

陆青阳唤了几声林子苏的名字，然后他就看到沸腾的岩浆之中，翻腾了起来，冒出了一个人形的凸起。

肥啾已经解决完一个大桃子，奔向另一个，继续低头开始奋斗。

林子苏待着也没什么意思，便一头栽进了岩浆河里。

他发现，这岩浆河中的火系元素格外丰富，而他的灵魂体就像是一枚磁石一般，疯狂地吸收着火系元素。虽然他不知道这种情况是怎么回事，但应该是好事。

所以林子苏就在岩浆河里躺了一会儿，这种温度就算对他没有危险，时间长了也有些令他难以忍受，因此他打算上岸歇一会儿。

他刚冒出头，就发现陆青阳正面无表情地站在岸边，用一种猜不透的表情凝视着他。

"小咩……你……没出什么事吧？"林子苏疑惑地问道。

陆青阳看着林子苏踩着岩浆河的河底岩石，慢慢地朝岸边走过来，他的下身依然在岩浆河之中，上身依旧是半透明的状态，俊美得无法用言语来形容，就好像是一个幻影，一碰就会碎掉。陆青阳忍不住半蹲下身，朝林子苏伸出手去。

林子苏吓了一跳，赶紧侧过头躲开："小咩！你做什么？我现在身上很烫，不能随便碰！"

林子苏从岩浆河中走出来后，陆青阳郑重其事地看着他道："林，我有件事要告诉你，你冷静地听我说。"

肥啾已经解决完两个大桃子，打了一个饱嗝，但还是把最后一个桃子用小翅膀揽进怀里。它瞅了一眼不远处说话的两人，毫无兴趣地打了个哈欠，抱着大桃子呼呼睡了起来。

陆青阳看着林子苏认真地说道："林，我刚刚看到你的身体了。"

"喏，我就在这里，随便你看。"林子苏眨了眨眼，不明白陆青阳的意思。

陆青阳无奈地撇了撇嘴道："我说刚刚在一处洞穴之中，看到了你的身体躺在一块玉石之上……"

林子苏一怔，随后讶异地问道："小咩，你不是在说笑吧？"

陆青阳皱着眉解释道："我们炼出来的这个稀金镯子，好像能让我穿梭到另一个空间。"

林子苏知道陆青阳很少开玩笑，尤其在这么重要的事情上，就更不会和他说笑。只是他做鬼已经做了十多年，一下子被告知他的身体还在，这令他有些难以置信。

既然能认出来那身体是他，说明并没有腐坏……林子苏的手臂颤抖起来，想要询问具体的情况，却有些难以启齿。万一腐化到一半呢……

陆青阳一见这种状况，只略想一下，便知道林子苏在担心什么，主动揽上他的肩膀安抚道："放心，你的身体完好无损。定是你的生魂离体，有人把你的身体放在一块玉石上保存下来了。我在书上看到过记载，曾经有人生魂离体之后又苏醒复生，你的情况也一定是这样的。来，我带你过去。"

　　林子苏眼巴巴地看着陆青阳拽着他的手，然后突兀地消失在空气中。

　　还没从失落中回过神，陆青阳便再一次出现在他面前，清秀的脸上布满了不解。

　　"咦？为什么只有我能到那个空间里去呢？"陆青阳不甘心地又试了几次，还是同样的结果。他索性把稀金脚镯摘下来，套在林子苏的脚踝，让他自己进入那个空间。

　　林子苏努力试了几次，颓然摇头道："不行，我怎么也调动不了这镯子之中的能量。"

　　"怎么会这样？这稀金镯子里也没有滴血认主的灵笋啊！为什么我能用而你用不了呢？"陆青阳焦躁地咬着手指甲，想不通是什么原因。

　　"可能是这稀金镯子只够一个人破开空间界限，而这镯子上还镶嵌着四块宝石呢，也不知道有什么功用，也许有一块是用来认主的。"林子苏把镯子重新套在陆青阳的脚踝，反过来安慰陆青阳。反正知道他身体还在，这就已经是一个很不错的消息了。

　　"可是……"陆青阳觉得十分不甘心，就差那么一点，"要不我们再炼一个稀金镯子？可是又要上哪里找这么多稀金啊？"

　　"或者灵魂就是不能跨越空间呢！"林子苏轻松地摊了摊手，"应该是我师父他们把我放到那一处山洞之中的，我们也没必要非要通过稀金镯子去，可以去找他们，让他们带我们去山洞里不就可以了吗？"

　　陆青阳双目一亮："没错！等我们出去之后就这么办。"

　　林子苏满意地笑了起来，之后像是想起了什么似的问道："小咩，你在我的身上有没有看到一块玉佩？"

　　陆青阳匆匆地消失，又匆匆地出现，摇头道："没有，你腰上什么都没挂。"

　　林子苏的眼角抽搐了一下："那有没有看到玉质的腰带？"

　　陆青阳的身影闪了一下，继续摇头道："没有，是布制的腰带。"

　　林子苏的额头暴出青筋："我左手上的戒指呢？"

　　"没有。"

　　"头发上的金冠？"

　　"也没有。"

　　"衣服上的琉璃扣？"

"没有……林，我已经把你身上都看过了，什么饰品都没有……"

林子苏把牙咬得咯咯直响，对师门仅存的半分好感都消失得一干二净。他苦心搜集的空间法器和里面的各种极品宝石、丹药、矿石、法器啊！！！

"啊！！"

"林，东西没了就没了，你还在就行。"陆青阳见林子苏气得头发都要竖起来了，赶紧给他顺毛。

林子苏也知道自己是妄想，他的身体还在就已经是奇迹了，如果那帮师兄弟还能把他的东西好好留着，那就是神迹了！林子苏颓然坐在一块岩石上，叹气道："东西被拿走就被拿走了，只是那些空间法器之中多少还会有些吃的和淡水，若是还在，你就不愁在这里困着没吃没喝的了。"

陆青阳闻言心中一片温暖："没事，那空间里有很多桃树，还有许多果树，饿不死我的。"

因为稀金镯子而发现的异空间，解决了陆青阳的生存问题，所以这一人一魂一鸟的队伍，便继续在赤炎山脉的溶洞之中转悠。因为有了肥啾在，林子苏用大桃子引诱它，指挥它去探路，顺便采集珍稀宝石，他自己则一有空就泡在岩浆中炼制魂体。

他不知道这样炼魂下去，自己还能不能回到原来的肉身之中。但他知道，乾坤山脉离此地很远，他若是不抓紧这个时机炼制魂体，恐怕在找到自己的身体之前，就魂飞魄散了。

他不甘心。

陆青阳不知道林子苏的情况，只以为泡岩浆对他有益处。在林子苏泡岩浆的时候，他便通过稀金镯子进入那片异空间，继续朝四周探索。

经过多日的探索，陆青阳发现通过稀金镯子能进入的这片空间足足有陆家后山那么大，放置林子苏身体的那个山洞处于正中央，其余部分都是看起来杂乱无序的果林。如果他再想往外走，就怎么都走不出去了，应该是刻意布下的阵法，防止外人进入，也禁止里面的人出去。这片空间的阵法应该动用了许多稀金法器，所以才引起了他的稀金镯子的共鸣，让他穿越到此处。否则应该无人能进，也无人能出。

陆青阳不禁无语，林子苏的那些师兄弟难道就不会担心，万一林子苏突然醒过来，身上的空间法器又被洗劫一空，会活活在这阵法里困死饿死？

哦，也许这周围的桃树就是怕他饿死才栽的吧……

陆青阳照例摘了一个桃子吃了起来。不过一连吃了许多天桃子，就算这里的桃子再好吃，他也吃厌了。吃完一个桃子，陆青阳擦了擦手上的果汁，照例摘了许多个带回去给肥啾。虽然他吃桃子吃得快吐了，但肥啾非常喜欢吃。把这些桃子收到空间玉镯之中后，陆

206

青阳看着身边的小溪，忍不住跳进去洗了个澡。

有吃有喝又有澡洗，真要感谢肥啾不小心熔化了稀金，否则他此时肯定没有这么惬意。可惜的是林子苏进不来这里，他也有想过把林子苏的身体带出去，但考虑到不知道这个阵法是否干涉时间流逝，万一把他的身体带出去了，反而腐化了怎么办？

正打算上岸从空间玉镯中拿出一套新衣服换上时，陆青阳却忽然听到有人在说话。

在听到说话声的那一刻，陆青阳第一反应就是躺在山洞里的林子苏已经醒过来了。毕竟在这片空间里，他早就探查过，只有他和林子苏的身体而已。但陆青阳转过头之后，却发现他看到的是两个人影，这下将他骇得不轻。因为他知道，虽然这里对于他来说出不去，但是布下这个空间阵法的人却可以进的来。

看来这两个人应该就是林子苏的师兄弟，可是陆青阳低头看自己还未穿上衣服，便说什么都不敢直接面对那两个陌生人。

当林子苏看到光溜溜的陆青阳出现在他面前，立时目瞪口呆。

陆青阳也不理他的呆滞，飞快地穿上衣服，一边穿一边迅速地说道："林，我刚刚在那个空间里看到了两个人，应该是你的师兄弟吧？"

"什么？"林子苏颇感意外地眨了眨眼睛。

"你告诉我一些你的事情或者师门凭证什么的，我好和他们沟通一下，让他们相信你的魂体在这里。"这也是陆青阳急忙回来的一个原因，不光是怕自己狼狈的模样被人看到，还必须要让对方相信他的身份，否则引起了什么误会，反而把他抓起来就糟糕了。陆青阳虽然没有听过林子苏详细介绍他的师门，但也能察觉到那师门的来头不小。再加之存放林子苏身体的那片空间布置得很巧妙，恐怕是人家的禁地也说不定。

"别去别去！他们从小就最喜欢抢我的东西了，他们一看到你肯定会把你抢走的！"林子苏一想到自己收藏的那些空间法器全都不见了，立刻动作迅速地把他脚下的稀金镯子拿了下来。

"其实重点是这个稀金镯子吧？"陆青阳觉得林子苏有些小题大做了，估计是知道自己身上的饰品被洗劫一空之后的后遗症。

"当然有这么严重。"林子苏忧心忡忡，绝不夸张。他之前在恢复意识后，不想向师门求救，就是不想让陆青阳被那些怪人看到。拥有八系天赋，上千年来也没有听说过啊！就算是自己的身体在那里，他也想着时候自己回去，不带陆青阳一起。

陆青阳并没有把林子苏说的话当回事，他也知道林子苏这人说话喜欢夸大其词。他想伸手去够林子苏手中的稀金镯子，但林子苏要比他高上许多，他根本就够不到。

"乖，小咩，听话。"林子苏看到陆青阳直跳脚，心情也好了许多，笑眯眯地说道。

陆青阳最恨的就是林子苏这种把他当小孩子看待的模样，当下眸光一闪，嘴角微翘，使了个风系法术，把林子苏手中的稀金镯子卷了下来。

林子苏苦笑着看着陆青阳消失，几分懊悔刚涌上心头，就见陆青阳又闪了回来，表情也有些不大对劲，连忙追问道："小咩，怎么了？出什么事了？"

陆青阳神情古怪地想了想，才缓缓说道："好像出了问题，我刚刚转到的地方竟然是一片湖泊的上空，要不是我回来得快，这会儿就掉下去了。"

林子苏一愣，随即哈哈笑道："肯定是我的师兄弟们发现了有人入侵，改变了阵法，你就进不去了。"

陆青阳不信，来来回回用稀金镯子往返了多次，每次去地方都不一样。好像对方真的改变了那处山洞的空间阵法，稀金镯子也失去了定位的功能，随机传送。也幸亏每次回来都能回到赤炎山脉的溶洞之中，等陆青阳第七次打算再试的时候，林子苏担心地阻止了他，怕他万一回不来就糟糕了。

"怎么会这样？"陆青阳不解，这样乱定位的稀金镯子，究竟有什么用啊？根本就是鸡肋嘛！

"没关系，虽然他们平时很不靠谱，不过相信他们会保存好我的身体的。"林子苏反而很高兴，"幸亏之前你为了肥啾摘了很多桃子，倒不愁这一段时间的吃喝了。"

刚刚飞回来的肥啾听到点名，啾的一声，落在了陆青阳的肩膀上。不过陆青阳的肩膀对于它来说有些窄，一个没站稳，胖乎乎的身体一歪，直接往地下摔去。

陆青阳哭笑不得地把肥啾接在怀中，只好打消了重新寻找林子苏身体的念头。


乾坤山脉，乾坤福地。

墨子初低头看着躺在玉石上沉睡的林子苏，摸着下巴沉思着。

孟子棋从山洞外脚步匆匆地走了进来："大师兄，阵法已经变了，这片福地之中我也查看过，再也没有别人了。"

"有人，来过。"墨子初淡淡地说道。

"嗯？真的有人来过？我看四师兄还是睡得很香嘛！"孟子棋熟知墨子初说话喜欢两个字两个字说的习惯，不以为意，"那个少年究竟是怎么进到这片福地之中的呢？师父他真是吹牛，还说没人能进得来呢！这传说中压箱底的乾坤阵法真是弱爆了！看我回去怎么嘲笑他！"

"灰烬，脚印，身上……痕迹……"墨子初不紧不慢地说着，到最后一句时，不由得停顿了片刻，冷峻的脸容闪过几分古怪的神色。

"有火把点燃过留下的灰烬，沙地上有陌生的脚印，四师兄身上……有被人翻看过的痕迹。四师兄……哈哈哈哈！他要是知道了……哈哈哈哈！大师兄，你想笑就笑吧，别忍着，会憋出毛病的。"孟子棋一本正经地拍着墨子初的肩，然后自己先忍不住了，扶着洞壁哈哈大笑，"还是我有先见之明，把四师兄的空间法器都收了起来，否则岂不是便宜了外人？"孟子棋话音刚落，便暗叫不好，立刻严肃了起来，若无其事地转身向外走。

"回来。"墨子初只是向后虚按了一下，孟子棋便再也走不动了，慢慢地一点一点地被扯了回来，"拿来。"

孟子棋大呼倒霉，但面对着威严的大师兄，只好磨磨蹭蹭地从怀里掏出一个玉佩，万分不舍地递了过去。

"继续。"墨子初自然不会认为孟子棋只拿了一个玉佩。

孟子棋在怀里继续艰难地掏啊掏啊，费了好大的劲才掏出一颗指甲盖大小的琉璃扣。

"继续。"

"还继续？嗷！大师兄！你剥削得太过分了吧！"

"快点。"

"……"


赤炎山脉，赤炎城。

一道黑影闪进一座看似普通的民宅，在黑暗中蛰伏了许久，见身后毫无动静，才轻舒了一口气，摘下面罩，露出里面带着刀疤的脸容。

"师兄，你怎么弄得如此狼狈？"屋中忽然响起一位少年清冷的嗓音，还带着些许嘲讽。

刀疤汉子冷哼一声，并不想多解释什么，只是把手中的面罩摔在地上，从空间法器中取出烈酒，狠狠地喝了一口。

一点绿幽幽的冥火在少年的食指间无声地燃起，映照着少年煞白的面容，虽是年少英俊，却让人生出一种毛骨悚然的寒意。

"莫不是稀金没有到手？"少年黑黝黝的眼瞳朝刀疤汉子身上一看，没有看到预期中的小包袱，目光中越发透出不以为然。

刀疤汉子眯起了双目，无比后悔当年把这孩子捡回了穹天崖，还起名叫什么无言！分明每说一句话都要气死人！

第三十二章
## ◇ 玄 英 洞 ◇

刀疤汉子压下心底的怒气，点燃屋内的油灯，然后习惯性地在屋中四下查看。

"他不在，不用找了。"无言知道刀疤汉子在找鬼将，不悦地眯起了眼睛。鬼将虽然是他这个师兄炼成的，但最终是和他签了血契，按理说算是他的所有物了。

刀疤汉子不爽地冷哼一声，他都已经好几年没有见过他的鬼奴了。这次感应到这个小师弟在赤炎城，特意过来一趟，结果还是没有见到。

无言淡定地坐在那里喝茶，心知肚明这位师兄过来找他是为了什么，但他偏偏不如师兄的愿。多年前是这位师兄带他回穹天崖的，后来又是因为这位师兄，师父才收他为关门弟子，按理说他应该最亲近这位师兄才对。可是不知道为什么，他只要看到他脸上的刀疤就会觉得心烦意乱，止不住地从心底升起怒火。

究竟是为什么呢？

无言的脸上依旧挂着淡薄的微笑，连为师兄倒杯茶的意思都没有，眼神冰冷地看着那跳动的烛火。

刀疤汉子也是止不住地后悔，当年他为什么一时心软把这个破孩子带回了穹天崖，又为什么让师父发现这个破孩子在驭鬼方面的天赋，直接把他的鬼奴抢走了。虽然后来师父也给了他一个上品法器作为补偿，但那能和他多年精心炼制的鬼奴相比吗？

所以刀疤汉子在看到无言的时候也是无名火顿起，此时发觉见鬼奴无望，也起了离开之意，但在走之前想起一事，皱眉问道："是师父派你来赤炎城的？"

无言瞥了他一眼，轻蔑地勾起唇角："放心，师父他老人家虽然神通广大，但也没有预料到师兄你夺取稀金失败。我来，是被昊天谷邀请，来共议焚天派之事。"

"焚天派？"刀疤汉子懒得计较无言话语中的嘲讽，他不跟小孩子一般见识。

"好像是任灭终于触了昊天谷的逆鳞，昊天谷发帖到四季圣地，打算制裁任灭。"无言把玩着手中的茶杯，淡淡地说道。在这片大陆之上，尊者的数量极少，但他们拥有的力量却相当强大，所以一旦有尊者引起众怒，必须按照惯例由四季圣地派人举行四季圣会，做出决定。毕竟若是一个尊者蛰伏在暗处，肆意报复，那么就算是千年传承的门派，也经受不起这种折腾。所以一旦有这种情况出现，四季圣地便联合起来，就算不能把那个尊者置于死地，也可以生擒对方，或者逼迫对方妥协。

"原来如此。"刀疤汉子撇了撇嘴。自那日之后，任灭追杀了他十天十夜，他虽然不至于露了面容暴露来历，但也吃了不小的苦头。今夜任灭忽然离去，他还以为是对方下的圈套，原来是后院起火了。至于师父派小师弟前来，倒也没有什么，初期的商议并不需要大人物出面，各门派的年轻弟子便可以胜任，毕竟只是了解情况和表态而已。

刀疤汉子既然知道了自己想要知道的，就再也不想在这个房间内与这个讨人厌的小师弟独处，转身向外走去。

无言在他步出房间的那一刻，微笑着举杯遥送道："师兄放心，我会让任灭有个不错的下场的，为你出气。"

咣！房门被狠狠地摔上，无言看着那门板化为粉末，眯起了双眼。许久之后，心头压抑的怒火才因为刀疤汉子的离开散去些许。

因为房门被毁坏，一股夜风带着夏之地特有的燥热灌进屋中，桌上的灯火摇晃了几下，最终嘶的一声，无奈地灭去。就在灯火熄灭的那一刻，无言的右手边凝聚起了一个人形的黑影，一开始像是浓墨般深沉，渐渐地面容有了凹凸，竟如常人一般有了五官。

"若是师兄看到你，恐怕会更生气吧。"无言的笑容中添上了一丝温暖。自从他有记忆以来，陪在他身边与他形影不离的就是鬼将，虽然鬼将不能说话，但在他的心里，没有人比他更为亲近。就算是师父也没有。

无言懒得去点桌上的油灯，直接用手指释放了一点幽冥之火，转头往身边的鬼将看去。这些天鬼将正在进阶，所以他没有赶往昊天谷，一直待在赤炎城休息。此时鬼将现了身，恐怕是进阶有了些许进展。

无言仔细地端详着鬼将脸上新浮现的五官，越看越觉得眼熟，正想询问的时候，余光看到墙边的铜镜中映照出自己的脸容，不禁失笑道："鬼将，你化形为什么还选我做样本啊？不过，这眉眼虽然像，可是年纪好像不大对劲……"

鬼将并没有回应，就像是听不大懂他的言语一般，黑黝黝的眼瞳直勾勾地看着他，透出一种说不出来的温柔。

无言接触到他的目光，心底一颤，好像很久以前看到过这样的目光，只是……是在什么时候呢？他心中空荡荡的，什么都想不起来。

"我……我先去睡了，明日就要去昊天谷了……"无言已经习惯了对着鬼将自言自语，按理说他应该对鬼将的化形感到万分高兴才对。

可是……这打心底涌起的悲伤，究竟是因为什么呢？


慕融担心地看着身旁强撑着的陆青鸣，自陆青阳被任灭带走，已经过了十一天了。

生死不明。

他们去过焚天派，却被告知任尊主并未归来，虽然不知道是不是对方的托词，但已经可以预料到任灭并不会轻易地放人。

陆青鸣回到昊天谷之后，在谷主大人闭关的山门前跪了三天三夜，虽然没有得到谷主大人的回应，但长老们决定邀请四季圣地的尊者，对任灭进行制裁。

到今日，其余三大圣地的人来了两处，只剩下冬之地穹天崖的玄英洞还没有来人。慕融看着天色，今日便是约定之日，玄英洞的人若今日不来，那么这四大圣地三缺一，这四季圣会便开不起来。

若是四季圣会开不起来，那么任灭就没人能制裁得了，光凭昊天谷，还真的奈何不了任灭，毕竟大部分长老都是任灭的师叔师伯师兄弟。这次也是任灭做得有些过分，到手的稀金没了，外加看在陆青鸣的面子上，昊天谷才如此大动干戈。若四季圣会开不了，那陆青鸣还真是无处说理了。

一想到陆青鸣好不容易找到的小弟，就这么被人带走了，慕融觉得心下惨然。

"青鸣，你几天都没休息了，还是先回去歇一歇吧。"看着陆青鸣站得笔直的身体摇晃了一下，慕融终于忍不住开口劝道。陆青鸣生怕错过了玄英洞的来人，已经在昊天谷的谷口一连站了好几个日夜了。

"不用。"陆青鸣想都不想就拒绝了。其实说是众人商议，但出不出手其实看的还是昊天谷的面子。他也想和来人提前搞好关系，到时候对于对方而言也不过是一句话的事情，却可以找回他弟弟。他真的没想把任灭怎么样，长老们也不能对从小看到大的任灭下狠手，其余三个圣地的人跟任灭也没有什么仇怨，更何况炼器师本就受人尊敬。

他只是想给任灭施加压力，好让他把小弟还给他……

陆青鸣握紧双拳，再一次体会到自己的无力。他还是和以前一样，无法保护自己所钟爱的人。

"青鸣！有人来了！"慕融的声音忽然传来，打断了陆青鸣的愁思。

陆青鸣下意识抬头朝谷口看去，却望见一张颇为熟悉的脸容，惊喜地飞身掠去。

"小弟！你回来了！"

陆青鸣飞身到了来人身前，刚挂在脸上的笑容却凝固了。

方才因为离得远，再加之一时劳累过度而眼花，他才认错了人。面前的这位少年看起来比陆青阳大了一两岁，身形已经长开，身高只比自己略微矮了一些，但面容和自家小弟有着六七分相似。

陆青鸣的面上神色闪烁不定，一时竟呆住了。天下相似的人也许会有，但这副容貌像到如此地步，就算不是亲兄弟，也合该是陆家子弟，难道当年陆家竟还有幸存者？

无言虽然年纪不大，但非常沉稳，否则他师父这次也不能派他来。这位不问青红皂白就冲到他身前的青年虽然有着和他相似的容貌，但他依旧挂着淡淡的笑容自报家门道："穹天崖玄英洞无言。"

陆青鸣闻言一惊，暂且抛去了脑中的臆想，郑重地向对方施了一礼："赤炎山昊天谷陆青鸣，恭迎师叔。"

四季圣地之间同气连枝，陆青鸣自然知道玄英洞的洞主大人收了一位关门弟子。那已经修到元婴期的洞主大人，算起来比这片大陆上所有人的修为辈分都高。谁也不知道这位总也不露面的洞主大人为何几年前忽然来了兴致，竟收了一位少年为徒。所以陆青鸣唤面前这位名叫无言的少年为师叔，倒也算合规矩。

陆青鸣心中并没有一丝的不愿意，玄英洞既然派这位矜贵的少年来，那么也算是对这次四季圣会的重视。他们原本以为对方派个四代弟子便已经算是好的了。就连与陆青阳有密切关系的白藏教，也只不过派了一对双胞胎兄弟过来，虽然是白藏教年轻一代的翘楚，对方也说了韩丹长老和教主等人不在教中，但陆青鸣心里总是不大舒服。

看来小弟在白藏教这几年过得也并不是很如意。

不过算起来，小弟的辈分倒是要比他还大一级，按理说他也应该叫小弟师叔才对。

陆青鸣抬起头，看着面前这个无言，总觉得对方和自己有千丝万缕的联系，但从对方的脸上却找不到一丝情绪波动，他只好先压下心中所想，陪着对方往昊天谷内走去。

昊天谷与玄英洞正好处于夏冬两个温度相差极大的圣地，陆青鸣一边介绍着昊天谷，一边观察着无言，怕他会有所不适应。但看到对方脸上连汗珠都没有半滴，便知对方身上肯定挂有降温的法宝，倒也觉得正常。

　　毕竟是从玄英洞里出来的人。

　　其实这倒是陆青鸣想错了，无言本就是至阴之体，自修习驭鬼术后，便越发阴冷起来，昊天谷这样的温度，对他来说最是舒适不过，所以心情很不错，对于陆青鸣的介绍也偶有问答，两人倒是相处得很融洽。

　　陆青鸣越看越觉得无言像极了自家小弟，一开始还觉得有可能是自己多想了，但又一转念，想起玄英洞洞主在五六年前收对方为徒，可不就是陆家经受大变之时？

　　只是自己已经表明身份，但对方却没有一丝相认的意思，名字也无法对上，所以陆青鸣只能压下心中的疑问。现在的第一要务，应是先把落入敌手的小弟救出来。

　　昊天谷虽然是千年传承的门派，但门规甚严，又处在寸草不生的赤炎山脉之中，所以门派上下以苦修为主。招待无言的清茶都算是他们这里的中上等之物，好在无言在穹天崖也是如此生活，倒也没有什么讲究。

　　陆青鸣见状松了口气，白藏教来的那对双胞胎兄弟倒是能沉得住气，不至于在面上显露什么，但九环溪春晖潭的弟子就直接开口嫌弃。可怜他们这里并不是最富有的暮秋岭，也不是草木繁盛的九环溪，有茶喝就不错了。

　　无言喝了两杯茶，也不见有比陆青鸣更高一辈的长老出来说话，所见的都是陆青鸣这一辈的师兄弟，当下便知道是怎么回事，挑眉轻笑道："青鸣师侄，难不成这谷里现在竟是没有做得了主的人吗？"

　　陆青鸣咬牙回道："师祖闭关险恶，师父他们全都去赤炎山洞守关去了。"他何尝不知道这其实是个托词，谷主大人闭关多年都杳无音讯，何必需要这个节骨眼上一堆人围过去。没有老一辈的人在，所以任他们这些小的折腾，出了什么事他们再出面摆平。只是师父他们倒没有料到玄英洞能派这个小弟子来，搞得谷里倒真没有能与对方比肩的人。纵使有旁系师叔师伯在，但算起来也没有无言这个直系弟子地位高。

　　昊天谷的制度不像白藏教那样松散，在谷中严格地进行了直系与旁系的划分，只有直系弟子才有资格享用谷中的一切资源，当然这个直系、旁系倒也是不固定的，有五年一小考、十年一大考。陆青鸣算是直系弟子之中的佼佼者，慕融仅次于他。所以现下谷中的大小事务，倒是以陆青鸣为主决定的。

　　无言黑黝黝的眼珠滴溜一转，便已经知道了缘由。他来之前也并不是在赤炎城闲待

214

着，早就打听好了昊天谷的情况。和玄英洞简单的人际关系不同，昊天谷泱泱大派关系复杂，陆青鸣和任灭对上这事，往小了说是门派里的嫌隙，但往大了说又牵扯到了白藏教。

无言想着来之前师父叮嘱的那句话——把这件事搞大，越无法转圜越好，便翘起了嘴角，把手中的茶杯一放，淡笑道："既然谷里没有人做主，那在下便卖个辈分，主持了这四季圣会，陆师侄你看如何？"

陆青鸣犹豫了一下，本来计划中是他主持的，因为这件事闹得如此大，师父也是看在他的面子上不多加苛责，但在走之前也千叮咛万嘱咐，不可把事情闹大，只求任灭放人即可。可事已至此，他能对玄英洞的人说个"不"字吗？

陆青鸣按下心中的不安，只好应了声"是"。

无言不知道为什么，为难这个和他容貌相似的人，不由得从心底生出一股快意。他左边的眉梢跳动了几下，起身笑道："那我们就开始吧，白藏教和春晖潭的人都在何处？"

陆青鸣的心狠狠地揪了一下，这副算计人的笑容，怎么和他家二弟小时候的模样那么像？

白藏教来的一对俊秀的双胞胎，二十多岁的年纪，无言对柳氏兄弟早有耳闻，也早就料到这回白藏教派出的会是这对兄弟。至于春晖潭，派出的是一男一女，女的叫袁小鸦，才十几岁的模样，长相平凡，但胜在一双眼睛水灵灵的，显得格外活泼可爱。而那名男子叫沧瀛，正当盛年，相貌英俊至极，浑身显出一股令人不可小觑的霸气。无言对春晖潭的这对男女多留意了几分，他能一眼看出柳氏兄弟已经达到炼气十层的境界，但对于春晖潭这对男女的修为，他却看不大出来。

白藏教与昊天谷都依照着中规中矩的道路修炼。除了神秘的玄英洞之外，春晖潭的弟子依仗着与在春之圣地生活的灵兽缔结契约，在契约灵兽的修为提升后，他们的修为也能随之提升。

说起来，这与他所修习的驭鬼术倒有些相似。

灵兽在修炼到一定程度之后，也可以化为人形。无言并不觉得昊天谷的这件事能请动这种级别的灵兽，但也不排除对方在春之地待得烦了，借机出来溜达溜达的可能。

几个人各怀心思地报过名字，按辈分落了座，陆青鸣详细说了和任灭结怨的始末，实际上这些人都知道得差不多了。

"白藏教无条件支持昊天谷的决定。"陆青鸣话音刚落，柳星月就首先表态。实际上这次的事情，教主大人想要亲自来一趟的，可是正巧赶上陆师叔服了丹，进阶需要静养，教主大人不能离开，师父又甩手游历天下去了，暂时联系不上，方晋之需要管理白藏教上下各大事务，离不开身，只好派他们前来。

陆青鸣的心定了定，目光投往自己的右手边。

袁小鸦眨了眨她的那双清亮的大眼睛，笑眯眯地说道："不就是请任尊主还一个人吗？任尊主应该会给我们面子吧。"她身边的沧瀛并没有说话，看起来是袁小鸦拿主意。

陆青鸣的目光最后落到了坐在他对面的无言身上，无言却没有直接回答，扯开一个假假的笑容道："我觉得事情并没有你们想象得那么简单。任尊主要是肯给面子，那早就给昊天谷面子了。事情闹到今天这个地步，应有两种可能，一是陆师侄你想要回的人已经遭遇不测，对方是想还也还不了。"

陆青鸣呼吸一窒，无论如何也不愿相信自己疼爱的小弟会死于非命，但一想到任灭那喜怒无常的性子，一时惊怒交加起来。

慕融在一旁按了按他的手背，抬头朝无言问道："那另一种可能是什么？"慕融虽然觉得这名男子与陆青鸣长相相似，但总是对他生不出好感来。

无言微微一笑道："另一种可能，就是这个人有着让任灭尊主不想放手的理由。所以我认为，陆师侄并没有把全部实情告诉我们，就想让我们为你卖命，这天上并不经常掉馅饼的。"

此言一出，陆青鸣虽然面上不显，但眼中闪过一丝精芒。别人不知，但他是知道的，小弟在年幼之时就遭他人觊觎，他见这么多日任灭并未送还小弟，也猜测小弟的仙根慧体多半被其识破，所以他才想尽办法请得四季圣地的人来此，想要任灭迫于压力放人。

柳氏兄弟闻言想得倒并不多，他们虽然年纪不算大，但也略知自家师父韩丹和任灭以前的交情，私下都以为是任灭尊主想要借机叫自家师父去见面，陆青阳只是受了无妄之灾而已。但这种师长的私事，他们小辈又怎么敢说出口，只好闭口不言。袁小鸦和沧瀛却看出来有些事情好像只有他们被蒙在鼓里，疑惑地看向陆青鸣。

陆青鸣知道这件事若不给他们一个解释，那么这次不但不会拥有助力，反而会得罪对方。

可是小弟的事情，又怎么好对外人透露？

正不知如何是好时，一个师弟莽莽撞撞地闯了进来。

"陆师兄，不好了！任师叔他回来了！"

# 第三十三章
## ◇昊天谷谷主◇

陆青鸣在第一时间起身，任灭回来的这件事虽然缓解了刚刚的尴尬，但绝对不是一件好事。他来不及多想，反身朝外走去。

慕融则拽住那名师弟，详细询问道："任师叔是一个人回来的？"

"是的，已经走进昊天谷了，我们没人敢拦他！"

陆青鸣往外走的身形晃了晃，他这些天守在昊天谷的谷口，虽然是为了迎接玄英洞的人，但更多的是想看到自家小弟的身影。但这次任灭孤身一人出现，说明了对方肯定是无意放人，有备而来。陆青鸣咬牙唤回了神志，举步跨出了偏厅。

昊天谷的布局形似葫芦，四周都是陡峭的山壁，谷口易守难攻，但在进谷口之后，便是一片宽阔的广场。陆青鸣等人走出来，一眼就看到了在广场上立着的那抹身影。任灭穿的还是那一身深紫色的长袍，有一种雍容华贵之感，不经意散发出的尊者气息，让昊天谷的所有弟子不敢妄动，只能远远地在广场上形成合围之势。

"任尊主，我弟弟呢？"陆青鸣走上前去，直言相询。虽然对方是尊者，又是一派之主，但这些对陆青鸣来说根本就是浮云。

任灭的脸上闪过一丝愧疚，人在他的保护之下出了问题，这对他来说算得上是个人生污点。更何况对方是韩丹的小师弟，所以他才追杀了那个人那么久，可惜无功而返。不过愧疚归愧疚，任灭也并没有拐弯抹角，他今天来这里就是要给他们一个交待，他也没想到这件事居然会闹到如此地步。任灭看了一眼一脸期待又戒备的陆青鸣，沉声道："你弟弟

217

死了。"

陆青鸣闻言不动声色，过了片刻反而笑了起来："你在说谎。"任灭这么说，他反而觉得对方在瞎说。随便弄个理由来搪塞，然后就好独占了他小弟？没那么便宜的事情。

任灭也预料到了对方不信，沉声把事情的始末说了一遍。自然，他不好在小辈面前说自己是因为看到了陆青阳颈间的琉璃玉滴而心生恼怒，才使得陆青阳最后坠入火山口。所以这一连串的话说出来，漏洞百出，就连慕融都不相信。为什么好好的要去那么危险的火山口？而且居然还那么巧，连稀金都丢了？

这也太蹊跷了，随便说两句就把一切都给抹掉了。

任灭也看到了旁人脸上狐疑的神色，但他堂堂尊者，难道还要多费唇舌跟这些小辈解释吗？所以他直接拿出陆青阳坠落前自对方手上拽下的空间戒指，朝陆青鸣扔了过去："不愿意相信就不信吧，反正我言尽于此。偷袭的尊者脸上有一道刀疤，我追杀了对方十天十夜，却并没有成功为你弟弟报仇。放心，这件事虽然现在的我不能做到，但以后必会替你完成。"

陆青鸣在接到自己多年前送给小弟的空间戒指时，还不以为然，既然人都被他掳走了，东西自然也是保不住的。但他在任灭说出偷袭者的脸上有刀疤时，脸色骤变。

无言在一旁，也在心内暗骂自己那师兄混蛋，这还叫没有露面容？最明显的特征都被人看到了！不过他倒是不担心，比起在明处的他，他那个刀疤师兄一直都隐藏在暗处，这片大陆上没有人知道师兄的身份。

陆青鸣的手紧握空间戒指颤抖着。难道小弟真的如任灭所言，跌入岩浆尸骨无存了？可是若对方是胡编乱造，又怎么会那么巧，牵扯到一名脸上有刀疤的高手？除了陆家的几个人外，根本没人知道那人曾经觊觎过小弟。

慕融此时已经信了几分，毕竟任灭虽然偶尔会做一些不顾他尊主身份的事情，可是并不会肆意扯谎。慕融难受地按了按身旁陆青鸣的肩，根本无法想象陆青鸣如何面对这么残酷的事实。

任灭虽然觉得这件事自己有责任，但他毕竟并不是真想陆青阳死掉。这回他主动来昊天谷就已经是破天荒了，自从叛离门派之后，他还从未踏入过昊天谷一步。此时一见周围并没有昊天谷上一代的那些熟面孔，便松了口气。这时不走更待何时？任灭转身便想离去。

陆青鸣心中已有疑虑，更不会放任灭就这么轻易地离开昊天谷，他大喝一声，指挥着师兄弟守住昊天谷的谷口，另外派人去昊天谷的赤炎山洞寻师父他们回来，最后才对任灭冷冷道："任尊主，既然你已经到了昊天谷，总不好叫你就这么离开。师父他们总惦记着您，请稍等片刻，待他回来见一面吧。"

如果真是见一面这么简单就好了。任灭回过头来，淡然看着一脸凝重的陆青鸣："若是我真想走，凭你还留不住我。"

陆青鸣还未答话，他身后的柳氏兄弟却率先上前一步，柳星月肃容道："若是加上我们兄弟两个呢？白藏教柳星月、柳星光，请任尊主留下仔细说明陆小师叔的下落！"

虽然柳氏兄弟和陆青阳也不见得多亲密，但他们没忘记在六年前陆青阳曾救过他们兄弟两人的命，再者在这六年中，他们相处愉快，纵使为他成为他们的小师叔而感到不自在，但也磨灭不了他们对他的好感。况且他们知道师父对这个小师弟有多宠爱，绝对不能让任灭如此轻易就撇开责任。

袁小鸦本就是喜欢凑热闹的人，这时见状，连忙也上前一步，脆声道："春晖潭袁小鸦、沧瀛，请任尊主多留片刻。"她说罢，才发觉沧瀛根本就没给她面子一同走过来，赶紧伸手把对方拽到自己身边。

无言更是恨不得这件事闹得越大越好，浅笑着附和道："玄英洞无言，请任尊主赐教。"这句话一出，那就是挑衅。陆青鸣虽然知道只要多费一些唇舌就能挺到师父他们回来，但看着这任灭完好无损地站在他面前，再想到小弟有可能已经身死，再也忍耐不住，也顾不得对方尊主的身份，祭出风水折扇便挥了过去。

慕融和陆青鸣配合多年，自然不会让陆青鸣身临险境，连忙也挥出自己的一把麒麟七环法刀跟了上去。

柳氏兄弟也不含糊，既然说了要为陆青阳出头，此时更不可能退却，两人从任灭的左右两侧，无比默契地祭出两把法剑，仅仅落后陆青鸣和慕融的攻击一瞬间。

"啊？真打啊？"袁小鸦只不过是随便说说，期望对方能因为春晖潭的名号犹豫一会儿，多拖延点时间，没想到竟然说打就打。她还在这儿愣神呢，身边的沧瀛却一见打架就双目骤亮。平常的时候，和先天宗者过招都很难有机会，更别说是和尊者大人了。更何况这是群攻，并不一定会受伤。爱好打架的沧瀛立刻闪进战圈，钻空子抽冷子的能力强悍，专挑其他人配合不好的空当攻击。

袁小鸦一见搭档如此兴奋，也只好暗骂了一声，抽出腰间的九龙竹节鞭，不过她在跳进战圈之前，扭头看了一眼站在一旁看戏的无言，不满地道："喂！你就光站着啊？"其实论辈分，袁小鸦也应该称呼他为师叔，可是对方明明和她年纪差不多，袁小鸦这声师叔怎么都叫不出来。更何况她没忘最后挑衅的人是他！他现在居然什么都不做！

无言笑了笑道："袁姑娘少安毋躁。"他丢下这句话后，便把目光投往战圈，片刻之后便道，"陆师侄请暂且收手，慕师侄请站离位，柳氏兄弟主攻，沧瀛兄守住兑位。"他短短几句便把一团乱的战圈分配得妥妥当当，袁小鸦正目瞪口呆时，就见他笑眯眯地说道，"袁姑娘，请用鞭子守护外围。"

袁小鸦的任务最简单，所以她有工夫来观察无言到底在做什么。当她看到无言在战圈外的五个地点放下五个不知名的法宝，并且开始在地上用朱砂画符后，才恍然大悟——原来这个人学的是阵法！

阵法在各种修炼种类之中，是最不受欢迎的。炼丹炼器有具体的成果，但阵法相比之下烦琐无比，外加布置时间长，不适合迎敌。而且没有个几十年的苦修，根本不能祭出最有效的阵法，所以在这几百年间，阵法竟慢慢地失传了。没想到玄英洞洞主所收的这位关门弟子，居然学的是阵法！

任灭一开始并不把这几个人放在眼内，就算这些人都是四大圣地最新一代的佼佼者，但没有一个人突破到先天境界，就算再来十个也没问题。因为他们彼此根本不熟悉，配合不好，六个人一起上，倒还真不如只有两个人配合，他可以轻易地让这几个人自乱阵脚。不过他也知道这几个孩子心中有气，既然有气，他就陪他们多过几招，出了汗发了脾气，也就算了。

可是任灭没想到，这个一边倒的轻松局面，居然被一个人随便说了几句就逆转了。六个人隐隐形成一个完整的阵法，竟一时让毫无准备的他手忙脚乱起来。

几招火击雷轰在了躲闪不及的任灭的后背上，虽然并不能击破他的护体神功，不能对他造成实质性的伤害，但对于任灭来说就像是被人打了脸一样。

这些小祖宗的身份都了不得，就算任灭再无法无天，也绝对不敢当着这么多人的面伤了他们半点皮肉。任灭此时才知道自己跳进了一个大坑，不过他打不得，难道还不能走吗？

任灭硬扛了背后攻来的一刀，把左右两边的柳氏兄弟甩到战圈外，大步地朝谷外走去。可是就当他想要抬腿向前迈的那一刻，居然发觉自己的腿有如千斤重，竟连抬都抬不起来了！

无言舔了一口掌心的伤口，阵法最后是需要用血液发动的。他仓促之下布了一个土系捆仙阵，足够让任灭双脚不能离地，想走也走不掉了。

战圈内的众人早就打得火热，也不记得他们的最初目的是留下任灭，连番地用各种法术和法器轰了上去。本来还想让他们停手的无言见状闭上了嘴，笑意盎然地在一旁时不时指点两句。在他身侧，旁人都看不到的地方，有一小团黑影围绕着他划伤的掌心，珍惜地一点点舔着他流淌出来的血。

任灭无比地懊恼，虽然这几个人不能对他造成什么威胁，但这种被动挨打的状态让一贯姿态极高的他绝对难以适应。

正在一片混乱之时，东北方向的天空忽然响起一阵剧烈的破空声，一道血红的烟花在空中绽放开来。

"糟了！出事了！"慕融首先停下了攻击，反身朝烟花的方向奔去。那个方向，分明就是赤炎山洞的方向！

浑然不知外界因为自己的事情发展到如此糟糕的地步，陆青阳一门心思地在赤炎山脉中修补起自己的火系仙根。有可能是因为此处是赤炎山脉的腹地，陆青阳用了三天三夜就修补好了火系仙根。而在他重新睁开眼睛时，发现守在他面前的林子苏又有了些许不同。

"先别问，吃点东西再说。"林子苏见陆青阳顺利完成，便松了口气，从空间玉镯中拿出一堆吃食。

陆青阳目瞪口呆地看着摆在他面前的一盘盘饭菜，来不及询问林子苏是如何弄到手的，双手就不由自主地伸了过去。

"慢点吃，没人和你抢。"林子苏赶紧递过筷子，还倒了杯清水，一边说一边瞪了一眼扑过来的肥啾。

陆青阳自然不会在意肥啾过来抢吃的，他一边吃一边听着林子苏解释，这才知道林子苏居然也能使用那个稀金镯子了。

因为陆青阳闭关，他身上除了那把匕首依旧贴身带着外，空间玉镯和稀金镯子都摘下来交给林子苏保管了。林子苏百无聊赖，试着研究稀金镯子时，忽然发觉自己居然也能使用了。只是不能到达陆青阳之前闯入的那个异空间，只能随机去一些地方，这些吃食就是林子苏顺便买回来的。

"真可惜……"陆青阳略解了口腹之欲，夹菜的速度慢了下来，"要是我晚点使用这稀金镯子，说不定能带着你一起进入那个空间，你也能早点回归身体了。"

林子苏倒并不这么觉得，他越想越觉得自己回到本来的身体希望渺茫，因为他现在的魂体只差一步就能修炼得和普通人的实体无异，绝对不会那么简单就能和原来的身体融合。这也是为何他现在可以使用那稀金镯子，而之前根本使用不了的原因。而且他用稀金镯子到了其他地方，发现别人也可以看到他，并没有任何惊奇的表情，便知他现在已经进阶了。

陆青阳纵使一时想不到那么多，但在吃饱喝足以后，也察觉到了这些问题。

林子苏也不瞒他，详细地一一道来，果不其然见到陆青阳拧紧了眉头。林子苏轻笑一声，转移话题道："先别想这些，小咩，我又研究出这稀金镯子的其他用处了哟！"说罢也不管陆青阳的反应，直接试起来。

陆青阳看到林子苏的身影在视线中消失，这个画面并不奇怪，有可能是对方运用稀金镯子进行了空间转移，但接着他就发现不对劲了，既然林子苏已经走了，那么横在他腰间的这只手臂是谁的？

"林？"陆青阳试探着唤了一声，随即便感觉到自己的手被林子苏握住，一股暖流顺着两人相交的手心流过，而一直低头吃东西的肥啾则像是有所感应一般，抬起头来，不安地看向他们的方向，然后朝四周看去。

"这是……隐身？"陆青阳看到肥啾的样子，猜到了一些，挣脱开了林子苏的手之后，肥啾就像是看到了他，啾的一声飞扑到他怀中，说什么都不下去了。

"是隐身。"林子苏解除了隐身状态，立刻就把肥啾从陆青阳的怀里揪了出去，"不过稀金的属性是空间属性，我觉得最大的可能就是稀金镯子在我们的周围创造了另外一个空间，形成了交叉的位面，就导致了隐身的效果。"

陆青阳要想得更多："难不成我手臂上的这把匕首也含有大量的稀金？否则一开始为何别人看不到你，只有我能看到？说不定也是因为稀金。"

林子苏一怔，他还以为是魂体的关系，但想想陆青阳的想法倒也说得通，他自从戴上稀金镯子之后，就能被人看到了。

陆青阳知道这稀金镯子的神奇之处恐怕还远远不止如此，毕竟这上面还镶嵌着四块不知道有什么功用的宝石，他看着套在林子苏手腕上很合适的稀金镯子，勾起唇角道："林，这镯子就给你戴吧。"

林子苏正想摘下来还给陆青阳，闻言挑了挑眉，随即接话道："好好，我戴着不就相当于你戴着吗？我们俩谁跟谁啊！"

泪目啊！终于有法器可以傍身了！少爷我容易吗！一贫如洗的林子苏在内心咆哮着。

其实在林子苏能使用稀金镯子之后，他们就不用困在赤炎山脉的这个溶洞之中了。因为肥啾也可以被陆青阳抱在怀中，稀金镯子足够让他们两人一鸟脱离这种困境。可是每次他们使用稀金镯子之后，发觉再次使用时都会回到这里，也许是同一位面的关系，陆青阳决定还是继续用笨方法走下去。毕竟这里还是夏之地，用稀金镯子瞬移到达的地方都离了十万八千里，他可不想费几个月之久才能再回到夏之地，他大哥还着急地等着他呢！

而且不久之后，陆青阳便发现了溶洞之中的宝石有人工开采的痕迹，他们便沿着这些痕迹继续前行，心知很快便能走出这里。

溶洞内并没有日夜之分，林子苏是不需要休息的，陆青阳也是累了就睡，睡醒起来继续走，所以也并不知道他们被困在这里究竟有多少时日了。继续沿着宝石开采的痕迹走着，越走宝石的数量越少，到最后全是空旷的山洞，间或还有扔在地上开采宝石的工具，锈迹斑斑，看起来年代已经很久远了。

"这里应该是荒废的矿洞，很久没人来过了。"林子苏拿起一把斧头看了看，斧头的木柄已经腐朽了大半，但斧头上的印记却很眼熟，"这里应该是昊天谷的地盘，看来我们运气不错。"

陆青阳闻言越发铆足了劲赶路，期望能早点见到大哥，过了不久，他却见到了一具尸骨。这具尸骨盘膝坐在地上，因为此处燥热，其体内的血液和骨肉早就已经干枯，成为一具枯萎的干尸，辨不清面目。从他的服饰上来看，对方的身份不简单。这具尸骨的双手上，还套着一副极其华丽，不知道用什么材料做成的手套。

肥啾并没有见过人的尸体，好奇地迈着小碎步过去看，却并不知道这有什么好看的，可以引得陆青阳和林子苏目不转睛地盯着看。

林子苏在初时的愣怔过后，便毫不迟疑地走了过去，伸手就要把对方手上的手套拿过来。陆青阳下意识地阻止了他，皱眉道："林，这样不好吧？"

林子苏低头朝他笑道："傻了不是？这么招摇的手套，肯定大有来历，我能占为己有吗？多半就是昊天谷某位前辈的随身法器，我拿出去，给你大哥看，好作为一个凭证，之后来为这位前辈收殓尸骨。"

陆青阳闻言并没有释怀，反而眉头皱得更紧了。若不是林子苏一直在他身边没离开过，他几乎要怀疑有人把他调包了！这番话说得滴水不漏，无比正经，他什么时候变得这么纯良了？

林子苏没有再解释，拍了拍陆青阳的手臂让他不用多想。而肥啾则对引起争执的那副手套好奇无比，伸长了脖子打算去瞧一瞧。此时山洞中忽然响起一声幽幽的长叹，肥啾立刻吓得一呆，从尸骨的膝上跌了下去，它的身形圆嘟嘟的，竟是在地上滚了好几圈才停下。

陆青阳也被骇得一怔，这山洞里除了他们，并没有其他人，他和林子苏对看一眼，同时朝那具尸骨看去。在两人的注视之下，那具尸骨黑洞洞的眼眶中，居然泛起了绿光，诡异非凡。

"唉，本谷主在这里枯坐了十年，终于有人来了啊……"

陆青阳大骇，难道这个人不人鬼不鬼的家伙，竟然就是昊天谷的谷主大人吗？

# 第三十四章
## ◇ 错 位 空 间 ◇

一具尸骨突然眼冒绿光口吐人言，尽管陆青阳和林子苏都比一般人胆子大，也齐齐后退了一步，生怕下一刻这具尸骨就跳起来扑向他们。

"咦？你不是人？"尸骨盯着林子苏，眼眶中的绿光跳动了几下。

林子苏的脸抖动了几下，虽然他现在确实不能算是人，但这货说的这话怎么听怎么像是在骂人啊！

尸骨眼眶中的绿光闪烁了几下："竟然是生魂修炼的驭鬼术！当真不错！"

林子苏镇定下来，想到这具尸骨的身份，猜到这里八成就是昊天谷的禁地，没想到谷主闭关多时，竟早已经身死了。林子苏对着尸骨施了一个晚辈拜见前辈的礼，恭敬地说道："林子苏拜见谷主大人。"

陆青阳也学着林子苏自报了姓名，他也猜到了这谷主大人恐怕是死后灵魂未散，困在了自己的尸体之中。倘若林子苏的身体并不是被他的师兄弟放在那处阵法之中，恐怕上次他发现的时候，也会是这样残酷的景象。

"陆青阳？你和小凤新收的那个徒弟陆青鸣是何关系？"谷主听到陆青阳的名字反问道。

"陆青鸣是我大哥。"陆青阳不知道为何谷主困在这里十多年，还能知道外面的事情。不过大哥所拜的师父，好像确实是什么凤长老。

"哦，被任灭那臭小子掳走的就是你吧？怎么在这里出现了？"谷主很是气闷，眼

224

睁睁看着自己的身体腐烂是种煎熬，耳朵里还被迫听着自己那些不成器的徒子徒孙相互置气，更是闹心。而且他耳力过人，可以听得到外面禀告的声音，可是鬼魂发出的声音却微弱至极，外面的人根本就听不到。

陆青阳早就觉得滥用了人家一块宝贵的稀金不好意思，此刻完完整整地把事情的经过讲述了一遍，包括和林子苏相识的事情。这谷主大人一眼就能看出林子苏是生魂炼体，陆青阳更期待他能有让林子苏回归身体的方法。

谷主活在世上那么多年，又怎么能看不出来陆青阳这点小心思，听完之后苦笑道："小娃子，你的意思我明白，可我要是有办法，就不会困在这里这么多年了。"

陆青阳一怔，一时间也不知道说什么是好。

"曾有记载，炼鬼炼到极致，会炼成鬼帝。鬼帝和修仙称神一般，重塑肉身，与天地同寿，但这也只是传说而已。至于生魂炼体会有什么后果，根本无人知晓。"谷主叹了口气，他也不是专门研究这方面的，能一眼看出林子苏异于常人，也是因为他自己是鬼魂，感到对方的灵体波动与自己相似而已。

"呵呵，车到山前必有路。"林子苏倒是并不怎么在乎，他也知晓这件事并不是一天两天便能解决的。他扬起手腕，把上面的稀金镯子递到谷主骨面前，"前辈，我们一时情急，只能用稀金炼制了这个镯子，上面有四块宝石，我们并不认识，请前辈掌眼。"林子苏也不说怎么处置稀金镯子，虽然算起来稀金原来是属于昊天谷的，但被任灭抢走，他们又从任灭手中抢过来，现在又经过他们自己炼制，这镯子就应该是他们的才对。

谷主已经在这里困了十多年了，早就不把身外之物当回事。至于昊天谷的利益如何，他自认生前并未懈怠，死后终于卸下了责任，自然不会与林子苏纠缠这镯子的归属。再说最重要的一点，他现在连身体都动不了，要抢都没法抢，何必呢？

"喏，赤红色的椭圆形宝石是赤炎珠，是赤炎山脉的特产，浓缩了的岩浆精华，属于高级的火系辅助宝石。这青绿色的菱形宝石应该是木灵，属于木系的辅助宝石，少见啊！这样的品级，就算是昊天谷的收藏里都少见得很！咦？这块金色的锥形宝石应该是锐钻石，白色的圆形宝石是霜白露，你们究竟从哪里找来的这么多珍贵的宝石？而且居然是火系、木系、金系、冰系四种胡乱搭配？这么一大块的稀金岂不是废掉了！"谷主看清楚稀金镯子上的四块宝石，气得直哆嗦。

当然，不是他真的在哆嗦，而是眼眶里的绿光直抖。

"我们又不懂，死马当活马医呗！"林子苏倒不觉得有什么，他们采集了那么多宝石，当时拿哪一块就是运气。若不当机立断，这稀金才叫真毁了呢。

罪魁祸首肥啾跳进陆青阳的怀里，把头埋在他的臂弯之中。好像不只是熔了稀金的是它，选宝石的好像也是它来着……

陆青阳对稀金镯子的功用疑惑不已，好不容易有个人可以解答他的疑问了，连忙把他们使用稀金镯子的问题说了出来。这么一打岔，谷主倒忘记了之前的愤怒，专心思考起来："纯稀金炼制在历史上根本就没有记载，一是没有人能拥有这么多稀金，二是根本没有人会舍得把这么多稀金就炼成一个法器。再加上你们搞了这么几块乱七八糟根本不对盘的宝石上去，谁知道能有什么法力？可惜我不能动弹，连研究都没得研究啊！"

林子苏和陆青阳相视一眼，都觉得无话可说。

陆青阳想起他们就顾着研究稀金了，这谷主大人暴尸此处，最想的应该就是被人发现吧？

"前辈，这山洞怎么出去？我们出去后叫人来这里可好？"

谷主也才想起这茬，他是很久未见到人，聊得忘形了，闻言连忙道："这往前走拐个弯就有道石门，你在门里喊一声就行，外面我的那些不肖弟子都在，赶紧喊他们进来！"

陆青阳抱着肥啾刚要转身往外走，忽然那谷主厉声道："不好，死对头来了！你们快躲起来！"

躲？躲哪里？陆青阳被谷主凄厉的声音骇得一愣，谷主的话音刚落，虽然离得很远，也能听得见外面打斗的声音，但只过了片刻，打斗声便戛然而止。

难道是误会解除了？陆青阳不禁如此幻想着，随后听到谷主的苦笑声，他便知道自己确实是在幻想。

"真的是他来了……我教的那帮小子对上他竟然连一刻钟都顶不住……"

林子苏和陆青阳同时大骇，昊天谷谷主的传人，最少也是先天宗者，甚至里面还有三名尊者大人！之前他明明说他的弟子都在，也就是说来人转眼间把如此之多的尊者和宗者杀得干干净净！

陆青阳抱着肥啾的手臂紧了紧，他们来时的溶洞笔直无比，一眼就能看到很远，就算此时往回跑都来不及了。而就在这时，拐弯处的石门轰然破碎，一股慑人的气势带着刺眼的阳光，还有浓重的血腥味扑面而来。

就算是再不想面对现实，也不行了。

林子苏迅速地拽着陆青阳躲在了拐弯的一角，这里虽然是那人进来之后的盲点，类似于藏在门后的感觉，可是陆青阳并不认为待在这个地方就可以躲过对方。而且来人一瞬间就可以干掉三名尊者和数名宗者，他并不觉得自己和林子苏能有活路。

林子苏也没有多言，把手腕上的稀金镯子往陆青阳的面前一晃，陆青阳便眼前一亮。他注意到稀金镯子上的白色宝石光芒一闪，他知道林子苏通过稀金镯子施展了那种类似隐身术的法术。事实上这种法术，他们总结出来，应该是错开了空间，林子苏把它命名为错位空间。

希望这样的法术，能够骗过来者。

陆青阳看着对面的谷主眼中闪过一丝绿芒，然后瞬间熄灭。他不是不想把谷主的尸骨也罩进这个位面之中，可是对方明摆着就是冲谷主来的，若是一下子消失不见，恐怕会造成更严重的后果。

更何况，他们根本没有这么做的时间。

陆青阳只觉得眼前一花，被拍碎的石门灰尘飞扬，只见地面上阳光照射进来形成的光斑中，一个人影缓缓地走了进来。陆青阳瞪大了双眼，想要看清楚那人的相貌，却被林子苏用手遮住了眼睛。

陆青阳心下一凛，这才想起大凡修炼到顶级的修炼者，都有着异于常人的感知力。仅仅是投去目光就能让其产生感应，他连忙有样学样，闭上眼睛，伸手挡住了怀里肥啾的脑袋。幸好肥啾这些天被他们调教得非常听话，或者也是来人强大的气势让它毛骨悚然。

来人的脚步声都听不见，但陆青阳却能感觉到有人走进来了，慑人的压迫力让他连呼吸都困难，他努力控制着心跳。

"咦？"一个清冽的声音响起，听上去是很年轻的男人，而且语气中带着讶异。

恐怕是没想到会见到昊天谷谷主的尸体吧。陆青阳如此想着，可是他在下一刻就整个人都僵直了。

一股难以言喻的冰冷气息瞬间笼罩了他的全身，就像是被人用一桶寒冷无比的冰水从头浇到脚一般。

被他发现了！

陆青阳心中生出一股绝望，他连那人的相貌都没有看清楚！陆青阳脑中一片空白，正不知如何是好时，他忽然感到身后的怀抱一紧，手腕上被套上了一个冰凉的东西。

"他发现我们了。别出声，别睁眼，我又施展了一层错位空间，把你暂时锁在里面了，稀金镯子在你的手腕上，好好地活下去。"林子苏用意念在陆青阳的脑海中低声说道。这还是这么多天以来，他们头一次用以前的交流方式说话。

陆青阳的心中升起了强烈的不安，他伸手想要去拽林子苏，手却碰到了一层无形的屏障。

"林子苏！"陆青阳拼命地在脑海中呐喊着，本来温暖的怀抱却消失了。

其实当听到来人秒杀掉外面的几位尊者和宗者之后，林子苏就知道他们今天逃不掉了。

他不是没想过用稀金镯子进行瞬移，但是他知道比尊者更高一级的圣者，已经掌握扭曲空间的力量了。

稀金镯子的发动尽管是在一念之间，但那一瞬间的空间扭曲，却足以让进来的这个人察觉到不妥，甚至可以在他们瞬移离开之前就把他们拦下。

到时候，他们谁都活不下来。

所以林子苏只能赌一把，在错位空间之上又覆盖了一层错位空间，与此同时他破出第一层错位空间，掩盖了他施展法术时产生的空间扭曲。

林子苏走出来的那一刻，就被一道犀利的目光紧紧盯住了，那道目光就好像是一根钉子一样，把他牢牢地钉在地上，一时间居然连手指都不能动弹一下。

林子苏心下一惊，这就是等级差距，对方只凭威压，便能压制着他，这让他产生了一种无力感。

在他面前的这个人，却出乎意料的年轻，看起来只有二十出头的模样，面容温和，让人一见之下如沐春风。他身着洁净素雅的白袍，纤尘不染，就算是在外面杀了那么多人，也没有沾上半点血渍。若不是周围再无旁人，林子苏说什么也不会相信这个人就是能瞬间秒杀数位尊者的大魔头。

究竟是谁？这片大陆上的高手几乎都有名有姓，因为修炼时间极长，很少能有高阶者隐居不被人所知。这样级别的圣者大人……甚至比圣者还要厉害……林子苏想来想去，忽然想到一人，霍然变色。

"一个生魂能修炼到如此地步，真是不容易。嗯，是纯火系的，这里是最好的修炼之地，难怪。"那人收回慑人的目光，扬起唇角。

随着他的目光收回，林子苏感到一阵虚弱，只是被看了几眼便如此，那对方岂不是弹弹手指他就烟消云散了？林子苏强撑着精神，看对方对他防备不深，连忙对陆青阳吩咐道："快用稀金镯子瞬移走！我会在他出手前挡着的。"只要阻拦对方一瞬间即可，只要一瞬间，陆青阳便能逃开对方的追击了。

"不，我不走……"

陆青阳艰难地说道，他知道走其实是自己最好的选择，但若是自己真的用稀金镯子走了，空间扭曲瞒不过对方，那林子苏就真的会被这人不眨眼睛地杀掉。说他天真也好，傻也好，他还是抱着一线希望，希望对方会心情不错，放过林子苏。

林子苏气得连话都说不出来，可是偏偏还要保持脸上不露出一点端倪。

幸好那人的目光已经转到一旁谷主的尸骨之上，淡淡问道："你是这个老匹夫炼出来的吗？知道他究竟是怎么死的吗？"

林子苏自然不知道，但他并不打算开口说话，而是摇了摇头。最好让这个人以为他说不出话来，这样反而对他有利，反而能套出不少秘辛。

果然，那人在谷主的尸骨之上来回看了几眼，冷哼道："这老匹夫诓骗本座再等十五年，没想到根本没有炼制答应本座的法器，反而躲在这里修炼。结果，还不是在冲击元婴境界上功亏一篑？"

林子苏虽然已经在心中猜到了对方的身份，但听到这样的话时，也难免震惊。

什么人能让已经金丹大成的昊天谷谷主忌惮？

只有传说中的那位玄英洞洞主大人了！

玄英洞洞主百里煦，是这片大陆上响当当的第一人。传说他已经两百多岁了，在一百年前就已经突破到了元婴境界，达到了旁人遥不可及的境界。只是在他元婴炼成之后，便在穹天崖隐居起来，无人得知他的下落，只是揣摩他可能已经达到了化神境界。

若是他已经突破到了化神境界，接下来只要渡劫成功，他便可以抛却肉身，达到大乘成仙修神！

可以说，百里煦是这片大陆之上，所有修炼者仰望的对象。就连林子苏那眼高于顶的师门，都不得不对其另眼相看。只是这百里煦虽然名扬天下，可是现身的次数却不多，再加之玄英洞本来就弟子稀少，满打满算也不超过十个人，旁人无法得知玄英洞其中的情况，在胡乱猜测之下，更为其增添一抹神秘的色彩。

所以当林子苏猜到来人就是百里煦时，并不能很快就确认。因为并没有人说过，这百里煦是杀人不眨眼的魔头！

或者，根本就没有人能在见过他之后活下来！

林子苏心念电转，便在脑海中急切地说道："小咩，这人恐怕就是玄英洞的洞主百里煦。"

"什么?!"陆青阳也听闻过百里煦的名字，却怎么也不能和这个杀人魔头联系到一起。

百里煦此时已经知道自己这一趟恐怕是白来了，想到自己浪费了那么多珍贵的矿石和宝物，等待了十九年之久，却等来了一场空，饶是他之前早有心理准备，也无法冷静。虽然之前杀了几个人泄气，但见到面前这昊天谷谷主的尸骨，也还是忍不住抬手一扬，轰然一声巨响之后，那尸骨便瞬间四分五裂。

林子苏低头看着那头骨骨碌碌地滚到他的脚边，一时惊骇不已。

百里煦出了一口恶气，但心情还是非常恶劣，他看着一旁噤若寒蝉的林子苏，心想着是否带这个生魂回穹天崖。

毕竟是难得一见的生魂炼体。

不过只过了片刻，百里煦便否定了这个选择，因为若只有他一个人的话，只需扭曲空间，便可以瞬间回到穹天崖，若是带着这个生魂，恐怕他就要多走许多路。毕竟没有炼成真正实体的生魂，是不能穿越空间的。

所以百里煦只是叹了口气，朝林子苏扬起了手："可惜，若是十年前发现你，本座还可能会留你在身边。现在我不需要了。"

林子苏只觉得心口一痛，好不容易经过数十年聚集的灵气，如潮水般离体而去，便知道自己恐怕已经无力回天。

不过这样很好，依着百里煦这么骄傲的性子，肯定不会觉得自己的判断有误，不可能再仔细检查这个溶洞……

所以，小咩肯定会活下去的……

林子苏听着脑海中陆青阳撕心裂肺的呼喊声，不由得翘起了嘴角。

"好好活下去……不要为我报仇……"

真的好想回头再看他一眼，他们两人相识这么多年，看来缘分已尽啊……

可是他偏偏不能回头……

百里煦漠然地看着那个生魂迅速变淡，在一个呼吸间就消散在空气中。这对于早已习惯草菅人命的他来说，只是微不足道的一件事，和抬手捏死一只蚂蚁没什么区别。

至于心头的那点不舒服，可能是由于没有拿到老匹夫的那件法器。

百里煦冷哼了一声，泄愤似的把谷主的头骨远远地踢开，然后双手在空气中向两侧撕开。空间居然就那么被他硬生生地撕出来一道裂缝，而他甩袖步入裂缝之中，顷刻之间便离开了这个被他肆虐成人间地狱的地方。


乾坤山脉，乾坤福地。

躺在玉石上沉睡了十年的人，睫毛微抖，在经过了很长时间的努力之后，终于睁开了眼睛。

第三十五章
◇ 传 承 印 记 ◇

陆青阳看着面前空荡荡的溶洞，手中紧攥着林子苏以前附身的匕首，嘴边溢出一丝鲜血。

最后他还是忍不住睁开了眼睛，看着林子苏熟悉的背影彻底消失在空气中，他把舌尖都咬破了，用刺痛来提醒自己不要发出声音。

化为圆环的匕首在林子苏消失的那一刻从他的手臂上跌落下来，自从十岁套上匕首的那一刻起，这匕首就一直没离过他的身。

陆青阳一滴眼泪都没流，他固执地想要把匕首重新套在手臂上，可是这匕首已经失去了柔软的特性，无论他怎么弯，再也无法将其首尾合拢成圆。

这是第二次，第二次有最亲近的人为了保护他而逝去。

陆青阳以为自己会崩溃，会流泪，会怨天尤人，但他现在的脑海一片空白。

因为他知道，如果遇到无能为力的事情，一味地悲伤或者愤怒、狂躁，都是懦弱者的行为。

"林，我活下去，就是你的愿望吗？"陆青阳同往常一样，在脑海中说道。

可是这次回应他的是一片寂静。

"没错，我确实不能现在死，母仇未报，你又添乱给我加了一个那么难完成的目标……等我……等我完成了这一切，就去找你们。"

同样没有回答，陆青阳呆呆地跪在地上等了许久，本来还抱着一丝侥幸心理，此时心

231

慢慢地冷了下去。

"喂，小娃子，你在里面吗？"一个声音忽然响起，陆青阳满怀期望地抬头看去，却发现是谷主的头骨，骨碌碌地滚到他的面前，黑洞洞的眼眶中，两道绿色的光正虚弱地跳动着。

陆青阳没想回答他，因为今天这档子事，他和林子苏完全是遭了池鱼之殃。

一直不敢随意动作的肥啾，发现陆青阳的脸扭曲了一下，赶紧跳上他的膝盖，用头蹭了蹭他的手心。

都已经在世上活了一百多年的谷主，又怎么会看不穿陆青阳的心思，只不过他没有多余的时间挥霍，只能自顾自地解释道："世人皆以为百里煦乃是大善之人，可是他的修为太高了，已经高到没有人能够约束他的地步，大善与大恶便只在他一念之间。十五年前，他逼我为他做一件法器，说若我成功的话，留我昊天谷上下的性命。"

"可他要求的法器实在是太难，简直就是不可能完成的任务。我便想着在修为上提升，可惜最后还是没有大成，反而被困在此地，看着自己的身体慢慢腐朽。"

"幸好任灭那小子翻到了我留在书房的密令，带着些许弟子'叛'出了昊天谷，也算是能为昊天谷留下一点种子……"

陆青阳木着一张脸，根本没有听到对方所说的话。他把手腕上的稀金镯子重新套在脚腕上，匕首也别在腰间，他一手抱着肥啾，一手破开了错位空间，冷淡地看了一眼地上的头骨，转身就要往溶洞外走去。

这些和他有什么关系呢？他只需要记住究竟是谁害得林子苏如此便可。

"喂！你等等！你的朋友死了，我给你点补偿好不好？"谷主急忙喊道。

陆青阳停下了脚步，他并不是贪图什么，但他要报复的目标是如此难以企及的一个人，那么不管是什么，只要能对他有帮助，他就来者不拒。

谷主也是毫无选择，其实他也想把炼器的法门传给自家弟子，可是外面的弟子全都丧命，他也撑不到再有人来的时候了，而且面前这人也算是和昊天谷有关系。

"我将把我脑海中昊天谷炼器的所有知识和典籍凝成一个法术印记，传到你的脑海之中。过程可能会有些痛苦，你要忍耐一下。"

"你不是想要趁机占据我的身体吧？"陆青阳冷冷地问道。不能怪他这样多心，毕竟他对这个昊天谷的谷主没有多少了解。

"哼，若是我有那个力气，还跟你废话什么！"谷主气得吹胡子瞪眼，他要给这小子的可是昊天谷传承千年的精华啊！这臭小子居然还敢挑剔！"听说你是韩丹那小子的小师弟，那也就是风火木三系天赋者。真是可惜了，若是风火水三系就好了……"

陆青阳并没有心思说破自己是八系全修，这件事就连和他相处多年的韩丹都不晓得，更别提现在这个莫名其妙的谷主了。

谷主嘴上说很可惜，私下却是觉得这样再好不过了，这小子既然学不会，那么昊天谷的绝学就不算外传。他这样想着，便觉得自己有点无耻，对方根本连一点好处都没拿到。

"这样吧，我手上之前不是有一副幻丝手套吗？那个也送给你了，那手套是用稀金拉丝编制而成的，当然，中间也混合了不少其他矿石。可以增强你施展的功法，不过最少要五行功法同时修炼才能发挥它的作用。可惜拥有五行功法的人，很少能有大成就。这个法器从我师祖那辈传下来时，就被认为是个鸡肋，但在炼器时倒是一个很好的辅助法器。"

陆青阳听到对方说最少要有五行功法，那么八系全修呢？不过他倒也没太在意，反而毫不客气地走到一旁已经碎成一截截枯骨的尸骨旁，捡起那副幻丝手套。

"这副手套因为加入了稀金，所以也是一个空间法器，那里面的东西，就算是我私人补偿你的吧。这手套制作时也加入了灵笋，旁人无法使用，不过，等你得到了我的法术印记，自然可以开启手套里的空间。"

怪不得那百里煦没要这手套，看来不是因为强者的心态，而是觉得拿走也没用罢了。陆青阳拿起这只手套，黑色的手套夹杂着暗金色的丝线，入手一片柔软。

谷主此时的声音有些虚弱，他也不再浪费时间，眼眶中忽然绿光大盛，包裹住了整个头骨，看上去就好像一个燃烧着绿色火焰的火球一般。然后很快，绿光在空中化成一个法术印记，迅速地缩小成一个指甲盖大小，在陆青阳觉得不安之前，嗖的一声印在了他的额头之上。

陆青阳只感觉到一阵刺痛从额头传来，莫名的力量如潮水般涌入了他的脑海。他下意识地盘膝而坐，运起全身真气抵御。他此时已经觉得有些不妥，天下没这么便宜的事情。

谷主头骨中跳动的绿光闪动了两下，满意地看着陆青阳额头上那个明显的绿色印记。他自然不会那么容易就把昊天谷多年的传承交给一个外人，若不是风火水三系同修，根本就无法接受这种法术印记。待任灭在这小子的额头上看到这枚印记时，他自然知道如何拿走存在这小子脑海中的传承。

谷主虽然说谎话骗了陆青阳，他却一点都没有后悔。在他看来最重要的就是昊天谷的传承，其余的人都不在他的考虑范围之内。就连他说那幻丝手套是补偿给对方的，都大有水分，若是任灭学会了他的传承，自然也就能使用得了那幻丝手套了……

谷主在极短的时间内，费尽心思交代了后事，已经到极限了，黑洞洞的眼眶中，那绿光终于不甘心地一点点熄灭。

陆青阳并不知道这谷主的心思，但他也多少察觉到了对方并不是真的好心。不过他此时已经无力思考，他就好像站在了巨大的浪潮之前，汹涌的波涛一次次地向他砸来。他若是坚持不住，就是被毁灭的下场。

陆青阳心念一动，想到谷主说过这传承印记是风火水三系同修才能读懂的，当下运起这三系的功法，来消化法术印记对他精神上的冲击。

没想到这种方法真的管用，汹涌的潮水就好像找到了倾泄的口子一般，也不知道过了多少时间，在陆青阳一次次运转真气之下，渐渐归于平静。

肥啾仰着头，好奇地看着陆青阳额头上的印记从鲜明转为浅淡，最后彻底消失，额头上恢复光洁一片。

晕沉沉的陆青阳许久之后恢复过来，只觉得脑海中多了很多他不懂的知识，就像是本来只有一个池塘的地方，硬生生地被涌进的潮水冲出一大片湖泊。不过他现在也来不及查看，因为他感觉到外面正有人靠近。

"小弟！"在陆青阳刚睁开双眼时，就感觉到自己被一双臂膀拥进了怀中。

那股温暖立刻就让他鼻子发酸："大哥……"

陆青鸣惊怒交加地搂着怀里的小弟，忽然想起赤炎山洞外师叔师伯们的惨状，连忙又把小弟从怀抱中拽了出来，上上下下地仔细检查了好几遍。他发现小弟身上并没有外伤，就是脸色难看了些，萎靡不振。

"小弟……小弟，你……"陆青鸣看着地上那个头骨，和远处被轰成渣的尸骨，俊脸一阵青一阵白，生怕吓到自家小弟，不知道该如何开口询问。

陆青阳听着外面哭骂声震天，还见到若干个冲进溶洞之中呆在当场的昊天谷弟子，沉默了片刻。他知道外面昊天谷的老一辈精英高手全部身亡，只剩下他一人在此，他们肯定要向他寻一个说法。对方自然不会认为他这么大年纪的少年是凶手，但总要让他指认谁是凶手。

这就是难题了。

若是说玄英洞洞主百里煦的话，当年昊天谷谷主在世的时候，都不敢泄露半句，现在他身死了，昊天谷的中坚力量也都烟消云散，难道就敢向玄英洞宣战了？

而且退一步讲，百里煦百年的名声摆在那里，究竟这些人是会信他这个黄口小儿，还是信那个大陆的顶尖"偶像"？

明摆着没人会信他啊！

陆青阳并不是蠢材，昊天谷谷主最后传给他那个印记，八成也并不是真的为了他好。但对方的心情他能理解，就是不想昊天谷传承断绝。那么若是放出风声，说昊天谷的惨案疑是百里煦所为，百里煦表面上不会做什么，但暗地里肯定会把昊天谷剩下的弟子全部阴死。

所以陆青阳心念电转间，摇了摇头道："我不知道是谁做的……"他把事情从头说起，从他掉下岩浆之后侥幸没死，然后迷失在溶洞迷宫之中，今天才走到这里，就看到昊天谷谷主的头骨，就连得了他的传承印记也丝毫没有隐瞒。

"什么？谷主把传承印记传给你了？"慕融皱了皱眉，看着陆青阳的目光有着怀疑。他自小在昊天谷长大，自然也听说过传承印记的事情，但他看陆青阳的额头上光洁一片，根本没有任何印记的痕迹。

陆青阳点了点头，他脑袋里多了一大堆自己都不理解的事情，他一时也没办法跟他们证明。他想起手中的幻丝手套，便戴了一只在左手上，翻手之间，便取出了手套空间里的一块宝石。

能使得谷主的幻丝手套，那定是得了谷主的认可，这个做不了假的，慕融便不再纠结于这个问题，沉声问道："谷主有没有说谁是凶手？"

陆青阳既然打定主意不说出百里煦的名字，自然不会推翻自己的说法，当下疲惫地摇了摇头道："我也不知道，我走到这里的时候，刚捡起手套，就被一片绿光笼罩，醒来的时候脑袋里就多了很多莫名其妙的东西。"他其实心中也不知道自己隐瞒百里煦是凶手的这个决定妥不妥当，但谷主最后也没有嘱咐他要为昊天谷报仇，恐怕对方也是知道以昊天谷的实力对抗百里煦是根本没有希望的。

若他真是为自己着想的话，就应该把真相告诉他们。因为他的仇人也是百里煦，若是想要得到一个好的助力，这时便是说出真相的好时机。

可他还是不想这样做，林子苏的仇，他要自己报。

说他天真也好，白痴也好，跟昊天谷谷主交涉的这一个回合，就让他知道天下没有白吃的午餐，与其耐心收服昊天谷的势力，还不如把这些时间都放在修炼之上。

陆青阳一想到林子苏，就觉得寂寞无比，他已经习惯了身边有个人陪伴，现在孤零零的，只剩下了自己，这让他下意识地把身体往陆青鸣的怀中缩去。

陆青鸣好不容易把自家小弟盼了回来，见再也问不出什么，而且小弟脸色难看得很，精神也处于崩溃边缘，便伸手点了他的睡穴，让他靠在自己怀里安眠。

"怎么办？"陆青鸣抬头看向慕融，现在谷中只剩下了他们这一代年轻弟子，谷主和长老们同时被人杀害，这让他们感到无所依靠。陆青鸣虽然在昊天谷学艺，修为是年轻一代的佼佼者，可是按亲疏之别，还是敌不过从小在谷里长大的慕融。

慕融好不容易压制住心中翻滚的愤怒和哀伤情绪，见周围的师兄弟们都看着他，只得故作坚强道："封锁昊天谷，我要让一只蚊子都飞不出去！宋师兄，你带几个人把……长老们……好好查一下他们是如何被杀的，对方用了什么法器……李师弟，把谷主大人的骸骨收殓一下。刘师兄，你快去广场，安抚好其余圣地的来人，顺便派人请任师叔留下，不论用什么方法。"慕融迅速地分派好，然后迟疑了一下，低头对陆青鸣说道："陆师弟，你先把你弟弟带回去休息。剩余的师兄弟跟我出去。"

"我也跟你出去。"陆青鸣却摇了摇头，此时正是昊天谷生死存亡之时，他又怎么能离开？他抱着睡着的陆青阳站了起来，昊天谷已经不安全了，他也不放心让小弟一个人休息。那只古怪的小肥鸡他也顺手拎走了。

慕融并没有说什么，疾步出了赤炎山洞。因为这里是昊天谷的禁地，外人不得进入，所以其余圣地的来人都在前院等候。

昊天谷的长老们全军覆没，昊天谷上下都陷入了一股悲伤愤怒的情绪之中。慕融虽尽力克制，但他身后的师兄弟们都无法忍耐，所以他们出现在前院之时，其他人便看出来这昊天谷必然是出了大事。

然后，慕融便得知，因为刚刚的混乱，任灭已经趁机跑出了昊天谷。

"因为少了诸位的牵制，我的土系阵法便压制不住他了。"无言苍白着一张脸，时不时咳嗽一声，显然是在刚刚任灭突围的时候受了暗伤。

"出了什么事？"柳星月见昊天谷众人的脸色一变再变，终于忍不住出言问道。

慕融知道这事根本瞒不住，索性直言相告，沉声道："谷主闭关时遭到偷袭……师父和师叔师伯他们……他们全部被歹人所害……"他一言未尽，周围便已经传来了哭声。

所有人大骇，互相对视，均看到了对方眼中的诧异。袁小鸦沉不住气地追问道："究竟是什么时候发生的事？"

"看血迹……应该是今天上午发生的，一直都没有察觉，直到刚刚我派人去通知长老们时，才发觉出了大事……"陆青鸣咬牙道。

"这事出得蹊跷啊……"无言拉长了声调，"怎么就这么巧，今天任灭来，长老们就遭受不幸？"

若是陆青阳还清醒的时候听到这句，便知道这是玄英洞嫁祸于人的招数，就算不说出百里煦的名字，也绝对不会让任灭来背黑锅。但不幸的是，他没听见。

无言目光闪烁地看着陆青鸣怀中的那名少年，总觉得这样的画面让他心中不舒服到极点，言语中也便不再客气地说道："昊天谷的长老们修为高深，就算是有人下毒手暗害，又怎么可能连示警的机会都没有？"

　　慕融知道这是个极大的疑点，所有人都知道。

　　"所以不是来者是一群身手不凡的人，便是来的人会让他们根本不设防。什么人能接近他们而不被他们戒备呢……"无言言尽于此，后面的话虽然没说，但听到的人都能听得懂。只有任灭，只有从小和他们一起长大、一同修炼的任灭，才不会被他们防备。

　　"可是任灭刚刚还和我们打了一场。"袁小鸦觉得很奇怪。

　　"这就是他故意的，让在场的这么多人看到他，然后以为这件事与他无关。因为后院长老们被残杀的时候，他正在和我们过招。"无言咳嗽了几声，侃侃而谈，"可是你们不觉得奇怪吗？任灭他都是尊者的修为了，居然还和我们几个小辈打个难解难分，这本来就是说不通的。"

　　所有人都沉默了起来，没有人想到这其实是因为任灭心中愧疚，才对他们手下留情的。

　　慕融的牙咬得咯咯直响，怎么也不愿意相信对师长们拔刀相向的，就是他的任师叔。

　　无言轻咳一声，以退为进道："当然，这只是我小小的猜测，大家不要当真。"

　　轰！平地一声雷，霎时天摇地动，连房屋都一阵摇晃，众人就算修为不浅，也难免惊慌失措。

　　"赤炎山喷火啦！"也不知道是谁喊了一嗓子。

　　慕融慌乱中向外看去，只见远处的赤炎山脉中，一道火柱冲天而起，冒起滚滚浓烟。

第三十六章

◇ 天 变 ◇

　　陆青阳睁开双眼，迷茫地看着头顶上简陋的床盖，好久都没回过神。

　　他动了动手指，发觉手被人紧紧地攥住了，他带着期待地侧过头看去，并没有看到自己想看到的那个人。

　　陆青阳呆呆地看着趴在自己床边睡着的陆青鸣，举目四顾，屋内空无一人，他再次深刻地意识到陪伴他多年的林子苏已经不在了。

　　陆青鸣本就是浅眠，听到自家小弟沉重的呼吸声时，便抬起了头，惊喜地坐直了身体："小弟？你醒了？有没有什么地方不舒服？"

　　陆青阳收回心思，本想坐起身，却发觉身上无力，竟是在陆青鸣的帮助下才坐了起来，不由得心惊道："大哥，我这是怎么了？"

　　陆青鸣在他的背后垫了个枕头，叹气道："你已经睡了五天了，可把我给吓坏了。应该是没有什么事，我先去给你拿点东西来吃。"

　　陆青阳这时才发觉肚子空空，饿得难受。他是修炼者，一两天不吃东西倒也挺得住，现在一连睡了五天，身体自然是扛不住的。陆青阳看着大哥走出门去，定了定神，这才回想起昏睡了这么久，好像是因为脑袋里一下子涌进了一大堆乱七八糟的东西，思绪混乱。想来应该是谷主传给他的传承印记的关系，睡着的时候大脑自动开始学习里面的知识，直到他的身体支持不住了才清醒过来。

　　这样也好，不醒过来，就暂时不用面对林子苏已经离他而去的残酷现实了。

陆青阳知道自己现在这样，不可能马上为林子苏报仇，只有尽快充实自己，才能看到一丝希望。所以在简单地吃过饭后，陆青阳从手镯里拿出一瓶辟谷丹交给陆青鸣。

"大哥，我睡了五天应该是脑袋里有了传承印记的缘故，虽然说我不能马上把这些东西全部学会，但至少要先厘清思路，否则就会像现在这样头疼欲裂，倒不如睡着了好。这辟谷丹是我师兄韩丹炼制的，每三天给我吃一颗就行，保证不会饿到。"

陆青鸣了解了陆青阳昏睡的原因，悬着的心也放了下来。他也知道传承印记非同小可，虽然不知道为何被自家小弟得了去，但这肯定是谷主大人传承下来的，旁人不得质疑。他收好那瓶辟谷丹，见陆青阳撑着脑袋皱着眉，知道他还是头疼，便坐在床沿，让小弟躺在他的腿上，双手按摩着他的太阳穴。

陆青阳的头疼缓解了好多，虽然他知道自己这时候应该赶紧睡觉才能避免头疼，但他好不容易清醒过来看到大哥，并不想这么快就闭眼，所以强打着精神问道："大哥，这里好像并不是昊天谷，出了什么事吗？"

陆青鸣闻言手停顿了一下，叹了口气道："赤炎山脉多处火山爆发，昊天谷已经被岩浆淹没了。我们只来得及抢回昊天谷收藏的法器，藏书洞里的那些书籍，也只抢回了几百册而已……"陆青鸣唏嘘不已，藏书洞内的逾万本书册是昊天谷千年以来收集的，现在昊天谷的谷主和长老们全部身亡，昊天谷也被岩浆淹没，好在昊天谷最精华的传承印记在小弟的脑中，否则昊天谷这个千年传承的门派恐怕就要毁于一旦了。

陆青阳听闻此事也不禁一愣，赤炎山脉的火山爆发，而且是多处火山同时爆发？怎么会这么巧？

陆青鸣又叹了口气继续道："现在这世道不太平，前几日春晖潭的人来信说，九环溪的禁忌阵法也松动了。"

"禁忌阵法？"陆青阳从来没听过这个词。

陆青鸣见小弟不知道，便整理了一下思绪解释起来，手上按摩的动作不停："夏之圣地和冬之圣地两处是因为天然原因，人迹罕至，而春秋两地是因为有仙人留下的阵法，外人才不能随便进入。暮秋岭的阵法是为了保护药草不被人过度采摘，而春之圣地九环溪的阵法，则是为了不让那些灵兽跑出来害人。

"春之圣地的灵兽大多是群居，可想而知其中有多庞大的种群。春晖潭的人与灵兽向来交好，那是因为春晖潭的祖上曾经是个懂兽语的修炼者。春晖潭流传下来一些可以与灵兽沟通的秘法，所以其中的弟子可以与幼小的灵兽结下血契，获得伴生灵兽。而这些幼小的灵兽一般都是灵兽父母一窝多生的幼崽，养不活没办法才交给春晖潭的。要知道春之圣地虽然广阔，但地方也有限，里面生活的灵兽大多互为天敌，能长大实为不易。幸好有九环溪的禁忌阵法控制它们，使它们无法离开春之圣地，否则那片大陆之上灵兽恐怕才是主宰者。"

陆青阳闻言一怔，下意识地朝四周看去，才发现肥啾正和他躺在一张床上，蜷着肥胖的身体睡得正香。

"这小胖鸡一直要待在你身边，说来也奇怪，它是吃了就睡，醒了就吃，一转眼已经胖了好多了。"陆青鸣也不知道这只肥鸡是哪里来的，但看它挺通人性，倒也可爱，便一直让它待在小弟身边。

陆青阳撇了撇嘴，这哪里是鸡啊，分明就是猪啊！不过肥啾的父母居然能突破九环溪的禁忌阵法，把肥啾放在赤炎山脉孵化，可见肥啾并不是一般的灵兽。

只不过，怎么看怎么觉得肥啾就是只胖得过分的鸡啊……

陆青阳重新躺回自家大哥的腿上，转回话题道："那禁忌阵法怎么会松动啊？按理说也应该布下足有千年了吧？"

"具体情况我也不知道，袁小鸦和沧瀛两人得到消息就匆忙赶回去了，连玄英洞来的那位无言也跟着去了。这几日人心浮动，有人传九环溪的凶猛灵兽冲破了阵法桎梏，开始流窜到城镇伤人性命了。"陆青鸣说到这里停顿了一下，他觉得这些事情和小弟说也没有什么大用，便岔开了去，"白藏教的柳氏兄弟留了下来，是因为担心你的情况。现在倒没在，出门去打探那任灭的下落了……"

陆青鸣的声音渐轻，因为他发现自家小弟已经呼吸平缓，又睡着了。他低头端详着陆青阳皱着眉头睡得并不安稳的容颜，拂开他额前的碎发，用手指一点点抚平他眉间的皱褶。

"小弟……好好睡吧……等你醒来……恐怕这天就要变了……"


韩丹挥剑斩落扑到他面前的一只疾风虎，同时张开水系护罩挡开疾风虎身上喷出的鲜血。甩了下剑身上的血，韩丹皱了皱眉，心想这凶猛的疾风虎不是生活在九环溪吗？怎么在夏之地随处可见了？

难不成他迷路，走到九环溪了？

韩丹对自己的路痴属性没抱多大希望，但总觉得事情有些不对头。

韩丹一甩法剑，挖出疾风虎脑中的灵核，丝毫不客气地收入囊中。这些灵兽本在九环溪群居，就算是韩丹这样修为的人都不敢进入禁地狩猎，今儿个可算是幸运了，遇到了单个的疾风虎，虽然只是下品的灵核，但总比没有好。

收好法剑，韩丹便循着琉璃玉滴的灵觉方向寻去，他感觉到了那琉璃玉滴就在他附近，可见他那位小师弟应该就在不远处。

琉璃玉滴是和他滴血认主的灵器，只要在一定的范围内，就会有所感应。韩丹满怀欣喜地期待着和小乖久别重逢的一幕，却不承想看到了一个衣衫褴褛十分狼狈的人。

"任灭？怎么是你？"

韩丹虽然问出了口，但事实上任灭也没有办法回答他。

任灭现在的情况很糟糕，他当日从昊天谷突围而出后，便遇到了那个刀疤汉子的偷袭。一个是猝不及防，一个是蓄谋已久，他们两人的修为又相差无几，对方蓄意暗算之下，任灭受了重伤。

其实之前在赤炎山脉上任灭被其偷袭时，对方只是想要抢到他手中的稀金，并无拼命的打算，但在其后的十天追击中，不光是他了解了对方的法术，对方也把他的弱点摸得一清二楚。

任灭从出道以来，就没受过如此的重伤，好不容易借着自己熟悉昊天谷的地形逃脱了对方的追击，却在偷听昊天谷弟子的谈话时得知师父和师兄弟全部惨死，而凶手就是他的传闻。

这个消息犹如五雷轰顶，任灭不知道自己该何去何从，虽然并不知道整件事的来龙去脉，但他已知自己陷入了一个巨大的圈套之中。

当年遵照师父的命令，他脱离了昊天谷自立门户，可是包括师兄弟在内，所有人都以为他叛出师门。这个他可以忍，因为他知道师父出关之时肯定能还他一个清白。

可是现在师父已死，师兄弟也惨死，他已经是被认定的凶手，天下之大，又有何处是他的容身之处呢？

所以任灭连自己的焚天派都没有回，失魂落魄地在赤炎山脉之中游荡，后来火山爆发，他无奈离开了赤炎山脉，来到附近的一处山林之中。他本来就受伤极重，心力交瘁的情况下根本没有心思去疗伤，就这么浑浑噩噩地走了数日，不承想连畜生都欺凌于他。

本不应该在夏之地出现的疾风虎，要是往日他没受伤时，就算是来一群他都可以轻松处理，可是现在一下子出现了三只，他只能硬压下伤势击毙了两只，有一只见势不好逃走，但他已经是强弩之末，气息微弱，无力追过去。

他就这么死了也好。

任灭看着地上的鲜血，脑袋开始发昏。这么死了，也许对他来说是种解脱。

可是……可是他不甘心啊……

手中的琉璃玉滴已经被他右臂上流下的鲜血浸染，他还没把这个吊坠还给那个人呢……

"任灭？怎么是你？"

在脑海中徘徊了许久的声音突然在耳边响起，任灭木然地睁开双眼，看着面前的人。

他还是那副高洁俊逸的模样，可是自己却已经堕落到如此境地，可谓是云泥之别。

韩丹看着任灭坐在树下，一副萎靡不振、狼狈不堪的样子，忧心地走上前，掏出两枚养气丹递到他的唇边，毫不客气地塞了进去。韩丹看着周围两只已经死透了的疾风虎，不肯相信只是这两个畜生就把一位堂堂的尊者逼到如此地步，皱眉道："你怎么搞成这副模样？"

任灭吃了两枚养气丹，身体有了些许力气，别过头，淡淡地道："你那个小师弟是我杀的，你杀了我为他报仇吧。"说罢把右手摊开，递到他的面前。

韩丹看着他掌心中沾满鲜血的琉璃玉滴，既气愤又心疼。

气愤的倒不是任灭话里所说的那件事，他在陆青阳离开白藏教之前，因为怕他在外遭受意外，所以在他的身上下了一种秘术禁制，万一陆青阳意外身死，他最起码能得知对方死前最后一刻所看到的景象，至少可以看到谁是凶手，为其报仇。

现在他根本没有察觉到这秘术启动的迹象，可见他那个小师弟活得好好的。他虽然不知道任灭为何会说出这种话，但多少也知道任灭喜怒无常的别扭性子，所以他气的是任灭自己没有照顾好自己，还嘴硬地把别人的好心往外推。只是这气愤在看到任灭那微弱的气息和血淋淋的样子时，顿时变成了心疼。

算起来，任灭要比他小上许多岁。当年韩丹初入先天境界后，曾在昊天谷叨扰过一段时间，任灭的性子别扭古怪，当年被派到他身边作伴，两人初时对对方并没有什么好的印象，但拌过几次嘴，相处了一段时间之后，反而成了忘年之交。炼丹炼器虽然炼的东西不一样，但是有许多共通之处，韩丹当年还顺便指导了一下任灭，两人实际上还有着师徒的情分。

任灭硬着心肠说了话，就等着韩丹与他反目。

反正现在天下人都认为他任灭不是好人，再多一个仇人也不算什么。

任灭心酸地闭上了眼睛，这人还像多年前那般俊朗年轻，可是自己……这人连琉璃玉滴都能送给那个少年，自然可以推想那个少年在他心目中的地位。既然知道了自己害得那人横死……

"快起来，你还想在地上坐多久？"韩丹最见不得任灭这副样子，想当年任灭鲜衣怒

242

马，少年意气风发，今日这样萎靡不振，叫他心中无端难受起来。

"我杀了你的小师弟，你还这样对我？"任灭从鼻孔里冷哼出声，一把甩开韩丹的手。

韩丹却不着恼，淡淡笑道："我小师弟没死。"

任灭自然是不知道陆青阳真的没死，以为韩丹不信他的话，冷冷地抛出一句："世人皆说是我多年前害死了师父，这次又害死了多位师兄弟，我已经成了过街老鼠人人喊打，你还要救我？"

韩丹这些时日在山野间游荡，自然不知竟然发生了如此大的事情。可他知道任灭虽然性子古怪，但骨子里却是一等一地尊师重道。此时看到任灭虽然话语之间戾气甚重，但眉宇间的悲伤是无论如何也掩饰不住的，便知道其中定是另有缘由，任灭肯定承受了莫大的委屈。

韩丹与任灭相别数年，虽然现在在他面前的已经是个成年男子，但在他心里，这任灭依旧是当年不懂事的孩子，需要他的照顾和扶持。当下他便不让任灭再说什么，柔声道："别再说话了，我信你。"

任灭流浪了这么多日，全靠一口气吊着，此时听闻这句话，当真如同在沙漠行走了多日的旅人遇到了一处绿洲一般，心神一松，便彻底地晕了过去。


陆青阳被人从梦中摇醒，他看了看大哥严肃的表情，迷茫地揉了揉眼睛："大哥，可有事？"

陆青鸣看着小弟憔悴的脸，心中抽痛。这半年来，陆青阳一直处在昏迷的状态，靠服食辟谷丹度日，已经骨瘦如柴了。辟谷丹不够了，他就醒过来自己炼制，之后又陷入昏迷。

他不知道小弟究竟出了什么事，但从各种蛛丝马迹来看，小弟如此昏迷，却随时能被唤醒，应该并不是传承印记造成的，分明是在逃避现实。

他不能让小弟再这样下去，一定要让他重新振作起来。

陆青鸣深吸了一口气，沉声道："小弟，你也十六岁了，有些事，不应该瞒你了。"

陆青阳见大哥的语气沉重，连忙起身坐好："大哥，出了什么事？"

陆青鸣抿了抿唇，许久之后，才艰难地开口道："小弟，当年你我离家之后，陆家就已经……没了……"

第三十七章
# ◇ 成 长 ◇

"什么叫……陆家……没了？"陆青阳艰难地从牙缝间挤出几个字，直直地盯着陆青鸣，生怕对方说出的话就是他内心里所害怕的那句。

陆青鸣看着一脸忐忑惊恐的小弟，心中也不好受。可是最近陆青阳这样异常，不光是他，连慕融都察觉出来不对劲了。

所以不久之前慕融曾经特意找他谈了一次话，明言他对幼弟的保护反而是害了小弟。

是男子汉，就应该直面残酷的现实，而不是在家人的羽翼之下懦弱地成长。

陆青鸣说不出来自己听到这番话时的滋味，昊天谷的覆亡和当年陆家的惨剧何其相似，慕融也从一个懵懂的少年一夜之间变成昊天谷的支柱。而他还守着小弟，纵容他日夜昏迷，逃避现实……陆青鸣想到这里，神色变得坚定起来，深吸了一口气，把当年发生的事情一五一十地缓缓道来。

陆青阳木着一张脸，听大哥讲述当年的事。大哥的声音平静，毫无起伏，应该是这些年间无数次回忆起这种家破人亡的往事，强迫自己封印情绪的原因。但初次听到的陆青阳完全无法保持冷静，他的脸变得僵硬，陆家，居然就那么没了……

虽然大多数陆家人与他并不是非常的亲近，但那里承载着母亲的爱和与林子苏的初遇，他还期望着过一阵子回去重新寻找一下他心中的记忆。

父亲、二哥、族人……都是因为他……

他先是害了自己的母亲……然后是家人……最后连林子苏也……

陆青鸣见陆青阳漆黑的眼瞳中酝酿着某种恐怖的风暴，不由得伸手扶住了他的双肩："小弟，你不要多想。这不是你的错！"

陆青阳闭了闭眼睛，并没有说话。

陆青鸣看得一阵心酸，他一直隐瞒着事实，就是怕看到自家小弟这副模样。可是总这么瞒着也不是办法，他更不想看到小弟自暴自弃的样子。

"小弟，已经过去这么多年了，大哥之前没有告诉你，是觉得你背负了太多，没有足够的能力，所以大哥帮你扛着。"

"大哥……"体会到大哥言语中的深情，陆青阳的身体一阵轻颤。他回想起之前在沙漠中第一次遇到大哥时，大哥不分青红皂白地就对他下杀手，肯定是以为他早就死了，而戴在手上的戒指大哥却认得。

正在胡乱想着，陆青阳就觉得左手上一凉，他不禁睁开双眼看去，只见大哥正往他的手指上套着那枚眼熟至极的空间戒指。

"小弟，这是从任灭那里拿回来的，这次可千万别再弄丢了。"陆青鸣摸了摸自家小弟的发顶，温柔地说道，"虽然这并不是什么稀奇的玩意儿，但你可以先用着，等大哥以后炼更好的空间法器给你。"

陆青阳呆呆地看着手上的空间戒指，听着陆青鸣在耳边继续道："小弟，本来大哥想护着你一辈子，可是小弟你有能力，比大哥还要有能力，所以大哥不想看着你缩回自己的壳里。虽然不知道你这些年经历了什么事，但我不能看你如此颓废下去。陆家的仇，你可不能全压在我一个人身上。"

陆青鸣一边说一边担心地端详着小弟脸上的神色，他本是担心陆青阳钻牛角尖，若是情绪掌控不好，变成自怨自艾，把所有的事全部怪在自己身上就惨了。所以他巧妙地转移事情的重点，强调要把报仇放在首位。

如果林子苏还平安地在陆青阳身边的话，也许陆青阳此时就会如陆青鸣所担心的那样，坠入自责的深渊了。但此时他只剩下了他自己，没有任何人可以挡在他面前，再为他遮风挡雨了。

所以陆青阳只能强迫自己不再去想多余的事情，专注于"责任"这两个字。

大哥说得没错，他自己惹出来的事，必须要自己来承担。

陆青鸣看着陆青阳脸上的表情从茫然到痛苦，再到坚定，便知小弟已经如他所期望的那样，彻底成长起来了。

陆青阳握住陆青鸣放在他肩上的手，低声道："大哥，这些年你辛苦了。"虽然陆青鸣一个字都没有提，但陆青阳可以想象得到这些年大哥是怎么熬过来的。只剩下一个人的绝望，他不久前就深切地体会过。

陆青阳想到这里，不禁犹豫了片刻，踌躇道："大哥，我是不是像他们所说的那样，真的是个灾星……"

由不得他不这么想，他身边在乎他的人，和他在乎的人，甚至和他有关系的人都一一离他而去。他不想连大哥都失去了……

陆青鸣并不在意地揉了揉他的长发，浅笑道："以后的路还很长，我们一起分担。"

只是一句话，就打消了陆青阳心底的忧虑。

陆青阳抬起头，看着和自己有着七八成相似的脸容，暗自在心中下定决心——以后他不能再让大哥来保护他，为了不再失去仅剩的亲人，他应该学会去保护别人才对。

陆青鸣见陆青阳彻底清醒过来了，便拉着他从床上起来。陆青鸣早就置备了一桌吃食。陆青阳这半年来基本上没正经吃过什么东西，此时心结虽然没解，但也知道自己不能再这样下去，便拿起筷子慢慢地吃了起来。

陆青鸣在旁边陪他吃了几口，不久慕融推门进屋。这是陆青阳半年来第一次看到他，发觉现在的慕融已经和以前的那个慕融完全不一样了。原本带着少年意气的脸变得沉稳冷静，右眉间带着一道鲜红的疤痕，像是被什么野兽的爪子所伤，还没长好，应是不久之前才受的伤。虽然破了相，但更给他增添了一股骁勇之气。

慕融坐了下来，见陆青阳已经醒转，眼神清明，不禁点了点头，并不废话，直接和他说了最近半年外面的情况。

陆青阳这时才知道虽然只有半年时间，但外面的情况已经大变样。首先是赤炎山脉火山大爆发，火山灰掩盖了整个夏之地，阳光难以照射进来，夏之地阴冷无比，已经不复原来的阳光灿烂。而春之地的禁忌阵法已经完全破裂，各种灵兽流窜到大陆各地。因为春之地原本存在的灵兽等级很高，无比凶猛，伤人无数，所以现在整片大陆人人自危，辗转各地的商旅已经少之又少，大部分的城镇都紧锁城门，但偶尔还会有灵兽袭击村落、伤人的事件发生。

秋之地虽然没有春夏两地那么悲惨，但暮秋岭的迷雾突然变成有毒的，亏得白藏教存有大量的解毒丹，才没全教覆亡。但现下白藏山已经无法居住，白藏教转移到其他城镇，原本繁华的凤栖城没落了下来，人迹罕至，而从春之地迁徙而来的灵兽群在夏秋两地到处肆虐。冬之地据说曾经发生过山崖坍塌事件，但有天下第一人百里煦在，已经把伤亡降到最低，一时间百里煦名声大噪。加之冬之地本就是寒冷蛮荒之地，一般灵兽也不会前往，现在看来，冬之地反而是这片大陆之上除了乾坤山脉之外的安静之所。

"那昊天谷的打算是什么？是去冬之地，还是要留在夏之地？"陆青阳已经看到外面阴沉沉的天气，他一直以为自己醒来的时候是晚上，此时仔细看去，发觉是火山灰遮天蔽日。

"冬之地过于遥远，我们要经过春之地或者秋之地才能到达，在路上一定会遭到灵兽的袭击，实在是太过于危险。"慕融沉声道。

陆青阳并没有发表自己的意见，他们既然叫醒他，就应该是有最后的决定了。他充其量只是陆青鸣的弟弟，虽然意外有了昊天谷的传承印记，他也只是传承印记的载体而已，没有人会真的在意他的意见。

果然慕融并没有问他，而是继续说道："我们打算留在夏之地，毕竟昊天谷千年的根基在此，我们打算另寻地方，重振昊天谷。"

陆青阳见慕融说得掷地有声，可是一旁大哥的脸上却盛满了担忧。陆青阳细细地思考了一下，便知道大哥担忧的是什么。此时大哥没说话，陆青阳却知道自己既然已经下定决心不再靠其他人庇护，那么自是要说到做到，当下便直言询问道："慕大哥，你可找到好地方安置了吗？"

慕融脸一僵，此时除了大一点的城镇还有自保能力，不用承受那些灵兽的侵袭，一般天地灵气旺盛一些的野外都被灵兽牢牢占据。而昊天谷那边虽然火山岩浆早已凝固，可是因为天地灵气过于充沛，早就有许多灵兽盘踞。

陆青阳一看他的脸色，就知道自己猜对了。以往越是有名的门派，所在的地方就越是偏僻，以此来彰显自己的与众不同。可现下只剩各大城镇还算安稳，慕融最近也是颇为头疼。

"我们先暂居在一处，等过了这段时日再从长计议。"陆青鸣开口说了他们最终的决定。

陆青阳却摇了摇头道："两位哥哥想得太简单了。春之地的灵兽外逃，已经占据了整片大陆，灵兽的繁殖能力虽然并不强，数量有限，但那也是以前在阵法中生存空间小，资源少，外加自相残杀的缘故。现在天高地阔，再也没有能拘着它们的阵法，它们又占据了各个天地灵气充沛之地，你们说是这些灵兽繁衍得快呢，还是我们先天宗者修炼得快呢？"

慕融和陆青鸣两人齐齐变了脸色，他们也不是没想过这个问题，只是最近要安抚昊天谷的弟子们，谁都没腾出空来去想更深远的事情。他们总觉得灵兽虽然棘手，但慢慢去杀，总能有一天清除干净了，却没有想到灵兽也是能升级、能繁衍的。况且，白藏教那边的暮秋岭已经不能再进人，那就是说连药草都没得采了。药草断绝，那么丹药也就没法炼了。这样想下去，未来竟然如此凶险。

"这……可怎么办？"慕融虽然这几个月来成长了不少，但终究还是没有能力去思考那么深远的未来。他只想到怎样保全昊天谷，可是按照这样恶性循环下去，竟会危及整片大陆。

陆青阳这半年来一直学习着脑中的传承印记中的知识，虽然里面很多都是炼器的知识，但也有许多典籍藏书，因此他反而要比平日里不怎么读书只专注于修炼的慕融和陆青鸣淡定了许多。陆青阳低头想了想，整理好脑中的思绪，犹豫了片刻之后道："小弟倒是想到一个法子，只是艰难了些。"

"你说。"慕融已经不再把陆青阳当成单纯的少年看待。

陆青阳抬起头来，一字一顿地缓缓说道："我建议各大门派消除门派之见，合力培养弟子，以消灵兽之害。"

纵使慕融和陆青鸣有点心理准备，但还是被陆青阳所说的话震惊得一时无语。

门派之见，乃是数千年传下来的规矩，像昊天谷这样的古老门派，都有直系和旁系弟子之分，而小到陆家那样的修仙世家，也会分内门弟子和外门弟子。这并不仅仅是直系旁系或者内门外门之分，里面还牵扯了许多不能外传的法术、丹药和法器。尽管是同一个门派或者同一个修仙世家，直系和旁系、内门与外门之间也不许私下传授或者赠予门内法器。所以就连陆青鸣当年送陆青阳的那枚空间戒指，也是自己从外面买来的，不敢把从父亲那得到的法器相赠。

兄长给弟弟东西都需要如此注意，更何况门派和门派之间了。

摒弃门派之见，互相交换法术，共用丹药和法器，那比愚公移山还要难。所以慕融回过神来之后，直接便摇头否定道："你这小子，想得也太简单了，门派之见哪里是那么容易消除的？"

陆青阳也深知此理，可是今时不同往日，昊天谷的老一辈们全部身亡，白藏教的藏书阁也因为有毒的雾气而成为无人之境，又失了大部分的草药和丹药，没有安身之地，而春晖潭在灵兽祸乱的春之地更是没法待。四大圣地的门派之中有三个都没有安身之处，这是他的好机会。

陆青阳在此之前根本没有生起要利用昊天谷或者其他门派的念头，但这个执念在他醒来之后已经被彻底抛开了。并不单单是杀了林子苏的仇恨，他的母亲、他的族人，都和百里煦撇不开干系。现在这样的情况之下，如果他还坚持不借助外力，那他就太傻了。

陆青鸣虽然不知道自己小弟在打着什么样的主意，但见他的表情淡定，便不忍直接反对他的建议。他瞥了一眼慕融，然后又看向陆青阳道："小弟，你具体是怎么想的，说出来听听。"

慕融本还想再泼陆青阳几盆冷水，但被陆青鸣以目光制止，只好撇了撇嘴喝了口茶。

陆青阳将了将头发，他刚起，头发都还没有梳起，只是披散在背后。他用手随意束好了发，这才开口道："我也没有仔细想，只是觉得房子都快塌了，还要惦记着这房子里面的东西归别人还是归自己，而不去齐心合力地修房子，就有些不太妥当了。"

慕融一口凉茶含在嘴里，苦涩不已，一时也不知道心里是什么滋味。这个道理浅显易懂，但说起来容易做起来难啊！

陆青阳也没有再多说什么，其实他这话也是为了替自己找理由，毕竟他现在算是白藏教的人，脑袋里却多了昊天谷的传承印记，再加上身边的肥啾不知道是不是春晖潭的灵兽，他才是委实难以划分界限的那个。所以不如三派合一，他也能混得开。

他能想到的事情，慕融自然也能想到。盯着陆青阳看了半晌之后，慕融起身离去，说自己需要好好想想。

陆青阳看着自家大哥皱眉沉思的表情，不由得叹气道："大哥，我是不是太天真了？"

陆青鸣回过神，却摇了摇头道："小弟，大哥细思量起来，倒真不是不可行。"

"哦？"陆青阳其实也只是给一个提议，根本没指望有人能这么快支持他。

"你可能还不怎么了解具体情况。"陆青鸣用食指敲了敲桌面，"先不说昊天谷了，白藏教的教主因为冲击金丹境界，至今仍在暮秋岭中闭关不出，而韩丹长老云游大陆，行踪不明。所以白藏教几乎是无人做主，算起来，小弟你在白藏教的辈分竟然是最高的。"

陆青阳闻言不禁开始担心起来，昊天谷的谷主大人就是因为冲击金丹境界而故去的，萧雪崖既然在闭关，那么陆苍笙肯定也陪伴在侧。暮秋岭的有毒迷雾虽然不能对他们造成什么伤害，但日夜身在其中，也不能说没有危险。至于韩丹，陆青阳却觉得有些古怪，如果不是因为被什么事绊住了，他不可能在白藏教出了这么大的事之后都不出面。

"至于春晖潭，据说在九环溪的禁忌阵法破裂之时，因为要阻止灵兽破阵，春晖潭的许多长老都已身死。"陆青鸣说到此处，不禁叹了口气，"这样一一算来，三大圣地现在都无人能做主，小弟你的提议很好，就算不能摒弃门派之见三家融为一家，但聚集在一起，相互扶持倒也是可以商量的事情。"

陆青阳没想到形势居然已经恶劣到如此地步，一时间也有些无法接受。

陆青鸣感慨了一阵，便追问道："小弟，具体该怎么做你有没有细想？"

陆青阳整理了一下思绪，试探地说道："大哥，那我说出来你可不要笑话我。"

"说吧。"陆青鸣笑了笑，他看到小弟这么积极地筹划未来，夸奖他还来不及呢，又怎么会打击他。

"我是从书院的模式想到的。"陆青阳喝了口茶水，坐直了身体，"我从古籍上看到过，在很久很久以前，念书识字是一件很奢侈的事情，必须要拜师，一对一地教导，而大部分的人至死都没有识字的机会。可是在很多年以后，渐渐开始有书院出现，一个老师可以教导很多名学生，这样虽然不能做到人人识字，却可以让读书的人成百上千倍地增加。"

陆青鸣闻言变了脸色，他没想到小弟居然会如此设想。可是想想也是，虽说并不可能人人都有资质修仙，但不能不承认有很多人的资质被埋没，就是因为没有多少修炼者肯教导许多弟子，一个人充其量收十多个弟子，这就已经算得上是桃李满天下了。

这样想来，倒是和那识字念书的例子非常相似，修炼者都是敝帚自珍的，因为修炼者越多，资源就越少。毕竟丹药和法器都是稀少的，谁也不想让更多的竞争者存在。

可是现今已经成了如此状况，暮秋岭封山，赤炎山脉火山爆发，九环溪灵兽暴乱，穹天崖山崩，资源已经减少到最低点，生存已经成了问题，那么原来的难题便已经不再是关键。

陆青鸣想到此处，不禁眉飞色舞。他的心理再成熟，也不过是个二十多岁的青年，心中多少也藏着做出一番事业的期望。想到这里他便再也坐不住了，连忙去寻慕融。

陆青阳则长舒了一口气，向后靠在椅背上，仰望着窗外厚重的火山灰，一张稚气未脱的脸上盛满了孤寂和迷茫。

棋已经下了第一步，而接下来要怎么办呢？

如果办个修仙学苑的事情可以进行下去，那么没有人出面镇住场子是不行的。多半就会请那个百里煦来当学苑的苑长。

虽然陆青阳不清楚最近四季之地发生的事情，但多多少少也猜得出来这些都是百里煦鼓捣出来的动静，否则又怎么会三大圣地均有折损，只有冬之地安安稳稳，他的名声又上了一层楼呢？

难道这个学苑，也要被把持在那人手中吗？他折腾了半天，难道要为他人作嫁衣吗？

陆青阳看着窗外火山灰形成的乌云，双手紧攥成拳。

算计？他也会。

## 第三十八章
### ◇ 乾 坤 山 脉 ◇

　　虽然陆青阳的提议说出来了，但落到实处就不是上嘴唇碰下嘴唇那么简单的事情了。所幸慕融和陆青鸣两人是从心底支持陆青阳的建议的，开始马不停蹄地筹划。

　　陆青阳并不多言，他人微言轻，自然是无法帮助他们和各派沟通。至于白藏教那边，他倒也不用出面，陆青鸣借着他的名义，反而更好说话。所以陆青阳便开始在屋里宅了起来，拿起笔墨默写脑中传承印记之中的法术和炼器心得。

　　这么一来，便很快过去了一个多月。陆青阳放下手中的毛笔，习惯性地想要抬起头去身后找人，却看到一片空寂。他慢慢地转回头，看着面前的白纸发了好一阵的呆。

　　其实抄书对他来说并不是一项很陌生的工作，想当年在陆家的藏书阁，由林子苏控制了左手，他还能两只手一起抄书呢。

　　真是……太想他了……

　　陆青阳摩挲着腰间的匕首，他无数次自欺欺人地认为林子苏依然陪伴在自己身边，只不过是回到匕首中沉睡了而已。

　　可是不论他往匕首之中怎么输入真元，都没有熟悉的声音响起。

　　啾！已经胖了好几圈的肥啾跳到了桌子上，落脚的地方却是砚台，爪子沾上了墨汁，惊得它赶紧跳了出来，在陆青阳写好的纸上留下一串鸡爪子印。

　　陆青阳本来生出的哀思被搅得一干二净，他抱起肥啾，仔细擦干净它的爪子，然后把被弄脏的纸放到一边。倒是不用他重写一遍，交给昊天谷的弟子，让他们誊写就行。

也许是因为陆青阳的脑海中拥有昊天谷的传承印记，虽然表面上没有人说什么，但昊天谷的弟子们隐隐都把陆青阳当成自家的移动藏书阁了。尽管陆青阳名义上是白藏教教主的小师弟，但也没说不能留在昊天谷吧？所以昊天谷的弟子们听说陆青阳最近正在默写典籍，便争先恐后地过来照顾他。要知道这些在以前都是不能轻易得见的珍贵典籍，此时却能近距离观看，这让他们非常兴奋。

陆青阳这边一开始乱成一锅粥，后来还是他要求默写典籍的时候不许有旁人在，才消停了许多。而陆青阳也知道这时候默写出那些深奥的典籍也没有用，昊天谷所剩下的年轻弟子修为都差不多，连突破到先天境界的都没有，所以他便把适合他们的法术和炼器心得默写出来，交予他们边整理边修炼。至于深奥的那些，他也是挑自己能看懂的先默写出来，一边默写一边学习。

虽然只是待在屋子里，但陆青阳明显觉得自己的修为渐长。

他离先天境界只有一步之遥，但之前不管如何努力都跨不过这道坎。虽然仙根并未完全修补好影响了他一部分，但更多的是因为他修炼的速度实在是太快，再加之根基不稳，先天境界便怎么也冲不过去。现在经过半年的沉睡和休息，他虽然并未修炼，但经脉已经开始适应他的修为的强度，再加之他醒过来之后一直在静心学习，这样反而对他的修为大有好处。

这样忙了一个多月，最不满的就属肥啾了。外面的天气阴沉沉的，它不喜欢出去，一出去就是一身的火山灰，让它浑身不自在。待在屋里又没人陪它玩，所以它动不动就要跳起来折磨陆青阳。

陆青鸣推门进来的时候，就看到陆青阳抱着肥啾，很细心地擦拭着它身上被墨汁弄脏的翎羽。本来已经是少年身量的陆青阳，在这半年之中飞快地抽条，现在已经和陆青鸣差不多高了。由于沉睡了半年只吃辟谷丹维持生命，陆青阳清减了不少，下巴也变得尖了，显得眼睛更大了一些，五官俊秀，乍一看已经是个丰神俊朗的男子了，只是眉宇间还带着些许稚气。这种混合了少年与成年男人特征的气质，让陆青鸣一阵恍惚。

什么时候，他一直想要保护的幼弟，也已经长大成人了呢？

陆青鸣没来由地涌起一股失落，他这个大哥做得实在是太失职了……

"大哥？有事？"陆青阳回过头，就发现陆青鸣站在门口发呆，大哥的脸也清减了许多，可见最近非常的忙碌。

陆青鸣回过神，朝小弟笑了笑，走进屋子："我来看看你。"

"我有什么好看的？"陆青阳见大哥脸上的表情很轻松，意外地挑了挑眉，"事情可是有了进展？"

陆青鸣找了把椅子坐下，打了个哈欠，难掩疲倦地应道："是的。这些天一直和春晖潭的人交涉，他们也同我们一样，门派之内损失惨重，本来也存了和我们联手之意，但并没想到我们提出的意见那么出格，所以犹豫的时间长了些。"

"那么他们现在是松口了？"陆青阳见大哥疲惫不堪，连忙倒了杯浓茶送到他手上。

"是啊，虽然春晖潭熟知灵兽的弱点和驾驭灵兽的技巧，但他们现在委实是缺少法器和丹药。所以他们现在提出的条件就是白藏教那边也必须加入，他们才肯加入我们的学苑。"陆青鸣喝了口浓茶，立刻提了神。

"哦？那白藏教的态度呢？"陆青阳关心地问道。

陆青鸣撇了撇嘴叹道："白藏教那边的境遇比我们还要差，秋之地是除了春之地之外最适合灵兽生存的地方，所以他们所受到的威胁最大。更何况丹药本就有限，药草现在又不能采集，他们也止在为难。不过对方也是要求春晖潭加入之后，他们才加入。"

"哦？这岂不是很容易解决？"陆青阳翘起唇角笑道。这样左右为难的情况，自然难不倒他大哥。

陆青鸣也回了他一个微笑，道："确实很容易解决，先说其中一家已经决定加入，那另一家再加入的时候也不算欺骗对方，结果皆大欢喜。"陆青鸣也从来不是循规蹈矩的人，偶尔用用手段也不觉得怎么样。

"那这件事有没有和玄英洞的人通过气？那边的态度是什么？"陆青阳尽量让自己的声音听起来很正常，但他的手劲不受控制地大了一些，怀中的肥啾被抓得痛了，扑扇着翅膀跳了下去。

陆青鸣摇头道："那边还没有消息传回来，因为玄英洞的弟子实在是太少了，想要联络到他们需要费一阵工夫。不过玄英洞的态度倒不是重点，反正冬之地并没有我们这边的情况严重。"陆青鸣扶着额头为难地道，"现在的问题就是这个学苑建在哪里比较好，各自都说建在各自的地盘，都说服不了彼此。"

陆青阳却想起一事，皱眉问道："乾坤山脉可有灵兽侵袭？"

陆青鸣一愣，知道陆青阳的言下之意，却苦笑着摇头道："小弟，这学苑建在哪里都可以，就是不能建在乾坤山脉。"

"为何不可？"陆青阳疑惑，关于被四季之地包围在中央的那个乾坤山脉众说纷纭，他小时候也曾听闻乾坤山脉的神秘故事，而那些故事有真有假，却并不都是大人们编出来吓唬小孩子的。在这片大陆上，乾坤山脉是公认的禁行区域。"可是那仙石不是乾坤山脉出产的吗？"

仙石是一种稀少的矿石，只在四季之地的中央区域——乾坤山脉出产。由于修炼者所需要的仙石数量庞大，所以一块婴儿拳头大的仙石便价值千两黄金。

"那只是临近乾坤山脉的几处矿山出产的，并不是真的在乾坤山脉出产。"陆青鸣在昊天谷学艺多年，对乾坤山脉要比小弟了解得多一些，但一时也理不清思路来和他解释，定了定神便道，"你不如在传承印记中找找，那里留下的记载定要比我知道的清楚。"

陆青阳坐直了身体，缓缓地闭上了眼睛。传承印记比较像一个储存记忆的法术，每个拥有传承印记的人在彻底与传承印记融合之后，便可以任意从传承印记中搜索自己想要的知识，或者往其中注入自己的心得。但在彻底融合之后，若是想要交给其他人，就必须倾尽自己所有的真元来转换，而接受的人必须要拥有相应的天赋功法才能开启。所以当初昊天谷谷主将传承印记传给陆青阳也是打着这种主意，以为陆青阳师从白藏教，定是有着风火木三种天赋功法，只要不融合的话，传承印记还是可能会被昊天谷的弟子接受，陆青阳只不过是做了个中间人而已。没承想陆青阳竟是八系天赋全都拥有，立刻就融合了昊天谷的传承印记。

昊天谷立派已有千年，这代代谷主传承下来的印记里自然是塞满了各种法术、心得和秘辛。陆青阳自从融合了传承印记之后，着重读取的是法术和心得，并没有留意其他杂七杂八的部分。此时在数量庞大的资料中查找有关乾坤山脉的部分，竟是费了不少时间。

好在陆青鸣早就习惯了弟弟这种入定冥想的状态，也不着急，替他整理了桌上的书稿，把被肥啾弄脏的地方重新誊写了一遍，再从空间法器中拿出吃食来喂饱吃货肥啾。一直等到天色渐暗，灯火初上时，陆青阳才缓缓睁开双眼。

陆青阳迎上大哥期冀的目光，整理了一下思路，尽量简洁地讲述刚刚知晓的事情。

原来在千年之前，大陆之上一年之中四季分明，天地灵气充沛，修炼者突破到先天境界并不是非常困难，很多修炼者都可以达到金丹大成，只是最后都过不了渡劫大关。这对陆青阳来说就已经非常匪夷所思了，因为在现在的时代，像百里煦那种修到元婴期的修炼者已经是顶级的存在，而在千年之前这样的修炼者竟有数十人之多。

当时在这片大陆之上最负盛名的，是一个叫四季门的修仙门派。四季门拥有着数量庞大的修仙者，四季门的最后一任门主在渡劫失败灰飞烟灭之后，他的两位师弟为了争夺四季门的门主之位，大打出手。两位已经达到化神境界的仙者各自聚集了众多元婴期的门人，在这片大陆之上发动了一场旷古绝今的战争。最后两败俱伤，也把这片大陆毁得千疮百孔，民不聊生。

最终除了两位化神境界的仙者，所有金丹期以上的修炼者全部死于这场毁灭之战中，两个罪魁祸首终于分出了胜负，师弟输师兄半招。但他们清醒过来之后，都意识到自己闯了祸，不计前嫌，合力收拾两人制造出来的烂摊子。他们在暮秋岭设下了迷雾阵法保全仅剩的药草资源，把扰民的灵兽用禁忌阵法困在九环溪，在赤炎山脉用万年寒铁堵住了长年喷发的火山口，削出了穹天崖缓解了寒气外泄之势。而大陆中央的乾坤山脉是四季门的所在地，所受影响并不大，所以两人保留了乾坤山脉。

在这之后，虽然大陆之上少了四季交替，但四季之地特征分明，倒也为各系修炼者开辟了新的修炼圣地。惹祸的师兄弟俩没有面目再出现在世人面前，便在乾坤山脉设下了囚禁阵法，终生不得离开那片山脉。

"原来如此……"陆青鸣听得出神，虽然陆青阳只说了寥寥几句，但听起来依旧惊心动魄。举手之间便可让大陆分崩离析，又可以轻易重新划分大陆的格局，当真是仙人的做派。

陆青阳想起在暮秋岭看到的那块巨石，应该就是四季门的那两个人之一所弄，就是不知道是师兄所写还是师弟的手笔。

"昊天谷的前辈们分析，虽然那两位弄出来的四季之地的圣地有益于修炼者的初期发展，但由于大陆上没有了四季交替，天地灵气循环不足，经过了千年的时间，修炼者的修为反而普遍退步，到现在只是一个先天境界便难住了无数修炼者。"

"唉……"陆青鸣也无话可说，能抱怨什么？实力说明一切，"不过，我也曾听说有人进入乾坤山脉后又出来的，这是怎么回事？"

陆青阳凝神一想："相传四季门的囚禁阵法只是针对他们四季门的门人，也许旁人可以随意进出，但四季门的门人因为所习的功法，不能轻易出乾坤山脉。"

"是这个理，我也听说乾坤山脉的四季门仍有传承，据说还是一个不小的门派。只是在四季之地并没有他们门人出现的传闻，看来应该是无法突破那千年阵法的囚禁。"陆青鸣叹了口气，他听了小弟的言语，知道这些祸事都是由四季门的前辈所惹出来的，原本之前还动了前去乾坤山脉求援的念头，但这样想来的话，即便是他们前去恳求，对方也无法出山。

陆青阳闭了闭眼睛，用手按了按微痛的额角。其实他刚刚找寻乾坤山脉的资料，花费的时间并不是很长，但他足足用了好几个时辰，思考了另外一件事。

林子苏是不是乾坤山脉四季门的人？

虽然林子苏从未说过他自己的门派，但陆青阳从只言片语中猜出他的来头不小，而且隐隐有种看不起白藏教、昊天谷的感觉。若林子苏是其余两个四季圣地的门派的人，他应该早就说了，何必遮遮掩掩。而且林子苏那些不着调的师兄弟，居然连自家人的法器都洗劫一空，确实很像四季门的做派。

可是囚禁林子苏灵魂的那把匕首又是怎么到刀疤汉子的手里的？难道当年刀疤汉子曾经去过乾坤山脉的四季门？

能在四季门的地方暗算林子苏，那个四季门也没有传说中的那么厉害吧？

算了，那些人就算很厉害，也被囚禁在乾坤山脉，根本无法出来，即使想要为自己的家人和林子苏报仇，也使不上力。

陆青阳强迫自己抛开杂念，抬起头来淡淡地道："大哥，那乾坤山脉就排除在外，我们筹建的学苑还是建在夏之地吧。"

"哦？可有什么理由？"陆青鸣自然是乐意学苑设在夏之地，毕竟昊天谷的根基就在这里，但他必须拿出理由来说服其他人。

"这还不简单，春之地和秋之地灵兽泛滥，冬之地苦寒。"陆青阳撇了撇嘴，"想必每个人都知道，就是不愿意妥协而已。估计他们会说夏之地有火山灰遮天蔽日吧？但火山灰总有散去的一天，而灵兽繁衍却是越来越多，孰轻孰重他们自会分辨。"

陆青鸣点了点头，这点他和慕融也知道，所以一直都没有松口。他见弟弟也和他们的意见相同，便放下了一桩心事。不过他忽然想起一事，皱起了眉："青阳，有件事你以后要注意。"

陆青阳见他说得郑重，便坐直了身体看了过去。

"以后在人前最多只能显露四种天赋功法。"陆青鸣压低了声音嘱咐道。

陆青阳一凛，这是他没有注意到的，但现下必须要留意。学苑的建设，他必然要参与其中。白藏教那边知道他拥有风火木三系功法，而昊天谷这边因为他融合了昊天谷的传承印记，所以肯定知道他有风火水三系功法。幸好只有四系显于人前，并不是很惹眼。若是被人知道了他拥有八系天赋，那么下一刻来到他身边的恐怕就是那个刀疤汉子。

"多谢大哥提醒。"陆青阳认真地点头。

陆青鸣看着若有所思的小弟，有种说不出来的复杂感觉。

# 第三十九章
## ◇ 先 天 境 界 ◇

"这是什么鬼地方，真是热死人了！"袁小鸦抹掉脸颊上的汗珠，满脸不耐烦地抱怨着火辣辣的天气。

改变整个大陆局面的那场浩劫已经过去整整一年，春秋两地灵兽繁衍，只剩下若干个重镇可以暂居，冬之地苦寒，虽然也有很多人去避难，但更多的人选择了定居夏之地。因为冬之地的寒冷有可能冻死人，而夏之地虽然极热，也会有人熬不住中暑，但好歹要比冬之地好上一些。毕竟御寒的皮袄也是很难得的，而夏之地只要找到水源便可以生存。

夏之地上空的火山灰经过一年的时间，已经开始慢慢散去，变成了薄薄一层的灰色雾气，阳光从雾气的缝隙中洒落下来，这对于久居夏之地的人来说是很惬意的温度，但对于春晖潭的众人来说已经很难忍受了。

袁小鸦在骆驼上摇晃了一下，坐在她身后的沧瀛不耐烦地扶住她的双肩，递过去一个装水的皮囊，皱眉不满地道："这已经比去年来时凉快许多了，小丫头片子就是受不了苦。"

袁小鸦接过皮囊喝了口水，大大咧咧地翻了个白眼。若是换了别人跟她这么说话，她早就反唇相讥了。但沧瀛不同，沧瀛是已经可以化成人形的七级灵兽，又是她已故父亲的契约灵兽，她最近正想着如何骗他和她签契约，也好"女承父业"。

春晖潭流传至今的伴生灵兽契约，并不是上古传说中的那种同生同死的真正平等的血契，而是以灵兽一方为主导的契约。毕竟灵兽的寿命要数倍于人类，若当真是签订同生同死的平等血契，那么灵兽一方便吃了大亏，毕竟不是谁都能修炼到拥有几百年寿命的金丹境界。

所以在袁父过世之后，已经恢复自由身的沧瀛便可以挑选继任者，或者干脆不选。袁小鸦知道沧瀛实际上在这两百多年中换了三位契约者，他已经离不开人类居住的环境，更无法忍耐用兽身遁入森林茹毛饮血。况且已经晋升七级灵兽的沧瀛，是春晖潭供奉的灵兽之一。

不过因为灵兽四处肆虐，春晖潭内供奉的灵兽处境也尴尬起来，一方是签订契约相处多年的人类，而另一方则是灵兽一族，那些灵兽夹在其中甚是尴尬。所以有一半的灵兽都在犹豫之后离开了春晖潭，其中包括好几个七级灵兽。因为灵兽契约是对灵兽一方有利的，所以只要灵兽有解约的念头，便可以和人类解约。春晖潭的长老在守护九环溪禁忌阵法时折损大半，其中一部分的原因也是很多修炼者的伴生灵兽临阵倒戈。

那些签订灵兽契约的伴生灵兽，多数是因为当初灵兽父母不能养育多余的孩子，才被遗弃，被春晖潭的人得到。签订契约之后，又因为除了九环溪无处可去而并没有其他的念头。现在禁忌阵法已经破除，生性追求自由的灵兽又怎么可能继续让枷锁束缚自己呢？

袁小鸦目光复杂地看着坐在自己身后的沧瀛，想问的话到了嘴边，又硬生生地咽了下去。她怕问出口，捅破那层窗户纸，就再也留不住他了。

春晖潭尽管答应了要来夏之地暂居，但作为第一批移民者，他们只来了五六十人和十余只伴生灵兽。袁小鸦硬撑着疲惫的身体，终是忍不住向后靠进了沧瀛的怀中。

并没有预料中的冷嘲热讽，袁小鸦感觉到有人替她拉紧了遮住头脸的头巾，心神一松，便沉入了梦乡。

感觉只是一瞬间的工夫，她就被人叫醒了，当她睁开眼睛时，发现太阳已经西移，她竟睡了好几个时辰。

"到了。"沧瀛忍不住捏了捏她的脸，动了动僵硬的身体，抱着她从骆驼上跳了下去。

袁小鸦使劲地眨了眨眼睛，还以为自己看错了。因为他们现在所在的地方，正是她之前来过的昊天谷的谷口。

"昊天谷特意派人带我们过来，他们在不久前收回了这里，索性就把学苑的地址定在了这儿。"沧瀛放开袁小鸦，说话的语气并不是特别好。毕竟他们现在算是无家可归，看着昊天谷重归家园，心里自然不爽。

迎接他们来这里的慕融在一旁听着，脸色如常，笑眯眯地解释道："这其实也是要多谢百里前辈的垂怜，是他老人家以一人之力杀死了霸占这里的两只雷火豹和一群赤脚巨蚁，否则我们还难以回归此地。"慕融边说边觉得好笑，也不知陆青阳那个小子究竟是如何舌灿莲花哄得百里煦亲自来他们昊天谷，并且心甘情愿地被他们当刀使。不过雷火豹和赤脚巨蚁的灵核，倒是都被百里煦收入囊中。虽然百里煦已经突破到了元婴期，但这种级别的灵核想必也是难以拒绝的吧。

袁小鸦随着慕融走进昊天谷，看着山谷之内的建筑破裂崩塌了一小半，可以想象得到当日一战的惊心动魄。她既羡慕又嫉妒，不如沧瀛城府深的她忍不住出言讥讽道："昊天谷乃天地灵气充沛之地，就算百里前辈仗义出手一次，以后肯定也会吸引来更多的灵兽，学苑建在此处，岂不是危险至极？"

慕融听了她毫不客气的质问，并不动怒，笑容反而越发地深："袁姑娘多虑了，有件事你们可能还不知道，那就是百里前辈已经答应就任学苑的苑长，长期留在此地坐镇。有百里前辈在此，恐怕也不会有什么灵兽不长眼睛地来此进犯。"

沧瀛至此才明白为何一路走来，竟连一只灵兽都没看到。大凡修炼者到了一定境界，就会在身体周围形成领域，尊者级别的修炼者可以影响十多尺的距离，只是他没想到元婴级别的修炼者居然会如此强悍。

慕融看着到春晖潭的人哑口无言，虽然心有得意，但其实并不好受。百里煦来了就当了苑长，统管所有事务，实际上等于把其余三大圣地的人不费吹灰之力地全部收入囊中。他们也不是没有别扭过，但现在大陆的形势乱成一团，只能靠实力说话。

众人各怀心思，正沉默不语时，忽见不远之处云翻雾绕，狂风骤起。这种情况虽然并不常见，但众人皆知是有人正在冲击先天境界，而且看那风起云涌的架势，那人应不会有什么危险。

袁小鸦眯了眯双目，再次投向慕融的目光含着羡慕："去年一见时，陆师兄才炼气九层，没想到此时竟已触到了先天境界的门槛。"在除了玄英洞之外的三大圣地之中，只有白藏教还留存着众多元老，而春晖潭和昊天谷一样，先天境界以上的长老都已经身殒，正是需要新生力量之时。而且冲击先天境界，居然能引起天地异象，那实力简直无法估计。

慕融摆了摆手道："不是青鸣冲关，是他弟弟。"

袁小鸦和沧瀛相视愕然，他们自然知道陆青鸣的弟弟是谁，去年到昊天谷的那次就是为了那人而来，他们如果没记错的话，陆青阳今年应当只有十六岁。

十六岁就能冲击先天境界？莫不是说笑吧？

陆青阳并不知道外界因为他的冲关而一片哗然，他最近几天就已经感到体内的真气蠢蠢欲动，大有控制不住之感。

虽然昊天谷内有百里煦坐镇，但陆青阳半分想请教他的意思都没有。尽管白藏教的长老们也陆陆续续地到来，他却一个都不信任。因为他不想让自己八系全修的秘密曝光。

大哥虽然知道，却没有这种经历，还是陆青阳自己忍着经脉欲爆的痛苦，在传承印记中寻找着答案，才知自己已濒临先天境界。

陆青阳大惊不已，因为他的仙根才修复了三种，另外五种还处于非常脆弱的状态。他在这半年时间里，抽空寻到了夏之地的雷系天地灵气至强之地，可是不出他所料，那里早就被一群更高级的雷火豹所占领，一眼看去竟然有七八只之多，就算是百里煦亲至，都不能保证完全解决掉那些灵兽。

所以他放弃了继续修复仙根的念头，可是体内的真气一直在聚集，此时看来已经达到了临界点，就像是已经装满了水的木桶，就算他不想冲击先天境界，水也会溢出木桶。

陆青阳并没有对陆青鸣解释此事，不想他平白担心。他也知道自己此时无比凶险，其他人冲击先天境界，必须要把自身修炼的几种天赋功法修炼得层次相差无几。还是用装水的木桶来比喻，就好像是制作木桶的几块木板，必须要一样长短才可以。而陆青阳现今的八系功法严重不平衡，木板有长有短，所以就导致木桶里面的水提前溢出。

陆青阳这才发觉之前对自己放任自流有多么天真，林子苏在他身边的时候，他从来没有一刻放松过自己的修炼。再加之林子苏在旁提点，所以他并没有多加思考自己的修炼计划，非常信任地全部交给了林子苏，后者如何吩咐，他便如何行事。

他已经习惯了依赖于林子苏，直接导致了林子苏故去之后，他根本不知道该如何修炼。再加之从传承印记中所获得的知识太过于繁杂，他看到什么便练什么，导致他的内息与真气更加混乱。

他实在是很蠢的笨蛋。

陆青阳悔不当初，甚至开始恼恨自己，若是当初舍得把自己的身体全部交给林子苏，让他附身的话，也不会搞到如此下场。

最起码，林会活下去……

肥啾扑扇着相对于它肥胖的身体来说过于短小的翅膀，焦急地围在陆青阳身边"啾啾"不停地叫唤着。它虽然不懂陆青阳为何会闭着眼睛、脸色发青，但它的动物本能告诉它，陆青阳现在危险至极。

肥啾虽然睁眼看到这个世界的时间不长，但它事实上已经在赤炎山脉的溶洞里度过了漫长而孤独的岁月。它懂得并不多，但知道是眼前的这个人从永久的黑暗中将它拯救出来，它无论如何都不能看着他在它面前消失。

肥啾豆大的小眼睛里闪过坚定的光芒，一下扑到陆青阳的头顶上，狠狠地在他的眉心啄了一口。

尖锐的喙刺破了陆青阳的眉心，伴随着鲜血溢出的，是带着八种色彩的光芒。

眉心乃是一般人的聚灵之处，肥啾虽然没有人教它常识，但当初它父母生下它把它放在赤炎山脉之时，就在蛋壳上留下了类似传承印记的神识，只要它孵化出来，吃掉蛋壳后，就会得到它生存所需的常识。

其中居然包括了已经失传的共生平等的灵兽血契。

肥啾想得很简单，在它的认知里，只有这样才能救陆青阳，那它就毫不犹豫地执行。

因为对方对于它是不可或缺的存在。

带着八种色彩的光芒迅速地笼罩了陆青阳头顶上的肥啾，而肥啾则举起翅膀，在自己身上也啄了一口，再把染血的翅膀覆在了陆青阳的眉心之处。

平等的灵兽血契若是出人类一方主导，必须要用自己的血液画出复杂的符文，但若是换成灵兽一方主导，便简单得多，只需要让双方的血液融合即可。

巨大的风暴在房间之内酝酿而成，而已经入定的一人一鸟却毫无知觉，全身心地感受着滋味不同的内息。

肥啾在天地灵气充沛之地孵化多年未果，积累了许多多余的灵气，现在全部共享给了陆青阳，直接助他完全修补好了羸弱的仙根。而签订灵兽血契之后，得益的不仅仅是陆青阳一个人。陆青阳的仙根慧体，是在古籍之中也被单独列出来重点阐述的珍稀修炼者资质，而平等的灵兽血契则是建立在双方共享生命、同生共死的基础上，要比普通的伴生契约高级得多。肥啾的体质也随着血液的交融而改变，竟然搭着陆青阳冲进先天境界的顺风车，顺利地升为七级灵兽。

七级对于灵兽是个坎，就像先天境界对于修炼者一样。过了七级之后，灵兽便可以转化为人类的形体。虽然人类的身体对于灵兽来说过于脆弱，但人类的经脉更有利于仙道修行。而且人类乃是万灵之首，所以无论是何种灵兽，化形为人的愿望都一样。

陆青阳虽然也知道这个情况，但从他成功进入先天境界之后，一睁眼看到双膝之上多了一个白胖粉嫩的小婴儿时，还是忍不住全身僵硬了起来。

这是哪里来的？是谁家的小孩子？居然还是金色的头发、金色的眼睫毛和金色的眼瞳！

小婴儿眨着湿润的大眼睛，伸出胖乎乎的小手朝陆青阳绽开一个灿烂的笑容。

啾！

陆青阳揉了揉微痛的额角，庆幸自己在肥啾的帮助下，侥幸冲入了先天境界。

晋入先天境界之后，陆青阳便知道自己和以前不同了。六感都敏锐了许多，完全不是昔日的感觉。而且对于周围元素的流动也更敏感了，内息流动顺畅，浑身像是有着用不完的真气一般。

"臭臭！"已经化为人类婴儿的肥啾无师自通，已经会说一些简单的词语了。陆青阳这时才发现自己身上覆盖了一层黑黑的脏东西。

他所在屋子的后院里就有一个温泉，带着火山硫黄的气息，以前他还会觉得这温泉太烫，但现在觉得温度正好。

洗掉身上的脏污，陆青阳发现自己排出了体内的污物后，毛孔变得微不可见，原来身上的伤疤也都完全消失，整个人好像脱胎换骨一样。

这和他看到过的先天宗者差不多，每个晋入先天境界的修炼者，都是这样高洁不可侵犯的样子。

陆青阳顺便把玩水的肥啾也洗得香喷喷的，他还特意留意着肥啾腿间的"小辣椒"，之前还是鸟的时候，他分辨不出肥啾的性别，现在看起来，肥啾竟是个男孩子。

这样倒好，不必因为男女有别而避嫌了。

陆青阳一边帮肥啾洗澡，一边思考着。自己现在是十六岁，以前听林子苏说过，他突破先天境界的时候是十七岁，但他看到过林子苏的真身，应该有二十岁左右，就是说冲入先天境界后身体的生长并不会停止，应该会默认长到自己身体最佳的状态才会停止生长吧……这也是那些三四十岁的修炼者冲入先天境界，却一直保持当时容貌的原因。

"现在看看，肥啾你反而是最夸张的一个。才一岁就达到了七级灵兽的境界，真是……"陆青阳捏了捏肥啾胖乎乎的小脸蛋，心情变得大好。

毕竟他还活着，只要活下去，就能给林子苏报仇。

"小弟！"陆青阳正发着呆时，旁边传来了陆青鸣惊喜交加的声音。陆青鸣一直担心着他的安危，见异象消失后，屋内仍然没有动静，才按捺不住地寻过来。

"大哥，我成功了。"陆青阳朝大哥点了点头，刚刚激荡的心情已经平复了下来。

陆青鸣也尽力克制住自己激动的情绪，想起一件很重要的事，沉声道："小弟，百里前辈说过，等你成功晋级后，要尽快去见他一面。"

百里煦要见他？

陆青阳一愣，但并不慌乱，反而不紧不慢地拿起池边的毛巾，仔细地把怀里的肥啾擦干净，然后递给一旁呆愣的陆青鸣："先帮我抱一下他。"

陆青鸣这时才发现这个多出来的小婴儿，惊疑不定地在陆青阳身上来回扫视。没听说突破到先天境界还附赠一个孩子的啊！难道这就是所谓的元婴？太夸张了吧！

正在擦身体的陆青阳哭笑不得地说道："大哥，你想什么呢？这是肥啾！"

肥啾在这一年中早就习惯了被陆青鸣抱来抱去，所以很安分地待在陆青鸣的臂弯中吐泡泡，当听到他的名字后，欢快地拍着小手啾啾地叫起来。

陆青鸣却被吓得差点把他扔到地上："这……"

陆青阳从温泉池中起身，一边穿衣袍一边给陆青鸣解释刚刚发生的事情。陆青鸣无语地看着自己怀中"新鲜出炉"的七级灵兽宝宝，暗自赞叹不光小弟是天才，连他身边的灵兽都是。

陆青阳甩了甩头发，本来湿漉漉的长发瞬间在空气中变得干爽。嗯，火系功法用得越来越得心应手了。"说起来，我还不知道肥啾的真身到底是什么。既然升到了七级，应该不会只是肥鸡变得更肥了吧！"

陆青鸣闻言期待地看向怀中的肥啾，可惜对方像是非常喜欢保持人形，一点都没有显出真身的意思。

陆青阳正琢磨着百里煦叫他去的意图，怎么想都猜不出来时，发现自家大哥把视线转移到他的脸上，然后神色大变。陆青阳忐忑地摸了摸自己的脸，他刚刚应该洗干净了吧？

陆青鸣的脸色铁青，扔给他一面铜镜："你自己看。"

陆青阳看到镜子中自己眉间多出来朱红色的八瓣印记，脸色也不由得变得和陆青鸣一样的难看。

"这是灵兽血契。"陆青阳刚刚虽然并不清醒，但也知道是肥啾啄破了他的眉心，才结成了灵兽血契。可是他刚才也检查过了，肥啾的手臂上并没有伤口，他记得肥啾也是啄破了自己的翅膀才对。

陆青鸣闻言举起了怀里的肥啾宝宝，检查了一遍才发现他手腕内侧有一个红豆大小的圆点。若不是刻意寻找，几乎会以为这是颗很普通的红痣。

"看来是体内有几种天赋功法，就会有几瓣印记显露。"陆青阳此时也在脑海中的传承印记中找到了答案。

两兄弟忧心忡忡地对看了一眼，均沉默不语。

陆青阳这样的情况，别说去见百里煦了，就连出门见人都是个问题。不，一般人可能还看不出来他眉间这个印记代表了什么，但百里煦是能看出的。

陆青鸣伸手摸着小弟眉心的印记，有些微微凸起的感觉。他知道这种印记是不能用外力去除的，不由得皱眉道："这种灵兽血契现在已经很少见了，古书上虽然记载过，却没有详细的图画。要不然试着在上面添点什么？"

陆青阳已经想在脸上罩个面具或者直接毁容了，听到陆青鸣说还有其他办法，连忙点头让他试试。

陆青鸣自来到昊天谷后就一直研习炼器的各种基本功。若说炼丹师是专门研究各种草药的配方，那炼器师就是天然的艺术家。不同于炼丹师千篇一律地按照丹方炼制的习惯，炼器师更喜欢在自己炼出来的法器上留下属于自己的痕迹。即便是量产的最简单的法器，他们也会挖空心思在边角之处填上与众不同的印记，或刻痕，或塑形，或直接拿不会褪色的色漆画上标记。

所以陆青鸣在仔细看过了陆青阳眉间的灵兽血契之后，找出色泽差不多的朱砂墨，仔细地在上面描画起来。

事实上也不过是添了几笔。

陆青阳看着眉间四瓣的桃心形印记，不由得大喜。陆青鸣将每两瓣印记合为一瓣，这样正好暗合了他在人前显露的四种天赋功法。现在除了陆青鸣，其他人都以为他身具风、水、火、木四种天赋。

"应该能挺几个月，这种朱砂墨防水，只要不拿手去抠它，就不会掉。"陆青鸣左右看看，满意地点了点头。

不过即便是陆青鸣如此保证，陆青阳也觉得忐忑，他没信心能瞒过百里煦的利眼。但他现在已经耽误了很长时间，所以就算再不情愿，也只能动作迅速地束好长发，把肥啾托付给大哥后推门而出。

门外站着许多人，陆青阳猝不及防之下愣怔了片刻，待看到他们脸上的惊异、羡慕、嫉妒等等复杂的表情后，收敛好自己的情绪，如往常一般和自己熟识的几个人打了招呼。

"别磨蹭了，百里前辈不是说要见你吗？"慕融拍了拍陆青阳的肩，感慨掌心下的肩膀还是很单薄，少年的个子才长到他的鼻尖，却已经踏入了先天境界，能撑起自己的一片天了。

陆青阳不再耽搁，朝谷内深处的一处山洞走去。

冬之圣地的玄英洞传说就是在穹天崖上错综复杂的山洞迷宫中，百里煦在穹天崖的时候已经住惯了山洞，所以来到昊天谷后并没有住进为他专门准备的院落之中，反而在谷中找了个山洞住进去。而他找的山洞也不是普通山洞，正是当日他杀死昊天谷谷主和各位长老的那个赤炎山洞。

也是他对林子苏下毒手的那个山洞。

所以陆青阳这些日子以来，尽量不出现在百里煦面前。一是不想在见到他的时候苦苦隐藏自己的激愤心情，二是不想在这样的环境下再见到他。

尤其像现在这种情况，同样的地点，同样的人，陆青阳神情恍惚地看着山洞中的百里煦，几乎以为自己回到了那茫然失措的一年前。

"十六岁就晋级了先天境界，果然是英雄出少年啊……"百里煦披散着头发，只穿着一件薄纱丝料的衣袍，赤着脚躺在一张雕花酸枝木躺椅上，神情莫测地看着面前的少年。

陆青阳回过神，连连推说侥幸。百里煦虽然喜欢住山洞，但并不是个喜欢苦修的人。现在这个赤炎山洞中已经被各种豪华的家具摆设所占据，已经全然没有当日那种萧瑟的味道，光家具之上镶嵌的宝石，就足以晃花人的眼睛。

百里煦摩挲着手中的茶碗，饶有兴味地看着陆青阳眉间的四瓣桃心印记，翘起艳丽的薄唇笑道："竟然是灵兽血契？你身边的那个九尾凤凰对你真不错。"

九尾凤凰？说的是肥啾吗？不过肥啾明明只有一条尾巴，难道是还未完全进化？陆青阳心下警惕不已，光是看肥啾的那种肥鸡状态，便能看出它的真身来，保不准这人也能看出他眉间的印记有问题。可是他却不能遮掩，更不能躲避，否则就会更招人怀疑。

百里煦盯着陆青阳看，其实并不是在意他的灵兽印记。虽然他十六岁就晋级到了先天境界，属于千年难得一见的奇迹，但若是在共生灵兽的影响下完成的，多半也就是运气好而已。百里煦在意的，是陆青阳和无言肖似的容貌。

无言的来历，百里煦自然是清楚的。有相似的容貌也不稀奇，毕竟同是陆家子弟。只是当年他期盼的那个仙根慧体的孩子，却是一个误会，若是真有的话……

百里煦放下手中的茶碗，把微微颤抖的手藏进宽大的衣袖之中。

人人都说修仙可以长生不老，但没有人可以真正获得永生，充其量只能延长自己活在世上的时间而已。

几百年过去了，他虽然看上去依然年轻，可是最近几十年，他越来越感受到衰老给他带来的影响。

百里煦闭上了眼睛，活得越久，他就越不甘心离开这个世界，见过了越多的人死去，他就越不想自己也如此。

陆青阳略低着头，盯着脚下的地面，背后的汗水浸湿了衣衫，就在他按捺不住要开口询问时，百里煦才动了动唇淡淡道："晋入先天境界并不是终点，而是修仙的起点。如果有什么不懂的地方，尽管来问本座吧。"

陆青阳拱手致谢，既然百里煦开了口，他便不客气，挑了几个不明白的地方询问。虽然传承印记中有讲述，但有些地方不甚详细，现在正好有机会，他自然不能放过。

百里煦毫不隐瞒地一一回答，对于已经是元婴境界的他来说，陆青阳的问题实在是太简单了，他连犹豫的必要都没有。两人就如同真正的师徒一般，有问有答了一炷香的工夫，陆青阳这才郑重地谢过之后告退。

百里煦在陆青阳离开之后，脸色一下子变得很难看，挣扎着掏出几枚丹药来，看都不看地塞入口中。许久之后他的呼吸才平缓下来，闭目启唇道："来了还不快点出来。"

从山洞深处的黑暗中，慢慢地走出一个身材魁梧的汉子，脸上的刀疤骇人，令人不敢再看第二眼。刀疤汉子走到百里煦的躺椅旁，单膝跪下，递过一只精致的耳环："师父，这是白藏教库存的丹药和药草。"

若是无言在此的话，会大大吃惊，因为在他印象中粗鲁不堪、十分莽撞的刀疤师兄，竟然在百里煦面前百依百顺，甚至连说话都不敢大声，虔诚到了极点。

百里煦睁开双目，看都不看刀疤汉子手中的空间法器，而是厌恶地撇嘴道："把你脸上的伪装弄下来，这里没外人。"

刀疤汉子伸手撕掉脸上的伪装，骇人的刀疤一去，露出一张棱角分明的脸庞，鹰钩鼻高挺，眼窝深陷，是一副令人看了就难以忘记的面容。

百里煦这才觉得顺眼了些，他的审美标准很高，断然忍受不了面前有一个碍眼的人存在，所以他收的徒弟都不光天赋出众，连相貌也要异于常人。只是这样的相貌，若是做些见不得人的事，便是致命伤。所以他命这个弟子在脸上做了伪装，任谁第一眼看到的时候都只会记得他脸上明显的刀疤。百里煦接过面前的空间法器，白藏山现在被有毒的雾气所覆盖，这应是白藏教来不及带走的库存，他探测了一下耳环中的丹药和草药，满意地点头道："羽渊，你暂时就留在这里吧，用你本来的容貌。"

刀疤汉子，也就是君羽渊低头应允。正好从他的角度，看到了百里煦袖子里颤抖不已的手，他骤然一惊，还想说什么，只是张了张嘴，并没有说出口。他知道自己师父性格要强，绝对不肯在人前低头。

百里煦从耳环中拿出几枚丹药，一股脑地塞进口中，然后把耳环随意地扣在了自己的左耳垂上，在软榻上找了个更舒服的位置，挥了挥手道："好了，你先出去吧，记得在谷里看一看那些小的们都搞出了什么名堂。"

君羽渊知道百里煦一贯喜欢独处，便恭敬地施了一礼后起身。待出得赤炎山洞之后，被不算明媚的阳光一照，君羽渊也不由得一愣神。

有多久，他都没有用自己本来的面目站在阳光下了？

用伪装的面目和性格实在是太多年了，时间长得几乎连他自己都快忘记哪个才是真实的自己……

"这位师兄……请问该如何称呼？"君羽渊正在愣神时，却见一名俊秀的少年正一脸疑虑地看着自己，眉宇间和无言那小子有几分相似，应该就是折腾出来修仙学苑的陆青阳。

君羽渊眯起了眼睛，看着面前的陆青阳，觉得有些意外。他记得这孩子今年不过十五六岁吧，怎么就突破到了先天境界？

陆家……当年他在陆家的时候，有看到和无言那小子年纪差不多的小孩子吗？

陆青阳看到这名男子陷入了思索中，心下也在打鼓。他出了赤炎山洞后，并没有走远，而是思考着刚刚百里煦回答他的那些问题，他不敢擅动，生怕忘记，站在原地拼命地记忆。而就在他记得差不多，就要转身离去时，却忽然看到这个人走出了山洞。

在这人站在阳光下的那一刻，他的心猛然间就像是被狠狠地刺了一刀一般，伤口血淋淋的，一阵阵地疼。

他还记得十一年前的那一晚，那人脸上可怖的刀疤，和他魁梧的身材。

他一刻都不敢忘。

可是这人的脸上并没有刀疤，而且面容白皙，没有任何伤痕。

难道只是碰巧相似？

不，这人的修为他都摸不清，能让现在已经晋级先天境界的他都看不清的修为，那只有可能是先天以上的境界了。

是尊者？那个刀疤汉子也是尊者，怎么会这么巧？

陆青阳听到自己的心在怦怦跳个不停，好像有什么呼之欲出。

百里煦和刀疤汉子有关联？为什么没有？

这半年来，陆青阳并没有像陆青鸣那样对陆家的惨案回避，他托花涓的下属，在陆家所在的集安镇打探了一下，由于灵兽的肆虐，集安镇早就毁于一旦，流民聚集在附近的各个大城市，倒也非常好打听。消息源源不断地传来，陆家当年的情况也一一展现在他的面前。

原来当年陆家并没有像他们想象中的满门灭亡，伤亡也在陆苍笙出现之后得到控制，一部分叔叔伯伯和堂兄弟确认身死，他父亲和二哥陆青烈下落不明。而陆家残存的子弟怕仇家寻找，纷纷隐姓埋名，若不是花涓的情报网强大，还查不出来。

陆青阳压着这个消息，没敢让自家大哥知道。自从他三个月前偶然从陆青鸣口中知道百里煦收的关门弟子无言长得和他们很相似后，便抑制不住自己的诡异想法。

当年陆家的惨案，是不是百里煦在背后操纵的呢？那个无言，会不会就是自己失踪的二哥呢？

旁人不知道百里煦的真面目，但他再清楚不过了。什么怜悯世人的大陆第一人，都是骗人的！

而今天看到这个疑似刀疤汉子的人从百里煦的山洞中走出，更是让陆青阳确信，此人八成就是伪装成刀疤汉子的凶手。

就是他杀了他的娘亲，杀了他的族人……

陆青阳赶紧低下头，掩饰住眼中的杀意。他不能太大意，必须要确定对方的身份是他所猜想的那样才行，而且对方已经是尊者，凭其修为已经可以藐视整个大陆。一时间，陆青阳也猜出来百里煦让此人不再居于幕后的想法。

在这片大陆上，实力才是说话的资本，虽然百里煦是当之无愧的第一人，但即便他在此处坐镇，还是不方便亲自过问学苑的一切事务，就像是一只狮子对指挥一群蚂蚁没什么兴趣一般。但百里煦又不肯放任他们太过自由，打算派一个人来控制下。

果然听到此人轻咳一声，缓声道："在下是玄英洞的二代弟子，君羽渊。在下刚来此处不久，陆师弟可有时间，陪我四处逛逛？"

陆青阳的心狠狠一跳，虽然对方改变了声音，但在他的有心观察之下，还是能听出些许端倪。

不能慌，他还不能确定，况且就算确定了，现在的他也做不了什么。

陆青阳拼命地压抑着心中的情绪，竭力淡定地笑道："君师兄请随我来。"


乾坤山脉。

墨子初放下手中的书，抬头看向从屋外急匆匆走进来的孟子棋，淡淡地开口问道："怎样？"

孟子棋劈手拿过桌上的茶壶，直接对着茶壶嘴喝了好几口后，才喘着气道："四师兄真拼命，他醒来后重新站起来就花了半年时间，现在居然想要突破乾坤山脉的禁制，当真不要命了。他又不是不知道，我们这些四季门的弟子，是无法冲破禁制，去四季之地的。"

墨子初挑了挑眉，平静地扔下两个字："未必。"

孟子棋嗤笑一声道："除非他肯毁掉一身修为，不过若是四师兄那样做的话，师父肯定第一个拍死他。"

墨子初用手敲了敲桌面，淡淡地道："金丹。"

孟子棋撇嘴道："大师兄你说的我也知道，乾坤山脉虽然有禁制，但实际上还是给我们留了后路的，只要金丹大成，自然可以畅通无阻。可是你看四师兄那样子，我怕他金丹大成之前，先走火入魔了！"孟子棋越说越觉得来气，啪的一声把手中的茶壶拍在了桌子上，他手劲颇大，茶壶竟然被他拍得有了裂痕。

墨子初厌恶地看了一眼那有裂痕的茶壶，拿过来随手扔到窗外。玉质的茶壶在空中打了个转，掉进了外面的池塘中，一尾巨大的锦鲤悠然地游了过来，张嘴吞下。

孟子棋很自觉地从自己的收藏中摸出一个紫砂茶壶，恭敬地放在桌子上。眼见墨子初的神情自然了一些，孟子棋很是八卦地笑道："大师兄，你说四师兄怎么突然这么努力了？而且目标还是突破禁制出去，之前他可是很混日子的啊！难道在外面认识了什么重要的人不成？咦……"

师兄弟两人对视一眼，均想起了一年前在乾坤福地中突然出现又随即消失的那名少年。

"哎，大师兄，你说四师兄什么时候才能想到，其实除了我们不能进出乾坤山脉外，外门弟子完全不受禁制的影响啊。好歹托人先去送个信也行啊……"

"喝茶。"

# 第四十章
## ◇ 灵 田 ◇

君羽渊很适应地被陆青阳用师兄称呼，因为陆青阳长得和那个欠扁的小子很相似，君羽渊反而要克制自己不要对着这张脸条件反射地讽刺回去。幸亏无言被师尊调往春之地了，否则他们两人见面肯定要吵起来。

不过说起来，他和这陆青阳按辈分算，互称师兄弟倒也不算坏规矩。记得这少年是韩丹收的小师弟，辈分已经很高了。

君羽渊随着陆青阳在昊天谷内前行。现在的昊天谷已经不复昔日的繁盛，地面或者建筑物上都留着灵兽肆虐的痕迹，但走了一段路程之后发现，熙熙攘攘的人群倒也为谷中增添了几许生气。君羽渊待看清楚那群人在做什么之后，不由得瞪圆了双目，迟疑地问道："陆师弟，他们这是在……是在种地？"

"没错。"陆青阳点头。

君羽渊惊讶得连自己的声音都找不回来了。种地？一群修炼者在种地？这些人千里迢迢来到昊天谷，不是来学苑学习的，反而是来这里种地？

若是师尊亲眼看到，肯定会直接灭了这帮不思进取的家伙！

陆青阳像是没看到君羽渊脸上的表情，非常淡定地说道："现在大陆之上灵兽肆虐，良田被毁，本来供应粮食的春秋之地都陷入了困境，连自身都顾不上，更没法往外销售。"

君羽渊冷静了下来，修炼者虽然在某种程度上超脱于凡人，但并不是真正的仙者。师尊他老人家可能不需要吃东西，但普通修炼者却离不开吃食二字。

"原来你选择昊天谷定居是有先见之明的。"除了春秋两地，夏之地还是能种出些作物的，苦寒的冬之地根本就是寸草不生。

"没错，我们发现火山灰含有一种有利于作物生长的元素，非常肥沃。"陆青阳微笑地看着远处一个修炼者控制着风系法术，从附近的空气中聚集起来若干的火山灰，再压缩成土。一旁又有一位修炼者用粗暴的土系法术清理出一片空地，然后这些火山灰便被密密实实地压在了这片空地上，成为一块方方正正的田地。往远处看，昊天谷的山坡上也有着数名修炼者正重复做着同样的事。

"所以便自己种地？"君羽渊还是不能接受修炼者自己动手种地，在他看来，完全可以雇一些普通人来这里做事。他看着有个修炼者在播种之后施展了水系法术，已经做好的田地上空便下起了淅淅沥沥的小雨。好吧，他承认用法术可能会快上一些，可他们是修炼者啊！修炼者不是应该专注于修炼吗？

"是的，师兄莫要小看这些用法术培育出来的作物。"陆青阳领着君羽渊继续往前走，绕过了一座山坡，出现在他们面前的是一大片绿油油的田地。这里也有人精心地照顾着，生怕阳光把这些绿油油的稻子晒坏了，不断有人凝聚水汽降雨，在田地上方来回灌溉着。

陆青阳示意君羽渊用手摸田地里的麦子。君羽渊疑惑地用手碰触了一下，发觉麦子中居然蕴含着微小的灵力！

虽然是很小的灵力，但确实是存在的！

君羽渊瞠目结舌地看向陆青阳，陆青阳微笑着解释道："这是我从暮秋岭得来的启发，暮秋岭的药草都种在一个巨大的迷雾阵之中，说明植物可以生长在阵法之上，所以我便在这一片区域里布下了大片大片的聚灵阵。再加之各位师兄弟用法术精心照料，这里的作物生长迅速，并且结出的果实也蕴含着灵力。"

陆青阳自己当然没学过什么叫聚灵阵，但他脑海中的传承印记中有，他只需要照猫画虎即可。陆青阳尽量让自己不去看君羽渊，强迫自己把对方当成一个陌生人，和自己没有血海深仇的陌生人。他听着自己用冷静的声音继续往下说道："我们修炼者修炼，都是汲取体外的天地灵气，转化后为自己所用。可是由于气感交接太过艰难，每次冥想修炼，能把吸入体内的天地灵气中的百分之一转化就已经很了不起了。"

何止是了不起？转化百分之一就已经可以称为天赋过人了！君羽渊想到自己也不过能转化百分之二三，普通修炼者大概也就是千分之一而已。他隐约已经猜到陆青阳接下来会

271

说什么，心中波澜起伏。

"而我们这里种植的米粮甚至果蔬，经过试验，虽然其中蕴含的灵力十分微小，但若是烹调得当，不管是不是修炼者，其中的灵力几乎能有一半可以被身体吸收。所以，我们把用这种方法种植出来的米命名为灵米。"

君羽渊如同被雷劈到一般，他自然知道如果事实真如陆青阳所说，那么将会颠覆以往的修炼观念！虽然这一粒米中蕴含的灵力微不足道，但一碗饭有百粒千粒米，一天可以吃好几顿好多碗，而且吸收转化率居然还那么高！以后修炼者都可以不用修炼，专门吃饭，比谁吃得更多就行了！

这简直就是胡闹！

君羽渊顿时感觉非常无力。修炼者如今如此稀少，其中很大一部分原因就是修炼的心法很少外传的缘故。许多普通人其实都天赋过人，可惜没有人去发掘，他们也接触不到修炼者的世界，没有修炼心法，便没有办法把天地灵气转化为自己所用，便注定了一生碌碌无为。

可是灵米的出现，打破了这样的界限。普通人，不管是谁，只要能弄到灵米，敞开吃个几年甚至只要吃个几碗，就能走上修炼的金光大道。更别说修炼者了，冥想的效果不敌其他人？没关系！多吃几碗饭就行了！

怪不得眼前的这些修炼者一点都不觉得种地掉价，个个兴致勃勃，无比勤快。君羽渊此时看着田地里上蹿下跳的那些修炼者，顿时觉得非常无语。也怪不得现在的昊天谷人声鼎沸，估计来的不仅仅是三大圣地的弟子们，其他散修若是听闻了这个消息，肯定都不要命地往这里飞奔。

陆青阳显然是误会了他发直的目光，很是诚恳地说道："君师兄不用急，一会儿晚上开饭时，君师兄便能尝到灵米了。蔬果花园那里最近几天也开始丰收了，到时候用灵蔬炒出来的菜肴，肯定极其美味。"

君羽渊茫然地点了点头，他倒不是在意一顿吃食，因为到他现在这种修为，灵米灵蔬之中蕴含的灵力，恐怕已经是没有什么效果了。越是初期的修炼者，收到的效果越是突出。但君羽渊还是觉得非常不甘心。他当年修炼得那么痛苦，在穷天崖被罡风吹着打坐了数十年，才有了今天的修为，现在有人告诉他，其他人只需要吃饭便有可能赶上他甚至超越他……他现在唯一的念头，就是想把眼前的这些灵田全部毁掉！

陆青阳并不知道君羽渊的想法。他小时候修炼比常人更加痛苦，十岁以前一直在炼气一层徘徊，即便是学得了陆家的修炼法门，也完全不能吸收周遭的天地灵气，就算吸收了也完全储存不了。因为仙根被毁，陆青阳度过了比旁人艰难的五年岁月，没有人比他知道初期修炼的痛苦。若不是遇到了林子苏，他可能这一辈子都要活在这种痛苦之中。

所以便有了灵米的出现。陆青阳浑然不觉自己已经改变了以后修炼者的修炼规则，在他看来，灵兽的威胁其实并不是真正的威胁。

在他身边的这个人，和其身后隐藏的那个人才是。

陆青阳见君羽渊已经把视线从面前的灵田中收回来，便带着他继续往前走。

"白藏教的师兄们也带着人来了，他们在更远的地方开辟了一大块灵田，专门种植药草。想必使用带有灵力的药草炼制出来的丹药会更加有效，可惜药草的成熟期要比灵米长许多，现在还没有成品出来。"

君羽渊已经无话可说了，既然用灵田种植普通的米粮就能有如此强悍的效果，那么种植出来的药草肯定会更离谱。若是能拿来给师尊用……君羽渊旋即打消了这个念头，不说师尊需要的几种丹药中必需的药草有多难得，首先年头就满足不了。而且师尊现在需要的不是丹药这种杯水车薪的东西，而是合适的身体……

当年的仙根慧体，当真是他记错了吗？

君羽渊知道无言确实不是仙根慧体，这些年来他都检查过无数回了。

但若是他看错了人，是他的兄弟呢……

君羽渊把目光转向身旁的陆青阳……

所谓仙根慧体，就是一个人拥有超出常人的经脉与天赋，此人之后无论学习什么法术，都会毫无阻碍，而且修炼的速度也是常人的数倍。最重要的一点，就是出生的时候传说会天有异象。

那个陆家也是因为这一点才确定自家出现了仙根慧体，而君羽渊也是五年后经过集安镇时，听陆家的族人嘴碎提起，才一时起意去陆家看个究竟。只不过当时凭他的修为，还无法从陆家带走那个孩子，但他还是出手毁了对方的经脉。

他的性格一向如此，既然自己得不到，那么也不会留给别人。

不过他下手还是注意了分寸的，若是师尊出手，自然可以接续上那些被毁坏的经脉，旁人肯定是束手无策的。

君羽渊越看陆青阳，越觉得对方可疑。

是陆家的孩子，而且年龄对得上，年纪轻轻就突破到了先天境界……可是不对啊，若他就是当年的那个孩子，经脉早就被毁了，又怎么可能突破到先天境界？

君羽渊知道自己在这里瞎猜根本就是白费力气，但若是要验证自己的想法，就必须用真气侵入对方的体内探查对方的经脉。传说中仙根慧体的经脉，是和普通人截然不同的。可是面前这人虽然只是个少年，他也不能在众目睽睽之下对他用强。

因为放任他人的真气在自己体内横冲直撞，简直就是脑残的行为！一个把握不好，便有可能修为受损。

若是换了别的地方，君羽渊早就二话不说地把陆青阳拎过来查看了，可是这里是昊天谷新修的学苑，周围的修炼者熙熙攘攘，而且每当有人发现陆青阳路过时，便会非常恭敬地鞠躬致敬，甚至还有人很亲热地称呼他"陆师叔"或者"陆道友"，那架势和看到百里煦的感觉真没差多少，那是真心的叹服和崇拜。

虽然陆青阳只是个十六岁的少年，但并不影响旁人对他的仰慕。

因为他一手改变了修炼者坚持了千百年的规则，也打破了修炼者的门派界限。

君羽渊觉得喉咙有些发紧，只是短短的半年，陆青阳便已经赢得了这么多人的认可，他可以肯定，当种植灵米推行起来之后，修仙界肯定会又有一番波澜。

这样一个人，现在已经不是他想动就能动的了吧！

君羽渊心下有些迟疑，但并不希望陆青阳如此发展下去。他本就机智过人，很快就发现了几点问题，毫不客气地开口问道："陆师弟，你开的是学苑，不是让大家来当农民的吧？"

陆青阳不明白为什么君羽渊对他产生了突如其来的敌意，迷茫地眨了眨眼睛，这才摇了摇头道："当然不是，我也是想首先解决大家的吃食问题，不小心才搞成这样。"

搞成这样的局面！这还叫不小心？那要是小心了，还不翻天了啊！

君羽渊心中吐血，真觉得自己被气得要内伤了。

陆青阳心下警惕，但表面上越发无辜："拥有水系、木系、土系和风系天赋的修炼者，均可以分得一块灵田种植灵米和各种蔬果，收成除了其中二成作为地租交给学苑外，可以自己留下一部分，剩余的部分可以交给学苑兑换相应的学苑点。当然，如果各系的修炼者之间互相提供帮助，私下的交换并不在学苑的管辖范围内。"

"学苑点？"君羽渊听到了一个陌生的字眼。

"是的，在学苑之中，不管是吃灵米，还是浏览藏书阁的典籍，都需要付出相应的学苑点。做人不能不劳而获嘛！学苑点的兑换也很简单，用药草、典籍、法宝甚至灵石都可以兑换相应的学苑点。"陆青阳边说着，边掏出一个只有拇指大小的玉质薄片，"君师兄既然要在学苑中待上一阵，那么这玉片少不了。等下我们去前殿，帮你在里面充上一定数量的学苑点。君师兄不用推辞，四大圣地的负责人先期都会有学苑点入账，分配给自己门派的人或者自己留着用都可以。百里前辈一直都没要属于玄英洞的学苑点，君师兄你应该拿着。"

君羽渊接过这枚玉片，发现上面刻了不算复杂的符阵。他接触过符阵，知道这种符阵必须通过对应的互补符阵来修改其中记载的内容。虽然对符阵有所研究的人都会画这种符阵，但这互补的符阵难就难在，没有人知道这符阵到底是从哪里起笔哪里收笔的。既然是互补符阵，那么就必须做到完全一致才行。虽然这符阵并不复杂，但微小的变动就会导致失败，而一失败便是自毁的下场，所以这种符阵也被称为锁阵，而用于开启互补符阵的便是钥阵。

这种符阵最开始也是为防止有人盗读其中内容而研发出来的，以前多用于邮东西时印在盒子的封口之上，没想到居然会被人用在这里。

君羽渊就算不去看，也能猜到这玉片之上的锁阵相应的钥阵定然是在固定的几个人手中，而且可以完全替代金钱交易，学苑点真是一项很了不起的发明。试想这个虚无缥缈的东西出现，却为学苑换来了实实在在的东西，例如那些药草、典籍、法宝甚至灵石！这些可都是掌握在学苑手中啊！

君羽渊越想越无力，他之前觉得灵米的出现应该真的是陆青阳不小心搞出来的，现在却觉得面前的少年绝对是心机深沉。

学苑点如此方便，整合了所有人的资源，但是越用，就越发离不开！

也许三大圣地的人来此，也不过是碍于面子或者迫于现实，他敢保证不会有人真的想要打破门派之见，彻底地留在这里。可是学苑点的出现，却真的逼着这些人坐在了一艘船上！而且还是一艘贼船！上了就下不来了！

而那些因灵米而来的散修，也会毫不犹豫地留下，因为以前费尽心机都看不到的各种典籍，现在只要积累学苑点就可以到手，这简直就是修炼者的乐园！

君羽渊手里捏着那薄薄的玉片，激动得差一点就把它捏碎了。这样长期发展下去，师尊就算是在此坐镇，也完全没有说话的余地。因为这里做什么事都要用学苑点来兑换！如果有人想要破坏这种制度，那就是与所有的修炼者为敌！

陆青阳像是丝毫没有看到君羽渊纠结的表情，继续带着他往前走。走过修炼者干得热火朝天的田地之后，就是一排排错落有致的屋舍，里面不时传来各种灵兽的叫声，君羽渊眼皮一跳，顿时有种不好的预感。

"陆师弟，这里不会……是圈养灵兽的地方吧……"君羽渊觉得自己说话都有些无力，就算是春晖潭的人，也从未想过圈养灵兽。因为春晖潭向来都是和灵兽平等相处，甚至会祀奉灵兽。而且因为灵兽之前一直被困在春之地的阵法之中，不能任意外出，九环溪也很少有人入内，所以极少会有人圈养灵兽。若是得到一只灵兽，捧在手心里还来不及呢，怎么可能对它们如同牛羊一般！

陆青阳眨了眨眼睛，点点头道："为何不能圈养？灵兽虽然有个'灵'字，但终归是兽，更何况这里多是一些低级灵兽。不过虽然是低级灵兽，但它们的灵核、皮、角、骨、肉，都是对我们很有用的东西。每次出去狩猎太费劲啦！所以便建了这些兽舍，下面都有小型的禁锢符阵，不会让它们轻易冲出来的。"他正说着，远远地看到春晖潭的人在慕融的带领下来到这里，便满意地点头道，"之前负责这里的一般都是火系、雷系、金系和冰系的修炼者，他们的法术攻击性比较强，一部分人组队外出狩猎灵兽，另一部分人则留下来照顾灵兽。有了春晖潭的人，以后会更顺利些。哦，当然，这些灵兽身体上有用的东西，都能兑换相应的学苑点。要知道，就算是最没用的灵兽，它的肉也分外好吃，若是烹调得当，一样会有残存的灵力可供修炼者吸收。"

君羽渊听了都完全没有话说了，吃灵兽的肉？估计春晖潭的那帮家伙连想都不敢想……不过人就是有劣根性的，既然有人开了头，那么接下来肯定拦都拦不住……

果然他们两人见春晖潭的那些人立刻激烈地分为两派，一派人严重抗议圈养吃食灵兽，而另一派人则觉得可以尝试。两派人吵得翻天覆地，引起许多人的围观。

陆青阳淡淡地嘲讽道："这有什么好吵的，灵兽之间还互相吞噬呢！为何灵兽就能吃灵兽，修炼者就吃不得？这片大陆之上强者生存，既然身为弱者，就要有被吃掉的准备。"

这番说辞极对君羽渊的胃口，他一时不由得对陆青阳刮目相看。

不过他很快又皱起了眉，陷入了沉思。

他身旁的这位少年对于他来说，显然是弱者，可是如今集结了这么多的资源和修炼者在身边……

那么究竟谁是强者，谁是弱者呢？

陆青阳陪着君羽渊走到兽舍的门前，让慕融继续陪着。而他自己则因为刚迈进先天境界，有些精神不济，修为不稳，告了个罪后走回自己和大哥所在的小院。

昊天谷谷内其实很大，虽然很多屋舍当初被灵兽毁坏，但这半年来他们不断修缮，在谷内又开辟了很多地方，加之每日来此的修炼者日益增多，学苑的占地反而要远远超过之前的规模。

这些日子以来陆青鸣也忙得连轴转，所以陆青阳在小院里没有发现大哥的身影，也不以为意。但他找了一圈，发现肥啾也不见踪影，这才一拍额头想起来，肥啾已经变成了婴儿宝宝，大哥那个性子，肯定是不放心把现在的肥啾一个人丢在这里。

陆青阳撇了撇嘴，怪不得那些灵兽都想变成人，这变成人之后就金贵了许多啊！可是再怎么可爱，那肥啾现在也是七级灵兽了，普通人能欺负得了他吗？他不欺负别人就不错了！

不过想归想，陆青阳也难得落个清闲，回到自己的房间后便在床上打坐冥想起来。但他一点都静不下心，毕竟君羽渊很有可能就是他一直追查的凶手，他之前费了很大的心力克制自己以防露出端倪，现在一个人独处，自然心神震荡，过了很久都没办法恢复平静。

陆青阳知道他现在这样的情况，冥想是很危险的，索性便躺下来休息，手里自然是握着林子苏留下的那把匕首。当初林子苏让他把刀鞘扔掉，可是他一直很小心地将刀鞘收了起来。如今匕首再也不能弯折起来戴在他的手臂上，而且因为匕首之中有稀金的成分，也无法收入空间法器之中。所以陆青阳一直贴身携带，甚至睡觉的时候也要握着匕首入眠。

感受着那冰凉的金属在自己的手心中慢慢地被焐热，陆青阳的心也一点一点地沉静了下来，闭上眼睛的他，根本没发现匕首上的那个"林"字竟慢慢地亮了起来。

如同萤火虫般的荧绿色，和很久很久以前初次亮起时一样。

在半睡半醒间，陆青阳感觉自己身处一片黑暗之中，仿佛有人在唤他。

"小咩……小咩……"一个声音仿佛从很远的黑暗迷雾中传来一般，轻轻地呼唤着。

小咩？除了林子苏，应该不会有人用这个称呼来唤他……

林子苏？

陆青阳心中大急，想要睁开眼睛确认是不是林子苏，他不是已经……

可是眼皮就像有几千斤重一般，越急切就越睁不开眼睛。陆青阳反复地呼唤着林子苏的名字，却发现自己一个字都说不出来，他这时才发觉自己好像处在一片看不到任何事物的黑暗之中。怎么回事？他为什么会在这里？为什么连眼皮都睁不开，全身上下都不听他的使唤？

"小咩……别怕……是我……"

这回的声音又清晰了些许，确实是林子苏的声音，带着些许笑意和更多的激动。

不……不可能是林子苏……

陆青阳拼命地想找回自己的神志，这是不对的！肯定有问题！感觉到自己的眼睛开始流泪，陆青阳却越发地恼怒起来。

究竟是谁在捉弄他？在他身上施了什么法术不成？

"小咩……我没死……我回来了……小咩果然很天才……这么快就突破到先天境界

了……"

不……这不可能……陆青阳感到自己的泪水越流越多，他浑身僵硬，不知道应该如何是好。明知道这个人应该不是林子苏，可是他却不忍心这样怀疑下去。

"小咩……你瘦了好多……"那人掐了掐他的脸庞，像是分外不满意如今的手感。

陆青阳能感受到那指尖捏在脸上的触感，这种语气，这个调调，难道当真是林子苏不成？可是这又是怎么回事呢？他不是眼睁睁地看着林子苏在他面前消失了吗？

罢了，不过是一场梦。

"小咩……别着急……我在这里……"林子苏像是看穿了陆青阳的担忧。

"小咩……不要……不要忘记我……"林子苏的声音断断续续地传来。

不会忘记的！

陆青阳不知道自己为何无法发出声音。

"再等我一阵……我会……"

会什么？陆青阳尽力想要听清楚后面的话语，可是胸口一沉，竟然让他承受不住，一下子睁开了眼睛。

映入眼帘的，是这半年来每天都能看到的天花板。陆青阳眨了眨眼睛，几乎不敢相信自己眼前的一切，果然……果然是一场梦而已吗……

眼睛酸涩无比，陆青阳却在恢复意识的同时，感觉到胸口上很沉重。

陆青阳低头看去，脸色一变，立刻捏着那罪魁祸首的脖颈坐起身，恼羞成怒地低吼道："肥啾！你在做什么！"

啾！肥啾流着口水，一双金色的大眼睛无辜地眨啊眨。他做错了什么吗？他好饿啊……不过陆爹爹好像很生气的样子。肥啾的大眼睛转了转，举起肥胖的小手讨好地朝他伸过去："抱抱！"

陆青阳的脸色一变再变，想着刚刚诡异的梦境，一时心中五味杂陈。

这一大一小默默相对，一个惊魂未定，一个不明所以，谁都没发现被陆青阳清醒后扔到一旁的匕首的柄上，那个一直有着微弱绿光的"林"字，慢慢地暗了下去。

# 第四十一章
## ◇ 璇 玑 阵 法 ◇

肥啾吐着口水泡泡，一双大眼睛紧紧地盯着陆爹爹。

呃，陆爹爹才十六岁，年龄不过是自己的零头而已，还是不叫他爹爹的好。

但自己又是因为陆爹爹才降生到这个世上的，要叫他什么好呢？

肥啾自从有意识以来，就不知道在这个世界上度过多少岁月了，脑海中虽然有父母留下的知识印记，但本性还是和幼儿无异。陆爹爹到底是不是爹爹这个深奥的问题并没有在他的脑中停留多长时间，他的肚子就咕噜咕噜叫了起来。

"饿……"肥啾可怜兮兮地嘟囔着。

"小弟，怎么了？出什么事——"陆青鸣的声音从门外传来，他听到了之前陆青阳的那声怒吼，一想到他刚晋入先天境界，担心他有事，便连门都没敲地推门而入。

然后声音戛然而止。

陆青鸣看着床上的少年，身上因为天热只是穿着一件青色薄衫中衣，被拽开了一半，露出了好大一片晶莹如雪的肌肤。

陆青阳一边把匕首贴身藏好，一边把手中的肥啾扔了过去："这个小滑头太坏了！"陆青阳又羞又恨。

陆青鸣拍着怀里直哼哼的小婴儿，哑然失笑道："肥啾，你可是饿了？"

肥啾点了点头，指着陆青阳嚷道："我要吃爹爹！"

正在系衣服的陆青阳手一哆嗦："谁是你爹爹！"

"咦？不是吗？"肥啾含着大拇指，肥嘟嘟的脸上满是疑惑，"那林是爹爹？"

"林？"陆青鸣皱起眉头，确定自己听到了一个陌生的名字。

"咳，没什么，我带他去吃饭了。"陆青阳绷着脸，立刻把肥啾从大哥的怀里抢了过来，旋风般地摔门而出。他怎么忘了，肥啾现在可是个能说话的宝宝，而林子苏的存在，他不想让其他人知道，就连大哥都没打算告诉。

一旦说了，就要解释林子苏因何死去……他不想回忆那一幕，也不想这么早就揭穿百里煦的丑恶嘴脸。

陆青鸣并没有追去，而是站在屋中摸着下巴思考着，学苑里可有哪个女修姓林或者名字里带着林字？


好不容易把肥啾这个小祖宗喂饱，陆青阳也用美食和他做了约定，不把林子苏的事情跟其他人说。

"爹爹，放心，林不会死的。"肥啾吃饱喝足，看着陆青阳脸上藏都藏不住的落寞，一副小大人模样，用小胖手拍了拍他的肩膀。不过因为手短，只能拍到陆青阳的手肘。

就算陆青阳心里不平静，看着肥啾这副装成熟的样子，也不由得失笑："不要叫我爹爹，我可生不出你这么皮的儿子。"

"那叫什么好呢？"肥啾很忧郁地用手托着下巴。谁叫他破壳第一眼就看到了他，雏鸟心态实在是要不得啊。

"叫哥哥吧。"陆青阳揉了揉肥啾头上的金发，掌心所触柔软温暖，本来冷硬的心也随之软了许多。

对于小婴儿来说，吃饱了便昏昏欲睡。陆青阳发现屋里居然还有个摇篮，便把肥啾放了进去。陆青阳觉得大哥果然很强悍，肥啾刚化成人形不久，就找来了摇篮。

听着肥啾平缓的呼吸声，陆青阳也在心中下了决断。

君羽渊肯定是对他起了怀疑，依着君羽渊的性子，肯定忍不了多久便会主动来找他一探究竟。

他不能再磨蹭下去，如果等对方来主动找他，那么大哥和肥啾都有可能被牵连。

陆青阳在各种磨炼之下，已经是下定决心便不会更改的性格了，所以在片刻之间决定了要和君羽渊一决生死。他没有什么特别的表现，只是在离开小院的时候，捏了捏肥啾熟睡之后胖乎乎的脸蛋，又给埋首于案牍工作的大哥沏了杯热茶。

独自在夜深人静的学苑中走了大半圈，确信有人跟在后面之后，陆青阳的路线一变，反而朝昊天谷外走去。

他早就有面对这一天的准备，所以在谷外的某处隐秘之地布了一个禁锢阵法。对外说的是为了保护谷口不被灵兽侵入，实际上他布下的阵法比其他人以为的还要厉害得多。

不仅仅可以用来对付灵兽。

就算对抗尊者级别的高手，也有一拼之力。

不过，陆青阳在黑暗之中，看着一道黑影大摇大摆地踏入禁锢阵法中时，地上的符阵却并没有照他预期的那样亮起。

什么地方出了错？陆青阳心中一凛，知道自己还是托大了。对付修为已经是尊者级别的对手，也许这古老的禁锢阵法已经对他没有任何作用了。强迫自己恢复冷静后，陆青阳浅浅笑道："君师兄跟着师弟我走了这么大一圈，可是有什么事吗？"

那道黑影从黑暗中渐渐走了出来，月光照在了他的脸上，顿时让陆青阳的心猛地揪了一下。

因为那张脸上，竟然有着一道凶残醒目的刀疤。

正是十一年前，杀死他母亲的那名刀疤汉子！

只见刀疤汉子桀桀地笑了起来，开口却毫无掩饰，全然是君羽渊的嗓音："原来师弟早就认出我来了，这让师兄我很费解啊……师弟你到底是在什么时候见过我的这副模样呢？"君羽渊一边说，一边卸下脸上的伪装，那张俊脸之上，再无今日白天那种温文尔雅的笑容，眉眼之中蕴含着戏谑与暴虐。

陆青阳知道他还是太轻敌了，但他为了今天，也不仅仅准备了符阵。看着一步一步逼近的君羽渊，陆青阳克制着自己想要后退的欲望，闪电般地捏碎了手中的符阵玉片。

这是他自己刻画的玉片，把一个很复杂的符阵刻画在玉片之上，每一笔都蕴含着不同的灵力，一笔不能错不能断。这需要极强的控制力，陆青阳刻画了上百个玉片，才成功了这一个而已。

君羽渊只觉得眼前刺目的白光一闪，极强的光芒让他双目刺痛，随后眼前一片雪白，竟然是什么都看不到了！

一声惊吼，君羽渊怒极。他已经达到了凝脉五层，一双眼睛就算是整日直视太阳都不会感到半点不舒服，而现在一时不察，居然暂时盲了！

君羽渊这一生经历过大大小小的拼斗无数，所以尽管心下惊怒交加，却不露半分破绽，警惕地用气息感受着四周的气流变动。

可是他呆立了片刻，发觉自己竟是被骗了，他并非双眼盲了，而是落入了一个阵法之中，所处的地方皆是黑色，目不能视，再加之一开始的光芒刺激，让他以为自己的眼睛出了问题。

探明了情况，君羽渊便冷静了下来。不过是个阵法而已，他就不信自己会被困住！

还未等他开始破阵，便听到身后传来一个极其熟悉的声音，淡淡唤道："羽渊。"

"师尊！"君羽渊难以置信地回过头。

陆青阳喘着粗气，跌坐在地。刻画璇玑阵法难度极大，启动璇玑阵法更是要极强的灵力。刚刚的那一下，几乎抽空了他身上所有的灵力。

其实说起来，璇玑阵法不过就是个幻阵。落入此阵之人，便会与自己内心之中最强的那个人交手。

不过璇玑阵法虽然是幻阵，但也是一个七品幻阵，即使是君羽渊，恐怕也不会那么容易破阵而出。

陆青阳艰难地站起身，掏出随身携带的那把匕首，跌跌撞撞地朝呆立在那里的君羽渊冲了过去，目标自然是君羽渊丝毫不设防的左胸。

近了，又近了，只要再向前一步！

陆青阳咬紧牙关，举起双手朝君羽渊的身上刺去，可是一根藤蔓却从黑暗中伸了出来，死死地把他的手腕缠了个严严实实。

啪嗒！一直被陆青阳视若珍宝的匕首掉在了地上，旁边伸出一只手把它捡了起来。

"原来这把匕首在你这里。"君羽渊满意地翻看着手中的匕首。

"你……"陆青阳不敢相信君羽渊居然这么快就恢复神志，他的璇玑阵法居然那么不堪一击吗？

君羽渊朝他笑了笑："小子，你的阵法确实不错，应该是传说中的璇玑阵法吧？可惜我心中最强的人是我师尊。"

"你居然赢了他？！"难道是自己布置的阵法有差错？陆青阳试着挣脱缠绕在腕间的藤蔓，可是灵力所剩无几的他一点都挣脱不开，那些藤蔓反而像是有生命一般，不光缠紧了他的双手，连他的双脚都被缠绕上了。陆青阳站都站不稳，直接跌跪在地。

君羽渊听到陆青阳的疑问，一脸看白痴的表情看着他："我怎么可能赢得了我师尊？自然很快就被打败了。"君羽渊抹掉唇角溢出的鲜血，撇了撇嘴道，"所以受了点伤，不过对付你还是可以的。"

陆青阳闻言大悔，他不知道璇玑阵法若是落败也能破阵，也没想到君羽渊居然片刻的工夫就被想象中的百里煦打败了。

　　他还是太心急了吗……

　　如果……如果再给他几年的时间……

　　林……

　　君羽渊居高临下，看着被藤蔓缠绕着心生死志的少年，手里拿着十一年前不见踪影的匕首，即使不查看，他也知道这少年便是他当年遍寻不着的仙根慧体。

　　陆青阳并不知道君羽渊的心中生出了其他念头，他只是看着君羽渊手中的匕首，感叹自己最后居然连林子苏的东西都保不住。

　　陆青阳迷茫的双眼紧盯着那近在咫尺的匕首，忽然眼前一花，他的双目倏然睁大。

　　刚刚不是他的幻觉吧？匕首上的那个"林"字，是亮了一下吧？

　　陆青阳还想再看时，却发觉君羽渊的手握着匕首向他伸了过来，匕首柄被其握住，想要再看却无法看清楚。

　　"怎么？很吃惊我现在还不杀你？"君羽渊蹲下身邪恶地笑了笑，对陆青阳的惊讶会错了意。

　　陆青阳本来绝望的心又升起了一丝期冀，他努力回想着之前那个梦境中，林子苏曾经对他说过的每一句话。

　　先天……他好像有对他这么快就晋升到先天境界表示过欣慰……难道说林子苏真的没有死？或者灵魂碎片进入这把匕首之中，只有他晋级到先天境界才能与之接触？

　　就算只是猜测，陆青阳也不愿意放弃这个念头，就像是溺水的人，死死地抓住最后一根稻草。

　　"这把匕首有什么很特别的来历吗？"陆青阳强迫自己让表情看起来正常一些，"看你的样子，好像很珍惜这把匕首。这么破破烂烂的，刀鞘都生锈了。"

　　君羽渊觉得有趣，用匕首拍了拍陆青阳的脸颊，以他的眼力，自然能看出来这少年死鸭子嘴硬。

　　"既然破破烂烂的，为什么还不扔掉它？还妄想用这把匕首来了结我的性命？"

　　"十一年前我从你的身上得到这把匕首，今日自然是要用它解决你。"陆青阳别开脸，想要避开君羽渊的动作，但是缠在他身上的藤蔓让他连转头都无法做到，这些有小孩儿手腕粗细的藤蔓，像是有意识一般，只要他一做挣扎的动作，就会用成倍的力量缠紧他。

　　君羽渊也不着急对陆青阳做什么，反正现在这少年已经成了他的囊中之物。

"这匕首，是当年我去四季门时，偷出来的一个法宝。"

"四季门？"陆青阳一愣，"是那个在乾坤山脉的四季门？"

少年眼中的惊愕取悦了君羽渊，他哈哈笑道："没错，就是那个四季。乾坤山脉虽然有禁制，但那个禁制阵法在出入上有着不同的规则。进入乾坤山脉者，金丹以下者通行。而出乾坤山脉的四季门子弟，则金丹以上者才可以出山。"

陆青阳睁大了双眼，内心深处好像想到了什么很重要的事情，可是偏偏一时想不起来。

"这个禁制阵法很有趣，金丹以上者不许入乾坤山脉，就是某种程度上保护了四季门的存在。而自家弟子在修炼到金丹境界以后，便可以出入祸害世人。哼！那四季门果然是太护短了！"君羽渊说起四季门便咬牙切齿，看来当年吃了不小的苦头。

陆青阳忽然想到之前一直想不通的一个问题，那就是为什么四季圣地几乎同时出了岔子，难道真的是当年修仙大战之后，所立的那些阵法失去了作用吗？

还是有人故意破坏？

他研究阵法的时间虽然并不算久，却也知道阵法之间也可能存在关联。假设四季圣地的阵法同时出问题是百里煦所为的话，那么其目的其实是想要破坏乾坤山脉的禁制阵法？

因为他早就达到元婴期了，进不去啊！

陆青阳被自己的假设震惊了，因为……好像……还真的说得过去……

但现在不是胡思乱想的时候，陆青阳在脑海中的传承印记中搜寻着，宁可冒着燃烧生命的风险，催动体内的真元。他所剩的灵力不多，但是启动脚踝上的稀金镯子还是可以的。可是他心念刚刚一动，右手便传来剧痛，只见君羽渊用匕首毫不留情地刺穿了他的右手掌心，把他牢牢地钉在了地面上。

"啊！"钻心的剧痛让陆青阳双目赤红，忍不住痛呼出声。他太大意了，君羽渊之前已经吃过了一次亏，又怎么可能不留意他的小动作？

"啧，还是不乖？我不想把这个身体弄得太破烂了，到时候师尊要是想用，修补起来很是费劲啊……"君羽渊的声音温柔无比，可是动作越发残暴，他检查着陆青阳身上携带的法器，他被这少年层出不穷的花招弄得烦了。他不光拔下了陆青阳脚踝上的稀金镯子扔在一旁，甚至为了制止他的挣扎，还把手中的匕首向下按了按。

陆青阳的身体剧烈地颤抖，忽然感觉到体内的鲜血像是被掌心的匕首硬生生地抽出了一小半，那种难受的感觉让他呼吸顿止，视线都有些模糊不清起来。

君羽渊看着面前的少年陷入深思，师尊想要占据这少年的身体继续活下去，他是知道的。之前参观学苑之时，他还觉得这人的心智实在是出乎他的意料，能弄出来如此有前途的学苑。现在则觉得以后师尊用这人的身份活下去，再合适不过了。

以后他的师尊，还是会成为这片大陆上的第一人。

拜失血过多和手心的剧痛所赐，陆青阳对君羽渊的目光一点感觉都没有，他使劲地睁着迷茫的双眼，朝插在他右手掌心的匕首看去。

那刀柄上的"林"字，应该是有着亮光吧……

那么他可不可以奢望……林……其实根本没死……

君羽渊已经察觉到陆青阳的不对劲，但他知道对方已经完全放弃了抵抗。

这么快就放弃了？真是扫兴。

君羽渊正想带着这少年回去见师尊时，却心念一动，半撑起身子朝某处黑暗看去。

一个穿着深紫色衣袍的少年从黑暗中慢慢走了出来，愕然地看着君羽渊和地上被钉着的陆青阳，难以置信地在两人的脸上来来回回地扫视着。

"你怎么来了？"君羽渊的脸黑了一半。这时候怎么能被这个小祖宗撞见？师尊不是派他去春之地做事去了吗？

无言端详了面前这幅诡异的场景半晌，遗憾地叹了口气道："师兄，原来你欺负不了师弟我，就在外人身上找平衡啊……"

君羽渊立刻浑身僵硬了。

君羽渊其实知道陆青阳的相貌和自己最讨厌的小师弟有几分相似，但他们两人的气质完全不同，所以他也不过是初见陆青阳的一刹那觉得有些别扭，在随后的相处之中，便完全忘记了这回事。

而现在无言就明晃晃地站在他面前，那张他厌恶的脸上挂着他看着想作呕的浅笑。君羽渊好半晌之后才反应过来对方说了什么。

君羽渊此时再看那凄惨的少年，果真眉宇像极了这个讨厌的小师弟。

真让人崩溃啊！

君羽渊现在只要一想到以后师尊会顶着和讨厌的小师弟相似的脸，就觉得天崩地裂。

这可叫人怎么接受啊！

无言却一点都不知道君羽渊脸上纠结的表情代表着什么，不过秉着闲事勿管的原则，他收回了本来想要迈向前的脚，反而往后退去。

"你先别走！"君羽渊气急败坏，他可没忘记这小子刚刚误会了什么，不解释清楚的话，以后就更难说清楚了。

无言被君羽渊一吼，身形一滞，勉强露出微笑道："师兄，难不成你也要欺负欺负我？"

君羽渊被如此提醒，倒也真起了把这个碍眼的小师弟狠揍一顿的念头。这机会多好啊！他可不想放过，这时候反正小师弟应该是在春之地做事嘛！

此时君羽渊也顾不得地上的陆青阳，就把他丢在那里，起身朝无言走去。越靠近，对方眼中那些惊恐的神色看得越清楚，君羽渊真想揪着他痛揍一顿。

对！然后再像六年前一样消除小师弟的这段记忆。呃，不过小师弟最近的修为进步不小，可能到时候要多费一些灵力。

君羽渊正奔到无言面前时，忽然看到师弟面带讶色地朝他身后看去。君羽渊回过头，正好看到本来在地上奄奄一息的陆青阳手脚都泛起了火光，缠绕在他身上的藤蔓在瞬间被烧了个干干净净。

奇怪，刚刚不是封住了那小子身上的灵力吗？他怎么还能使出法术？

君羽渊皱着眉头，总觉得陆青阳整个人的气势和刚刚的脆弱少年完全判若两人，当看着他撑起身子站起来时，君羽渊便想抬手施一个法术过去，再用藤蔓把他拉回原地。

先不能让他跑了，这是他给师尊找到的仙根慧……体……

君羽渊瞪大了双目，低头看着自己的胸口处忽然多出来的一只黑色的手掌，似曾相识。

"师兄，你实在是太弱了。太弱的人，杀了也没有什么罪过。"无言冷冰冰的声音在他的耳边响起。

很耳熟呢，君羽渊眯着眼睛思考着，这句话，好像是他若干年前说过的……

无言打了个响指，鬼将把手掌从君羽渊的胸口抽了出来，掌心中抓着一个白色的雾状物，正不断挣扎着，想要逃离鬼将的桎梏，可惜全然徒劳。君羽渊的胸口之上半点伤痕也没有，却已经颓然地倒在了地上。

"鬼将，你不爱吃？"无言很奇怪鬼将并没有把君羽渊的魂魄吞入口中，见鬼将真的没有吞噬的欲望，便摇摇头道，"师兄果然人见人厌，不合鬼将你的口味也属正常。罢了，毁了他吧。"

鬼将的掌心立刻升腾起一团青色的冥火，魂魄刹那间分裂为若干个小碎片，挣扎着在空气中四散飞舞。鬼将双手十指翻飞，不断用冥火把魂魄碎片烧掉，只是仓促之间，应该还是有逃掉的碎片。

无言撇了撇嘴，不以为意，放声大笑道："师兄！你灭我陆家满门时，可有想到会有这一天？"

君羽渊仅剩的灵魂碎片，在逃窜中听到了这声大笑，才醒悟过来原来无言竟不知道什么时候恢复了本原的记忆。

但是这并不重要。

他死了也不要紧。

可是他还没有告诉师尊，他最需要的仙根慧体，他已经找到了……

他要告诉师尊……

指甲大小的白色光团，就像是一只萤火虫一般，艰难地在空中飞舞着。

师尊……找到了……

穿过了学苑中灯火通明的屋舍，白色的光团越来越暗，越来越小。

师尊……我找到了……

越靠近赤炎山洞，白色光团上的光芒就越黯淡。

师尊……我终于找到了……

仅剩下芝麻粒大小的白色光团，终于冲进了赤炎山洞，留恋地看着进入冥想的百里煦，在他的周围上下徘徊着。

师尊……师尊……

百里煦睁开双目，看着黑暗一片的山洞，并没有看到一丝不妥；又重新闭上了双眼。


无言，或者说是重新找回记忆的陆青烈，冷眼看着向他走来的陆青阳，不屑地轻哼道："你还是那么没用，连自己都保护不好。"

陆青阳却连看都没有看他一眼，面色铁青地看着自己被匕首刺穿掌心的右手。然后抬起左手，缓缓地拔掉掌心中的匕首。

深红色的鲜血喷涌而出，陆青阳立马点了手腕上的穴位止血，然后迅速地捏开药丸敷药。

陆青烈并没有说什么，只是觉得如此冷静却脸色骇人的陆青阳，有点不像他本人。

而且那把匕首，好像很眼熟……陆青烈记得在很久很久以前，陆青阳好像就带着这匕首不离身。他那个便宜师兄，曾经在灭了陆家之后，询问过什么匕首的下落，难道就是这一把？

陆青烈还来不及深思，就看到陆青阳已经简单地处理完手掌的伤，拿着匕首朝一旁生死不明的君羽渊刺去。

"不能动他。"陆青烈挥手挡住了陆青阳的手腕，离得近了，他才看到陆青阳眼中居然泛着赤红的光芒。

这是……达到尊者级别，才能在运气的时候，在瞳孔中显示相应的天赋功法……陆青烈暗暗吃了一惊，难道这个废物已经有了尊者级别的修为？

可是他明明昨天才晋升为先天宗者啊……而且他是单火系的吗？不是吧……

"为……什么……""陆青阳"的声音几乎是从牙缝中一个字一个字地挤出来的，散落的发丝无风自动，气势逼人。

陆青烈看着这样赤红色的眼瞳，知道对方问的是为什么阻拦他。他知道若他说不出个所以然来，对方丝毫不介意连他一起处理掉。

奇怪，既是有这样的修为，为何会被那便宜师兄逼到那种地步？

陆青烈心中纳闷着，但在那骇人的气势的逼迫下，口中只好老老实实地回答道："因为不能引起百里煦的疑心，他必须活着。"

"陆青阳"的眉头皱了起来，他明明看到了那鬼将烧掉了君羽渊的魂魄，他不能亲手杀了对方泄恨，那么也必须要把他的身体大卸八块。

敢欺负小咩！混账！

陆青烈笑了笑道："师兄的魂魄不好吃，身体倒是和鬼将很契合。"

"陆青阳"一愣，低下了头，正好看到地上的君羽渊睁开了双眼。

# 第四十二章
## ◇ 上 天 入 地 ◇

陆青阳从黑暗中醒转过来，最先感觉到的就是右手掌心传来的剧痛。

痛楚让他想起昏迷前发生的事情，骇然睁大双目，入目便是黑沉沉的夜空，他孤零零地躺在地上，周围一个人都没有。

陆青阳撑着身子坐起来，茫然四顾。

后来究竟发生了什么事？他怎么都不记得了？他只记得那个君羽渊好像要对他下手，后来谁来了？对了，匕首！他看到匕首有亮光……

陆青阳连忙四处找寻，果然看到身旁不远处丢着他的匕首和稀金镯子，他站起身去拿，却发现匕首跟平常没有什么两样，依旧死气沉沉。

自己果然是当时眼花了吗？陆青阳苦笑，浑身的力气都没有了，颓然地躺了回去。

他检查了一下自己的身体，发觉自己体内空空荡荡的，不光灵力一丝都没有，甚至体力也所剩无几。他身上的这些被藤蔓勒过的痕迹虽然看起来很吓人，但都是皮肉伤，只有被刺穿的右手上的伤严重了些，但应该没有伤到筋骨。让他感到虚弱的，应该是不知道为何体内的血液被抽空了一小半。

陆青阳一边想着，一边看向右手，忽然发现右手的伤口被人包扎好了。是谁做的呢？

陆青阳不会认为君羽渊会这么好心，那会是后来出现的那个人吗？那个人的面子那么大，大到让君羽渊放过他？看着月光下在空中飞舞的火山灰，他忍不住发起呆来。

虽然早就知道自己很弱，但真正意识到这个事实的时候，还是有些难以接受。

不过不管君羽渊为何对他手下留情，他都要珍惜这次机会。

要赶紧逃走，他离这里越远，大哥他们就越安全。

陆青阳忽然振奋起来，这世界之大，他只要不让君羽渊近身，用稀金镯子四处躲藏，应该完全可以应付他的追杀。

正重新积攒力量挣扎着坐起身时，陆青阳忽然听到了熟悉的"啾啾"声，然后一阵狂风掠过。

"小弟！是谁做的？"陆青鸣充满着愤怒的声音响起，他抱着肥啾，脸色铁青地蹲在陆青阳身边。

陆青阳暗暗后悔，他忘记了肥啾和他拥有着灵兽血契，自然能察觉到他不对劲。幸亏此时君羽渊已经离开，否则大哥肯定会受到池鱼之殃。看着陆青鸣几乎要喷火的双眼，陆青阳才发觉自己身上的衣袍已经变成了碎布条。他的灵力还未恢复，无法从空间法器中拿出衣袍，只好朝陆青鸣苦笑道："大哥，有衣服借我一件没？"

陆青鸣感觉自己的胸口都要爆炸了，先前本来一直安静的肥啾忽然闹了起来，他就感觉到有些不对头，一路上更是觉得心惊肉跳，用最快的速度疾驰而来，却骇然发现白天还好端端的小弟，竟狼狈地躺在地上。而且靠近了才看清楚，他身上伤痕累累，居然连一块完整的皮肤都没有，布满了各种刀痕、勒痕和瘀痕。

看着陆青阳苍白如纸的脸上显出毫不在意的表情，陆青鸣心如刀割，强迫自己不能失去冷静。他并没有照陆青阳的意思拿出衣服，而是把肥啾放了下来，运起水系法术，一边清理冲洗陆青阳身上的伤痕，一边咬牙切齿地重问了一遍："说，是谁做的？"

"那个……大哥……"陆青阳也不知道该如何解释，他连君羽渊的名字都不能说，他本来就打定主意自己一个人扛下所有事的。后来发生了什么事他根本不知道，但是君羽渊肯定没死，他又能说什么？

陆青鸣越治疗陆青阳就越心惊，他自然能看出来自家小弟并不是中了阴毒的暗算，而是被人用绝对的实力完全制住了。小弟已经晋入先天境界，那么能让他如此狼狈的，只能是修为更高的修炼者。

难道就因为这个，连凶手是谁都不告诉他吗？

陆青鸣越想越愤怒，俊逸的脸庞都有些扭曲。陆青阳距离近，看得自然很清楚，吓得立刻垂下了头，正好对上了肥啾那双金色的大眼睛。

"不叫我！为什么？！"肥啾也很生气，咬着大拇指哼哼着。

陆青阳苦笑，叫他？叫个小婴儿来有什么用？陆青阳见陆青鸣真的气得不轻，连忙转移话题道："大哥，先离开这里，我怕……我怕他会回来。"

他？哪个他？陆青鸣的身体僵硬了一下，尽管心中愤怒到了极点，却也知道此地不能久待。他把肥啾一手捞起，让肥啾跨坐在自己的肩膀上，随后拦腰把陆青阳抱了起来。

"先不要回去，换个地方。"陆青阳发现大哥虽然怒气冲冲，但抱起他的动作非常轻柔，不禁心中一暖，更往他的怀里缩了过去。真温暖啊……现在他仅剩下这么一个亲人了，希望自己能守住这仅剩的温暖……

陆青鸣喉咙一紧，几乎想要仰天吼出内心的愤怒，但最终还是咬紧牙关，一声都没吭，默默地抱着陆青阳走出这片山谷，来到一处林子里坐下。

月光大部分被树枝挡住了，但陆青鸣把陆青阳身上的伤痕看得清清楚楚。他掏出伤药来，给小弟上药。他抿紧了唇一言不发，脑中飞快地思考着究竟是谁能对小弟下此毒手。是针对小弟这个人？还是针对小弟一手建起的学苑？

忽然，他的手停顿了一下，沉声问道："小弟，是不是尊者级别的人做的？"

陆青阳想了想，君羽渊是尊者级别，他不能说他的名字，但说出修为也没关系吧。他这样想着，便点了点头。

陆青鸣深深地吸了口气，再也没问什么，低头继续细致地替他擦药。

陆青阳一时间心烦意乱，知道自己应该给大哥一个交代，可是他一个字都不能说。

陆青鸣却想到了一个人——失踪了一年之久的任灭。任灭和小弟的恩怨已经完全说不清楚，只是他没想到那个人会这样无耻……可恨！

肥啾则盯着陆青阳身上的伤痕一言不发，像是受了极大的刺激。

陆青阳从没觉得时间这么难熬，等陆青鸣替他擦好了药，又拿出衣服给他换好时，他才松了口气道："大哥，我先离开这里一段时间，不用担心我。"

"不用担心你？"陆青鸣眯起了双眼，一个字一个字地从牙缝中往外蹦，每个字都蕴含着滔天的怒火。他这时才发现陆青阳的右手有些不对劲，速度极快地拆掉上面的绷带，脸色难看地看着陆青阳掌心中那个丑陋的血窟窿。

陆青阳看大哥的表情变得狰狞，知道自己再拖延下去，会让他们都陷入危险。若是君羽渊找来，恐怕会连累大哥和肥啾。他察觉到体内已经积攒了少许灵力，便不顾一切地甩开陆青鸣的手，急急忙忙说道："大哥，我真的没事，一时不察罢了。我先出去躲几个月，不用担心。大哥对外就说我出外修炼去了。"

陆青鸣自然是不准小弟离开自己的视线，可是就在他再次伸出手时，陆青阳便直接消失在他的面前。

稀金镯子的能力，陆青鸣自然是听陆青阳说过，可是他的脸色要比刚刚更加难看。因为陆青阳身上有着这样可用来逃跑的顶级法宝，都没机会用上……

只能说明那个人对炼器非常精通。

果然还是任灭那个混蛋！


百里煦从冥想中睁开眼睛，看到垂手站在身侧的陆青烈，温声道："你回来得挺早的。"

陆青烈恭敬地行了一礼："师尊，徒弟学艺不精，让您老人家失望了。铁犀虎的灵核……徒弟没有弄来……"

百里煦却并不在意，挥了挥手道："只是给你的试炼罢了，这次不行还有下次，无妨。有什么不懂之处，你去找你师兄好了，他会留在这里一段时间。"

陆青烈低声答应后又说："师尊，徒弟还有一事禀报。"

"说吧。"百里煦觉得有些精神不济，脸上已经带了些许不耐烦之色。

陆青烈低着头，并没有看到，依旧恭恭敬敬地回禀道："师尊，徒弟曾经听师兄提起过师尊在寻找仙根慧体一事。"

百里煦皱起眉头，不满君羽渊居然把这件事说给别人听。他随手拿起身边的茶杯，淡淡问道："哦？那又如何？"

陆青烈低垂的脸上勾起了一抹笑容，语气不变，平静地道："徒弟不才，有缘找到了这样的一个人。"

啪！百里煦手中的茶杯瞬间碎裂化为齑粉。

陆青烈低头看着百里煦手指缝间的齑粉混着茶水慢慢流淌落地，面上的表情未变。

他在玄英洞待了这么久，虽然没有人和他明言，但他也知道想要仙根慧体的是百里煦，而不是君羽渊。

所以除掉君羽渊只是一个开始而已，若不是对方当时疏于防备，也不能被鬼将一击得手。对付百里煦，却不能用这样的手段了。

"是谁？"只听空幽的山洞里，百里煦的声音淡淡响起。虽然语气很平淡，但熟悉他的陆青烈却能听得出其中的激荡情绪。

"陆青阳。"陆青烈也很干脆地说出了自家小弟的名字。

钓鱼，也是需要鱼饵的。

而恰好，他知道百里煦最想要的是哪个鱼饵。

百里煦本没有最脆弱的时候，但是他可以制造。

他这个师尊，大限将至，而仙根慧体则可以成为百里煦的下一个身体。在移魂夺舍之时，百里煦就是一缕孤魂，他才可以伺机亲手报仇。

陆青烈低垂的眼帘中闪动着光芒，他刚刚已经稳住了陆青阳，让他不用担心君羽渊的问题，安心留在学苑。

百里煦听到这个名字很意外，但思绪一转，倒也能猜得出来君羽渊当年其实是闹了个大乌龙，当下便有些不悦："你师兄呢？"

"师兄让我来禀报师尊，他……他去闭关了……"陆青烈期期艾艾地说道。鬼将刚刚附身君羽渊，自然要熟悉一下这个新身体，否则百里煦只消看一眼，就能察觉到异样。他这样遮遮掩掩地回话，反而会让百里煦以为君羽渊因为失误不敢见他。

果然百里煦如此以为，虽然有心把君羽渊叫来狠训一顿，现在此事却也不急于这一时。他闭上眼睛，开始用神识搜寻陆青阳的位置。

陆青烈松了口气，他最怕的就是师尊坚持把君羽渊唤来，到时候就真的会露了马脚。

陆青烈不动声色地擦了擦手心的汗水，现在才有了一点点真实感。

他的记忆，是在这几年间慢慢恢复的。他早就对自己以前空白的记忆非常在意，因而私下多有研究。随着他修为的增长，君羽渊当年在他身上所下的禁制慢慢松动。

当年父亲死于鬼将之手，君羽渊同被鬼将所杀，倒也让他死得其所。

只是，这样算起来，真正的杀父仇人应该是鬼将才对……

陆青烈愣怔了一下，这个问题他不是没考虑过，可是这些年与他日夜相伴的鬼将，虽然不能发一言，但他早已将其当成了这世上最亲密的伙伴。

可是……可是自己让鬼将占据了君羽渊的身体，其实也是为了让自己对其狠下心报仇不是吗？

或者……或者根本不用做出那样艰难的选择，百里煦这一关还没有过……

百里煦放开神识，昊天谷的所有生灵均在他的窥探之下。他向其中几个比较强大的生灵一一探测而去，不意外地发现君羽渊正在一间屋舍之中打坐，倒真是在闭关的模样。而其他人……百里煦睁开双目，冷哼一声道："陆青阳那小子不在谷中。"

"不在？"陆青烈闻言一愣，他明明叮嘱陆青阳安心待在学苑之中，难道陆青阳居然连他的话都不听吗？还是看穿了什么？

"也许打草惊蛇了。"百里煦微微一笑，"不过不要紧，猎物还是要亲手抓捕才有趣。"

陆青烈看着师尊毫不费力地撕裂空间离去，不禁浑身冰冷。

混蛋！这下他的布局全都毁了！那个废物当真是自寻死路！

陆青阳小心翼翼地掩去自己的行踪，在稀金镯子的庇护下，走到一条小溪旁喝水。

　　如果有人在旁边的话，就会发现水面很诡异地无风自动，也幸亏现今灵兽肆虐，荒郊野外一般都人烟稀少。

　　陆青阳低头看着自己的手，右手的伤已经开始愈合，他身上有白藏教的上好伤药，又有着先天真气，短短三天便已经好得差不多了。陆青阳用错位空间隐藏自己，也是为了隔绝伤口的血腥味。在野外，灵兽的嗅觉太过灵敏，只消一点点细小的伤口都会引来祸患。

　　而稀金镯子的错位空间开启的时候需要很多的灵力，但维持起来并不需要太多，所以陆青阳一路小心，平时就用稀金镯子隐藏了身形，倒也风平浪静。他到处流浪，不用管学苑的琐事，专心巩固先天境界的修为，难得清净。

　　只是，他的目的地是哪里呢？

　　陆青阳坐在溪水边，看着潺潺流动的溪水，陷入了迷茫。

　　白藏山如今毒雾弥漫，九环溪灵兽环伺，至于昊天谷，他就是从昊天谷逃出来的，而冬之地的玄英洞更是百里煦的大本营，他想都不敢想。

　　天下之大，竟已经没有了他的容身之处吗？或者，去乾坤山脉？

　　陆青阳不由得颤抖起来，摸向怀中的那把匕首。林子苏应该就是四季门的弟子吧……

　　陆青阳急促地深呼吸了几下，还是举棋不定。他已经犹豫了三天了，反正也没有什么急事，继续犹豫下去也无所谓，他自暴自弃地想着。忽然一股强大的神识隔空传来，他浑身打了一个激灵，感觉到有人正用某种秘术窥探着这片山林。

　　很熟悉的气息，他永远不能忘记的感觉。

　　是百里煦！没想到来的不是君羽渊，而是百里煦！

　　陆青阳几乎想把自己团成一个团，挤进泥土里埋起来。不过他也知道，若不是凑巧有这个稀金镯子，他就算把自己埋进地下三尺也完全没有用。

　　百里煦所用的是一种搜魂术，估计他是在搜寻附近的先天宗者。

　　陆青阳痛恨自己这么早就冲到了先天境界，否则百里煦千里迢迢地找人，就不会这么轻松了。炼气一层与炼气十层，虽然差距很大，但从本质上看都没有什么区别。就好像是一粒小沙粒和一块石头，本质其实是一样的。但升入先天境界就不同了，已经从石头变成了宝石。

　　从一片沙漠之中找石头，是一件很难的事情，但若是换成找宝石，就容易得多了。阳光一照，便无所遁形，尤其以百里煦的修为。

　　尽管知道当初离百里煦如此之近，他都没有发现错位空间中的自己，更何况现在根本都没看到百里煦的人影，更加不可能被发现，但陆青阳还是紧张得汗如雨下。因为他知道百里煦确实是要上天入地地把他找出来，而现在只是刚刚开始而已。

他没有把握可以永远躲过他。

怎么办？百里煦什么地方去不了？他又能躲得了多久呢？等等……那晚君羽渊曾经说过什么来着……

陆青阳握紧掌中的匕首，下定了决心。

这天下，还真有一处地方，是百里煦无法前往的。


乾坤山脉，四季门。

"起来。"墨子初捏着一枚棋子，敲了敲棋盘，满脸不悦地看着不远处在他的软榻上睡得昏天黑地的某人。

孟子棋懒洋洋地翻了个身，眯起眼睛看着正在自己打谱下棋的大师兄，打了个哈欠道："大师兄，今天不该我去轮值，前些日子四师兄强行突破至凝脉期，被师父责罚不许再修炼，让他去守门了。这些天应该都是他负责才对。"

"起来。"墨子初还是重复着这两个字，他自然知道孟子棋不用去轮值，但是也不能赖在他这里整天吃了就睡，醒了又吃。这样会让他想到某种很没用的动物。

孟子棋哼哼了两声，表示抗议。

"下棋。"墨子初撇了撇嘴。

孟子棋连忙跳起来，不是他不愿意陪大师兄下棋，而是他的棋艺实在太差了，大师兄从来都不找他下，所以平时大师兄宁愿自己打谱也不愿意找他对弈。不过孟子棋可不会放过这么好的机会，他笑眯眯地坐在墨子初面前，正想伸手拂乱棋盘上的棋子，重新来一盘，没想到墨子初竟抬手阻止了他。

"继续。"墨子初放下手中的棋谱，淡淡地道。

继续下这盘棋吗？孟子棋低头看向棋盘，他虽然棋艺不佳，但也能看出来白子陷入了绝境，被黑子围杀中，就算他棋艺超群也无法解救，更别提他根本就是个臭棋篓子。孟子棋抬起头嘿嘿一笑，伸手打乱了棋盘上的棋子道："师兄的这副棋子用得太久了，换一套吧。"说着便随手把棋子往窗外一扬，湖里的锦鲤浮了上来，甩了甩巨大的尾巴，把棋子一一吃掉。

墨子初看着孟子棋，只是挑了挑眉，什么都没说。但在看到他拿出的棋子之后，不由得直起了身子。

黑白两色的棋子，都散发着莹莹的灵光，每一枚都是大拇指甲盖大小的灵核，白色的是冰系灵兽的灵核，而近黑的深紫色的则是雷系灵兽的灵核，看颜色和纯度就知道是难得一见的上好品质的灵核。这些珍贵的灵核都被打磨成了棋子，而且一拿就是一大堆。就算不用来吸收，光是拿在手中把玩，都会让人觉得心旷神怡。

墨子初眯起了双目，并没有说什么。他们深居不能任意进出的乾坤山脉，孟子棋却拿得出这么珍贵的棋子……墨子初用手拈起一枚深紫色的棋子，在棋盘的星位上下了一子。

孟子棋笑弯了一双桃花眼，他是单雷系的，大师兄是单冰系的，这套围棋简直就是为他们两人量身定做的。孟子棋也拈起一枚白色棋子，"啪"的一声下在棋盘之上。

窗外的锦鲤寂寞地看着他们游来游去。好多灵核啊！馋死本鱼了！他们怎么还不扔啊！


不同于四季门内平静的气氛，林子苏烦躁地坐在四季门的大门口。

他因为前些天用秘法强行突破到了凝脉期，身体受损，已经被师父下了死命令，最近不许修炼，然后让他负责守护四季门的大门，顺便用体内的灵力支持阵法的转换。

所谓大门，其实也不过就是一片树林，其中有一道透明的屏障，外面的人看不到里面，他却能看到外面。

自从四季之地的阵法相继出了问题后，四季门便改变了禁制阵法的状态，从外人可以自由进出的状态，改成了隐蔽状态。这样就算有心人要来找四季门的所在，也无法找到，因为他们根本就不在一个空间内。

这让林子苏想到了稀金镯子的错位空间，两者的区别就是稀金镯子只能制造出容纳两三个人的错位空间，而这个改变了的禁制阵法能容纳整个四季门。可想而知当年建立四季门的祖师爷拥有多少稀金。

不过现在这样对于林子苏来说倒没有什么影响，他还是照样出不去。

静不下心的林子苏无比烦躁，他此时倒是庆幸师父让他负责转换阵法的任务，让他无法抽身，暂时不能继续修炼，否则以他这样的状态，肯定会走火入魔。

林子苏低头看着自己完好无损的双手，想起那晚看到陆青阳沾满鲜血的右手，心脏一抽一抽地痛。虽然君羽渊已经被陆青烈解决，但林子苏知道那个陆青烈对小咩根本就是不怀好意。

什么让他安心待在学苑，肯定是有所图谋！

他并没有给陆青阳留下任何讯息，因为当时陆青阳失血过多晕了过去，并不记得发生了什么。若是按照正常的反应，应该是逃得越远越好。

可恶，为什么现在就联系不上小咩了呢？为什么连一点点的感应都没有了呢？

林子苏闭上眼睛，催动着自己的神识。他的匕首虽然看起来并不起眼，但那是他的本命法宝，又因为他的灵魂曾经寄居其中十年，残留了一丝丝神识在匕首里。所以在陆青阳冲入先天境界，灵力极其充沛的时候，两人的神识在匕首之中才有了短暂的接触。而后来他通过匕首附在了陆青阳身上，也是因为匕首吸收了大量的鲜血，才能发生这样的情况。可是他不想小咩再受半点伤了。

林子苏这么一坐，就坐了三四天，四季门的大门在他控制阵法的约束下，仅剩下了他面前的这一片山林。只要再过三天，整个四季门的阵法转换就将完成，到时四季门才算是封住了入口，真正的安全。

可是这样一封，这道门至少十年都无法再开启了。

林子苏咬了咬牙，委实难以决定。虽然他觉自己在十年间能成功突破到金丹期实在是很扯淡，但万一呢？

正在左右为难之际，林子苏忽然有所感应，睁开了双眼，然后刹那间浑身僵硬。

就在他左边的不远处，一个熟悉的身影从树后转了出来，虽然衣衫褴褛，身材消瘦，但那张脸他是绝对不会认错的。

"小咩！"林子苏激动地站起身，却因为正在进行阵法的转换，连移动身体都做不到。

陆青阳根本没有任何反应，还是面无表情地继续向前走。

林子苏为他的视而不见听而不闻愣怔了一下，才懊恼对方看不见听不见才是正常的。可是他又怎么可能看着小咩就在自己面前擦身而过？

林子苏看着许久未见的陆青阳，发现他更瘦了，比以前长高了少许，面容憔悴，一看就知路上吃了很多苦。林子苏拼命地叫着陆青阳的名字，并且催动着和匕首之间的联系，终于看到陆青阳走到离他最近的地方时停了下来。

"小咩！"林子苏欣喜地唤道。

可是陆青阳的脸色更难看了。

林子苏这时才发现陆青阳的眼睛并不是看着他的，而是定定地看着右前方。

一只白皙修长的手从空中伸出，百里煦穿着一身金色的衣袍，从撕裂的空间中，带着笑容缓缓走了出来。

## 第四十三章
## ◇ 咫 尺 天 涯 ◇

　　陆青阳僵着身体，看着出现在他面前的百里煦，知道自己的好运气到今天彻底地被用光了。稀金镯子虽然能隐藏他的踪迹，但是也隔绝了他对外界的感知力。他来到乾坤山脉之后，就感觉到了阵法的残余力量，他必须解除错位空间的状态，才能找到阵法的入口。这样做的风险很大，但他别无选择，赌的就是他和百里煦谁的速度更快一些。

　　现在看来，自然是百里煦更快。

　　只是，陆青阳这些天在乾坤山脉中游荡时发现，四季门的入口应该就在附近。差一点点就能成功，却在此时生变，这让陆青阳十分地郁闷。

　　不过在看到百里煦的表情时，陆青阳也知道自己的这份念想，其实是在对方刻意操控下产生的。如同猫抓老鼠一般，他既然都知道金丹修为的修炼者无法进入四季门，那百里煦又怎么可能不知道呢？自然是一直在这里等着他出现。

　　陆青阳站在百里煦面前，顶着百里煦强大的威压，保持着站立的姿势都很困难了。但他还是硬撑着，勉力保持着脸上的表情不变，平静地说道："百里煦，我想我们应该有些事可以谈一谈。"

　　"哦？你觉得你还有谈判的资格吗？"百里饶有兴味地挑起了眉毛。多少年没有人当他的面直呼他的名字了？五十年？一百年？当真是令人怀念。

　　对于眼前的这个少年，他确实是有很大的兴趣，不管是对方的身体，还是对方的头脑。修仙学苑的事情，他虽然没有亲眼看到，但通过感知也了解得七七八八。只不过那些改变，没有个几十年，根本不会成气候。因为他自己的身体也许连几年都坚持不了，所以也就没有多花精力去了解。但现在他可以活下去了，而且还是顶着陆青阳的身份活下去，他对面前的这个少年极为满意，因此大度地任少年多说两句。

陆青阳心态平静，虽然已经到了绝境，但他不会求饶或者逃跑，因为他知道，在绝对的修为差距之下，他是无法抵抗百里煦的任何一击的，但是他还是有谈判的资格的。陆青阳甚至露出了一丝微笑，淡淡笑道："你想要我的身体，我想这就是我谈判的资格。"

"哦？你是说你想自毁身体来威胁我？相信我，你不会有这个机会的。"百里煦神态自若地把玩着自己的手指，一点都不把陆青阳放在眼内，只有他自己才知道，他已经把气机锁定了对方，有任何异动，他都会在最短的时间内钳制住眼前的这个少年。

陆青阳微笑，他自然不会傻到自毁身体，不是他对自己狠不下心，而是他知道自己在百里煦面前，是真的办不到。

"若是我说，我自愿成为你的祭品呢？"

百里煦的目光一凝，陆青阳拥有了昊天谷谷主的传承印记，这个他自然知道。所以陆青阳知道仙根慧体的秘密，也就不足为奇。

仙根慧体为何人人趋之若鹜，最重要的一点并不是拥有仙根慧体的人修为会很高，而是仙根慧体能最大限度地接受侵入的魂魄，是夺舍的最佳选择。再加之仙根慧体本身的素质就异于常人，所以只要有仙根慧体出现，必成为众人争夺的焦点。甚至在修仙史上，根本就没有能顺利成长起来的仙根慧体，不是在小时候被人夺舍，就是被直接杀掉，宁为玉碎不为瓦全。

百里煦知道，仙根慧体其实并不是那么容易被夺舍成功的。就算是小时候被夺舍，一个力量非常强大的魂魄被迫困在一具只有炼气几层的身体里，身体肯定会难以承受，再好的资质也会化为乌有，所以才没有一例成功的记载。

因此他初期的计划，是找到一个拥有仙根慧体的孩子，然后细心指导，等他成长到先天境界再夺舍。而且由于自小调教，对方对他从心里产生敬意和惧意，灵魂潜意识的配合会把危险降到最低，只是这个计划并没有实现。

眼前却是一个好机会，他本来就担心陆青阳的抵抗意志太强烈，会导致不良反应，现在看来对方是很清醒地认识到了自己的处境，这种情况是再好不过了。

所以百里煦心情颇佳地点了点头道："这个提议确实不错，你想要跟我谈什么？"

陆青阳下意识地摸着手中的匕首，心里突然涌起一股奇妙的感觉，他来不及分辨突然涌入脑海的信息，表情便出现了变化。幸好百里煦以为他是难以接受自己的身体要被别人占据的事实，并不以为意。陆青阳平稳了一下心情，按照原来的想法缓缓说道："我希望，以后你顶着我的名字活下去，不要告诉任何人。如果我大哥怀疑，就远离他好了。"

百里煦点了点头，他本来就是这样打算的，毕竟夺舍可不是什么光彩的事情，虽然这片大陆上没有人能够真正制裁他，但有个好名声还是很有必要的。否则他也不必让君羽渊出去做事的时候，戴着刀疤面具了。百里煦很好心地问道："只有这一个条件吗？"

陆青阳摇了摇头，本来还有很多的，可是他也知道百里煦并不是什么好人，说多了反而没有好结果。

百里煦很满意陆青阳的识趣，他向前走了一步，而当看到陆青阳不由自主地退后了两步，脸上终于现出了慌乱的神色时，他才放下了心。因为刚刚陆青阳冷静的模样，实在是不像十几岁的少年，世事反常即为妖，少年现在这样惊慌，才符合常理。

不过放心归放心，百里煦并没有打算手下留情。他现在这具身体的情况实在是太糟糕了，甚至连在乾坤山脉搜寻陆青阳的精力都没有了，只好在这里等着他自投罗网。百里煦有些不耐烦陆青阳的后退，直接用土系法术定住了他的身体，然后开始让元神从自己的身体脱离出来。

无法移动的少年仿佛放弃了逃跑，面若死灰地看着百里煦。

此时百里煦的头顶已经聚起了一团白雾，最终在一盏茶的时间之内，一团白雾浓缩成一颗珍珠大小的金丹，只不过这枚金丹并不是固体，而是很黏稠的液体状态。这明显就是百里煦的元神，当这枚金丹脱离了百里煦的身体后，那具本来年轻的身体在瞬间衰老，几乎就是在呼吸间化为了一堆飞灰。

百里煦虽然不舍这具自己已经使用了几百年的身体，但他也不过是感慨了一下，便往陆青阳的方向飞去。他现在只是一枚金丹的大小，在空气中移动得并不快，但他异常兴奋。

快了，马上就要拥有年轻的身体了！百里煦欣喜欲狂，却在下一刻察觉到空气中异常的阵法波动。然后他就看到陆青阳的身后，凭空伸出了一双手臂，牢牢地抱住了陆青阳的腰。

百里煦爆发出一声怒吼，但已经失去身体的他没有办法比对方的速度更快，只能眼睁睁地看着本来已经手到擒来的陆青阳被那双手臂坚定地拉入了虚空之中，整个消失不见。然后，四周就只剩下了他一个人。

百里煦怒不可遏，但知道自己这次是被人算计了。已经失去身体的他，若是在一个时辰之内没有找到新的身体，那么就算他修为再高，也会化为虚无，从这个世界上永远地消失。

陆青阳仰头看着碧蓝碧蓝的天空，知道自己正躺在一个熟悉至极却又有些陌生的怀抱之中。环在他腰间的手臂微微地颤抖，甚至带动着他整个人都战栗了起来。

不，其实并不只是这个原因，陆青阳发现自己其实也在颤抖，而且根本控制不住自己的身体，想要回头看一眼究竟是不是他，却连扭头的力量都失去了，整个人瘫软在对方的怀里，慢慢地，慢慢地相携坐到了地上。

　　百里煦化成的金丹就在不远处乱窜，但好像根本看不到他们。

　　这个场景似曾相识。

　　"小咩，不用怕，他进不来这里的。"背后的那人以为陆青阳颤抖是因为怕百里煦，又加重了手臂的力道。两人腹背紧紧相贴，陆青阳甚至能感受到对方说话时胸腔的振动。

　　不，他并不怕百里煦。陆青阳闭了闭眼睛，他是怕转过头，发现这一切都是梦。

　　"啧，百里煦居然还不死心？再磨蹭一会儿，这个老妖怪可就真的要彻底消失了。"

　　就连刻薄的说话习惯都没变，陆青阳的鼻子发酸。他记得刚刚最后一刻，是林子苏把他拉进了四季门内的，他赶紧握住林子苏的手腕问道："林，你的手……刚刚没事吧？"

　　就算他什么都不清楚，也知道在不破坏阵法的情况下，让自己的身体破出阵法之外，肯定是需要付出很大的代价的。

　　林子苏痞痞一笑，并不答话。破出阵法必须要有金丹以上的修为，他前些日子刚用了激烈的方法达到了凝脉期，而刚刚为了救陆青阳，又用了禁法提升了自身修为，才让自己的双臂能伸到阵法之外。这样的法子，自然对身体伤害极大，可是他并不想让陆青阳知道，否则死心眼的小咩，肯定又要钻牛角尖了。

　　陆青阳能察觉到一丝不对头。他反身站了起来，再也不去管阵法外百里煦化成的那枚暴躁咆哮的金丹。他仔仔细细地看着林子苏的脸色，然后伸手搭在他的腕间脉门之上，表情一变再变。林子苏倒不认为陆青阳能检查出他体内的问题，只是安慰道："我前些天刚晋级到凝脉期，内息不稳很正常，你别在意。"

　　陆青阳虽然检查不出所以然，但依然能感觉出来林子苏体内真气紊乱，根本就不像是凝脉期的人，像是受了很严重的内伤。陆青阳抬起头，看着面前的林子苏，他和原来一样，不光相貌没有什么变化，就连脾气都没有变，还是喜欢把很严重的事情藏在心底，然后用若无其事的笑容掩盖一切。

　　阵外传来一声震天的怒吼，百里煦终于知道他无法闯入阵中，死心地走了。两人都忍不住浑身一抖，元婴期的老妖怪对他们造成的压力实在是不可小觑，幸好有四季门这个逆天的阵法存在，否则他们真的凶多吉少。

　　林子苏终于放松心神，在陆青阳的惊叫声中放心地晕了过去。

　　陆青阳掏出了无数白藏教的灵丹妙药，终于在第二天清晨的时候，林子苏重新睁开了眼睛。

两人一时相对无言。

林子苏愣怔了半晌，才坐起身道："小咩，知道我以前为何不和你说我的师门吗？"

"因为我的体质？"陆青阳皱了皱眉，多少猜到了林子苏所想。

"是的，仙根慧体，动心的可不止百里煦一个人。"林子苏叹了口气道，"就连知道了我的身体还没被毁坏后，我都打算一个人回来，只带你到乾坤山脉外围，就是怕那些老家伙们见猎心喜。"

两人心意相通，陆青阳只消略一思索，便知道林子苏提起这件事的用意。虽然知道这是最好的选择，但陆青阳还是觉得难以接受："你……是要赶我走？"

两人分离了一年多，还未多说几句，就要亲手把他送走，这对林子苏来说也是万分不舍的事情。

"小咩，你必须走。不能被这里的老家伙们发现你的体质是一个原因，还因为百里煦虽然身体没有了，但他只要找到了另一个身体，就会卷土重来。我现在出不去，只有你才能去解决他。百里煦夺舍，功力必定损失一大半，此时正是铲除他的最好时机。"

陆青阳心知林子苏说得很正确，而且他还要尽快走。因为百里煦若是恼羞成怒，杀到昊天谷，第一个受牵连的就是他大哥。

林子苏知道陆青阳分得清轻重，他也不想一时犹豫而铸成大错，便把那晚看到的一切告诉了他。陆青阳得知君羽渊已死的消息后松了口气，至少除去了一个尊者大敌。而陆青烈已恢复记忆更是让他安心无比。这样看来，众叛亲离的是百里煦才对。

"林……"陆青阳知道他们这一别，不知道什么时候才能见面，"林，我……我会常来看你……"

"千万别来，来了你也见不到我。"林子苏轻笑道，"四季之地的阵法破裂，乾坤山脉马上就要换成不能进入的阵法了，我在此地也是为了转换阵法。"

陆青阳一阵错愕，这样说来，他们岂不是相见无期？

林子苏微笑道："等我，等我到了金丹期就去找你。"

陆青阳的双目一热，金丹期？没有人能肯定地说自己就能修成金丹，也许终此一生他们都无法再见面了。

可是拥着他的手臂却猛然一紧，随即放开。

陆青阳只感觉到背后一股大力传来，不由自主地向前踉跄了几步，等到他急切地回首时，身后哪里还有林子苏的身影。

# 第四十四章
## ◇ 学 苑 山 长 ◇

苟柳带着崇拜的目光，看着在高台之上炼器的那人。

此人年纪在二十岁上下，俊秀无匹。其身穿一件普通的青布衣袍，一看便知已经穿了多年，肘部磨得青白，却一点都没有寒酸之感，反而透着一股令人敬佩的苦修味道。他的长发用同样的青色发带随意束起，碎发偶尔被风吹得四下飞扬，长袖微鼓，更是有股飘飘欲仙的翩然之感。他的背脊挺得极直，就像一柄利剑，器宇轩昂，令人不由自主地产生仰望之情。

这便是昊天学苑的创始人，陆青阳山长。此人虽然只有二十六岁，可是在十年前便已经突破到了先天境界，刷新了大陆的纪录，并且创建了当今赫赫有名的昊天学苑。

当然，白藏教的直系子弟至今依然不肯称此处为昊天学苑，坚持陆青阳山长是他们白藏教的长老。但学苑地处昊天谷，久而久之，昊天学苑的名字便深入人心，叫得习惯了。

可以说，昊天学苑的出现，挽救了因为灵兽肆虐而变得遍地疮痍的大陆。

首先是灵米的出现，这项被后世誉为开创全民修仙时代的壮举，到此时虽然推广得还不够彻底，但已经有大批的修炼者如雨后春笋般出现。灵米在短时期内虽然不能造就一个个强悍的修炼者，但在几个月内便可以区别出每个人身体的素质如何，然后因材施教，倒是事半功倍。

灵米在昊天学苑成立后的三年之内，逐渐开始在春夏秋三地正式种植。因为种植灵米的要求并不是太高，只要气候适宜，会画聚灵阵即可，炼气三四层的修炼者便可以种植管理一大片灵田。而收获的灵米又能让许多人开启修仙之路，这样良性循环下去，到今日，各地的修炼者已经随处可见。

这样的基础上，肆虐的灵兽便得到了控制，稍微有些修为的修炼者不满于局限在高大的城墙之中，聚集起来反猎灵兽。得到的灵核和灵兽皮毛骨肉，有助于提高修为，这又是一种良性循环。

而所有修炼者的圣地，便是如今的昊天学苑。

因为在这里，他们可以学到很多高级的法术及炼器、炼丹、阵法知识，而付出的代价却很少。

只要来的修炼者在炼气五层以上，昊天学苑便随时对其敞开大门，然后根据天赋功法和修为高低编入相应的学院。入学苑并不需要缴纳学费，但每学习一门法术，或者进入藏书阁翻阅典籍，甚至在灵肴间吃灵菜，都需要支付相应的学苑点。学生们可以根据兴趣选择管理灵田药田、饲养驯养灵兽、刻画阵法符阵、研究烹饪灵菜等等工作来赚取学苑点。这样学院内的资源良性循环，生生不息，甚至很多人早就可以衣锦还乡，可总是想要学更高级的法术，想要一只更强悍的伴生灵兽，想要一个高品级法器，想要一瓶救命灵药，而自愿继续留在昊天学苑学习，说什么都不离开。

更有那些修为已经很高深的修炼者，因为各种各样的原因，远道而来，长居此处。这样的修炼者可以开班授课，赚取更多的学苑点，换得更高的待遇。

这样发展了十年，昊天学苑已经沿着当初的昊天谷，往赤炎山脉沿线发展，成了一片规模很庞大的建筑群。其间点缀着一块块葱葱郁郁的灵田，和一群群正在被放牧的温驯灵兽。灵米不单单对修炼者有所帮助，对食草的低级灵兽更是大有益处。

而昊天学苑中央的昊天谷，虽然皓日当空，却不像以前那样酷热难当。五年前，陆青阳山长带领水系、冰系学院的师生们，为昊天谷画了一个巨大的冰雨阵，把谷中的温度降到了最适宜的程度，让人如沐春风，舒适无比。所以现在足足有七八十人聚集在这个不算大的屋中，也不会感觉到过于闷热，只有坐在最前方的荀柳才能感到热气扑面。

因为陆青阳手中已经腾起一团金黄色的火焰，这是他和那九尾凤凰签订契约后，获得的本命火焰凤凰火。

炼器之人，不光需要风水火三系的天赋功法，自身拥有火种，才能让炼器能力更上一层楼。

陆青阳对学苑的每个人都一视同仁，每年都会选择一日，带领修为足够的学生，前去赤炎山脉的地下熔岩中，收集赤炎火种。这样的地火虽然及不上他的本命火焰凤凰火，但已经是极为难得了。毕竟凤凰火可以烧尽自身涅槃重生，是很难掌控的，一不小心便会被反噬。也只有和九尾凤凰签订契约并且修为高深的陆青阳山长才能使用。

荀柳眨了眨眼睛，看着陆青阳山长手中的器物逐渐成形，他今天所炼的并不是什么宝贵的空间法器，也不是什么厉害的法剑，而是一把灵锄。只见一片白光闪过，陆青阳已收了凤凰火，把新出炉的灵锄握在了手中。他掂量了一下，满意地点了点头，随手递给了最前排的荀柳。

"乌金灵锄，因为其中加了一块乌金，所以并不是普通的灵锄，可以贮存一定的灵力。然后锄柄上所刻符阵，可以在使用者贮存灵力之后，让灵锄自动在灵田内耕耘……哇……"荀柳说到最后，已是满脸惊叹，屋中也一片哗然。

乌金是最不好和其他矿物融合的金属，自动干活的法器说起来简单，但做成的人少之又少。荀柳手中的灵锄早就被其他人抢走，一一传看。

陆青阳见众人都坐不住了，便挥了挥手道："你们自去拿着试用吧，试完便交给陆青鸣导师，让他估个价放在法器铺里。"在这里，所有人炼的法器丹药、养的灵兽、画的符箓，只要不留下自己使用，都可以放在对应的店铺中销售。自然，在学苑中最受欢迎的并不是法剑、猛兽之类的东西，反而是像灵锄这样生产类的器具。

乌泱泱的一帮人转眼就不见了，屋内的空气清新了一些，陆青阳坐下来闭目冥想了一会儿。灵锄的制作他研究了许久，今日虽然并不是第一次炼制，但心神消耗对于现在已是筑基十层的他来说也不可谓不大。

好在他的仙根慧体恢复灵力极快，他不一会儿便睁开了眼睛，对着屋里仅剩的一人淡淡问道："荀柳，可有什么事吗？"

荀柳是他五年前在学苑中偶然碰到的。碰到他的时候，瘦小的他正被一帮人欺负，但他并没有呼救，也没有痛骂，而是默默地护着头脸。陆青阳虽然身为学苑山长，可是他也知道这个学苑并不是特别的完美，就连太阳都有照不到的地方，他又哪能面面俱到呢？

可是这个场面让他想到了当初在陆家被欺负的他，也想到了若不是林子苏出现，他可能这辈子依旧一事无成，这样任人欺辱。

所以他救了荀柳，只是举手之劳，但荀柳从此黏上了他，几乎日日跟随。虽然荀柳拥有的并不是风水火这样的炼器天赋，却也巴巴地来听这门课。陆青阳也习惯了荀柳的跟随。荀柳是个聪明的孩子，知道自己每日没有目的地黏着陆青阳会被人诟病，便开始替他整理每日的学苑事务，俨然一个助手。

此时见陆青阳睁开了眼睛，荀柳便从空间法器中掏出了一摞纸，递了过去，恭敬地说道："这是这个月入昊天学苑的学生的资料，我已经让人给他们安排相应的学院和住处了。山长请过目。"

陆青阳很信任荀柳的办事能力，所以也没有检查什么，随手便把这摞纸放进了空间戒指之中。

虽然他现在已经是学苑的山长，可是手上戴着的空间戒指，还是当初他大哥陆青鸣送他的那一个。陆青阳习惯性地摩挲了一下光滑的戒面，忽然生出一股怪异的感觉，抬头四顾，却没有发现任何怪异之处。

荀柳奇怪地看着陆青阳的动作，不解地问道："山长，你在找什么？"

"无妨，是我多心了。"陆青阳按了按微微作痛的太阳穴，觉得自己最近应该是未休息好，否则怎么总觉得自己在被人窥探呢？他对一脸担忧的荀柳摆了摆手道："你自去歇息吧，我出去走走。"

见荀柳仍不放心地想跟着，陆青阳便给他派了个任务，让他去忙了。荀柳跟在自己身边多年，陆青阳也知道这个少年根本闲不下来。

出了炼器院，陆青阳选了一条偏僻的小路慢慢前行，他已经卡在筑基十层足足两年多了，却一直没有突破的迹象。虽然这对普通修炼者来说是很正常的一件事，但对于修炼如同吃饭那样普通的陆青阳来说，已经是很不正常了。

可是他也知道，突破是讲究心境和机遇的。

他的心里，一直都有着一块心病。

并不是行踪不明的百里煦，而是十年未见的林子苏。

陆青阳看着远处连绵不绝的灵田，停下脚步，扶着身边的围墙，忽然间恍惚起来。

时间过得真快啊，与他分开的时间，已经与和他在一起的时间一样长了……

他们……还有见面的一天吗……

陆青阳攥紧了拳头，他非常不喜欢这样。

这样漫长无助的等待，把所有的希望都寄托在别人身上，而自己无论如何努力，都没有任何作用。

所以他这十年来用近乎自虐的方式，建起了昊天学苑，每个人都以为他是为了这片大陆，对他日益敬重，可其实他只是无事可做罢了。

陆青阳急促地喘了几口气，压抑住心底的怒火。虽然他也知道他们的分离是不得已的，他却非常不甘心。

没有自己，他其实也一样可以活得很好。

陆青阳第无数次在心底对自己如此说着，慢慢地，脸上恢复了平日里在众人面前的波澜不惊，这才继续前行。

　　他工作的地方叫作青岚院，是在昊天谷中央的一处院落，相当于在昊天学苑最中心的枢纽位置。陆青阳推开青岚院的院门时，发现大哥正站在院子里等着他。

　　陆青鸣在二十二岁的时候突破到了先天境界，之后容貌就一直保持在那个年纪。而陆青阳虽然十六岁就突破到了先天境界，但因为身体并未完全长开，所以到二十岁时才停止了成长。两兄弟现在站在一起，越发地相似了。唯一不同的就是陆青鸣脸上总是带着温和的笑容，而陆青阳向来都是一副淡定的表情，从来不曾变化。

　　"你二哥又走了，他自己不愿来和你道别，托我说一声。"陆青鸣对着小弟笑了笑。自从十年前知道陆家并未完全灭门后，他便恢复往日的性子，不再压抑着自己。因为他发现小弟的心结更加难解，他若是再绷着一张脸，就根本没办法相处了。

　　陆青鸣看着陆青阳身上磨得青白的布衣，心中喟叹。他知道小弟因为心中对母亲和陆家子弟的愧疚，这些年来根本无法放任自己安逸。这种苦修似的日子，就算是旁观的他都会觉得看不下去。陆青鸣下意识地想要伸手去拽小弟的手臂，但一想到自从十年前的那件事发生之后，小弟就一直很警觉——虽然他并没有说，但关心他的陆青鸣都一一看在眼中。

　　心中大痛，陆青鸣收回了手，紧攥成拳。

　　这些年还没有任灭的消息，他不急，该讨回来的债，迟早会连本带利一件件讨回来。

　　陆青阳却没察觉到自家大哥误会了什么，对于二哥的又一次离去，他只是点了点头，表示知道了。陆青烈也是个纠结的人，君羽渊的身体已经被鬼将所占据，可是鬼将是杀害他们父亲的人。虽然当年鬼将杀死陆钧天不过是本能驱使，和野兽需要吃人一样。

　　但显然完全恢复记忆的陆青烈无法接受这个事实，因此总是处于离开、回来，然后离开的诡异循环之中。对外说的自然是寻找隐居闭关的师尊百里煦。

　　百里煦的真正面目，在昊天学苑中，除了他和陆青烈之外，并没有其他人知道。因为肯定不会有人相信曾经的大陆第一人竟是用心险恶的魔鬼，陆青阳更相信百里煦并没有那么容易挂掉，此时肯定是躲在某处修炼，所以陆青烈每次离开，也都是真的去寻找百里煦了，只是如此十年，都没有任何蛛丝马迹。

　　"花家的小小姐邮来了很多东西，我给你放在书房了。"陆青鸣轻咳一声，知道花涓的身份之后，他对花涓的态度便好多了，至少他觉得花涓和他弟弟非常相配。花家一直对昊天学苑多有帮助，只是这两人有些奇怪，这么多年依旧是朋友的关系。不过没事，他们这些修仙者岁月漫长，也不急于一时。

"嗯，多谢大哥了，怎么不进去说话？"陆青阳见陆青鸣并没有进屋的意思，不由得疑惑地问道。

"有个新入学的学生来找你，我便出来等你了。"陆青鸣摆了摆手，不想说那人长得实在是太过于俊美，而且看向他的目光有种说不出的古怪，搞得他压力太大，找个借口便出来了。

陆青阳并没有把这当回事，因为这种事情经常发生，他这个青岚院是对外开放的，只要学苑中的人想要来找他，便可以到此处来。陆青阳走到正屋门前，忽然想起一事，回头对院中的陆青鸣说道："大哥，今晚看着小凤，别让他来和我一起睡了，那小子实在是太吵了。"

小凤便是长大了的肥啾，因为他现在的人形状态已经是十五六岁的少年了，再"肥啾肥啾"那样地叫着有点不成体统，所以便给他取名叫小凤。

陆青鸣闻言也是苦笑，小凤最亲近的就是他们兄弟俩，他自然也体会过和小凤一起睡的痛苦。不过他看着自家小弟两眼下的青黑，不由得心疼起来。小弟的修为都已是筑基十层，还露出如此疲态，可见乃是忧虑过重。

思考至此，陆青鸣便点了点头，急忙转了出去，想要到炼丹院找些补身子的丹药来。

陆青阳松了口气。老实说，小凤那臭小子实在是太磨人了，正是青春期好玩好动好奇的时候，见到什么都要问，被他缠上一晚，要回答十万个为什么，他现在想想都脑仁疼。

毫不防备地推开了房门，陆青阳早就知道屋内有人，但绝没有想到那人居然会在他关门的时候，猛然把他压向门板。

陆青阳骇然，就凭这一个动作，他便知对方的修为远高于他。

什么时候，大陆之上又出现了这样一个可怕的强者？

还没等他想到脱身的办法，便听到一个极其熟悉的笑声在耳边响起。

"小凤？从哪冒出来的？"

陆青阳垂着头，看着来人火红色的衣摆，攥紧了拳头，克制着自己以免一拳轰上去。

他定了定神，在最短的时间里恢复了镇定，尽量让自己保持冷静地说道："哦？有什么可奇怪的？"

林子苏闻言气结，他幻想了很多小咩和他重逢的画面，例如小咩抱着他痛哭流涕啦，扑过来拥抱啦，抱着他一言不发啦……但绝对没有想到会是这样的冷静对待。

眯起了双眼，林子苏看着身高已经和他相差不多的陆青阳，看来在这十年中，小咩并不仅仅只有外表长大了。

林子苏松开手，细细地端详着已经十年未见的人。

眉目轮廓依旧如往日般清秀，只是长开了。鼻梁越发挺直，双目越发有神，眉毛就像是用墨笔刷过，也许是当学苑的山长有些年头了，陆青阳浑身透着一股令人心生崇拜的浩然正气。

林子苏看着近在咫尺的人，不禁有些出神，他守护的那个倔强少年长大了，有点失落，但更多的却是骄傲。

这么优秀的人，是他陪伴长大的。

只是，陆青阳却连一点目光都不愿意分给他。

"既然小咩你不想谈十年前的事，那我们就不谈了。"林子苏一本正经地说道，陆青阳刚松了口气他便又接口道，"山长大人，我是新来报到的学生林子苏，请多多指教哟！"

陆青阳一怔，什么？这家伙又在搞什么鬼？

而且这家伙已经达到金丹期了吧？金丹期还来这里混个什么劲啊！

不过，既然他想玩，那他也陪他玩好了。

一直想要报小时候被调侃的仇的陆青阳，收起面上惊愕的表情，淡然一笑道："很好，你先当我的助手吧。"

林子苏觉得很有趣，看来小咩这几年里变了很多嘛！不过他早就发现陆青阳的脸色不好，当下便恭敬地道："山长大人，您看起来需要休息，这里就放心交给我吧！"

陆青阳深深地看了他一眼，一直横亘心中的死结已经因为林子苏的出现而解开，这时他才发现自己虚弱得难以继续站立。他也就不再拒绝，转身走向青岚院后面的卧房。

他们以后的时间还很长，有的是机会。

林子苏很自然地跟随在他身后，青岚院的卧房就和陆青阳一贯的喜好一样，简单整洁，屋里只有一张木床、一个柜子和几把椅子，清苦得简直不像是大陆上最负盛名的学苑的山长居住的地方。

林子苏只扫了一眼，便把这里也列为了需要改造的地方之一，他从柜子里翻出被子给在倒下之后瞬间沉睡的陆青阳盖上，然后便从空间法器里掏出各种名贵的摆设给这个房间布置上。他可是搜刮了四季门里很多宝贝出来的，反正他的那些师兄弟离金丹期还远着，就算是想要找他报复也出不来，嘿嘿。

不过越布置，越觉得这房间也太小了点，林子苏正琢磨着要不要直接重建个院子时，就听到身后的推门声，一转身正好对上推门而入的荀柳。

荀柳看着已经大变样的房间，瞠目结舌，一时之间回不过神。

林子苏则双眼微眯，对这小子进来前居然有着不敲门的习惯非常不爽。这里的人怎么都如此不讲规矩？好歹陆青阳也是个山长不是吗？

林子苏对着依然呆愣的荀柳做了个手势，示意他出去说话。

荀柳跟着他出了卧房，满脸古怪地看着宛如主人般的林子苏，如果他没记错的话，这人应该是刚入学苑的新生……荀柳突然想转身去陆青阳山长的屋子里看一眼，看看山长是否安然无恙，别是被什么幻术所迷。

可是他刚刚念起，就感到一股迫人的气势从对方身上传来，压得他瞬间浑身大汗淋漓，连根指头都不敢乱动。

荀柳难以置信地抬头看了过去，这样强大的气势，甚至比陆青阳山长都要厉害数倍，对方好像还并未尽全力……究竟是大陆上哪位修炼者？难不成是传说中陆青阳山长的那位师兄，八品炼丹师韩丹？

传说中韩丹尊者也看似无比年轻。荀柳越想越觉得自己猜得没错，也不知道自己究竟哪里惹对方不快了，待对方气势一收，便恭敬地施礼道："荀柳见过韩尊者。"

林子苏的脸扭曲了一下："我不是韩丹，我叫林子苏，以后和你一样，是小……是陆青阳山长的助手。"

"啊？"荀柳的脸也扭曲了一下，这么强大的人，居然只做助手？

同样是助手的他压力不要太大啊！

林子苏盯着荀柳笑了笑，伸手随意一拂，便让他陷入了昏迷。他及时拽住荀柳的手臂，防止他跌坐在地，另一只手则飞快结印，神情凝重地按向荀柳的眉心。

只见几个呼吸之后，一团指甲盖大小的白光从荀柳的眉心被逼了出来，林子苏把这团白光抓在掌心之中，运起火系功法，瞬间把这团白光烧得一干二净。

林子苏大大地松了口气，自言自语地笑道："百里煦，就知道你会在小咩的身边，不过以你当时的能力，也就只能附在他人身上，微微影响对方的决定罢了。这下，你应当完全消失了吧。"

此时荀柳已经眨了眨眼睛，从短暂的眩晕中清醒了过来，发现自己竟被林子苏擎着手臂，连连说不好意思。

"你刚刚头晕了一下，可能是休息得不好，回去好好睡一觉吧。"林子苏的脸上，绽开了人畜无害的笑容。

荀柳的脸一红，心想自己也许真的是没睡好觉。

林子苏心事已了，自然不肯在外人身上花费太多时间，转身回去继续布置房间去了。

荀柳呆立在院子中，看着那渺无声息的卧房，许久之后，脑海中传来一个声音："笨徒弟，这样都会被他发现不妥，要不是我舍弃大部分的魂力造成了假相，早就化为虚无了！我真是倒了血霉了！怎么就摊上你这个资质差得没边的人呢？"

荀柳真心诚意地第无数次建议道："百里前辈，要不你换个人吧……"

"要叫我师尊！"百里煦在荀柳脑海中吼道。

他要是可以再换一个，还会这么委屈自己吗？！

天上飞过一群灵兽，荀柳默默地抬起头，觉得自己的人生，从十年前就完全被摧毁了……

——完——